徳間文庫

秘曲 笑傲江湖（一）

殺戮の序曲

金　庸
岡崎由美　監修
小島瑞紀　訳

徳間書店

目次

〈主要登場人物〉第一巻

林震南《りんしんなん》　福州《ふくしゅう》で用心棒稼業を営む「福威鏢局《ふくいひょうきょく》」の大旦那《おおだんな》。家伝の辟邪《へきじゃ》剣法を使う。
林夫人《りんふじん》　林震南の妻。実家は洛陽《らくよう》の名門「金刀王家《きんとうおうけ》」。
林平之《りんへいし》　林震南の一人息子。武芸は拙《つたな》いが、正義感の強い美少年。

◉**余滄海**《よそうかい》　青城《せいじょう》派の総帥。軽功と剣法にすぐれるほか、得意技に「摧心掌《さいしんしょう》」がある。武林《ぶりん》の覇者となる野望のため、一門を挙げて林家の辟邪剣譜《けんぷ》を狙《ねら》う。
賈人達《かじんたつ》　青城派の不肖の弟子。
青城四秀《せいじょうししゅう》　青城派の高弟である**侯人英**《こうじんえい》、**洪人雄**《こうじんゆう》、**于人豪**《うじんごう》、**羅人傑**《らじんけつ》の四人を指す。
方人智《ほうじんち》　青城派の高弟。智恵に長《た》けている。

◉**岳不羣**《がくふぐん》　華山《かざん》派の総帥《そうすい》。読書人でもあるため、「君子剣」と呼ばれる。得意技は「紫《し》霞功《かこう》」。
岳夫人《がくふじん》　（寧中則《ねいちゅうそく》）岳不羣の妻で、同門の妹弟子。孤児であった令狐冲《れいこちゅう》を、実の息子のように慈《いつく》しんでいる。

岳《がく》霊《れい》珊《さん》　岳不羣夫妻の一人娘であり、弟子でもある。兄弟子令狐冲に想《おも》いを寄せている。

令《れい》狐《こ》冲《ちゅう》　華山派の一番弟子。酒好きの痛快な青年。岳不羣夫妻を実の親のように慕い、妹弟子岳霊珊に恋いこがれている。

労《ろう》徳《とく》諾《だく》　華山派の二番弟子。中途より入門したため、すでに老人である。

梁《りょう》発《はつ》　華山派の三番弟子。偉丈夫である。

施《し》戴《たい》子《し》　華山派の四番弟子。実直な人物。

高《こう》根《こん》明《めい》　華山派の五番弟子。算盤《そろばん》を手に持つ商人風の扮装《ふんそう》で登場する。

陸《りく》大《だい》有《ゆう》　華山派の六番弟子。口が達者で、あだ名は六猿《ろくざる》。令狐冲と最も仲がよい。

◉

莫《ばく》大《だい》先《せん》生《せい》　衡山《こうざん》派の総帥。胡弓《こきゅう》の達人で、あだ名は「瀟《しょう》湘《しょう》夜《や》雨《う》」。

劉《りゅう》正《せい》風《ふう》　衡山派の使い手。簫《しょう》の達人でもある。

定《てい》逸《いつ》師《し》太《たい》　恒山《こうざん》派の老尼。癇癪《かんしゃく》がきついが、慈悲深い心の持ち主である。

儀《ぎ》琳《りん》　恒山派の尼僧で、心根のやさしい少女。美貌《びぼう》であるため、悪漢田伯光《でんはくこう》にからまれる。

天《てん》門《もん》道《どう》人《じん》　泰山《たいざん》派の総帥。
丁《てい》勉《べん》　嵩山《すうざん》派の使い手。嵩山派総帥左冷禅《されいぜん》の二番目の弟弟子。人呼んで「托塔手《たくとうしゅ》」。
陸《りく》柏《はく》　嵩山派の使い手。左冷禅の三番目の弟弟子。人呼んで「仙鶴手《せんかくしゅ》」。
費《ひ》彬《ひん》　嵩山派の使い手。左冷禅の四番目の弟弟子。人呼んで「大嵩陽手《だいすうようしゅ》」。
◉
田《でん》伯《はく》光《こう》　多数の美女を手込めにした悪党。軽功と快刀を得意とする。人呼んで「万里《ばんり》独行《どっこう》」。
木《もく》高《こう》峯《ほう》　「塞北明駝《さいほくめいだ》」と呼ばれる佝僂《くる》の使い手。利己的で残忍な人物。
曲《きょく》洋《よう》　魔教の長老。琴の達人。音楽を通じて劉正風と莫逆《ばくぎゃく》の友となる。
曲《きょく》非《ひ》烟《えん》　曲洋の孫娘で、おませな少女。

「秘曲　笑傲江湖《しょうごうこうこ》」関係地図

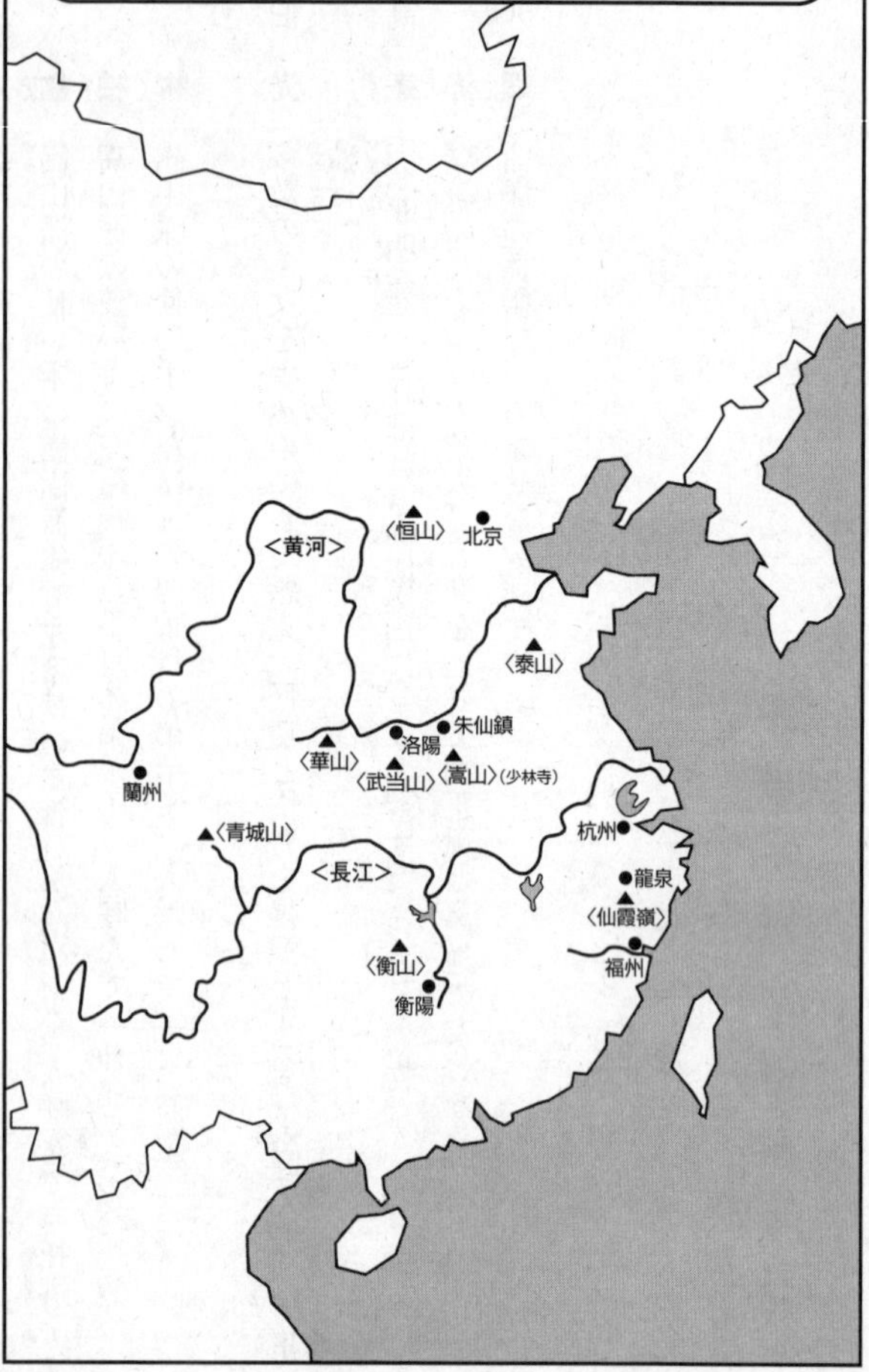

「秘曲　笑傲江湖」武林勢力図

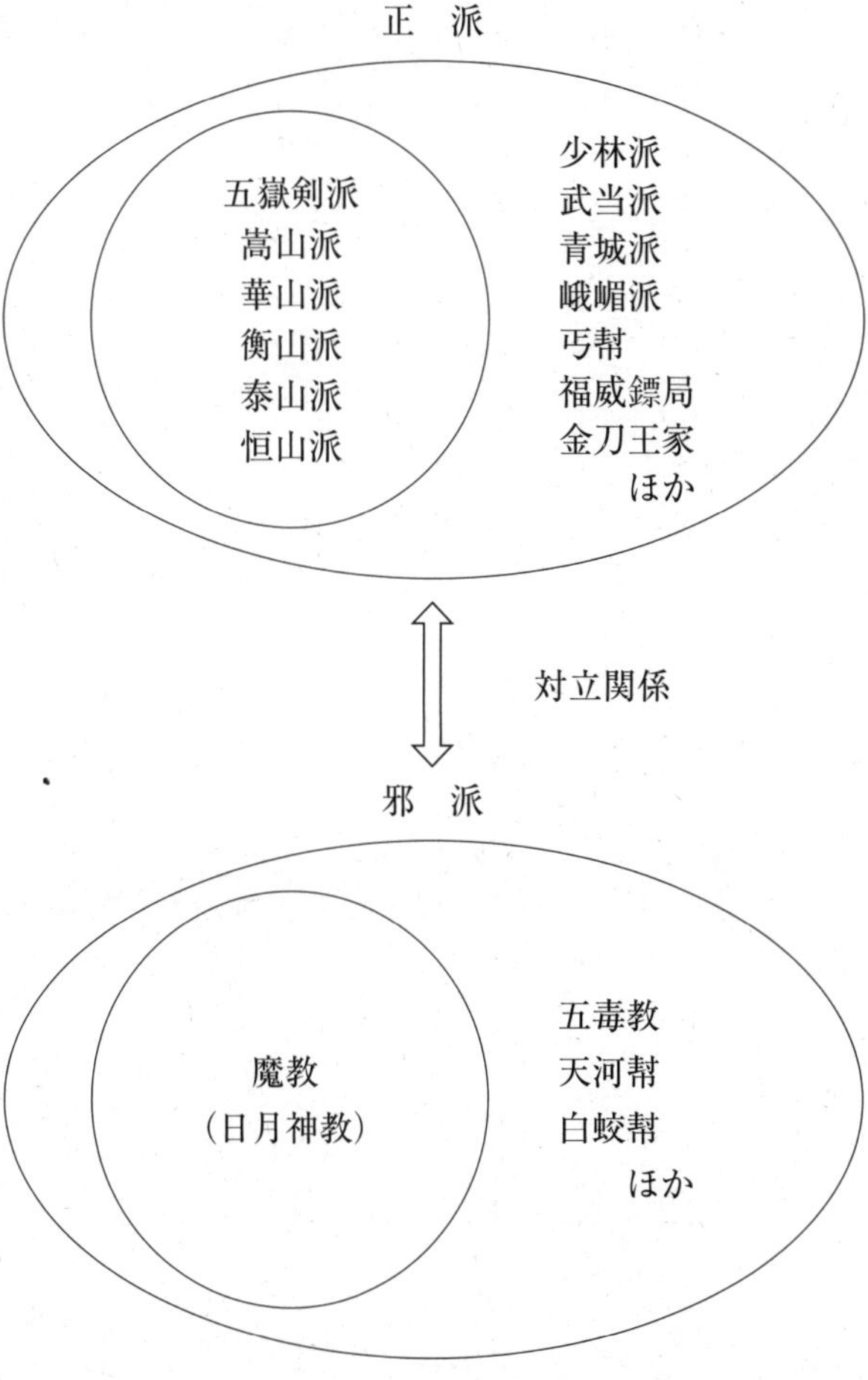

第一章　一門惨殺

柔らかな風に柳が薫《かお》り、花の香《か》が人を酔わせる。南国、春爛漫《らんまん》の季節である。

福建《ふっけん》省福州《ふくしゅう》府の西門大路、黒い石畳の道がまっすぐに延びて、西門まで直線に通じている。

広壮な邸宅の前——。左右の石台には、それぞれ二丈ばかりの旗竿《はたざお》が立ち、竿の先には青い旗が揺れている。右の旗には、牙《きば》を剝《む》き、爪《つめ》を立てた猛々《たけだけ》しい雄獅子《おすじし》が、黄色い糸で刺繡《ししゅう》してあり、旗が風になびくたび、獅子はいっそう生気潑剌《はつらつ》に見える。獅子の頭上には、黒い糸で刺繡した、一対の蝙蝠《こうもり》が羽を広げている。左の旗には、「福威鏢局《ふくいひょうきょく》」（運送警備業者）と四文字の黒い縫い取りがあり、いかにも雄渾《ゆうこん》な達筆だ。

邸宅の朱塗りの大門には、茶碗《ちゃわん》大の銅鋲《どうびょう》がキラキラと光り、扁額《へんがく》には、「福威鏢局」の四文字が金泥《きんでい》で大きく書写され、下に「総号」（本店）の二文字が小さく横書きされている。門を入れば、両側に長椅子《ながいす》が並び、八人の武装した男たちが、背筋を伸ばして座っているさまは、なかなかに精悍《せいかん》なものだ。

ふいに、裏庭から馬蹄《ばてい》が轟《とどろ》いた。八人の男たちは、一斉に立ち上がり、われ先に門を飛び出した。鏢局の西門から、五騎が飛び出し、馬道に沿って大門の前へ疾走してきた。先頭の馬は全身真っ白で、おもがいと鐙《あぶみ》は、純銀製である。馬上の主は、十八、九ばかりの豪奢《ごうしゃ》な身なりの少年。左肩に鷹《たか》を止まらせ、腰には剣を吊《つ》るし、長弓を背負うという出立ちで、勢いよく馬に鞭《むち》をくれている。後ろには、黒装束《くろしょうぞく》の四騎が続く。

五人が鏢局の前まで駆けてくると、

「若、また鷹狩りですな！」

八人の男たちの中から、三人が異口同音に呼びかけた。少年はアハハと笑い、鞭をヒュッと宙に鳴らす。つられて、白馬は首をもたげて嘶《いなな》き、石畳の道を駆け出していった。

「史《し》さん、今日も猪を頼みますぜ。みんなごちに与《あずか》りてえや」

男たちの一人が叫んだ。

「尻尾《しっぽ》だけでも、お前の分はあるわ。先に酒で腹を膨らませぬようにな」

少年の後ろにいた四十がらみの男が笑う。みなが大笑いするうち、五頭の馬は、もはや遠くに駆け去っていた。

城門を出ると、若主人林平之《りんへいし》は、軽く股《また》を締めた。白馬は蹄《ひづめ》を躍らせて足を迅《はや》め、たちまち、後ろの四騎を遥《はる》かに引き離した。山道を登ったところで、鷹を放つと、林からつがいの兎が追い出された。背から長弓を取り、鞍《くら》の脇《わき》の袋から矢を取ってつがえ、引き絞る。シュッという音とともに、一羽が倒れた。二射目を構えたとき、兎の片割れは、草むらに姿を消していた。

「若、お見事！」

鄭《てい》鏢頭《ひょうとう》（用心棒頭）が追いついて、笑顔を見せた。

「若、早う、こっちに雉《きじ》ですぜ」

先触《さきぶ》れ人足の白二《はくじ》が、左手の林から叫んだ。

林平之はさっそく馬を飛ばした。林から、一羽の雉が飛び出したと見るや、シュッと矢を放つ。が、雉は、林平之の頭めがけて飛んだ。矢が外れたのだ。慌てた林平之は、力任せに宙に鞭をくれた。バシッ！　雉はたたき落とされて、色とりどりの羽毛が四方に舞い散った。五人が一斉に笑った。

「若の鞭には、雉どころか、禿鷹《はげたか》でもたまらんわい」

史鏢頭が褒《ほ》めちぎった。

五人は林の中で鳥獣を追ったが、史、鄭の両鏢頭と、先触れの白二、陳七《ちんしち》は、若主人の機嫌を取って、獲物を追い立てるばかりで、決して手を出さない。二刻余りも追い回して、

林平之《りんへいし》は、さらに兎を二羽、雉を二羽射たものの、

「その先の山へ入って、もっと探してみよう」

と言う。猪だのノロだの大物を獲《と》っていないのが心残りなのだ。史《し》鏢頭は、

(いったん山に入ったら、若のご気性からして、日が暮れてもやむまい。帰ったらまた奥様のお小言だ)

と、思って、

「じきに日が暮れます。山には石ころも多いし、馬の蹄を傷めてはなるまいて。明日、早出をして、猪狩りは出直しましょうぞ」

何を言おうと、この気ままな若主人を承服させるのは大変だが、白馬だけは、異常な可愛《かわい》がりようで、傷一つつけてはならぬことを知っていたのだ。この大宛《だいえん》の名馬は、林平之の外祖母が洛陽《らくよう》で大枚をはたいて求め、二年前、十七歳の誕生祝いにと贈ってくれたものである。

果たして、蹄を傷めると聞くや、馬の頭を軽くたたいて、

「俺の小雪龍《しょうせつりゅう》は賢いから、石を踏んだりはしないだろうが、お前たちの馬はそうはいくまい。よし、帰るとしよう。陳七《ちんしち》が尻でも擦りむいたら、ことだからな」

五人は大笑いしながら、馬を返した。林平之は馬を飛ばしながら、もと来た道は取らず、

北へ向けて、気の済むまで疾走したのち、ようやく速度を緩めた。道の先には看板が下がっている。鄭《てい》鏢頭が、

「若、一杯いかがでしょう？　とれたての兎に、雉。酒の肴《さかな》にはもってこいですぜ」

「俺と鷹狩りに行くのは表向きで、酒の方が目当てなんだな。たっぷり呑《の》ませないことには、明日はおっくうがって、ついてきてくれそうにないな」

林平之は笑って手綱《たづな》を引き、ヒラリと飛び降りて、ゆうゆうと酒屋に向かった。

いつもなら、店主の蔡《さい》おやじが飛び出してきて、鞭を受け取り、

「若、今日は大した獲物ですな。まったく、世にも希《まれ》な弓のお腕前で」

と、追従《ついしょう》の一つも言うところだ。ところが、今日は店の前まで来ても、中はひっそりしている。燗場《かんば》に粗末な黒服の娘がいる。両側に結い上げた髪に、それぞれ簪《かんざし》を挿し、酒の支度をしているが、向こうを向いたきり、振り向こうともしない。

「蔡のおやじ、どうした？　馬を引かんか！」

鄭鏢頭がどなった。

白二《はくじ》と陳七は、長椅子を引っぱってきて、袖《そで》でほこりを払い、林平之に席を勧めた。史と鄭の両鏢頭が下座に相席し、先触れの二人は、席を別にした。

奥で咳込《せきこ》む音がして、白髪の老人が出てきた。

「いらっしゃいまし。お酒ですか？」

北方訛《なま》りである。

「酒を呑まんで何を呑む。茶か？　とりあえず、竹葉青《ちくようせい》（酒の銘柄）を三斤《きん》だ。蔡のおやじはどこへ行った。えー？　この店は主が変わったのか」

鄭《てい》鏢頭ががなり立てた。

「はい、はい、宛児《えんじ》や、竹葉青を三斤だ。実はお客さま、わしは薩《さつ》と申しまして、もとはここの生まれでございます。若い頃《ころ》から、よそで商売をしておりましたが、息子も嫁も亡くなり、故郷が恋しくなりまして、それであの孫娘を連れて帰った次第で。ところが、四十年も離れておりましたので、親戚《しんせき》も知り合いももうおりません。ちょうど、ここの店主の蔡さんが商売を止めるということで、三十両で店を譲り受けました。やれやれ、国訛りを耳にしますと、何とも心地ようございます。お恥ずかしい限りですが、おのれはもうまったく喋《しゃべ》れんのです」

黒服の娘が、うつむいて盆を捧《ささ》げ、林平之《りんへいし》らの前に杯と箸《はし》を置き、酒壺《しゅこ》を三つ卓上に置いた。うつむいたまま立ち去り、終始、客に眼を向けようとしない。

体つきは嫋《たお》やかだが、色黒で、肌が荒れている。顔にはかなり痘痕《あばた》があって、相当に不器量、と林平之は見た。物腰がぎこちないのは、酒屋の商売など初めてだからだろうと、その場は気にもとめなかった。

史《し》鏢頭が雉と兎を一羽ずつ取り出して、

「きれいに皮を剝いて、大皿で二皿炒《いた》めてくれ」

と、薩おやじに渡した。

「はい、はい、旦那《だんな》がた、おつまみでしたら、とりあえず牛肉に空豆、落花生などどうぞ」

宛児《えんじ》も、祖父が言いつけるより早く、牛肉や空豆の類を運んできた。鄭鏢頭が、

「こちらは、林公子。福威鏢局の若主人でな。俠気《おとこぎ》があって、金離れのいい若様だ。その二皿が若の口に合えば、三十両の元手なんぞ、ひと月かふた月で取り戻せるぞ」

「はい、はい、ありがとう存じます」

と、薩おやじは、雉と兎を提《さ》げて立ち去った。

鄭鏢頭は、三人の盃に酒を注《つ》いでから、グッと一息に呑み干し、舌なめずりした。

「店主が変わっても、酒の味は変わらんなあ」

二杯目を注いで飲もうとしたやさき、突如馬蹄の響きがして、二頭の馬が北から馳《は》せてきた。

二頭は駿足《しゅんそく》で、たちまち酒屋の表に着いた。

「飲み屋があるぞ、ちょっとひっかけていこう」

という声がした。この訛りは川西《せんせい》（四川西部《しせん》）の人間だな、と、史《し》鏢頭が振り向くと、黒い長袍《ちょうほう》を着た二人の男が、店の前の大きな榕樹《ようじゅ》に馬をつなぎ、店に入ってきた。林平《りんへい》之《し》らに一瞥《いちべつ》をくれてから、横柄《おうへい》に腰を下ろした。

二人とも頭に白い布を巻き、全身黒ずくめの袍は、文人らしい身なりだが、臑毛《すねげ》剝きだしで、素足に草鞋《わらじ》履きである。四川人に、こういう身なりの多いことを、史鏢頭は知っていた。頭に巻いた白布は、かつて諸葛亮《しょかつりょう》が亡くなったときに、喪に服したもので、武侯《ぶこう》（諸葛亮の尊称）の人徳の深さが、千年の後も、白布を取らせないでいるのだ。が、林平之は、

（この二人、文人でもなし、武人でもなし、何とも奇妙な格好だ）

と、不思議でたまらない。

「酒だ、酒だ。クソッたれ！　福建てぇのは、何て山が多いんだ。馬を乗りつぶしてしもうたわ」

宛児《えんじ》がうつむいて、二人の卓に近寄った。

「お酒は何にしましょう」

低いが、透きとおった美しい声である。一瞬、気を呑まれた若い方が、いきなり右手を

伸ばし、宛児の顎《あご》を仰向《あおむ》かせた。

「惜しい、惜しい」

と、ニタニタする。宛児はびっくりして、奥へ駆け込んだ。連れの方もニヤニヤして言う。

「余《よ》の兄弟、あの姐《ねえ》ちゃん、なかなかそそる身体《からだ》をしとるが、ご面相の方は、鋲《びょう》打ちの靴を泥につっこんだちゅうか、ザクロの皮をひん剝いたちゅうか、クソッたれた痘痕面《あばたづら》だぜ」

余と呼ばれた方は、ゲラゲラ笑った。

林平之はカッとして、卓をバーンと叩《たた》いた。

「何様だ！　身の程知らずが。この福州府で勝手なまねは許さん」

「賈《か》さんよ、何やらどなっているが、このお雛《ひな》さん、誰《だれ》に文句言ってると思う？」

若い余が笑った。林平之は母親似で、眉目秀麗《びもくしゅうれい》である。普段から、その手の男が目配せをするだけでも、張り手を喰《く》らわすほどだったから、「お雛さん」などと言われて、我慢できるはずがない。卓上にある錫《すず》の酒壺をひっつかみ、真っ向から投げつけた。余がサッと身をかわすと、酒壺は外の草むらに飛んでいき、酒が一面に飛び散った。史鏢頭と鄭《てい》鏢頭が立ち上がり、二人のそばに駆け寄った。

「この小僧、女形《おやま》を演《や》りゃあ、クラクラといっちまいそうだが、喧嘩《けんか》する柄ではないわ」

余《よ》がせせら嗤《わら》った。

「こちらは、福威鏢局の林《りん》若旦那だ。刃向かうとは、いい度胸だな」

鄭《てい》鏢頭が一喝するや、早くも左の拳が、相手の顔を襲っていた。

余は、左手でパッと鄭鏢頭の手首を捉《とら》え、思いきり引き倒した。鄭鏢頭が、たたらを踏んで卓に激突すると、余はその後頭部に、猛烈な肘《ひじ》打ちを喰《く》らわせた。バキッ！　鄭鏢頭は、卓を壊して、もろともに崩れた。鄭鏢頭は福威鏢局では、一流の使い手と言わぬまでも、そこらの雑魚《ざこ》でもない。それが一撃で倒されたのを見て、史《し》鏢頭は、相手がただ者ではないと悟った。

「貴公は何者か。武林の同業でありながら、福威鏢局が眼に入らぬと言われるのか」

余は冷笑した。

「福威鏢局？　聞いたこともねえなあ。そりゃ、何の商売だ？」

「貴様を打ちのめす商売だ！」

林平之《りんへいし》が罵声《ばせい》とともに、身を躍らせて、左手で打ちかかった。と、間髪《かんはつ》をいれず、その陰からもう右手が突き出された。これぞ家伝の技「翻天掌《ほんてんしょう》」のうちの一手、「雲裏乾坤《うんりけんこん》」の型である。

「女形のくせに、やるな」

余は、平手で払い、右手で林平之の肩につかみかかる。林平之の右肩がわずかに沈み、左の拳が突っ込む。余がかわしたと思いきや、ふいに林平之の左拳が、パッと開いて、一転、横殴り。バシッと平手打ちを浴びせた。「霧裏看花《むりかんか》」の型である。激怒した余が、蹴《け》りを飛ばした。林平之は右に飛んで、蹴りを返す。

史鏢頭も、賈《か》という男とやり合っていた。白二《はくじ》が、鄭鏢頭を助け起こした。口汚い罵声とともに、鄭鏢頭は、余を挟み撃ちに出る。林平之が、

「史さんに加勢しろ。この畜生は俺が片づける」

若主人の勝ち気な性分を知っていた鄭鏢頭は、落ちていた卓の脚を拾って、賈の頭めがけて殴りかかった。

二人の先触れは、外に駆け出した。一人が、鞍の脇から林平之の剣をはずし、もう一人が、さすまたを提げて、余を指さして罵倒する。鏢局の先触れは、武芸はさほどでもないが、屋号を叫び慣れているので、声がよく響く。二人は、福建の俗語まるだしで罵《ののし》っているから、四川人にはチンプンカンプンながら、どうせロクでもないことぐらいは分かる。

林平之は、父親直伝の「翻天掌」の様々な型を、次々に繰りだした。いつも、鏢局の用心棒たちと手合わせしてはいるが、一つには、この家伝の掌法が確かに非凡であること、

二つには、用心棒たちが若主人の顔を立てて、本気でぶつかる阿呆はいないため、場数を踏んでいるとは言っても、本物の決闘など滅多に出くわしたことはない。福州の内外でも、多少、土地のごろつきどもとやり合ったことはあるが、そんな連中の生兵法《なまびょうほう》では、林家の絶技の相手になるはずもない。二、三手使うまでもなく、こてんぱんにやられて逃げ出すのが関の山だ。しかし、今度ばかりは、十数手闘っただけで、林平之《りんへぃし》の自信は次第にぐらつき、相手が使い手だと思い知った。そいつは、攻守の最中にも、いかがわしい口をやめない。

「坊や、見れば見るほど、男とは思えんなあ。娘っこが男のなりをしてるんだろう? 美しい顔立ちだ、頬《ほお》ずりさせてくれや、いいかげん喧嘩はやめよう、な?」

カッとした林平之が、史《し》、鄭《てぃ》両鏢頭に横眼をくれると、二対一ながら、賈《か》という男を持て余している。鄭鏢頭は拳をしたたかに喰らって、襟元が鼻血で真っ赤である。林平之はより迅く掌を突きだした。バシッ! 余《よ》の横っつらを張る。まともに喰らった余は、激怒した。

「クソったれ、つけ上がりやがって! 娘っこ扱いして遊んでやっとりゃ、本気で俺様を殴りおったな」

と、一変して、拳を嵐《あらし》のように縦横無尽に浴びせてくる。二人はもつれながら表へ出た。

林平之は、相手の拳が胸を突いてくるのを見て、父直伝の「卸《しゃ》」の奥義《おうぎ》を思いだし、とっさに左手で受けとめ、振り払おうとした。ところが、余の膂力《りょりょく》は思いのほか強い。払いきれずに、ドスッとみぞおちを一撃され、ふらついたとたん、左手で襟首をつかまれていた。そいつはグッと力を込め、林平之の上体を弓なりに反り返らせながら、右腕を鉤《かぎ》の手に、林平之のぼんのくぼへ押しあてた。

「クソったれ、三遍土下座して、叔父上《おじうえ》さまと言ったら、放してやるぞ」

狂ったように笑った。

驚愕《きょうがく》した史、鄭両鏢頭は、相手を振り払って助けに駆けつけようとしたが、賈が拳脚両用の攻めで、二人を逃さない。先触れ人足の白二《はくじ》が、さすまたを構えて、余の背中へ突っ込んだ。

「手を放さねえか。てめえにいくつ頭が……」

余の左脚が後ろざまに、さすまたを数丈向こうへ蹴り飛ばすや、右脚が回し蹴りをきめる。白二はゴロゴロ転がって、しばらくは立てない。陳七《ちんしち》が口汚く罵る。

「寝取られ野郎、てめえのお袋色狂い！」

罵りながら、八、九歩も後ずさりした。

「嬢ちゃんよ、土下座するか」

そう嗤ってから、余《よ》は腕に力を加え、林平之《りんへいし》の頭をグイグイ抑えつける。額が地面に触れんばかりだ。林平之は相手の下腹めがけて拳を突きだすが、どうにも数寸の差で届かない。首の骨が折れそうに痛む。眼がくらんで、耳鳴りもする。両手をむやみやたらに振り回すうち、ふくらはぎにある堅い物に触れた。窮地に考える余裕はない。とっさに引き抜き、思いきり余の下腹に突っ込んだ。

絶叫を上げた余は、両手を放し、後ずさった。顔に怯《おび》えきった色が浮かんだ。下腹に、あいくちが柄まで深々と没している。顔が西に向き、夕陽にあいくちの黄金の柄がキラキラ光った。口を開け、何か言おうとするが、声にならない。あいくちを抜こうにも、抜きかねている。

林平之も、心臓が口から飛び出さんばかりに驚き、慌てて飛び退《の》いた。賈《か》と史《し》、鄭《てい》両鏢頭も手を止め、肝《きも》をつぶして、余を見ている。

余の身体がふらついた。右手であいくちの柄を握り、力を込めて引き抜く。瞬時に鮮血が数尺噴きあがった。一同は、あッと叫んだ。

「賈……賈……父上に言え、か……仇《かたき》を……」

余は声をふり絞り、あいくちを後ろに抛《ほう》りすてた。

「余どの」

賈は慌てて駆け寄った。余はドスンと倒れ、わずかに痙攣《けいれん》して動かなくなった。

「得物《えもの》を持て」

史鏢頭は低い声で言うと、馬のそばに駆け寄り、武器を手に取った。この世界のことはよく分かっている。死人が出た以上、賈という男は、命懸けでかかってくるだろう。

賈は、しばらく林平之を睨《にら》みつけていたが、駆け寄ってあいくちを拾うと、馬へと奔《はし》った。馬に跳び乗ると、手綱を解くのももどかしく、あいくちで断ち切る。股をグッと締めつけ、北へと走り去った。

陳七《ちんしち》が余の屍体《したい》に近寄って、一蹴りした。死骸《しがい》がゴロリとひっくり返った。傷口からなおも鮮血が溢《あふ》れでている。

「うちの若のご機嫌を損ねるとは、よっぽどこの世に嫌気が差したんだなあ。ざまあみろってんだい」

と、吐き捨てた。

人を殺《あや》めたことがない林平之は、すっかり怯えて、顔面蒼白《そうはく》になっている。

「史……史さん、どう……どうしよう。俺は、も……もともと、殺すつもりじゃなかったんだ」

と、声を震わせた。

史《し》鏢頭は思案した。

(福威鏢局は、三代にわたる用心棒稼業だ。刃傷沙汰《にんじょうざた》もやむをえんところだが、殺傷したのは、裏稼業の連中ばかりだ。それに、切ったはったは、いつも山奥でやるから、殺したら、埋めてしまえば片がつく。どのみち、荷を襲う盗賊どもが、お上に福威鏢局を訴えるわけがない。だが、今度の殺しは、明らかに盗賊ではないし、町にも近い。人命は一大事だ。ただでは済まん。鏢局の若旦那どころか、総督、巡按使《じゅんあんし》の若さまだとて、殺しをやれば、簡単に片はつけられん)

「早く屍体を店に運び入れましょう。ここは街道に近い。人に見られぬように」

眉《まゆ》をしかめて言った。

幸い日暮れどきで、道にはほかに人影がない。

白二《はくじ》と陳七《ちんしち》が、屍体を店内にかつぎ込んだ。

「若、銀子《ぎんす》はお持ちか」

史鏢頭がささやいた。

「ある、ある!」

林平之《りんへいし》は慌てて答え、懐《ふところ》のつぶ銀二十数両をさらい出した。

史鏢頭は受け取ると、店に入り、卓上に置いた。

「薩《さつ》おやじ、そのよそ者が、お前んとこの娘にちょっかいを出した。うちの若は義憤にかられ、やむにやまれず、殺してしまったのだ。みながこの眼で見た。これはお前の身から起きたことだ。騒ぎ立てたら、誰もがかかずらいを持つことになる。この銀子は、先にとっておけ。みなでまず屍体を埋めてから、ゆっくりと隠蔽《いんぺい》の手だてを考えよう」

「はい、はい！」

「福威鏢局が荷駄《にだ》を護送して、盗賊を何人か殺すのは、日常茶飯事というものだ。あの四川鼠二匹はどうも怪しい。海賊でなければ、女を手込めにする狼藉《ろうぜき》者か、大方福州に悪事を働きにきたものと見た。うちの若が使い手なればこそ、片づけられたのだ。福州の安泰を守ったのだから、本来ならお上からお褒めがあってしかるべきだが、若は面倒がお嫌いで、そんな虚名など欲しがらぬ。おやじ、その口をしっかり締めておけ。一言でも漏らしたら、わしらは、お前があの盗賊どもを引っぱり込んだ、と言うぞ。酒屋を開いたのは見せかけで、実は盗賊のつなぎをつけていたのだとな。お前の訛りは、まるで土地の者らしくない。さもなくば、なぜ、あの二人が時機もよろしく、お前が店を開くとやってきたのだ。この世に、こんな都合のいい話があるか？」

「申しません、申しませんとも！」

薩おやじは、ひたすら言った。

史《し》鏢頭は、白二《はくじ》と陳七《ちんしち》を連れて、死骸を店の裏手の菜園に埋めた。それから、店の前の血痕《けっこん》を鋤《すき》できれいにならし、土をかけた。

「十日の間に、噂《うわさ》がわしらの耳に届かなければ、もう五十両やる。棺桶《かんおけ》の用意でもするんだな。万一、口が滑ったら、フフ、福威鏢局の刀にかかった盗賊は、千とはいかぬまでも、八百は下らん。お前ら二人を殺《や》ったところで、裏の菜園に、屍体がもう二つ増えるだけだ」

鄭《てい》鏢頭が薩《さつ》おやじに言った。

「ありがとう存じます。申しません、決して申しません」

首尾よく片づけたときには、とっぷりと日が暮れていた。林平之《りんへいし》は、少し気が楽になったものの、ビクビクしながら鏢局へ戻ってきた。広間に入ると、父が肘掛《ひじか》け椅子に座って、瞑想《めいそう》にふけっている。

「父上!」

林平之は、ソワソワしながら呼びかけた。

「猟だったんだろう? 猪は捕れたか?」

林震南《りんしんなん》は、機嫌良く訊《たず》ねた。

「いいえ」

「参れ！」

林震南は、いきなり手にしたキセルで、林平之の肩に打ちかかった。笑いながらの一喝だ。林平之は、父がしばしば不意打ちをかけて、自分の腕を試すことは知っていた。ふだんなら、父がこの「辟邪《へきじゃ》剣法」の第二十六手、「流星飛堕《りゅうせいひだ》」の型を使えば、第四十六手「花開見仏《かかいけんぶつ》」の型で応じるはずだが、この時は気が動転していた。酒屋での殺しが父に知られてしまい、キセルで仕置きをされるのだと思い込んだ。

「父上！」

避けるもならず、叫んだ。

林震南のキセルは、息子の肩を打たんとして、三寸手前でピタリと止まった。

「どうした？　江湖《こうこ》で強敵に出くわしたら、そんな鈍い反応では、その肩は無事かな？」

叱責《しっせき》の口調だが、顔にはまだ笑みが浮かんでいる。

「はいッ！」

林平之は左肩を沈め、スルリと身を返して、父の背後に回りざま、茶卓のはたきをつかんで、父の背中へ突きかかった。まさしく「花開見仏」の型である。

「そうこなくては」

林震南《りんしんなん》はうなずいて笑い、手を返してキセルで受けとめた。「江上弄笛《こうじょうろうてき》」の型で応じたのである。林平之《りんへいし》は気を取り直して、「紫気東来《しきとうらい》」の型ではずした。五十手あまり交わしたところで、林震南のキセルが、電光石火、息子の左の乳下を軽く突いた。林平之は受けきれず、右腕に鈍い痺《しび》れを覚えた。はたきが手から落ちた。

林震南は相好《そうごう》を崩した。

「よし、よし、このひと月で、ずいぶん上達したな。今日は四手も余計に持ちこたえたぞ」

身を返して椅子に座り込むと、キセルに刻みタバコを詰めた。

「平児《へいじ》、よく聞け、うちの鏢局に今日はいい知らせがあるぞ」

林平之は火打ち石を取り出して、父のキセルに火をつけた。

「父上、また大口の取引ですか?」

「うちの屋台骨がしっかりしておれば、大仕事が来ぬ心配があるか? 恐いのは、大口の仕事が舞い込んできても、引き受ける力がないことだ」

林震南はかぶりを振って笑った。長々と煙を吐いて、

「今し方、張《ちょう》鏢頭が湖南から手紙を寄こしてきた。川西青城《せんせいせいじょう》派の松風観《しょうふうかん》の余観主《よかんしゅ》が、われらの贈り物を収めたそうだ」

林平之は、「川西」「余観主」といった言葉を聞いて、ドキリとした。

「われらの贈り物を収めたと？」

「鏢局の稼業については、今まであまり話さなんだから、お前も分かるまい。が、お前もだんだん大人になった。この父が担ぐ重荷を、ぼちぼちお前の肩に移すつもりだ。これからは、鏢局のことをもっと分かってくれねばな。なあ、われらは三代の用心棒稼業、一つには、お前のひい爺《じい》さまが往年に威名《いめい》を轟かしたこと、二つには、われら代々のお家芸がなかなかしっかりしていること、このお陰があってこそ、長江以南で随一の大鏢局となった今日がある。江湖で『福威鏢局』といえば、誰もが親指を立てて、縁起の良い、大したものよ、と言うぞ。江湖での事は、名声が二割、武芸が二割、残りの六割は、表稼業裏稼業両方のお仲間に、顔を立ててもらうことが必要だ。いいか、福威鏢局の護衛する荷駄は、十省を渡り歩くのだ。その都度斬《き》り合いをやっていたのでは、命がいくつあっても足るまい？　毎度勝ったとしても、よく言うだろう、敵を千人殺せば、味方が八百傷つく、と。用心棒が死傷したら、家族に出す見舞金だけでも、護送の謝礼ではとても払いきれん。これではわが家に何が残る？　だからだ、われら用心棒稼業で飯を食う者は、第一に顔が広く、第二に金惜しみをしないことだ。この『交情』の二文字の方が、刀や槍《やり》の腕よりも大事なのだぞ」

「はい！」

林平之《りんへいし》は相槌《あいづち》を打った。いつもなら、父から鏢局の重責をおのれの肩に移すと聞けば、当然興奮して、父と談論風発するはずだが、この時は、つるべが上下するように動悸《どうき》が止まらない。「川西」と「余観主《よかんしゅ》」といった言葉しか頭になかった。

林震南《りんしんなん》はまた、フッと煙を吐いた。

「この父の腕は、もとよりお前のひい爺さまにはかなわん。爺さまにも及ばんかもしれん。だが、鏢局を切り盛りする手腕は、ご先祖さまに勝《まさ》ろうな。福建から南は広東《カントン》、北は浙江《せっこう》、江蘇《こうそ》、この四省の事業の基盤は、お前のひい爺さまが創りだしたが、山東《さんとう》、河北《かほく》、湖北《こほく》と湖南《こなん》、江西《こうせい》、広西《こうせい》の六省の縄張りは、わしがこの手で創った。その秘訣《ひけつ》とは？　言ってしまえば、『友を作り、仇を作らぬ』というだけのことだ。福威、福威、『福』の字が上で、『威』の字が下だ。つまり、福運は威風よりも大事だということだ。福運は、『友を作り、仇を作らぬ』ことから来る。もし『威福』に変えたら、作威作福《いばりちらす》になってしまうな。ハッハッハッ！」

林平之は父に合わせて、乾いた笑い声を立てたが、その笑いは微塵《みじん》も楽しげではなかった。

林震南は、息子の落ち着かぬ様子に気づかず、言葉を続けた。

「昔の人は、隴《ろう》を得て蜀《しょく》を望む、と言ったが、この父は、鄂《がく》（湖北）を得て蜀（四川）を望んでおる。われらが縄張りにする運送路の一つは、福建から西へ向かい、江西、湖南を通って、湖北に着く。そこで行き止まりだ。だが、なぜ、長江を西へさかのぼって、四川まで行かぬ？　四川は天府《てんぷ》の国と呼ばれ、人も物資も溢れておる。四川への運送路を開拓したら、北は陝西《せんせい》、南は雲南《うんなん》、貴州《きしゅう》へと通じ、取引は、少なくともあと三割は増えようぞ。もっとも、四川省は物騒な土地だ。確かに、一流の使い手が少なくない。福威鏢局の荷駄が四川へ行くとなれば、どうしても青城と峨嵋《がび》の両派に渡りをつけねばならん。わしは三年前から、毎年春と秋には、手厚い礼物《れいもつ》を用意して、わざわざ青城派の松風観と、峨嵋派の金頂寺《きんちょうじ》に送り届けてきた。だが、両派とも当主がずっと受け取らぬでな。峨嵋派の金《きん》光上人《こうしょうにん》は、わしが遣《や》った鏢頭に会うてはくれるが、礼を言って、精進料理を勧めた上で、礼物を封も切らずに返して寄こすのだ。松風観の余観主《よかんしゅ》、これが手強《てごお》うて。使いの者は山の半ばで、もう行く手をふさがれる。余観主は修行中で面会謝絶、観内には何でも揃《そろ》っておるから、礼物は受け取らんそうだ。わしの使いは、余観主に会えぬどころか、松風観の大門が南向きか北向きかすらも言えぬ始末だ。毎度、礼物を届けた鏢頭は、カッカして帰ってきおる。もしわしが、相手がいかに無礼であろうと、腰を低くせい、と厳しく言いつけておかなんだら、こんなムカつく目に遭って、クソだのミソだの、どんな汚い罵詈雑言《ばりぞうごん》も言わずに済むものか、とこぼす。もう、とうに何度も派手にやり合うたやもしれん」

ここまで言うと、意気揚々と立ち上がった。

「ところが、今度は、余観主《よかんしゅ》がなんとわれらの礼物を受け取ったのだ。その上、四人の弟子を福州へ返礼に遣《つか》わすとか……」

「四人？　二人ではなく？」

「そうとも、四人の弟子だ！　余観主がそれほど事を重んじてくれるなら、福威鏢局の面目も立つと思わんか？　わしは今し方、早馬を出して、江西、湖南、湖北各地の支店に知らせをやったところだ。その青城派の客人方を、丁重におもてなしをするようにな」

「父上、四川人は、いつも他人を『クソったれ』と言って、自分を『俺様』と言うのですか？」

林平之《りんへいし》がふいに言うと、林震南《りんしんなん》は笑った。

「四川の荒くれ者でないと、そんな事は言わん。どこにだって、荒くれ者はいるだろうが。そういう連中は当然口汚いものだ。うちの鏢局の若い衆が博打《ばくち》をするときも、言っていることは聞けたものではあるまい？　なぜそんなことを聞く？」

「何でもありません」

「その青城派の弟子が来たら、お前もできるだけお近づきになって、名家の弟子の風格を学ぶのだぞ。その四人と交際しておけば、後々どれほど役に立つか」

親子はひとしきり話をしたが、林平之はいつまでも腹が決まらない。人を殺したことを父に告げるべきか否か。ついに、やはり先に母に打ち明けて、それから父に言おうと決心した。

夕食が済むと、林震南一家三人は、奥の間で団欒《だんらん》した。林震南は夫人と相談していた。義兄は六月初めが誕生日だから、礼物《れいもつ》を見繕《みつくろ》って送らねばならないが、洛陽金刀と呼ばれる王家の眼鏡にかなう物となると、容易には見つからない——。

そこまで話したとき、ふいに外で騒ぎが起こり、次いで何人かがせわしげに飛び込んできた。

「不作法者めが！」

林震南は眉をしかめた。飛び込んできたのは、三人の先触れであった。

「おお、大旦那……」

先頭の者が狼狽《ろうばい》しきって言った。

「何を騒ぐ」

林震南が一喝した。先触れの陳七《ちんしち》が、

「は、白二《はくじ》が死にやした」

林震南《りんしんなん》は驚愕した。

「誰が殺《や》った？　お前たち、博打でもめたな？」

そう訊ねながら、

（こやつら、江湖にどっぷり浸《つ》かった男どもは、本当に束ねるのが大変だ。何かと言えば、刀を抜く、拳固《げんこ》を揮《ふる》う。ここは町中だ。殺人沙汰ともなれば、たいそう面倒だ）

と、頭を痛めていた。陳七が、

「違いまさ、違いまさ。さっき、李《り》のやつが厠《かわや》へ行ったら、白二がそばの菜園に倒れてるのを見つけたんで。どこにも傷はねえのに、全身氷みてえに冷たくなってて、何で死んだのか分からねえんです。何か急病かもしれねえです」

林震南はホッと息をつき、たちまち気が楽になった。

「わしが見に行こう」

ただちに菜園へ向かった。林平之《りんへいし》も後に続いた。

菜園に着くと、七、八人の用心棒と先触れ人足が輪を作っていた。一同は、大旦那が来たのを見ると、囲みを開けた。林震南は白二の屍体をあらためた。服の前はすでに開かれているが、身体には血の跡がない。

「傷跡はないのか?」
と、脇に立っている祝《しゅく》鏢頭に訊《き》いた。
「仔細に調べましたが、一点の傷もありません。見たところ、毒に中《あた》ったのでもありませ
ん」
「帳場の董《とう》番頭に伝えて、白二の葬式の手配をさせろ。白二の家には銀百両を届けさせ
ろ」
先触れが一人病死したのであれば、林震南とて、何ら気に病むこともない。広間へ戻る
と、
「白二は今日、お前と狩りに行かなかったか?」
と、息子に訊ねた。
「行きました。帰ってきたときは、まだピンピンしていたのに、どうして突然病になど」
「ウム、世の中というものは、良いことも悪いことも、大抵いきなり訪れるものだ。わし
はかねがね四川の運送路を開きたいと思っていたが、あと十年はかかるかと懸念していた。
ところが、余観主《よかんしゅ》がにわかにその気になって、わしの礼物を収めたばかりか、四人の弟子
まではるばる返礼に寄こしたとはな」
「父上、青城派は武林の名門流派ですが、福威鏢局と父上の名声だって、江湖ではなかな

かのものでしょう。われらが毎年礼物を届けているんです。余観主《よかんしゅ》がうちに人を寄こしても、尋常のつき合いではありませんか」

林震南《りんしんなん》は笑った。

「お前に何が分かる？　四川省の青城、峨嵋両派は、創立数百年、門下は多士済々《たしせいせい》、実に大したものだ。少林、武当には及ばないが、嵩山《すうざん》、泰山《たいざん》、衡山《こうざん》、華山《かざん》、恒山《こうざん》、この五嶽剣《ごがくけん》派《は》とは、すでに肩を並べたと言える。お前の曾祖父《そうそふ》遠図公《えんとこう》は、七十二手の辟邪剣法を編みだして、当時江湖を震撼《しんかん》させたものだ。これは本当に天下無敵と言っていい。だが、お前の祖父の代になると、威名は遠図公に及ばなくなった。この父はもっと劣るだろう。われら林家三代は、ずっと一子相伝《いっしそうでん》で、兄弟弟子も一人もいない。わしら親子は、とてもよその多勢には及ばんのだ」

「うちの十省の鏢局には、英雄好漢が集まっています。それでも少林だの武当だの、峨嵋だの、青城や五嶽剣派にはかなわないというのですか？」

林震南は笑った。

「お前が父にそう言うのは構わんが、もし外で口にして、誰かの耳に入ったら、たちどころに面倒を起こすぞ。うちの十カ所の鏢局には、八十四人の鏢頭がいて、めいめいそれなりの武芸がある。一つに集まれば、むろん人にひけをとるはずがない。だが、勝ったところで、何の利がある？　和が財をもたらす、とよく言うだろう。わしら用心棒稼業は、なおさら人に一歩譲らねばならん。こっちが腰を低くして、人に威張らせておいたって、わしらが損をするわけでもあるまい」

「わあッ、鄭《てい》さんも死んでる！」

ふいに誰かが叫んだ。

林震南親子は、同時にギョッとした。林平之《りんへいし》は椅子から跳ね起きた。

「やつらが復《ふく》……」

声が震えている。「讐《しゅう》」という言葉が呑み込まれた。その時、林震南はすでに広間の入り口へ向かっており、息子の言葉には気づかなかった。先触れの陳七《ちんしち》が狼狽した様子で駆け込んできた。

「おお……大旦那、もういけませんや。鄭さん……鄭さんもあの四川の怨霊《おんりょう》につかまった……連れて行かれちまった」

「何が四川の怨霊だ、でたらめを言いおって」

林震南は、血相を変えて一喝した。

「へい、へい、あの四川の怨霊……四川の小僧は、生きてるうちからあくどかったから、死んだらもっとおっかねえ……」

陳七《ちんしち》は、大旦那から怒りに満ちた厳しい眼を向けられて、それ以上は言いかねた。ただ、林平之《りんへいし》に眼をやるばかり。哀願するようなおびえた顔つきだ。

「鄭《てい》さんが死んだと言ったな。死骸はどこにある？　どうして死んだ？」

と、林震南《りんしんなん》が訊ねた。

この時、また数名の用心棒と先触れが広間に飛び込んできた。

「鄭さんは厩舎《きゆうしや》で死んでます。白二《はくじ》とそっくりで、身体には傷一つありません。七孔《しちこう》(眼、耳、鼻、口の総称）から血も出てませんし、顔にも痣《あざ》や浮腫《ふしゆ》はありません。まさか……まさか、若旦那と猟に行って、本当に邪気に中《あた》って、何か邪神悪鬼にた……祟《たた》られたんじゃ」

用心棒の一人が、眉をひそめて言った。

林震南は、フン、と鼻を鳴らした。

「わしは生涯、江湖を渡り歩いてきたが、怨霊なんぞにお目にかかったことはないわ。よし、見に行こう」

すぐさま居間を出て、厩舎へ向かった。鄭鏢頭は、両手で鞍をつかんだまま、倒れていた。明らかに、鞍をはずしている最中に絶命したものだ。誰かと争った形跡は微塵もなかった。

外は濃い闇《やみ》に包まれていた。林震南は、提灯《ちょうちん》を持たせて、辺りを照らしつつ、鄭鏢頭の衣服をくつろげた。身体中の関節を触診までして、入念に検分したが、やはり傷一つなく、指一本折れてもいない。林震南は、はなから神も幽霊も信じてはいない。白二の急死もそれまでのことであった。が、鄭鏢頭までが全く同じ死に方をしたとなれば、これは訳ありだ。もし黒死病のごとき疫病《えきびょう》だとすれば、全身に黒斑、湿疹がまるでないのはおかしい。

（これは、今日せがれと猟に出た途中、何かあったに違いない）

そう思って、林平之を振り返った。

「今日、お前と猟に出たのは、鄭さんと白二のほかに、史《し》さんとあやつだな」

と、陳七を指さした。林平之がうなずくと、

「二人とも来い」

と言い、

「史さんを東の間へお呼びしろ」

と、先触れの一人に言いつけた。三人が東の間に入ると、

「いったい、どういうことだ？」

林震南は、息子に訊ねた。

林平之《りんへいし》はただちに、猟の帰りに酒屋であったことを、逐一《ちくいち》ありのままに語った。

林震南《りんしんなん》は、聞けば聞くほど、

(これはまずい)

と、悟った。が、殴り合いでよそ者を殺したところで、天が崩れるほどの重大事ではない。顔色も変えず、息子に喋らせてしまうと、しばらく考え込んだ。

「その二人、どの門派とか、幇《ほう》(秘密結社)とか、言わなんだか?」

「はい」

「やつらの物言いや挙動に、何か変わったところは?」

「特に変わったところは思いつきませんが、あの余《よ》という男……」

「殺《や》ったのは、余というのか?」

話の途中で、林震南が口を挟んだ。

「はい、もう一人が、余どのと呼んでおりました。ですが、余なのか兪《ゆ》なのか、訛りがきつくて、しかとは聞き取れませんでした」

「いや、このように出来すぎた話はありえぬ。余観主《よかんしゅ》が人を遣《や》ると言うても、こんなに早く福州へ着くはずがない。羽がはえたでもあるまいし」

林震南は、首を振りながら、ブツブツと独りごちた。

林平之はハッとなった。

「父上、あの二人、青城派の者と言われますか？」

林震南は答えず、手を構えた。

「お前が『翻天掌』のこの型で攻めたら、向こうはどうはずした？」

「はずせず、私の平手打ちをしたたかに喰らいました」

林震南はニンマリした。

「よし、よし！」

部屋には、張りつめた空気が漲《みなぎ》っていたが、林震南のこの笑いにつられて、林平之も思わず笑みをこぼした。ふと、心が和《なご》んだ。

「お前がこの型で攻めたら、向こうはどう返した？」

さらに林震南は型を取りつつ、訊ねた。

「あの時は、頭に血が昇っていたので、よく覚えておりませんが、こう来たような。さらに、やつの胸に拳を一発入れました」

林震南は、ますます顔を綻《ほころ》ばせた。

「よし、その型は、そういうふうに決めるものだ。それすらもはずせぬのなら、天下に名高い青城派の余観主の縁者ではあるまい」

「よし」を連発したのは、息子の腕を誉めたわけではない。安心したのである。

(四川に余《よ》という姓がどれほどいるかは知らぬが、この余と呼ばれる男、せがれに殺されるようでは、武芸はたかが知れている。青城派とは何の関わり合いもないに違いない)

彼は右手の中指で、しきりに卓を叩きながら、

「そやつ、どうやってお前の頭を抑えた？」

と、また訊いた。

林平之《りんへいし》は、いかに身動きがとれなくなったか、手振りをしてみせた。

陳七《ちんしち》が、いささか気が大きくなって、口を挟んだ。

「白二《はくじ》が、さすまたで野郎に突っかかったら、後ろ向きにさすまたを蹴り飛ばされやした。それから蹴転がされちまいまして」

林震南《りんしんなん》は、愕然とした。

「そやつ、白二を後ろ蹴りし、さすまたも蹴り飛ばしたと？　そ……それは、どういう型だ？」

「何でも、こんなふうで」

陳七は、両手を椅子の背にかけ、右足を後ろに蹴り上げた。身体が跳ねて、今度は左足で後ろ蹴りした。馬が後ろ足を蹴り上げるような、稚拙《ちせつ》な型取りであった。

林平之は、その無様《ぶざま》な姿がおかしくてたまらず、

「父上、ご覧……」

言いさした。父の顔に恐怖と驚愕の色を見たからである。

「その後ろ蹴り、青城派の絶技『無影幻腿《むえいげんたい》』に似たところがある。平児《へいじ》、いったいそやつ、どうやって蹴ったのだ？」

「あの時は、頭を抑えられて、見えませんでした」

「そうだ、史《し》さんに聞かねばな」

林震南は、部屋から出て、大声で叫んだ。

「誰か、史さんはどうした？　いつまでもなぜ現れぬ？」

先触れが二人やってきて、史鏢頭はどこにも見あたらないと告げた。

林震南は、広間で行ったり来たりし、

（その脚蹴りが、本当に『無影幻腿』だとすれば、あの男は余観主《よかんしゅ》の縁者でなくとも、青城派と少しは関わりがあることになる。では、いったい何やつだ？　わしが見てみないことには）

と、思案してから、

「崔《さい》さんと季《き》さんをお呼びしろ」

利《き》け者で、老練さと慎重さを持ち合わせた崔《さい》、季《き》の両鏢頭は、林震南《りんしんなん》の側近である。二人は鄭《てい》鏢頭が急死し、史《し》鏢頭の姿が見えないと知り、指示を仰ごうと、とうに外に控えていた。林震南の声を耳にするや、ただちに参上した。

「用を済ませに行く。お二方、平児《へいじ》に、陳七《ちんしち》、ついて参れ」

林震南が言った。

こうして、五人は馬に跨《またが》って町を後にし、一路北へ向かった。林平之《りんへいし》が馬を飛ばし先導役を務めた。

まもなく、酒屋の前に着いた。店の門は閉まっている。林平之は戸をたたきながら叫んだ。

「薩《さつ》おやじ、薩おやじ、門を開けろ」

しばらく叩いたが、店内はひっそりと静まり返っている。崔鏢頭は林震南に眼くばせし、両手で戸を打ち破る手まねをした。林震南がうなずくと、崔鏢頭は両掌を突きだした。バキッという音とともに、かんぬきが折れ、観音開きの戸がきしんだ音を立てて前後に揺れる。

崔鏢頭は戸を打ち破ると、林平之を片脇にかばい、物音がしないのを確かめてから、火打ちを発火させた。中に入って、卓上の明かりや提灯《ちょうちん》に火をつける。数人が内と外をくまなく一巡したが、誰もおらず、室内の布団や行李《こうり》などの雑貨は、手つかずで残っている。

林震南はうなずいた。

「おやじは面倒を嫌ったのだ。ここで殺しがあって、しかも屍体は菜園に埋めてある。とばっちりを受けてはたまらんと、おさらばしたわけだ」

菜園まで来て、塀《へい》に立て掛けられた鋤《すき》を指す。

「陳七、屍体を掘りだせ」

すっかり怨霊《おんりょう》の祟《たた》りだと決め込んでいる陳七は、二回鋤返しただけで、腰が抜けて、今にもへたり込みそうだ。

「役立たずめ！　それでも用心棒勤めか」

季鏢頭は鋤を受け取り、提灯を陳七に手渡すと、土を掘り起こしにかかった。ほどなく、死骸の衣服が露出した。さらに数回鋤返してから、鋤を死骸の下に差し入れ、力一杯引き上げる。見ないように顔を反らしていた陳七が、他の四人が一斉に上げた驚愕の叫びに、肝をつぶして、提灯を抛りだした。火が消えて、菜園は瞬時に漆黒《しっこく》の闇に包まれた。

「確かに埋めたのは四川人なのに、ど……どうして……」

林平之の声が震えている。

「早く提灯をつけろ」

これまで冷静を保ってきた林震南《りんしんなん》まで、この時ばかりは声に動揺がまじった。崔《さい》鏢頭が提灯に火をつけると、林震南は腰をかがめて屍体を検分した。しばらくして、

「身体には傷がない。同じ死に方だ」

と、つぶやいた。勇気を振り絞って、屍体に眼をやった陳七《ちんしち》の口から、甲高《かんだか》い悲鳴が上がった。

「ヒーッ、史《し》さん、史さん!」

掘り出されたのは、なんと史鏢頭の屍体であった。四川人の死骸は行方知れずだ。

「薩《さつ》というおやじには、きっと裏があるな」

林震南は提灯をひっつかんで、室内を改めた。竈《かまど》の下の酒甕《さかがめ》、鉄鍋《てつなべ》から店内の卓、椅子に至るまで、つぶさに調べたが、異状は見られない。崔、季《き》両鏢頭と林平之《りんへいし》もそれぞれ見て回った。ふいに林平之が叫んだ。

「あれッ! 父上、こちらへ」

林震南が声のした方へ赴くと、息子が例の娘の部屋に立っていた。手には緑の手巾《しゅきん》を持っている。

「父上、貧しい娘が、このような物を持っているでしょうか?」

林震南は手巾を手に取った。かすかな芳香が鼻に伝わる。すべすべして柔らかいが、ずしりとした感触からみて、上質の絹織物に違いない。さらによく見ると、縁《ふち》の辺りが、緑の糸で三重にかがってあり、片隅には、小さな紅珊瑚《べにさんご》の刺繍が施されている。手仕事が細かい。

「これをどこで見つけた？」

林震南が訊ねた。

「寝台の下の隅に落ちていました。慌てて出ていったので、片づけるときに見落としたんでしょう」

林震南は身をかがめて、再度提灯で寝台の下を照らしたが、他には何もない。考え込んだのち、

「酒屋の娘はたいそう不器量だと言ったな。衣類の生地は華美ではあるまいが、こざっぱりしていなかったか？」

「その場は気にとめなかったのですが、汚れてはいなかったと思います。汚れていたら、酒をついだときに、気がついたはずです」

林震南は崔鏢頭に向かって、

「崔さん、どう思うかね？」

「史《し》さんと鄭《てい》さん、白二《はくじ》の死は、きっとその老若の二人と関わりがありましょうな。やつらが手を下したのかもしれません」

崔《さい》鏢頭の後に、季《き》鏢頭がつけ加えた。

「あの四川人の二人も、大方やつらの仲間でしょう。さもなくば、屍体を運び去ってどうします？」

「余《よ》という男は明らかに娘にちょっかいを出していたんですよ。でなければ、私だってやつを罵ったりしません。両者が仲間であるはずがありません」

「若旦那はご存じないのです。江湖の食わせ者は、よく罠《わな》を仕掛けて、一杯はめるものです。二人が喧嘩のふりをし、他人が止めに入るようにしむけてから、喧嘩の最中のご両人が突然力を合わせて、止めに入った者をやっつけるなんざ、よくあることなんです」

崔鏢頭が言った。

「大旦那、どう見ます？」

季鏢頭が訊ねた。

「酒屋のおやじと娘は、われらが狙《ねら》いで来たに違いない。だが、四川人の二人の仲間かどうかは」

「父上は、松風観の余観主《よかんしゅ》が、四人の使者を遣わしたと言われましたが、やつらは……やつらは併せると四人ではありませんか？」

林平之《りんへいし》の一言が林震南《りんしんなん》をハッとさせた。しばらく茫然《ぼうぜん》となってから、困惑して、

「福威鏢局は青城派に対し礼を尽くしてきた。これまで恨みを買うようなことは何もない。余観主が人を遣わして、われらに難癖をつけるとは、どういうわけか？」

四人は互いに顔を見合わた。長い沈黙ののち、林震南がようやく口を開いた。

「ひとまず史さんの屍体を中に運び入れよう。このことは鏢局に戻ってからは、口にするな。騒ぎがお上に知れて、いらぬ面倒を起こさぬように。フン、この林さまは、人様の機嫌を損ねぬよう腰を低くしているが、やられっぱなしの臆病者でもないわ」

「大旦那、兵を養うこと千日、用は一朝にあり、と申します。みなが奮《ふる》って突き進めば、われらが鏢局の威名を汚すようなことはないはずです」

季鏢頭が大いに気炎を上げた。

「おう！　かたじけない」

林震南は、コクリとうなずいた。

五人は早馬で町にもどった。鏢局の近くまで来たとき、大門の表が松明《たいまつ》で煌々《こうこう》と照らされ、人だかりができているのが遠目に見えた。林震南は、ギクリとして、馬脚を迅めた。

「大旦那のお帰りだ！」

数人が叫んだ。林震南《りんしんなん》が馬から飛び降りるや、妻の林夫人《りんふじん》が蒼《あお》ざめた顔で吐き捨てた。

「ご覧！　フン、なめられたもんさね」

見ると、地面に二本の竿と二枚の錦の旗が落ちている。鏢局の門前の旗が、竿から両断されたのだ。竿の切り口は真っ平らで、明らかに鋭い刃物で一気に切り落とされたものである。

丸腰《まるごし》の林夫人は、夫の腰から剣を鞘抜《さやぬ》いた。スパッスパッと、二枚の旗を竿に沿って切りはずし、一つにまるめて邸内に入った。

「崔《さい》さん、この半分残った二本の竿を、バッサリ切ってくれ。フン、福威鏢局に挑むのは、そうたやすくはないわ！」

林震南が言いつけるのへ、崔鏢頭は「はッ！」と応じた。

「クソッ！　腰抜けぞろいの犬どもめ。大旦那の留守につけ込んで、コソコソと汚ねえまねしやがって」

季《き》鏢頭が罵声を浴びせかけた。

林震南は息子に手招きをし、二人は邸に戻った。後には季鏢頭がひとり、「強盗め、クソッたれ」と、罵り散らす声が響くばかりだ。

親子二人して居間にやってくると、林夫人がすでに二台の机に、旗を一枚ずつ広げていた。片方の旗は、黄色い獅子の両眼がくりぬかれており、もう片方の旗は、「福威鏢局」の「威」の字がくりぬかれている。これには、自制心が強い林震南も、さすがに堪忍袋の緒《お》を切った。バーン！ バキッ！ 精巧な彫刻が施された机は、したたかな一撃に、脚が一本折れた。

「父上、みな……みな私がいけないんです。こんな大事を引き起こしてしまって」

「われら林さまが人を殺したから何だ？ そんなやつがこの父と出くわせば、やはり同じように殺しておったわ」

「どんなやつを殺《や》ったの？」

林夫人が訊ねた。

「平児《へいじ》、母上に話しておあげ」

林平之《りんへいし》は昼間、四川人の男を殺したこと、史《し》鏢頭がどんなふうにその酒屋で死んでいたかなど、逐一話して聞かせた。白二《はくじ》と鄭《てい》鏢頭ばかりか、史鏢頭まで奇妙な死に方をしたと聞いて、林夫人は、驚くよりも怒りがこみ上げた。机をたたいて立ち上がるや、一気にまくし立てた。

「あなた、福威鏢局が、こんな侮辱《ぶじょく》を許しておけますか？ 人手を集めて、四川に行って、青城派と白黒をつけるんですよ。あたしの父も、兄も、仲間衆もみんなお呼びして」

林夫人《りんふじん》は生まれついての癇癪《かんしゃく》持ちだ。娘時代は、何かと刃傷《にんじょう》沙汰を起こしたものだが、洛陽金刀門の武力と勢力の前では、誰もが父親の金刀無敵王元覇《きんとうむてきおうげんは》の顔を立てて、彼女には三歩譲っていた。息子が成長した今でも、往年の気性は相変わらずである。

「相手が誰だか、今のところまだはっきりしとらん。青城派とは限らんて。旗竿を切り倒して、鏢頭を二人殺しただけで、やつらが矛《ほこ》を収めるとは思えぬが……」

林震南《りんしんなん》が言った。

「やつらは、まだ何をしようと言うの？」

林夫人が口を挟んだ。林震南はチラッと息子を見やった。夫の言わんとすることが分かって、林夫人は心臓がドキドキし、顔からサーッと血の気が引いた。

「これは私が仕出かした事です。男たるもの、やった事は自分で責任を持ちます。別に、こ……怖くはありません」

口とは裏腹に、震える声が、林平之《りんへいし》の内心の恐怖を物語っている。

「フン、お前に指一本触れたければ、まずこの母を殺すんだね。林家福威鏢局の旗は、三代立ててきたんだ。今まで名折れとなったことなんてないんだよ」

林夫人はそう言ってから、夫の方を振り向いて、

「このまま泣き寝入りじゃ、死んだ方がましですよ」

林震南はコクリコクリうなずいた。

「見慣れない渡世人がいるかどうか、町中《まちなか》郊外を問わず、調べるよう手配してこよう。それから、鏢局の内外の見回りも人手を増やそう。平児《へいじ》に付き添って、ここで待っていてくれ。うかつに出歩かんようにな」

「ええ、分かってます」

敵の次の標的が息子であることは明白だ。林平之が鏢局から一歩でも踏みだせば、たちどころに命の危険に晒《さら》されるだろう。

林震南は広間に用心棒を呼び集めると、手分けして巡回に当たらせた。鏢局の旗竿が切り倒されたということは、用心棒一人一人が、思いきり横っ面を張られたようなものだ。誰もが敵愾心《てきがいしん》を燃やし、早々に武装を固めていた。大旦那の命令が下されるや、ただちに出発した。

鏢局の上下が心を一にして、敵に刃向かおうとしている。いささか気が楽になった林震南は、奥の部屋に戻った。

「平児、母上はここ数日具合がすぐれぬところへ、強敵がやってきた。お前はこれより数日、夜はわしらの部屋の外で休んで、母上をお護《まも》りしてくれ」

「ちょいと、あたしがこの子に……」

笑って言いかけたとたん、林夫人《りんふじん》はハッと気づいた。息子に護ってもらうというのは建て前で、実は夫婦二人が、息子を近くにおいて護るのだ。この可愛い息子は気位が高い。両親が庇護《ひご》するなどと言ったら、へそを曲げて、みずから敵に戦いを挑みかねない。すぐに口調を改めた。

「そうとも、平児《へいじ》。母さんはここ数日節々《ふしぶし》が痛んで、手足がだるくてね。もし敵が奥まで入ってきたら、母さん、太刀《たち》打ちできそうになくて」

「私が母上に付き添いますから」

その夜、林平之《りんへいし》は両親の寝室の表で寝た。林震南《りんしんなん》夫婦は部屋の戸を開け、武器を枕元《まくらもと》に置いた。服も靴も脱がず、動きあらば、即跳び起きて、敵を迎え撃てるようにした。

その晩は平穏無事に終わった。翌日早朝、窓の外で誰かが声を低めて呼んだ。

「若旦那、若旦那！」

夜半に寝つかれなかった林平之は、ちょうど熟睡していて、すぐに目覚めない。

「何事だ？」

林震南が訊ねた。

「若旦那の馬……馬が死にやした」

外の者が答えた。

何しろ、林平之がたいへん可愛がっている白馬である。世話係の馬丁《ばてい》が馬の死を見て、慌《あわ》てて知らせに来たのだ。まどろみの中で耳にした林平之は、パッと跳ね起き、慌てて、

「見に行ってくる」

これは怪しいと睨《にら》んだ林震南は、足早に厩舎に同行した。見ると、白馬は地面に横たわっており、とうに絶命している。馬体は、やはり傷跡一つない。

「夜中に馬の嘶《いなな》きを聞かなんだか？　何か物音は？」

林震南が馬丁に訊いた。

「いいえ」

林震南は息子の手を引いた。

「あきらめろ。この父が誰かに頼んで、何とか駿馬《しゅんめ》をもう一頭買ってやる」

林平之は馬の死骸をさすりながら、茫然《ぼうぜん》と涙をこぼしている。

ふいに、先触れ人足の陳七《ちんしち》が駆け込んできた。錯乱状態になって、

「大……大旦那、もう……もういけませんや！　鏢頭のか……方々が、みんな、怨霊に連れて行かれやした」

「なに？」

林震南《りんしんなん》と林平之《りんへいし》が一斉に驚きの声を上げた。

「みんな死んだ」としか言わない陳七《ちんしち》に、林平之はカッときた。

「みんな死んだとはどういうことだ？」

陳七の胸ぐらをひっつかんで、数回揺さぶった。

「若……若旦那……死にやした」

その不吉な言葉を耳にしたとたん、林震南は何とも嫌な気持ちになった。その時、外でガヤガヤと人声が聞こえてきた。

「大旦那は？　早くお知らせしなければ」

「怨霊がこれほどまでに恐ろしいとは。ど……どうしようか？」

「わしはここだ。何事だ？」

林震南が大声で言うと、用心棒が二人、先触れが二人、声を聞いて駆けつけた。

「大旦那、手前どもが外に遣わした者たちは、一人も帰っておりません」

先頭の用心棒が言った。

林震南は、また誰かが急死したかと思ったのだが、昨晩調査に遣わした用心棒と先触れは、全部で二十三人にも上る。全滅するはずはない。慌てて訊ねる。

「誰か死んだか？　大方まだ聞き込みをやっていて、帰って来られんのだ」

用心棒は首を振った。

「すでに遺体が十七体発見されております」

「遺体が十七体?」

林震南と林平之はギョッとした。用心棒は怯えきった顔で、

「ええ、十七体です。富《ふ》鏢頭、銭《せん》鏢頭、呉《ご》鏢頭もその中に。遺体は広間に安置していま
す」

林震南は話を切りあげて、足早に広間に向かった。広間に並べてあった家具はのけられ、
十七体の屍体が雑然と置かれてあった。

生涯にいくたの荒波をくぐり抜けてきた林震南だが、いきなりこのような光景を見て、
両手はワナワナ、膝《ひざ》はガクガク、立っているのがやっとである。

「な……な……ぜ」

訊こうにも、喉《のど》がからからに渇き、声にならない。

「ああ、高《こう》さんは実直なお人だったのに、怨霊に命を取られてしまうとはな」

広間の外で声がした。近所の者が四、五人、戸板で屍体を一体運び込んできた。

「あっしが今日戸を開けたところ、この方が通りで死んどりやした。お宅の高さんと分か
ったんですが、おおかた疫病か祟りにでもやられたのかと思いやして、届けに参りやし

た」

　先頭の中年の男が言った。

「かたじけない」

　林震南《りんしんなん》は拱手《きょうしゅ》して礼を述べると、先触れの一人に命じた。

「ご近所の衆に、お一人三両ずつ銀子を差しあげてくれ。帳場に行って引きだすんだ」

　近隣の者たちは、広間中が屍体で埋まっているのを見て、長居はご免とばかりに、礼を言って辞去した。

　しばらくして、また用心棒の屍体が三体届けられた。林震南が遺体の数を確認したところ、褚《ちょ》鏢頭の屍体だけがまだ発見されずにいるが、それも時間の問題に思われた。

　林震南は居間に戻り、熱い茶をすすった。心は麻のごとく乱れ、どうしても気が鎮まらない。大門を出てみれば、根元から切り落とされた二本の旗竿が眼に入り、ますます気が滅入った。敵はすでに、鏢局の人間を二十数人殺しながら、未《いま》だに姿を見せない。まともに戦いを挑んで、身分を明かしてもいない。彼は振り向いて、大門に書写されている「福威鏢局」という金泥の四文字を、食い入るように見つめた。

（福威鏢局は、江湖で数十年威名を轟かせてきたが、今日わしの手で潰《つぶ》してしまうとはな）

ふいに、大通りから馬蹄の音が聞こえてきた。一頭の馬が人間を背に乗せて、ゆるゆると向かってくる。林震南はピンときた。駆け寄って見たところ、果たして、馬の背には褚鏢頭の屍体が横たわっていた。途中で殺されてから、屍体を馬上に載せられたのを、途《みち》を知っていた馬が、独りでに帰ってきたのだ。

林震南は長々とため息をついた。涙がハラハラとこぼれ出て、褚鏢頭の身体に落ちた。屍《しかばね》を抱いて、広間に入ってゆく。

「褚さんよ、誓って言う、お前さんの仇を討たなければ、わしはもう人でなしだ。無念だ、無念なことに、ああ、お前さんは仇の名を言わずに逝《い》ってしまった」

褚鏢頭は鏢局の中でも、取り立てて傑出した人物でもなく、ましてや、林震南と格別な交情があるわけでもない。この涙には、実のところ悲しみよりも、多分に憤《いきどお》りの気持ちがこもっていた。

広間の入り口に立った林夫人《りんふじん》が、左手に金刀を抱え、右手は中庭を指しつつ、痛罵《つうば》を浴びせかけた。

「下劣な盗人《ぬすっと》どもめ、闇討ちが関の山かい。まことの英雄なら、正々堂々と福威鏢局にお出で。潔く勝負しようじゃないか。こんな卑怯《ひきょう》なまねをしてたら、武林《ぶりん》では誰にも相手にされないよ」

さ」


「お前、何か動きが見えたか？」

林震南《りんしんなん》が褚《ちょ》鏢頭の屍体を下ろしながら、声をひそめた。

「その動きが見えないいんじゃないの。盗人どもめ、林家の、七十二式の辟邪剣法が怖いのさ」

右手で金刀の柄を握り締め、素振り一閃《いっせん》、

「あたしのこの金刀も怖いのさ！」

一喝したその時、天井の隅に冷笑を聞くとともに、シュッ、鋭い勢いで飛び道具が襲ってきた。カーン！　飛び道具は刀の鋒《みね》にぶつかり、林夫人《りんふじん》の痺れた腕から刀が、回転しながら天井近くまで吹っ飛んだ。

林震南は低い気合いもろとも、剣を鞘走《さやばし》らせた。両脚を蹴って、屋根まで躍りあがり、剣先を花吹雪《はなふぶき》のように舞わせながら、敵が飛び道具を投げた箇所に刺突《しとつ》を送った。見えない敵への、溜《た》まりに溜まった鬱憤《うっぷん》から、渾身《こんしん》の一突きである。だが、剣は空を切った。天井の隅はガランとして、人影などまったくない。東側の屋根にも飛び移ったが、やはり敵の姿はなかった。

林夫人と林平之《りんへいし》が白刃をひっ提げて、加勢に上がってきた。夫人は怒り狂った。

「畜生、度胸があれば出てきて、命を張りな。コソコソして、どこの門派の野良犬だい？」

続いて夫に訊ねた。

「あん畜生は逃げたの？　どんなやつだった？」

林震南はかぶりを振った。

三人は屋根の上を一通り見回ってから、ようやく中庭に飛び降りた。

中庭を探したところ、飛び道具らしき物はなかった。ただ木犀《もくせい》の樹の下に、無数のレンガの微粒子が、一面に飛び散っているだけである。明らかに、敵は小さなレンガのかけらで、林夫人の手中の刀を打ち落としたのだ。ちっぽけなかけらから、あれほどの力が発せられたとは、実に恐ろしいことである。

しきりに「畜生」だの、「クソッたれ」だのと、喚《わめ》いていた林夫人だが、この小さなかけらを見てからは、怒りが恐怖に変わり、しばし茫然となった。やがて、三人が部屋に戻ると、林夫人はすぐに戸を閉めた。

「敵は凄腕《すごうで》ですよ。あたしたちじゃ相手にならない。では、どう……どうしたら……」

「友人に助けを求めよう。武林では、急場の助け合いは、よくあることだ」

林震南が言った。

「うちと懇意の人は少なくないけど、でも、こっちより腕が立つ者は幾人もいやしない。

腕の落ちる者に来てもらったって、役に立たないでしょ」

「それはそうだが、しかし、人が多ければ、それだけ思案も浮かぶ。友人たちを招いて相談をしてみるのも、悪くなかろう。まず、近くの杭州《こうしゅう》、南昌《なんしょう》、広州《こうしゅう》の三カ所の鏢局から来てもらって、それから、福建省、浙江省《せっこう》、広東省《カントン》、江西省《こうせい》の同業の仲間を呼び寄せよう」

林夫人《りんふじん》は眉をひそめた。

「加勢を頼むのが、江湖に知れ渡れば、福威鏢局の名は地に堕《お》ちるねぇ」

林震南《りんしんなん》がふいに訊ねた。

「お前、今年三十九だったな」

「まったく！　こんな時にあたしの歳なんか。虎年生まれですよ。知らないのかえ？」

「招待状を出して、お前の四十の誕生日を祝うと言って……」

「どうして、余計に歳を一つとらせるの？　もっとはやく歳をとれとお言いかい？」

「お前が歳なものか。白髪だってまだ一本もない。お前の誕生日を祝うためなら、親しい友人を招いたとて、誰にも怪しまれん。客が来てから、昵懇《じっこん》の者たちだけに事情を打ち明ければ、鏢局の名に傷がつくまい」

林夫人は首を傾けて、しばらく考え込んだ。

「まあいいさ。ひとまず任せますよ。それで、どんな贈り物をくれるの？」

林震南が耳元でささやく。

「とびきりの贈り物だ。来年もう一人丸々としたややこを生もうぞ」

「まッ！　悪ふざけばかり。こんな時によくもそんなことが」

林夫人は顔を赤く染めて、たしなめた。

「ハッハッハッ！」

笑いながら、林震南は、友人たちへの招待状を書かせるために、帳場へ向かった。その実、彼とて心配で気が気ではなかった。冗談を言ったのは、妻の危惧《きぐ》の念を、多少なりとも軽くしたかったからにすぎない。

(救いの手は遠方にいるのだ。きっと今晩にも、また何ぞ起きるに違いない。招いた友人たちが着くころには、この世に果たして、福威鏢局なるものがまだあるだろうか)

帳場の前まで来たとき、二人の下男が、怯えきった表情で、声を震わせて言った。

「お……おお……だんな……、もう……もういけませんや」

「何事だ？」

「先ほど、董《とう》番頭さんが林福《りんふく》に棺桶を買いに行かせやしたが、あ……あいつは門を出て、東通りの角を曲がったかと思うと、地面にバッタリ倒れて、死んでしまいやした」

「そんなことがあるものか？　やつはどこだ？」

「通りに倒れたままで」

「屍体を担いで来い」

（白昼堂々と、町中で人を殺《あや》めるとは、敵はなんとも大それたまねをする）

胸の内で思った。二人の下男は、

「へい……へい……」

と、繰り返すばかりで、まったく動こうともしない。

「どうしたというのだ？」

「大旦那が行って……見ておくんなせえ」

（また面妖《めんよう》なことが――）

林震南《りんしんなん》は、フンと鼻を鳴らすと、大門に向かった。入り口では、三人の用心棒と五人の先触れが、外をながめている。顔面蒼白《そうはく》で、すっかりうろたえている様子だ。

「どうした？」

林震南が訊ねた。返事を聞かぬまでも、理由はすぐに分かった。大門の黒い石畳に、したたるような鮮血で、大きな文字が書かれていた。――「門を十歩出た者は死ぬ」と。そして、門から約十歩の辺りに、太さ一寸ばかりの血痕が一筋引かれている。

「いつ書かれた？　誰も見なんだか？」

「先ほど林福《りんふく》が東通りで死んだとき、みんなで寄って見にいったんで、門には誰もおりませんでした。誰が書いたのか、こんな悪ふざけを！」

用心棒の一人が言った。

「この林さまは、もうこの世に飽き飽きした。門を十歩出た者の死にざまを、見せてもらおうか！」

林震南は声高らかに言い放つと、大股で門を後にした。

「大旦那！」

二人の用心棒が同時に叫んだ。林震南は、手でそれを制止し、悠々と血痕を跨《また》いだ。血の字や線がまだ乾いていないのを見て、文字を足でグジャグジャに踏み消してから、大門に戻った。三人の用心棒に向かって、

「ただの脅しだ。怖がってどうする？　お三方、棺桶屋にひとっ走りしてくれ。それから西の町の天寧寺《てんねいじ》にいって、和尚に数日法事をやってもらうよう頼んでくれ。怨霊退散だ」

大旦那が血痕を跨いでも、平穏無事だったのだ。三人の用心棒は、即座に承知した。得物《えもの》の点検を済ませると、連れだって門を出た。三人が血痕を跨ぎ、角を曲がってしばらくしてから、林震南はようやく中へ入った。

帳場に入って、黄《こう》番頭に頼み事をする。

「黄さん、招待状を数枚書いてくれ。夫人の誕生祝いに、親しい友人を招いて、祝い酒をふるまうつもりだ」

「はい、日にちはいつでしょう？」

ふいに、バタバタと、一人が駆け込んできた。林震南《りんしんなん》が外をのぞくと、誰かがドスーンと倒れた。駆けつけて見れば、先ほど棺桶屋へ行った、三人の用心棒のうちの狄鏢頭《てきひょうとう》である。身体はまだうごめいている。林震南は助け起こして、慌てて訊いた。

「狄さん、何があった？」

「他のみんなは死んだ。お……俺は逃げ帰った」

「敵はどんなやつだ？」

「わ……分からん……分からん」

ワナワナと痙攣を起こしたかと思うと、もはや事切れていた。

たちどころに、鏢局中に事が知れ渡った。誰もが、「十歩門を出た者は死ぬ」という言葉をささめき合い、それが奥から出てきた、林夫人《りんふじん》と林平之《りんぺいし》の耳にも入った。

「わしが二人の屍体を担いで帰ろう」

林震南が言った。

「大……大旦那、行ってはなりません。褒美をはずめば、命知らずがおりますから。だ……誰か、屍体を担いで帰ってくれれば、三十両やるぞ」

黄番頭が三回呼びかけたが、誰ひとり声を上げる者がいない。

「おやッ、平児《へいじ》は？　平児、平児！」

林夫人が急に叫んだ。最後の一声は、ひどくせっぱ詰まっている。

「若旦那、若旦那！」

周りも一緒になって、声を張りあげた。

「俺はここだ！」

突然外から林平之の声が響いた。一同が大喜びで門前に向かうと、林平之の長身の体が家並みの角から現れた。双肩に屍体を一体ずつ担いでいる。通りで亡くなった二人の用心棒だ。林震南と林夫人はそろって飛び出した。武器を手に血痕を越え、林平之の警護をしながら戻った。

「よッ、若旦那！　お若いのに大した度胸だねえ」

用心棒や先触れが一斉に喝采《かっさい》した。林震南と林夫人も、内心鼻高々《はなたかだか》である。

「まったく、向こう見ずな子だね。このお二方は大切な仲間には違いないけど、なんたってもう死人なんだから、こんな危ない橋を渡ることはないだろ」

林平之《りんへいし》は微笑《ほほえ》んで見せたが、胸の内は言うに言われぬ苦悶《くもん》を覚えていた。

（みんな俺が短気を起こして、人ひとりを殺《あや》めたばかりに、こんなに大勢の人が死ぬことになったんだ。俺まで怖《お》じ気《け》づいてたら、それこそ人でなしだ！）

その時、いきなり裏手から叫び声が伝わった。

「華《か》さんまで、何で急に死んじまったんだ？」

「どうした？」

林震南《りんしんなん》が一喝した。鏢局の執事が血の気の失《う》せた顔で、おどおどしながらやってきた。

「大旦那、華さんは裏門から食材を買いに出かけましたが、十歩離れた場所で死んでおります。裏門にも、れ……例の血の文字が」

華というのは、鏢局の料理人で、料理の腕前は確かであった。冬瓜《とうがん》のスープ、フカヒレの煮込みや魚のかす漬けなどの料理は、福州に名を馳せており、林震南が高官や富商を接待するのに使う、持ち駒のうちの一枚と言える。林震南は再びギョッとした。

（あれは普通の料理人で、用心棒や先触れとは違う。江湖のならわしでは、荷駄を襲うときは、車夫、かごかき、ラバ引き、荷担ぎ人夫はおしなべて殺さないものだ。敵のやり口が、これほどまでに惨《むご》いとは。わが福威鏢局の一門を全滅させる気か？）

「みなうろたえるな。フンッ、強盗どもは、隙《すき》をみて手出しすることしかできん。お前たちもその眼で見ただろう。先ほど若旦那とわしら夫婦が、しかと門から十歩以上も出たというに、強盗どもに何ができた？」

林震南の叱咤《しった》に、一同は唯々《いい》諾々《だくだく》としたが、門から一歩でも出る勇気のある者はいなかった。林震南と林《りん》夫人《ふじん》はしかめっ面を合わせるばかりで、手をつかねて、なす術《すべ》もない。

その夜、林震南は、用心棒たちに交代で夜回りをさせた。ところが、みずから剣を手に巡回していたとき、彼が眼にしたのは、十数人の用心棒が広間でたむろして、誰も見張りに立たないという光景であった。用心棒たちは大旦那を見かけるや、ばつの悪そうな様子で立ち上がったが、そこから一歩でも動こうとする者は、一人もいなかった。

（敵はあまりにも手強《てごわ》い。鏢局内でこれほど人が死んだというに、おのれはずっと手も足も出せぬのだ。他の者が怖じ気づくのもむりはない）

林震南は、すぐさま二言三言ねぎらいの言葉をかけた。さらに、酒肴《しゅこう》の用意をさせ、広間で用心棒たちの酒につき合った。一同はふさぎがちで、誰もがむっつりとやけ酒をあおるばかりだ。短時間で、早くも数人が酔いつぶれた。

翌日の午後、馬蹄の響きとともに、鏢局から数騎が飛び出していった。林震南が確認したところ、五人の用心棒がこの苦境に堪《こら》えきれずに、挨拶《あいさつ》なしに出ていったのだ。林震南は首を振りながら嘆息した。

「わしはみなの面倒をみる力がない。どなたも、行きたければ行けばよい」

残った用心棒たちは、口々に、五人は義理を欠くと責めたが、数人は黙ってため息をついて、どうしておのれも出ていかないのかと、ひそかに考えていた。

夕暮れどきに、五頭の馬が、またもや屍体を五体載せて帰ってきた。五人の用心棒は、危地を逃れるつもりが、逆に一足早く命を落とす結果となったのだ。

林平之《りんへいし》は悲憤やるかたなく、長剣を手にするや、門から飛び出した。血痕の三歩外に立ち、大音声《だいおんじょう》を放った。

「余《よ》という四川人は、この林平之が殺したんだ。他の者とはなんら関《かか》わりがない。仇討ちなら、俺を相手にすればいいだろう。メッタ斬りにされても恨むものか。貴様ら、再三再四善人を殺すとは、英雄好漢の端くれにもならん。林平之はここだ。腕に覚えがあれば、かかってこい！　姿を現さぬのは、臆病者だ。とんだ寝取られ野郎ってことだ！」

声がだんだんと大きくなり、やがて、服をはだけて、あらわにした胸をドーンとたたいた。

「骨があるやつは、一太刀浴びせかけてこい。そんな勇気もないのか？　臆病者めが！」

林平之は両眼を血走らせながら、胸をたたいて喚《わめ》き散らした。道行く人は、遠巻きにながめていたが、近寄って鏢局の様子をうかがうような、度胸のある者はいない。

息子の叫び声を聞きつけた林震南《りんしんなん》夫妻は、一斉に門を飛びだした。二人ともここ数日間、鬱憤が溜まっている。胸には積怨《せきえん》があふれ、腹の中も爆発寸前。林平之の敵への挑発を聞いて、すぐさま大声で痛罵し始めた。

用心棒たちは互いに顔を見合わせ、内心三人の度胸に感服した。

(大旦那はひとかどの英雄だし、夫人も女傑だから、まあいいとして、一見お嬢様ふうの若旦那まで、天地をも恐れぬ様子で、敵に向かって痛罵できるとは、まったく大したものだ！)

いくら喚いても、辺りは依然として静まり返っている。

「何が門を十歩出た者は死ぬだ。もう何歩か歩いてやる。さあ、俺をどうしようってんだ？」

林平之はそう叫ぶと、数歩踏みだして、傲然《ごうぜん》と四方を見回した。

「もうおよし。強盗どもは弱い者いじめしか能がないんだよ。あたしの息子には手が出せないのさ」

林夫人《りんふじん》は林平之の手を引っぱって、大門をくぐった。怒りでワナワナ震えていた林平之は、寝室に戻ると、堰《せき》を切ったように、寝台に突《つ》っ伏《ぶ》して号泣した。

林震南は息子の頭を撫《な》でた。

「平児《へいじ》、お前は度胸があるな。さすがわが林家の男だ。敵は姿を現さぬのだ、わしらは手の打ちようがなかろう？　しばらく寝ていろ」

しばらく泣いているうちに、林平之《りんへいし》はうつらうつらと眠った。夕飯を済ませてから、父母のヒソヒソ話が漏れ聞こえた。用心棒が数人、こともあろうに、裏庭から地下道を掘り進み、十歩先に引かれた血痕を通過して、逃げ延びるつもりでいる。そうでもしなければ、鏢局に閉じこめられたままでは、遅かれ早かれ命を失ってしまうというのだ。

「抜け穴を掘るんなら、掘らしておこうよ。ただ……ただねえ……フンッ！」

林夫人《りんふじん》はせせら笑った。つまり、馬に乗って逃げようとした五人同様、あたら死に急ぐことになる、という意味だ。

「様子を見てこよう。これが活路になるというのなら、みなに逃げてもらうのもよい」

林震南《りんしんなん》が思案顔で言った。しばらく出かけてから、部屋に戻ってきた。

「あやつら、口は達者だが、本気で掘ろうとする者はおらん」

その晩、三人は早々に寝た。鏢局では、命運は天まかせという考えが蔓延《まんえん》し、もはや夜回りする者などいなかった。

夜半、眠っていた林平之は、肩を軽く叩かれる気配を感じた。跳ね起きて、枕元の長剣に手をかけたやさき、母親の声がした。

「平児、あたしだよ。お父さん、出かけてからずいぶん経《た》つのに、まだ帰ってこないんだ。探しに行こう」

林平之はアッと息を呑んだ。

「父上はどちらへ？」

「分からない！」

二人は得物を携《たずさ》えて、部屋を出た。まず広間の外から中をのぞき込んだ。中は明かりが煌々と照らされ、十数人の用心棒がサイコロを振っての、博打の真っ最中。数日間をビクビクして過ごしてきたのだ。誰もが無力感にさいなまれ、生死を度外視するようになっていた。林夫人は手で息子に合図を送り、きびすを返した。母子で各所を探し回ったが、林震南の姿はどこにも見あたらない。二人はますますうろたえた。だが、他の者には漏らせない。鏢局中が浮足立っている今、大旦那が行方知れずだと知れたら、たちまち大混乱になることは眼に見えている。

裏手まで探したとき、林平之はふいに、左手にある武器の間から、カチャッというかすかな音を聞いた。窓からも明かりが漏れている。駆け寄って、障子紙を指で突き破り、中をのぞき込む。

「父上、ここにおられましたか」

林平之《りんへいし》は歓喜した。腰をかがめて、壁に向かっていた林震南《りんしんなん》は、声を聞いて振り向いた。父の恐怖におののいた表情を見たとたん、林平之の喜色を浮かべた顔が、一瞬にして凍りついた。口をあんぐり開けたまま、声も出ない。

林夫人《りんふじん》が戸を開けて、中へ駆け込んだ。見ると、床一面血だらけである。横付けにされた三脚の長椅子に、人が横たわっており、全身素っ裸で、胸から腹まで切り開かれている。屍体の顔から、霍《かく》鏢頭だと分かった。昼間、四人の用心棒といっしょに、馬に乗って逃げだしたが、屍《しかばね》となって、馬に背負われて帰ってきた一人だ。林平之も武器の間に入り、戸をしかと閉めた。林震南は、死人の胸ぐらから、血がしたたる心臓を取りだした。

「心の臓が八、九片に砕かれている。やはり……やはり……」

「やはり青城派の『摧心掌《さいしんしょう》』！」

林夫人が付け足した。林震南はうなずいたきり、黙り込んだ。林平之はようやく呑み込めた。父は屍体を解剖《かいぼう》することにより、殺害された者たちの死因を探っていたのだ。

林震南は心臓をもとに戻し、屍体を油布でくるんで、部屋の隅に抛った。油布で手の血をふき取ると、妻と息子とともに寝室に戻った。

「相手は青城派の使い手と決まった。なあ、どうしたらいいものか？」

「事は私が起こしたのです。私が明日また外で敵を挑発し、やつらと決着をつけましょう。

よしんば負けて殺されたとしても、それまでのことですから」

林平之が憤懣《ふんまん》やるかたない様子で言った。林震南は首を振った。

「そやつは掌を一突きで、心の臓を八、九片に砕いておきながら、死人の身体にわずかな外傷も残さぬのだ。その武芸の腕からして、青城派でも一、二を争う人物に違いない。そやつがお前を殺す気ならば、とっくに殺していたろう。敵は底意地が悪いのだ。猫がねずみを捕らえたときのように、さんざん弄《もてあそ》び、ねずみが肝をつぶして、みずから絶命しない限りは、満足を覚えぬ」

「やつは、父上の七十二式の辟邪剣法が怖いのかもしれません。でなければ、なぜ正々堂々とかかってこないで、人の隙をついたり、陰で人を殺めてばかりいるんです？」

林震南はまた首を振る。

「平児《へいじ》、父の辟邪剣法は、裏稼業の盗賊どもが相手なら造作《ぞうさ》ないが、そやつの摧心掌は、確かに父よりはるかに勝っているのだ。わ……わしは、これまで誰にも屈服したことはなかった。しかし、霍さんのあの心の臓を見たら……もう……ああ！」

父の、ふだんとかけ離れた、沈み込んだ表情を見て、林平之は、それ以上何も言えなかった。

「相手が手練《てだ》れだとすれば、男は、進退自在たるべし、しばらくやつを避けることですよ」

林夫人《りんふじん》が言うと、林震南《りんしんなん》はうなずいた。

「わしもそう考えていた」

「今夜すぐに洛陽へ向かいましょう。幸い敵の素性《すじょう》もはっきりしたことだし、仇を討つのは、十年後でも遅くはない」

「そうだ！　岳父《ちちうえ》はお顔が広いゆえ、きっといい智恵を授けてくださるに違いない。金目《かねめ》のものを見繕《みつくろ》ったら、さっそく出立《しゅったつ》しよう」

林平之《りんへいし》は、すぐさま自分の部屋に戻って、荷作りを始めた。敵が火を放って、鏢局を丸焼けにしかねないと思うと、衣装や装身具、飾り物を一つ一つ眼にしながら、これは捨てがたく、あれも置いていけないといった調子で、大きな風呂敷包みを二つもこさえてしまった。それでも残した物が多すぎると思い、左手に卓上の玉馬をつかみ、右手には豹の皮を巻いて携えた。そいつは、自分の手で殺した豹から剝いだものだ。包みを背負うと、夫妻の部屋にやってきた。

一眼見て、林夫人は苦笑した。

「引っ越しじゃなくて、避難するんだよ。こんなにがらくたを持ってどうするの？」

林震南はため息をついて、首を振った。

（わしらは代々続いた武門だが、息子は幼少からの乳母日傘《おんばひがさ》。多少武芸を習ったことを除けば、そこらの金持ちのドラ息子となんら変わらん。今日大難に遭うて、あたふたと事に当たっているのだ。この子は責められまい）

そう思うと、覚えず愛惜《あいせき》の念がこみ上げてきた。

「外祖父《おじいさま》の家には何でもあるんだぞ。わしらは金貨と、金目の宝石類を持っていくだけで十分だ。道中、江西、湖南、湖北には、いずれも支店があるというに、飯に困るとでも思うか？　荷物は軽ければ軽いほどよい。身軽な分だけ、闘いやすくなる」

林平之はしかたなく、風呂敷包みを置いた。

「表から堂々と飛びだすの？　それとも裏門からこっそり出るの？」

林夫人が言った。

林震南は肘掛けにもたれて、両眼を閉じた。キセルをスパスパと音を立てて吸い、しばらくしてから、眼をカッと見開いた。

「平児《へいじ》、鏢局中の者に、荷物をまとめて、明け方に一斉にここを離れると伝えてくれ。帳場に、みなに金を分け与えるよう言いつけるのだ。疫病神《やくびょうがみ》が去ってから、みなで戻って来ようぞ」

「はい！」と返事したものの、林平之は不思議でならなかった。

（なぜ父上は、急に考えを変えたのだろうか？）

「みんなに散り散りになれというつもり？　この鏢局は誰が守るの？」

林夫人《りんふじん》が訊ねた。

「守る必要などない。こんな化け物屋敷に、誰が好き好んで命を捨てに来る？　それに、わしら三人が出ていけば、残った者たちも出ていくだろう」

林震南《りんしんなん》の命令が伝わるや、鏢局中はたちまち、蜂の巣をつついたような大騒ぎとなった。

息子が部屋を出てから、林震南はようやく切りだした。

「なあ、わしら父子は先触れの服に着替えるが、お前は端女《はしため》に化けろ。夜が明けたら、百人あまりがパッと散らばるんだ。敵がいかに腕が立つといっても、一人か、二人にすぎないだろう。誰を追いかけるというのかね？」

「名案だね」

手をたたいて称賛した林夫人は、さっそく先触れ人足の汚れた服を二着取ってきた。林《りん》平之《へいし》が戻ってから、父子二人に着替えさせたのち、みずからも黒服に着替え、頭には青い花柄の手巾を巻いた。肌が白すぎることを除けば、がさつな下女そのものに見える。林平之は身につけた服が臭《にお》ってたまらず、大いに気が進まなかったが、それも仕方のないことであった。

明け方の時分、林震南は大門を開けるよう言いつけた。

「本年はわれらに時運の利なく、鏢局に疫病神がとりつき、しばらくそれを避けるよりほかない。みながもし、用心棒稼業を続けたければ、杭州府や南昌府へ行き、浙江支店、江西支店に身を寄せてくれ。そこの劉《りゅう》さんや、易《えき》さんがみなを丁重に迎えてくれるはずだ。さあ、行こう！」

林震南が一同に告げると、即座に百人あまりが次々と馬に跨り、大門にドッと繰りだした。

林震南が大門に錠を掛け、号令を一声かけるや、十数騎が血痕を駆け抜けた。大勢だと肝がすわるもので、一同は今やさほど怯えてはいなかった。一刻も早く鏢局から離れれば、それだけ安全が保障されると思えたのだ。蹄の音がごった返し、一同は当てもないままに、仲間の後に従って、一斉に北の門に向かって突進した。

林震南は街角で、夫人と息子に手で合図を送った。それから、低い声で、

「みなに北に向かわせて、わしらは南に向かおう」

「洛陽へ行くのに、どうして南へ？」

林夫人が訊ねた。

「敵はわしらが必ず洛陽へ行くとふんでおるゆえ、北門で待ち受けているに違いない。わ

しらはわざと南へ向かい、大きく遠回りしてから北へ向かう。畜生どもに肩すかしを喰わせるのだ」

「父上！」

「どうした？」

「私は北門から出とうございます。畜生どもは、仲間をこんなに大勢手にかけたのです。やっと死闘を交えなければ、とても腹の虫が治まりません」

「この不倶戴天《ふぐたいてん》の仇はもちろん討つさ。だけど、お前のその未熟な腕で、向こうの摧心掌が受けられるのかい？」

林夫人《りんふじん》が言った。

「たかが霍《かく》さんのように、心の臓を砕かれるまでですよ」

林平之《りんへいし》が息巻くと、林震南《りんしんなん》は血相を変えた。

「われら林家三代が、もしお前のように血気にはやるだけなら、福威鏢局は人様からけんかを売られんでも、自分から崩れておるわ」

林平之はそれ以上は何も言えず、父母とともに一路南へ向かった。城を出てから西南に方向転換し、閩江《びんこう》を渡ってから南嶼《なんしょ》に着いた。

まずは半日以上馬を走らせ、一刻たりとも休みはしなかった。昼過ぎになって、ようやく道端の小さな飯屋で食事となった。

林震南は飯屋の主人に、適当に料理を見繕ってくれ、早ければ早いほどよいと注文した。主人は承知して引っ込んだ。だが、待てど暮らせど、何の気配もない。道を急ぎたい林震南は、

「おい、早くしろ！」

と、二回声をかけたが、誰も答えない。

林夫人も叫んだが、やはり応答がない。

「ちょいと、誰か！」

林夫人はスックと立ち上がり、急いで荷物から金刀を取りだして、奥へ駆け込んだ。見ると、飯屋の主人が地面に転がっており、敷居の辺りに女房らしき女が横たわっている。主人の鼻息を確かめたところ、すでに呼吸はないが、指で触れた唇の感触は、まだ温かかった。

その時、林震南父子も長剣を抜いて、飯屋の周りを一周していた。この飯屋はただ一軒ポツンと、山を背に建っており、辺り一帯は松林で、隣家などはない。三人は店先に立って、四方を見渡したが、何の異状も見受けられなかった。

林震南《りんしんなん》は剣を寝かせて、朗々と呼びかけた。

「青城派のお方、林震南はここで死を賜《たまわ》る覚悟だ。どうか姿を現してくだされ」

何度呼びかけても、「どうか姿を現してくだされ」というこだましか聞こえず、こだまの消え残る余韻以外は、物音一つしない。大敵がここを手を下す場所として選んでいる。そうと知りつつ、三人は気が気ではないとはいえ、じきにケリが付くと思うと、かえって腹が据《す》わった。

「林平之《りんへいし》はここにいるぞ。さあ、殺しに来い！ クソッたれ、犬ころめ。姿を現す勇気がないんだろ。コソコソしやがって、江湖でも最低の下郎《げろう》のすることだ！」

林平之が喚き散らした。

ふいに、松林から澄んだ高笑いが聞こえた。一瞬、眼のくらんだ林平之の前に、人影が立ちはだかった。ろくに見ぬうちから、林平之は、長剣を相手の胸元に突っ込む。相手は半身を開いてかわした。林平之が剣を横一文字に薙《な》ぐと、相手は鼻で嗤って、林平之の左側に回った。林平之は左掌を逆手打ちし、引き戻した剣を、再度突きだした。

林震南夫妻も駆けつけたが、息子の繰りだす整然とした剣術、強敵を相手の、一糸乱れぬさまを眼にするや、即座に二歩下がった。敵は黒服に身を固め、腰には剣を提げている。顔は面長《おもなが》、年は二十三、四といったところか。満面にさげすみの色を浮かべている。

林平之は積怨《せきえん》を晴らさんとばかりに、辟邪剣法を縦横無尽に駆使した。まるでわが身を顧みない、命知らずの闘い方だ。相手は素手のまま、避けるばかりで、反撃をしない。林平之が二十数手、剣を繰りだしたところで、はじめて言葉を発した。

「辟邪剣法とは、こんなものか！」

指で林平之の剣をパチンと弾《はじ》く。林平之は手に激痛を覚えて、長剣を取り落とした。相手が蹴りを飛ばすと、林平之はもんどり打って転がった。林震南夫妻は肩を並べて、息子の楯《たて》となった。

「貴公のご尊名は？　青城派の方か？」

林震南が訊ねた。相手は冷笑を浮かべた。

「福威鏢局ごときの腕では、俺の名を聞く資格などないわ。だが、今日は仇討ちが目的だ。教えてやらねばな。確かに、俺様は青城派のものだ」

林震南は剣尖《けんせん》を下に向け、左右の手を重ね合わせた。

「手前は松風観の余観主《よかんしゅ》に対し、敬意を払って参った。毎年配下の者を青城に遣わし、今まで礼を欠かしたことなどない。今年、余観主は、四名の弟子を福州に遣わしたとまで言われた。どういったことが貴公のお気に障《さわ》ったのか？」

くだんの若者は空を見上げて、しばらくせせら嗤ってから、ようやく口を開いた。

「ああ、先生は弟子を四人、福州に遣わされた。俺がそのうちの一人だ」

「それは好都合だ。貴公のお名は？」

若者は答えるのも面倒なそぶりで、またフンッ、と鼻を鳴らしてから、

「姓は于《う》、于人豪《じんごう》だ」

と言った。林震南《りんしんなん》は軽くうなずいた。

「『英雄豪傑、青城四秀《せいじょうししゅう》』、貴公は松風観四高足《こうそく》のお一人であったか。どうりで摧心掌の造詣《ぞうけい》がかくも深い。人を殺めんとも血を見ざる、いやはや、恐れ入った！　于どのが遠路はるばるお越しだとは、お迎えにも上がらず、失礼をば致した」

「摧心掌といえば、フフフ……、あんたはお迎えなすってないが、そこの武芸達者な若様が、お迎えなすってくれたぜ。余《よ》先生のご愛息まで殺してくれたんだからな。今さら、失礼も何も」

林震南は背筋が凍る思いがした。息子が誤って殺したのが、もし青城派のいち弟子にすぎなければ、武林の顔役に仲裁を頼み、相手方に陳謝すれば、あるいは事が収まる余地もあった。だが、松風観の観主、余滄海《よそうかい》の実の息子となれば、死闘を交えるほかに道はない。

林震南は長剣を構えて、天を仰いだ。

「ハッハッハッ、これは面白い。于どのはお戯《たわむ》れを」

于人豪は、ギロッと白眼を剝いてから、傲然《ごうぜん》と、

「戯れだと？」

「余観主《よかんしゅ》は武術に優れ、お家のしつけが厳しく、江湖では誰もが敬服していると聞いておる。しかし、愚息《ぐそく》が誤って殺した者は、酒屋で良家の娘に、いかがわしいふるまいをしていたごろつきだ。愚息の手にかけられるようでは、武芸が凡庸《ぼんよう》であることも、推して知るべしというもの。かような者が、余観主のご令息であるはずがないゆえ、于どののお戯れかと」

于人豪は苦い顔をして、とっさに返答に窮《きゅう》した。と、いきなり松林から声が伝わってきた。

「多勢に無勢とはこのことよ。あの酒屋では、林《りん》の若旦那は鏢局の用心棒頭二十四人を率いて、突然余どのに襲いかかった……」

声の主は喋りながら、姿を現した。異常に頭が小さいやつで、扇子《せんす》をユラユラとあおぎながら、さらに喋り続ける。

「正々堂々と闘うなら、それまでのこと。福威鏢局がいくら多勢でも、実のところ、まるで無駄だからな。しかし、若旦那はわれらが余どのの杯に毒を盛って、しかも、十七種類もの毒を塗った隠し矢を放ったのだ。ヒッヒッヒッ、このクソッたれは、まったく、酷《ひど》い

ったらないぜ。こっちは好意で訪れたのに、まさかだまし討ちに遭うとはな」

林震南《りんしんなん》が訊ねた。

「貴公のご尊名は？」

「恐縮ですな。手前は方人智《ほうじんち》と申す者で」

長剣を拾いあげた林平之《りんへいし》は、頭から湯気を立てながら、傍らに立っていた。父が二言三言社交辞令を返せば、再度飛びかかる構えである。方人智の妄言を聞くなり、カッとなってどなった。

「嘘《うそ》をつけ！　あいつとは何の恨みもなく、会ったこともない。青城派だとも知らなかったんだ、殺して何になる？」

方人智はユラユラとかぶりを振った。

「匂《にお》う、匂う、臭い嘘だな！　余《よ》どのに何の恨みもないのなら、何で酒屋の外に、三十数人の用心棒頭と先触れを待ち伏せさせてたんだい？　余どのは、あんたが良家の娘をからかうのを見かねて、ちょっと懲《こ》らしめたが、命は見逃してやったんだぜ。なのに、あんたは恩義に感じるどころか、何で逆に用心棒どもに命じて、束で余どのを襲ったんだ？」

林平之は胸が破裂せんばかりに逆上した。

「青城派は、どいつもこいつも、白黒も分からんようなごろつきばかりだったのか！」

方人智はニヤニヤした。

「クソッたれ、ほざいたな」

「だから何だ？」

方人智はコクンとうなずいた。

「好きにほざけ。知ったことか」

予想外の言葉に、林平之は一瞬呆気《あっけ》にとられた。ふいに、風を切って、誰かが飛びかかってきた。林平之、すばやく左掌で払おうとするも、やはり一瞬遅れをとった。ピシリ！右頬をしたたかに張られた。眼から火花が飛んで、気が遠くなった。迅速な一撃を放ったのち、方人智はもとの位置に戻り、自分の右頬をさすりさすりして、怒って見せた。

「小僧、何で手を出すんだ？　いてえ、いてえ、ハハハ！」

息子がなぶられたのを見て、林夫人《りんふじん》は、颯《さつ》と一太刀、相手に斬りつけた。的確にして力強いこの一撃、方人智はサッとかわしたが、斬り下げた剣尖《けんせん》が、その右腕すれすれを掠《かす》めた。度胆《どぎも》を抜かれた方人智、

「クソ婆《ばば》あ！」

さすがに今度は舐《な》めてかからず、腰の長剣を抜いて、林夫人の第二刀を迎え撃った。

林震南は長剣を構えた。

「青城派が福威鏢局に難癖をつけるのはたやすいが、事の是非は、武林の公論が決めることだ。于《う》どの、いざ！」

于人豪《うじんごう》は鞘に手をかけ、シャッと長剣を鞘走らせた。

「林《りん》どの、いざ」

（青城派の松風剣法は、強靭《きょうじん》にして軽捷《けいしょう》と聞く。何でも松の如《ごと》くしなやかで、風の如く軽やかであるとか。これは先手をとらんことには、勝ち目はないぞ）

林震南《りんしんなん》は、長剣を横一文字に薙《な》いだ。辟邪剣法の一手、「群邪辟易《ぐんじゃへきえき》」である。凄《すさ》まじい斬撃《ざんげき》に、于人豪は身を反らして避けた。林震南の第一手は、途中で第二手「鍾馗抉目《しょうきけつもく》」にとって変わられ、剣尖が相手の両眼を鋭く襲った。于人豪は後ろに跳んだ。林震南の第三剣が迫ると、于人豪は剣で受けた。カーン！　二人の腕に痺れが走った。

（青城派とはどれほど凄いかと思っていたが、こんなものか？　それであれほど恐ろしい摧心掌が使えるというのか？　断じてありえぬ。別に大物の助っ人が控えているに違いない）

林震南はグッと気を引き締めた。弧を描いた于人豪の長剣が、いきなり刺突《しとつ》に変わった。銀色の流星と化した剣尖が、続けざまに七カ所を突いてくる。林震南の反応も迅く、奮然と立ち向かう。両者は一進一退を繰り返し、二十数手交えても、勝負がつかなかった。

一方、林夫人《りんふじん》は、金刀が方人智《ほうじんち》の迅速な剣術に太刀打ちできず、危機の連続となっている。

母親の旗色が悪いと見た林平之《りんへいし》は、慌てて駆け寄り、振りかざした剣を、方人智の頭上めがけて斬り下げた。半身になってかわす方人智。再度狂ったように躍りかかった林平之だが、ふいに、何かに脚を取られ、つまずいて転んだ。

「動くな！」

誰かがそう言うのが聞こえた。片足でしたたかに踏みつけられ、続いて背中に刃物が突きつけられた。林平之の眼には、地べたしか映っていない。

「殺さないで、殺さないで！」

母親の甲高い悲鳴が耳に入った。

「お前もだ」

方人智の一喝も聞こえた。

実は、林平之母子が方人智と渡り合っていたとき、もう一人が背後から、足払いで林平之をつまずかせたのち、あいくちを背中に突きつけたのだ。もともと劣勢に立っていた林夫人は、気もそぞろとなり、刀法が乱れたところを、方人智に肘打ちを喰らって、倒れてしまった次第。方人智が駆け寄って、二人に点穴《てんけつ》（ツボを突いて、動けなくする術）を施した。林平之《りんへいし》をつまずかせたのは、福州の郊外の酒屋で、用心棒頭二人と手を合わせた賈《か》という男である。

妻子がともに敵の手に落ちたのを見て、焦った林震南《りんしんなん》、颯颯颯《さっさっさっ》と激しく攻めたてる。于《う》人豪《じんごう》は高笑いしてから、数手を繰りだし、ことごとく先手を奪った。林震南は驚愕した。

(やつがなぜ辟邪剣法を知っておるのだ?)

于人豪はニヤニヤした。

「俺の辟邪剣法はどうだ?」

「お……おぬし、なぜ辟邪剣法を……」

方人智《ほうじんち》は笑った。

「あんたの辟邪剣法のどこが凄いんだ? 俺だって使える!」

長剣が唸《うな》った。「群邪辟易」、「鍾馗抉目」、「飛燕穿柳《ひえんせんりゅう》」、三手とも、紛れもなく辟邪剣法である。

その瞬間、林震南はおそらく、この世で最も恐ろしい光景を眼にしただろう。家伝極秘の辟邪剣法を、敵が自在に使えるとは、夢にも思わなかったのだ。茫然自失のうちに、闘志が萎《な》えた。

「もらった!」

　于人豪が一喝するや、林震南は右膝を刺され、ガクンと右膝をついた。すぐさま躍りあがったが、于人豪が長剣をはね上げ、胸に突きつけた。

「人豪、見事な『流星趕月《りゅうせいかんげつ》』だ！」

　賈人達《かじんたつ》が喝采を送った。「流星趕月」も、辟邪剣法の一手である。

　林震南は大きくため息をついて、剣を投げ捨てた。

「お……おぬしに……辟邪剣法が使えるのか。……ひと思いに殺せ！」

　続いて、いきなり背中に痺れを覚えた。方人智に剣の柄《つか》で穴道《けつどう》（ツボ、急所）を衝《つ》かれたのだ。方人智が言うには、

「フン、甘いわ。林家のクソッたれ親子三人、雁首《がんくび》そろえて、うちの師父に会ってもらおう」

　賈人達は、左手で林平之の背中をつかみ上げ、したたかに往復ビンタを喰らわせた。

「お雛《ひな》さん、今日から俺様が、毎日十八回お仕置きをしてやるからな。ずっと四川の青城山までだ。お前の女形面《おやまづら》を痘痕面《あばたづら》にしてくれるわ」

　怒り狂った林平之は、賈人達に唾を吐いた。両者の距離はわずか一尺あまり。唾は見事にベチャッと、賈人達の鼻梁《びりょう》にかかった。激怒した賈人達は、林平之を地面にたたきつけると、背中を思いきり蹴とばした。

「もういいだろう。死んだら、師父になんて申し開きをすればいいんだ？　こいつはまるで娘っこのようなもんだ。お前の殴る蹴るに堪えられるものか」

賈人達《かじんたつ》は武芸が凡庸で、人となりも卑《いや》しい。余観主《よかんしゅ》の覚えはもとより悪く、兄弟弟子からも蔑《さげす》まれている。方人智《ほうじんち》の言葉を聞いて、それ以上蹴るのははばかられたが、腹いせに林平之《りんへいし》の身体に、何度も唾を吐きかけた。

方、于《う》の二人は、林震南《りんしんなん》一家を宿まで運び入れて、地面に抛《ほう》った。

「飯を食ってから出立《しゅったつ》しよう。人達、飯の用意をしてくれないか」

方人智が言うと、賈人達は「はい」と承知した。

「方兄貴、三人にとんずらされないようにしねえと。この老いぼれは、腕がまあまあだぜ」

于人豪《うじんごう》が言った。方人智は笑って、

「わけはないさ。飯を食ってから、三人の腕の筋《すじ》をみんな切っちまうんだ。それから、肩に縄を通して、蟹《かに》のように縛ったら、逃げられっこないだろう」

「度胸があるなら、さっさと俺たちを殺せ。こんな汚いやり口は、下司《げす》のやることだ！」

林平之が痛罵した。方人智はニコニコしている。

「小僧、それ以上何かしゃべったら、犬の糞を、お前の口にねじ込んでやるぞ」

この言葉は効果てきめんであった。林平之は、怒りで気が遠くなりそうだったが、とたんに口をギュッと結んで、悪態をつかなくなった。

「人豪、師父はわれらに、七十二式の辟邪剣法を教えてくれたが、俺たち二人は、なかなか様になってるじゃないか。林の旦那、一眼見たとたん、魂が抜けたようになっちまったな。旦那、あんた今ごろ考えてるんじゃないか。青城派になぜ林家の辟邪剣法が使えるのかってな」

方人智が笑いかけた。

林震南はこの時、たしかに考えていた。

（青城派はなぜ林家の辟邪剣法が使えるんだ？）

第二章　盗聴

方人智《ほうじんち》や于人豪《うじんごう》に躍りかかろうと、もがく林平之《りんぺいし》だったが、いかんせん背中に数カ所穴道《けつとう》を突かれており、下半身がどうにも動かない。

(腕の筋《すじ》を断たれ、肩をつながれ、廃人になるくらいなら、ここで死んだ方がすっきりする)

そう考えていたとき、ふいに、奥の厨房《ちゅうぼう》から、凄惨《せいさん》な悲鳴が聞こえた。賈人達《かじんたつ》の声である。

方人智と于人豪は同時に躍りあがり、長剣を取って、奥へ駆け込んだ。正面の入り口から人影がスルリと、音も立てずに忍び込んできて、林平之の襟首をつかんで持ちあげた。

林平之は、「あッ」とかすかな声を上げた。そいつは顔中痘痕《あばた》だらけで、事の起こりとなった酒屋の醜女《しこめ》だったのだ。

醜女は彼を門外に引きずり、馬をつないだ大樹まで引っぱっていった。それから、左手を彼の腰の後ろにかけ、両手で彼を馬の背に載せた。困惑している林平之の眼に、醜女の長剣が飛び込んだ。

白刃《はくじん》が一閃《いっせん》するや、醜女は手綱《たづな》を断ち切り、馬の尻《しり》を剣で軽くつついた。馬は痛さでヒヒーンと嘶《いなな》き、林へと突っ込んでいった。

「母上、父上！」

林平之は絶叫した。父母のことが気にかかり、とてもおのれだけが助かろうという気にはなれない。両手で馬の背を力いっぱい押して、馬から転げ落ち、そのまま草むらへと転がり込んだ。馬の方はそのまま遠くへ走り去っていった。林平之は灌木《かんぼく》の枝をひっぱり、立ち上がろうとするが、脚にはまったく力が入らない。数尺立ち上がっただけで、すぐに倒れてしまうのだ。続いて、腰や尻に激痛が走った。馬から転げ落ちたときに、樹の根っこや石ころにぶつかったせいだ。

喚《わめ》き声や足音が入り乱れ、誰《だれ》かが追ってきた。林平之は慌てて草むらに身をひそめた。刀刃《とうじん》がやかましく打ち合い、数人が激闘を繰り広げているようだ。林平之はこっそり首を伸ばし、草むらの隙間《すきま》からのぞいた。片方は于人豪と方人智、もう片方はあの醜女と、黒い覆面をした白髪の老人である。一眼見るなり、醜女の祖父で、薩《さつ》というおやじだということが分かった。

（この二人も青城派《せいじょう》かと思っていたが、この娘が俺を助けてくれたとは。ああ、腕の立つ娘だと知っていれば、いらぬ義憤などにかられて、こんな災いを招くこともなかったのに）

こうも考えた。

（やつらが闘いに余念がないうちに、父上と母上を助けにいこう）

しかし、背中の穴道がいまだ解けず、どうにも動けない。

「き……貴様ら何者だ？　なぜ青城派の剣法が使える？」

方人智《ほうじんち》が叫んだ。答えるかわりに、老人が白刃を一閃させるや、方人智の長剣が吹っ飛んだ。慌てて後ろに退く方人智と入れ違いに、于人豪《うじんごう》が前に躍りでた。老人は数手を繰りだした。

「て……てめえ」

于人豪の声は驚愕《きょうがく》に満ちている。カーン！　またもや長剣がはね飛ばされた。醜女が一歩踏み込んで、刺突《しとつ》を送るのを、覆面の老人が剣でさえぎった。

「命はとるな！」

「この人たち、あんなにたくさん人を殺して、酷《むご》いったらありゃしない」

「もう行こう！　師父の言いつけを忘れるでないぞ」

「手ぬるいこと」

醜女はうなずいて言うと、林の中へと消えた。覆面の老人もその後に続き、あっという間に遠くへ走り去った。

方、于の二人は、少し落ち着きを取り戻し、それぞれ自分の剣を拾い上げた。

「まったくわけが分からん！　どうしてやつに俺たちの剣法が使えるんだ？」

于人豪が毒づいた。

「やっとて数手しかできん。だが……だが、あの『鴻飛冥冥《こうひめいめい》』は、実に、実に……ああ！」

「やつらは、小僧を逃がしましたが……」

「しまった、離間《りかん》の計にはまるな。林震南《りんしんなん》夫婦！」

「はい！」

二人は身を返して駆け戻った。

しばらくすると、蹄《ひづめ》の音が響いて、二頭の馬が林に向かってきた。方人智と于人豪がそれぞれ一頭ずつ引いている。馬の背に括《くく》られているのは、林震南と林夫人《りんふじん》に他ならない。

林平之《りんぺいし》は「父上！　母上！」と、叫びたかったが、幸いグッと堪《こら》えた。今わずかでも物音を立てれば、あたら命を失うばかりでなく、両親を救う機会さえも逸してしまうことは分かっていた。

馬から少し離れて、脚を引きずりながら歩いているのは、賈人達《かじんたつ》である。頭に巻かれた白い布は、鮮血で染まっており、口は休まず罵詈雑言《ばりぞうごん》を放っている。

「クソッたれ、棺桶《かんおけ》にぶち込んでやる。お雛《ひな》さんは助けられても、ジジイとババアまでは助けられまい？　俺様が毎日おいぼれ二人の身体《からだ》に、一刀ずつ見舞ってやる。青城山に着くころにゃ、果たしてまだ命があるか……」

「人達、林震南《りんしんなん》夫婦は、師父かららくれぐれも生け捕りにするよう言いつかっている。もし何かあったら、お前、師父に皮をひん剝《む》かれるぞ」

方人智《ほうじんち》が大声でたしなめた。賈人達は、フンッと言ったきり、口をつぐんだ。

青城派が両親を生け捕りにするつもりだと聞いて、林平之《りんへいし》はかえってホッとした。

（やつらは父上と母上を青城山に連れていくつもりだ。道中虐《しいた》げることもないらしい。福建《ふっけん》から四川《しせん》青城山まで、かなりの道のりだ。何としてもお二人を救いだすぞ）

（鏢局《ひょうきょく》の支店へ行って、洛陽《らくよう》の外祖父《おじいさま》に急ぎ知らせてもらおう）

とも考えた。

蚊やぶよに喰《く》われるまま、草むらにジッと横たわって数刻。日が暮れたころ、背中の穴道がついに解けた。やっとのことではい上がり、ゆっくりと飯屋までもどった。

(変装をして、やつらの眼の前でも、見破られないようにせねば。のっけから殺されたんじゃ、父上と母上は救い出せん)

飯屋の主人の部屋に入り、ランプに火をつけた。服を探すつもりであったが、山奥の貧乏人の窮迫《きゆうはく》ぶりは並ではない。替えの衣服が一着もなかった。飯屋の表へ出ると、主人夫婦の屍体《したい》が地面に転がっている。

(しかたがない。死人の服に着替えるしかない)

死人の衣服を剝《は》ぎ、手に取ると、異臭が鼻を衝《つ》いた。洗ってから身に着けようと思ったが、考え直した。

(不浄にこだわって寸刻をむだにし、好機を逸したがために、父上と母上を助けられないようなことあらば、痛恨の極みになるではないか)

歯を食いしばってすっ裸になり、死人の衣服を身に着けた。

松明《たいまつ》に火をつけ、方々を照らしたところ、父と自分の長剣、母の金刀《きんとう》が地面にうち捨ててあった。父の長剣を拾い上げ、ボロ布に包み、背後に差す。店を出ると、渓流から蛙《かえる》の鳴き声がかすかに伝わってきた。ふいに寂寥《せきりよう》感に襲われ、声を上げて泣きたい衝動にかられた。手を思いきり振り上げる。松明が闇《やみ》の中で赤々と弧《こ》を描き、プシュッという音をたてて、池に沈んだ。たちまち、辺りはまた漆黒《しっこく》に戻った。彼は心に誓った。

(林平之《りんへいし》よ林平之、お前がもし油断をしたり、辛抱できなかったりして、再び青城派の手に落ちてしまったら、この松明が腐った池に落ちたようなものだぞ)

眼を拭《ふ》こうと、挙げた袖《そで》が顔に触れた瞬間、ツンとする臭気に吐きそうになった。

「これしきの臭《にお》いが耐えられんようでは、男とは言えんぞ」

叫ぶや、即座に歩み始めた。

数歩歩かぬうちに、腰に激痛を感じたが、歯を食いしばって、かえって足を迅《はや》めた。

(馬を一頭買わねばな。どれくらい金がかかるのか——)

そう思って、身辺を探ったとたん、思わず頭を抱えた。家を出たときから、金目《かねめ》の物はすべて鞍《くら》の脇《わき》の革袋に入れていた。林震南《りんしんなん》と林夫人《りんふじん》はそれぞれ銀子《ぎんす》を携えているが、自分は一両も持ち合わせていないのだ。焦りがつのって地団駄《じだんだ》を踏んだ。

「どうしようか？　どうしようか？」

しばらく茫然《ぼうぜん》となった。

(父上と母上を救うのが肝要だ。餓死するわけにはいかない)

彼はふもとに向かって歩きだした。

一晩じゅう山道を歩いたのだ。昼になると、腹がグーグー鳴ってきた。路傍の龍眼《りゅうがん》の樹には、青い龍眼がたわわに実っている。まだ熟していないが、腹の足しにはなりそうだ。樹の下へ行き、手を伸ばして手折《たお》ろうとしたその時、

（この龍眼は人様の物だ。断りもなしに取れば、盗人《ぬすっと》と同じだ。林家三代は用心棒稼業を通じて、ずっと裏の世界の盗賊どもを敵にしてきた。盗賊のようなまねができるか。誰かに見られて、父上の面前で俺のことをこそ泥と罵《ののし》られたら、父上は立つ瀬がなくなる。福《ふく》威《い》鏢局の看板は二度と掲げられんぞ）

盗賊はこそ泥から始まり、こそ泥が最初に盗む物も、往々にして瓜《うり》や果物の類だったりする。ささいな物が積もり積もって、抜け出せないような泥沼にはまるということを、林平之は幼少から教え込まれている。背中から冷や汗が吹きだした。

（いつの日か、父上と福威鏢局の声望を取り戻すぞ。男たる者、地に足を付けた生き方をせねば。物乞《ものご》いになろうと、盗人にはならん）

大股《おおまた》で前に突き進み、二度と路傍の龍眼には眼をくれなかった。

数里歩いて、小さな村にたどりついた。ある人家に向かって、もごもご食べ物を無心した。何しろ生まれてこの方、上《あ》げ膳《ぜん》据え膳の暮らしである。人に物をねだることなどむろんない。ちょっと口を開いただけで、早くも顔は真っ赤である。

その農婦は夫とひと悶着《もんちゃく》あって、殴られた直後だったので、虫の居どころが悪かった。

林平之《りんへいし》の申し出を聞くや、開口一番、口汚く罵った。ほうきを手に持ってどなる。

「この小僧、コソコソして、いけ好かないやつだね。うちの鶏が一羽見つかんないけど、あんたが盗んで食べたんだろう。まだ何を盗もうって言うんだい？　飯があったって、あんたのような恥知らずにやるもんか。あんたが鶏を盗んだから、うちのやどろくが癇癪《かんしやく》起こして、あたしを痣《あざ》だらけになるまで殴ったじゃないか……」

農婦がひとこと言うたびに、林平之は一歩さがった。農婦は勢いに乗って、ほうきを挙げて林平之の顔めがけて振り下ろした。カッとした林平之は、ヒラリと体《たい》をかわすと、掌《て》を振りあげて殴りかかった。刹那《せつな》、脳裏を掠《かす》めるものがあった。

（物乞いがかなわないからといって、田舎女を殴るとは、とんだお笑い草だ）

むりやり掌を収めようとしたが、力が入りすぎていた。よろけた際に、左足が牛の糞《ふん》を踏んづけてしまい、ツルッと滑ってひっくり返った。農婦はハハハと大笑いした。

「こそ泥め、いい気味だね！」

ほうきで林平之の頭をたたき、ペッと身体に唾《つば》を吐いてから、ようやく家に戻った。

屈辱を受けた林平之は、憤懣《ふんまん》やるかたなかった。何とかはい上がったものの、顔も手も牛糞まみれである。狼狽《ろうばい》していると、農婦が家から出てきて、四本のゆで上がったとうもろこしを彼に手渡した。

「さあ、食べな！　せっかくこんな二枚目に生まれついて、そこらの若い嫁っこよりめんこいというのに、食いしん坊のぐうたらじゃ、まったく役立たずだね」

あざ笑いに、林平之は激怒し、とうもろこしをたたきつけようとした。

「さあ、捨てな、捨てちまいな！　飢え死にしてもいいんなら、捨てちまいなよ」

（父上と母上を救い、敵を討って、福威鏢局を再建しなければ、これより先はいかなる屈辱を受けても、歯を食いしばって耐えなければ。田舎女から辱《はずかし》めを受けたくらいが、何だというのだ？）

「ありがたい！」

ガッと、とうもろこしにかぶりついた。

「捨てないだろうと思ったよ」

農婦は笑いながら言うと、立ち去る際、

「あの小僧、あんなに飢えていたんだ、鶏はあいつが盗んだんじゃないね。ああ、うちのやどろくが、あの子の半分でもこらえ性があったらいいんだけどねえ」

と、なおもぶつくさ言っていた。

林平之は、道中物乞いをしたり、山間《やまあい》の野生の果実を採ったりして、飢えをしのいだ。

幸いこの年、福建省は豊作で、民間には食糧が多分に余っていた。林平之は顔を汚く塗りたくっていたが、上品な物言いが好感を得て、食べ物を手に入れるのはそう難しくはなかった。途中で父や母の消息を訊《たず》ねるも、手がかりはまったくなかった。

八、九日後には、すでに江西省《こうせい》の領内である。林平之《りんへいし》は南昌《なんしょう》に赴くつもりであった。南昌には鏢局の支店があり、何かしら消息があるはずで、たとえなくとも路銀をもらったり、早馬を譲ってもらうこともできる、と考えてのことである。

南昌の城内に着いて、さっそく福威鏢局について道行く人に訊ねた。

「福威鏢局だって？　訊《き》いてどうする？　鏢局はとっくに一面焼け野原になったぜ。隣近所数十軒までとばっちりを受けて、きれいさっぱり焼けちまった」

林平之は弱ったと思いつつ、鏢局の辺りまでやってきた。果たして通りは丸焼けで、瓦《が》礫《れき》と化している。彼はしばし悄然《しょうぜん》と立ちすくんだ。

(青城派の悪党どもの仕業《しわざ》に違いない。この仇を討たんで、人と言えるか)

南昌では長居せずに、その日のうちに西へ向かった。

——ある日。湖南《こなん》省の長沙《ちょうさ》にたどりついた。長沙支店もきっと青城派に焼かれたとふんだ。ところが、福威鏢局に起きた事件について、通りすがりの数人に聞いてみても、誰もが知らないと言う。林平之は大喜びで、所在を確かめると、大股で鏢局に向かった。

入り口まで来てみれば、湖南支店は、福州本店ほど威風堂々としていないものの、朱塗りの大門と、門の両側の石獅子はそっくり同じで、たいそう豪奢《ごうしゃ》である。チラッと門内をのぞいたが、人影は見あたらない。林平之はためらった。

（こんなみじめな格好で支店に来たら、店内の用心棒頭に見下されてしまうな）

上を見やれば、「福威鏢局湘局」（「湘」は湖南省の別称）、の看板が逆さに懸かっている。彼は訝《いぶか》った。

（支店の用心棒頭は粗忽《そこつ》者ぞろいか、看板まで逆さに懸けるとは）

振り向いて旗竿《はたざお》の旗を見たとき、ハッと息を呑《の》んだ。左の旗竿にはボロボロの草鞋《わらじ》が一足、右の旗竿には女物の柄入りの下穿《したば》きが、それぞれ懸かっていた。下穿きはズタズタに引き裂かれており、風になびいている。

愕然《がくぜん》としているところへ、足音が聞こえてきた。中から一人が出てきて、一喝した。

「クソッたれ、のぞいていやがったな。何を盗もうってんだ？」

訛《なま》りが方人智《ほうじんち》の一味と似ている。四川《しせん》人だ。林平之は、そいつを見ないように、さっさと離れたが、ふいに尻を激痛が襲った。蹴《け》られたのだ。逆上し、振り向いてひと暴れしようとしたが、瞬時に思い直した。

（ここの鏢局は青城派に占拠されている。ここで父上と母上の消息が得られるのだ、早まるな）

即座に武芸ができないふりをして、前にバッタリ倒れ込んで、そのまままくたばっていた。蹴ったやつは大笑いして、何度も「クソッたれ」と罵声《ばせい》を浴びせた。

やがて、林平之《りんへいし》はもぞもぞ起きあがり、横町で冷や飯をもらって食べた。

（すぐ側に敵がいるのだ、油断は禁物だぞ）

そう考えた彼は、地面で石炭灰を見つけて、顔を真っ黒に塗りたくってから、塀《へい》の隅で頭を抱えて寝た。

――亥《い》の刻（夜の十時ごろ）。林平之は長剣を取りだして、腰に差すと、鏢局の裏門へ回った。耳をそばだてて、塀の向こう側から物音がしないのを確かめてから、塀に飛びのった。見ると、中は果樹園である。彼はヒラリと飛び降り、塀に沿って一歩一歩前に進んだ。辺りは真っ暗闇で、明かりもなければ、人声もない。胸の動悸《どうき》が激しくなった。壁づたいに歩き、たきぎや煉瓦《れんが》を踏んで音を出さぬよう、足元に気を配った。庭を二つ越えたところで、東の棟の窓から明かりが漏《も》れているのが見えた。数歩近づくと、話し声が聞こえてくる。彼はそろりそろりと歩を刻み、身をかがめて窓の下までたどり着いた。そして、息を詰めて少しずつしゃがみ、壁にもたれて座った。地面に腰を下ろすやいなや、話し声がした。

「明日、朝一番に、このクソ鏢局を燃やしちまいやしょう。いつまでも晒《さら》しておかねえで」

「だめだ、燃やすのはまずい。皮《ひ》兄貴たちが南昌でクソ鏢局を燃やしちまったときに、隣近所まで数十軒燃やして、青城派の義侠《ぎきょう》としての聞こえが悪くてな。その件は、師父からお叱《しか》りを受けたそうだ」

（やはり青城派のしわざだったんだな。まだ義侠を自任するとは。恥知らずめが）

林平之はひそかに毒づいた。一人目の声がまたした。

「へえ、そいつは燃やせませんな。けど、無傷のままにしておくんですかい？」

「フフッ、吉《きつ》弟、考えてもみろ。俺たちは、鏢局の看板を逆さにして、旗竿に女の下穿きをつるしたんだ。福威鏢局の名は江湖《こうこ》では地に落ちたわ。この下穿きは長く懸けておくほどいい。燃やす必要がどこにある？」

「申《しん》兄貴のおっしゃるとおりで。クックッ、この下穿きのおかげで、福威鏢局も命運が尽きたでしょうよ。三百年は立ち直れっこねえですぜ」

二人はしばらくの間笑ってから、

「明日、衡山《こうざん》に劉正風《りゅうせいふう》の祝いに駆けつけるのに、何を持ってったらよろしいんで？　この知らせはえらく急で、礼物《れいもつ》が立派じゃねえなら、青城派の名折れになりますぜ」

吉が言うと、申は笑って、

「礼物はとっくに用意した。安心しろ、恥をかくことにはならん。劉正風《りゅうせいふう》の引退の席上では、われらの礼物は、大いに注目を集めるぞ」

「どんな礼物ですかい？　何で俺はちっとも知らねえんで？」

と吉《きつ》が喜ぶと、申《しん》は得意げに笑い声を立てた。

「よそから拝借するのよ。こっちの懐《ふところ》を痛めることはねえ。見ろ、この礼物は立派なもんだろ」

部屋でカサカサ音がして、何か包みを開けているようである。

「すッげえ！　申兄貴はてえしたもんだ。どっからこんな貴重な物を手に入れたんで？」

吉の驚嘆する声がした。

林平之《りんへいし》は窓の隙間から、どんな贈り物なのか、のぞきたくてたまらなかった。だが、首を伸ばせば、窓には影が映る。敵に見つかったら一大事である。我慢するよりほかなかった。

「俺たちが福威鏢局を占拠したのは、何のためだ？　この揃《そろ》いの玉馬《ぎょくば》は師父に献上しようと思っていたが、しょうがねえ、劉正風のじじいにやるしかねえな」

笑いながら言う申に、林平之はまたもムカッときた。

（鏢局の宝物を奪って、義理を果たそうとするとは。盗人のやることではないか。長沙支店に宝物などあるものか。十中八九、客からあずかった品だ。この玉馬は値打ち物に違いない。取り戻せないと、父上が手だてを講じて、持ち主に弁償せねばならぬことになる)

「フッフッ、この四つの包みは、一つは師娘《しじょう》(師父の妻)に、一つは一門の兄弟たちに、残りは俺たちで分けよう。一つ選べ」

「何です、そいつは?」

まもなく、いきなり「わぁッ」という驚きの声が上がった。

「金銀財宝ばかりだ。俺たちゃ大金持ちだ。福威鏢局め、クソいまいましい、てえした収穫だぜ。兄貴、どっから見つけたんで? 俺が内も外も十数回探して、地面までひっくり返さんばかりで、やっと百両あまりのつぶ銀を見つけたっていうのに、何だって兄貴は、涼しい顔して、お宝を見つけだしたんです?」

申は得意げに笑った。

「鏢局の金銀財宝を、ありきたりの場所に置くと思うか? ここ数日、お前は引き出しを開けるわ、箱をたたき割るわ、壁を取り壊すわと、てんてこ舞いだったがな、俺には無駄骨だとお見通しよ。だが、お前に言ったところで、信じやしねえしよ。どうせ、懲《こ》りねえやつだからな」

「お見それいたしやした。で、申兄貴、どっから見つけだしたんで?」

「考えてもみろ。鏢局の中に、一つそぐわない物があるんだが、何だと思う?」

「そぐわない物? この鏢局にゃ、そぐわないもんはたくさんありますぜ。武芸はお粗末なのに、門の旗竿にゃ、高々と威勢のいい獅子《しし》を掲げていやがって」

「フフッ、獅子はボロボロの下穿きに取って代わったんだ、今じゃピッタリじゃねえか。もっとよく考えろ。鏢局には、他に何か奇妙なことはなかったか?」

吉《きつ》は腿《もも》を打った。

「やつら湖南野郎のやることといったら、そうとう変わってるぜ。張《ちょう》ってえこの鏢局の旦《だん》那《な》は、寝間の隣に棺桶《かんおけ》を置いてやがった。縁起が悪いったらないぜ、ハハハ……」

「フフ、頭を使えってんだ。やつはなぜ隣に棺桶を置いた? 中の死人がやつの女房か息子なんで、未練があるってえのか? 違うだろう。棺桶の中に何か大事な物を隠して、人の眼《め》をくらますためでは……」

吉は「あッ」と叫んで、飛び上がった。

「そうだ、そうだ! お宝は棺桶の中だったのか? まったく、心憎いねえ。クソいまいましい、用心棒稼業は芸が細かいぜ。申《しん》兄貴、この二つの包みは同じ量だ。兄貴と山分けするわけには参りやせん。多めに取っておくんなさい」

ジャラジャラと音がして、どうやら吉が宝物をつかんで、別の包みに入れたらしい。申も遠慮せずに、クックックッと笑うだけである。

「申兄貴、洗水《すすぎ》を取ってきやす。足を洗ったら、寝るとしやしょう」

吉はそう言うと、あくびをしながら表に出た。

林平之《りんぺいし》は窓の下に縮こまって、ピクリとも動かなかった。横眼で見ると、吉はずんぐりした体軀《たいく》で、大方、昼間自分の尻を蹴った男だ。

ほどなく、吉が湯を運んで部屋に入った。

「申兄貴、このたび師父が、兄弟数十人を遣《つか》わした中でも、俺たち二人が一番得をしたようでさ。兄貴のおかげで、俺まで鼻が高い。蔣《しょう》兄貴たちが広州《こうしゅう》の、馬《ば》兄貴たちが杭州《こうしゅう》の支店を狙《ねら》いやしたが、あの面々はぼんくらぞろいだ。棺桶を見ても、中にお宝が隠されてるとは、思いもしねえだろうよ」

「方《ほう》兄貴、于人豪《うじんごう》、賈人達《かじんたつ》たちは福州本店を襲ったんだ、収穫は俺たちより多いはずだ。だが、師娘のかわいい息子の命を福州で失ったとなれば、手柄よりしくじりの方がでかいな」

と申が笑う。

「福威鏢局本店への攻撃は、師父がみずから後ろ盾になってやったんですぜ。方兄貴、于人豪たちは先陣を務めただけでさ。息子を亡くしたことで、師父が方兄貴たちを不行き届きだって、お叱りにはならねえでしょう。このたびの大出入りは、みんなで、本店と各地の支店に一斉攻撃をしかけやしたが、林《りん》家の武芸がこうも見かけ倒しだとはねえ。方《ほう》兄貴たち先陣の三人で、林震南《りんしんなん》夫婦をとっ捕まえたんですから。今度ばかりは、師父も読みが外れやしたね。ハハハ！」

林平之《りんへいし》の額から冷や汗がしたたり落ちた。

（青城派は初めから計画的に、本店と支店に一斉攻撃をしかけていたのか。俺があの余《よ》を殺して、災いを招いたわけではなかったんだ。余の悪党を殺さずとも、やつらは同じように鏢局に手を出していた。余滄海《よそうかい》がみずから福州に来ていたとはな。どうりであの摧心《さいしん》掌《しょう》はあんなに威力があった。しかし、わが鏢局が青城派に何をしたというのだ？　あれほどの酷《むご》い仕打ちをするとは）

自責の念は多少おさまったが、かわりに怒りがフツフツと湧《わ》いてきた。おのれの腕では相手にかなわない、そう心得ていなければ、窓を突き破って、畜生二匹を刀刃にかけたい心境であった。部屋の中は水音がして、二人が足を洗っている最中である。

また申《しん》が切りだした。

「師父が読みを外したわけじゃない。福威鏢局が東南一帯を席巻《せっけん》した当時は、確かに腕は本物だったようだ。辟邪剣法《へきじゃけんぽう》は武林《ぶりん》で名が高かったんだ、ごまかしが利くわけがない。大方、子孫が不肖で、先祖の武芸が身に付かなかったんだろう」

林平之は暗闇の中で顔を赤くした。慚愧《ざんき》に堪えなかった。

申の言葉がつづく。

「下山する前、師父は俺たちに辟邪剣法の手ほどきをしただろう。数カ月じゃ、全部を学びとるのは無理だが、この剣法の潜在力はなかなかのものと見た。ただ、たやすく発揮できんだけだ。吉弟《きつ》、お前、どれくらい使えるようになった？」

吉は笑った。

「師父から、林震南だって、剣法の神髄《しんずい》をつかんでねえって聞いたんで、俺も無駄なあがきはよしたんでさ。申兄貴、師父が、一門の者に衡山に集まるよう命じたってことは、方兄貴たちも、林震南夫婦を衡山まで連れていくんですね。辟邪剣法の伝承者ってえのは、どんな面《つら》をしてるんですかねえ」

両親は健在だが、衡山まで連れていかれると聞いて、林平之は衝撃を受けた。嬉《うれ》しくもあり、つらくもあった。

「フフッ、あと数日もすれば拝《おが》めるさ。やつに辟邪剣法の技を教えてもらってもいいんだぜ」

ふいに窓の格子がカタッと開いた。びっくり仰天したのは林平之。てっきり二人に見つかったのかと思って、逃げようとしたやさき、バシャという音とともに、頭から湯がかけられた。危うく声を上げそうになった。続いて、眼の前が真っ暗闇になった。部屋の明かりが消されたのだ。

泡を食っている林平之《りんへいし》の顔から、水が一筋すべり落ちてゆき、なまぬるい臭気が漂った。ようやく吉《きつ》が洗水《すすぎ》を窓から棄てたせいで、濡《ぬ》れねずみにされたのだと気づいた。相手はわざとやったわけではないが、おのれが受けた屈辱は相当なものである。だが、両親の消息が知れたことを思えば、洗水はおろか、糞尿《ふんにょう》がかかっても構わぬではないか。この時、辺りはひっそりと静まり返っていた。今この場から立ち去れば、二人に感づかれてしまいそうだ。熟睡するまで待つことにして、そのまま窓の下の壁にもたれて、じっとしていると、だいぶ経《た》ってから、部屋からいびきが聞こえてきた。林平之は、ようやくおもむろに立ち上がった。

振り向いた瞬間、窓に映った長い影が、ユラユラと揺れ動いているのが眼に入った。彼はギョッとして、慌てて身をかがめた。見ると、窓の格子が動いている。吉が洗水を棄てたあと、窓の格子を閉めておかなかったのだ。

（復讐《ふくしゅう》をとげる好機だ！）

右手は腰の長剣を抜き、左手はそっと格子を引きあげた。跨《また》いで部屋に入ってから、格子を下げる。月の光が障子から透けて見えて、両側の寝台に一人ずつ寝ているのを映しだした。一人は内向きに寝ており、頭がわずかにはげ上がっている。もう一人は仰向《あおむ》けに寝ており、顎には雑草のような短い髭《ひげ》が生えている。寝台の側の卓上には、包みが五つと長剣が二本置かれていた。

林平之は長剣をかざし、

（一人ひと振りだ。ちょろいもんだな）

と考えて、仰向けに寝ている男の首をバッサリ斬《き》ろうとしたが、

（今、この二人の寝首を掻《か》くのが、英雄好漢のやることか？　後日家伝の武術を身につけて、青城派のやつらを全滅させることこそ、好漢のやることだ）

そう思い直した。五つの包みをゆっくりと窓際の卓に移してから、そっと格子を押し開いて、外に跨ぎでる。長剣を腰に差し、包みを手に取る。三つは背中に括《くく》り、両手に一つずつ持つ。音を立てて、二人を起こさぬよう、一歩一歩裏庭に向かって歩いた。

裏門から鏢局を出て、方向を確かめてから、南門までやってきた。城門はまだ閉まっていたので、城壁の側の塚にもたれて休息した。青城派の二人に見つかって、追いかけられはすまいかと、胸の鼓動が収まらない。夜明けになって城門が開くなり、脱兎《だっと》の如《ごと》く飛びだし、一気に十数里つっ走って、ようやく安堵《あんど》した。福州城を後にして以来、今はじめて

少し気が晴れたのだ。前方に小さなソバ屋があるのを見て、即座に入って麺《めん》を注文した。長居はできぬと、食べ終えるなり、荷物に手を突っ込んで、探り当てた銀子を勘定《かんじょう》に回した。店の主人が店中の銅銭をさらい尽くしても、まだ釣り銭が足りない。道中ずっと低姿勢をつらぬき、さんざん屈辱を受けてきた林平之《りんへいし》が、この時ばかりは、サッと手で差しとめ、大きな声で、

「とっておけ、つりはいらん！」

ついに、若様、若旦那の豪気を取り戻した。

さらに行くこと三十数里。大きな町に着いた。林平之は宿屋で上部屋を取り、部屋を閉め切って、五つの包みを広げた。四つの包みには、金銀や宝石の装飾品が入っており、残った包みには、錦《にしき》の箱にしまわれた、五寸ばかりの玉馬が一対入っていた。内心考えた。

(長沙支店だけでも、これほど財宝が隠されているんだ。青城派が色気を見せるのも無理ないな)

さっそくつぶ銀を取りだして身辺に置き、五つの包みを一つに併せて、背中に背負った。市で馬を二頭買い求め、二頭に代わる代わる乗る。毎日二、三時間の睡眠で、連日連夜道を急いだ。

不日《ふじつ》、衡山にたどり着いた。城に入ると、大通りを行き交う渡世人が、大勢眼についた。林平之は、方人智《ほうじんち》らと出くわさぬよう、俯《うつむ》いて宿を探した。ところが、数軒あたってみても、どこも満杯である。宿の若い衆が言うには、

「あと三日もすりゃ、劉《りゅう》の旦那の引退披露目の吉日なんで。うちぁもう一杯なんです。他をあたっておくんなせぇ」

林平之は人通りの少ない道へ向かい、もう三カ所あたって、ようやく小さな部屋を見つけた。

(顔は薄汚くしているが、方人智は鋭い男だ。まだ見破られるかもしれんな)

そう考えた彼は、薬屋で膏薬《こうやく》を三枚買い、顔に貼《は》りつけた。次に、眉《まゆ》を垂れるほど引っぱる。さらに、左の口もとをめくれるまで引っぱり、歯を半分剝きだした。鏡に映して見ると、言い様のない卑《いや》しい面相になっており、おのれが見ても憎らしく思えるほどだ。最後に、金銀財宝をまとめた大きな包みを肌にじかに括《くく》りつけ、その上から服をかぶって、わずかに腰を曲げる。と、たちまちこぶが高々とした佝僂《くる》に変身した。

(こんな異様な格好なら、父上や母上が見ても、俺とは分からないだろう。これで一安心だ)

肉ソバを食べてから、街でぶらぶらした。両親に出くわすことができれば最高だが、せ

めて青城派の消息だけでも分かれば、大きな収穫である。長時間歩いているうちに、突如雨がパラパラと降ってきた。林平之《りんへいし》は、通りで笠《かさ》を買って頭に載せた。空はどんよりとしており、雨がやむ気配はまったくない。角を一つ曲がり、客であふれた茶店を見つけると、入って席に着いた。給仕が急須《きゅうす》と、カボチャの種、空豆を持ってきた。

茶をすすり、憂《う》さ晴らしにカボチャの種をつまんでいると、ふいに声がした。

「おい、相席してもいいか？」

そいつは返事も聞かず、ドカッと腰を下ろした。ついで、二人が下座についた。

林平之は一瞬キョトンとしてから、ようやく自分が話しかけられたことに気づいた。慌てて追従笑《ついしょうわら》いを浮かべる。

「どうぞ、どうぞ！　お掛けください」

三人とも黒衣に身を包み、腰には得物《えもの》を差している。

男三人は、自分たちだけで茶話に花を咲かせ、それきり林平之には眼もくれない。

「このたび、劉《りゅう》の旦那の武林引退の儀は、なかなか盛大になりそうですなあ。まだ三日もあるのに、衡山の街は祝い客でごった返しだ」

これは若い男である。

「当たりめえだ。衡山派自体威名《いめい》を馳《は》せてるてえのに、五嶽剣派《ごがくけんは》が手を結んでるとくりゃあ、勢力は絶大、誰もがお見知りおきを願いたいと思うだろ？　それに、劉正風《りゅうせいふう》の旦那は武芸が立つしよ。三十六手の『廻風落雁剣《かいふうらくがんけん》』は、衡山派第二の使い手と称され、総師《そうすい》の莫大先生《ばくだいせんせい》にわずかに及ばねえだけだ。ふだんでさえ渡りをつけようとする人がいるんだ。ただ、旦那が誕生祝いはやらん、息子は嫁を娶《めと》らん、娘も嫁に出さんと、てんできっかけがつかめねえ。今回の引退の儀は、めでてえてんで、武林の強者《つわもの》どもを誘い寄せたってわけだ。明日、あさってには、衡山城はもっとにぎやかになるぜ」

隻眼《せきがん》の男がそう言うのへ、

「誰も彼も、劉正風との交情が目当てだとは限らぬ。わしら三人とて、そうではなかろう。武林から足を洗うということは、今後いっさい切ったはったはやらんということじゃ。武林のでき事には決して口を出さず、江湖からこの人物が消えるに他ならん。いっさい剣を使わんと誓ったからには、三十六手の『廻風落雁剣』の威力など、何の役に立つ？　足を洗った手練《てだ》れは、もはや常人と変わらぬ。いくら強いとて、廃人のようなもんじゃ。渡りをつけて、何になる？」

もう一人の白い髭の男が言った。

「劉の旦那が、今後武芸を捨てたって、衡山派の二番手であることには違いねえ。劉の旦那と付き合いがあるってことは、衡山派、ひいては五嶽剣派とも付き合いがあるってことだ！」

年若いのが言うと、

「五嶽剣派と付き合う？　そんな柄《がら》か？」

白髭の男が嘲《あざけ》り笑った。

「彭《ほう》兄貴、そんなふうに言うもんじゃありません。俺たち渡世人は、友人は一人でも多く、敵は一人でも少ない方がいいんです。五嶽剣派は武芸は立つし、勢力も大きいが、江湖の仲間を見下しているわけでもねえ。向こうが偉そうにしてりゃ、こんなにたくさん祝い客がいるもんか」

隻眼の男が言った。

白髭の彭は、フンッと鼻を鳴らしたきり、口をつぐんだ。長い沈黙のあと、ボソッと言った。

「大方、権勢になびくような輩《やから》じゃよ。わしは見ていて腹が立つんじゃ」

林平之《りんへいし》は、三人がきりなく話を続けるうち、青城派の消息でも聞けやしないかと期待したが、三人は話がかみ合わず、各自茶を飲むばかりで、会話が途切れた。

ふいに、背後から低い声が聞こえた。

「王《おう》さん、衡山派の劉《りゅう》の旦那は、まだ五十すぎで、武術は脂がのりきっているころじゃねえですか。何で足なんか洗うんです？　せっかくのいい腕が無駄になるじゃござんせんか」

しわがれた声がそれに対し、

「武林から身を引くのは、さまざまな理由があるものじゃ。盗賊なら、一生悪業《あくごう》を重ねておるゆえ、足を洗ったあと、強盗や放火、殺しといったことは、今後いっさいやらぬということさ。一つには、善人に生まれ変われば、子孫に聞こえのいい名声が残せるし、もう一つは、その土地に大きな事件が起きたときに、自分への容疑も晴らせる。劉の旦那は大金持ちで、衡山の劉家と言えば、数代続いた家柄じゃ、こんな理由とは当然関わりがなかろうがのう」

「そりゃ、関わりはありませんや」

「武芸者は、一生刀を振り回すゆえ、刃傷沙汰《にんじようざた》は免れず、敵をたくさんつくるものじゃ。年をとって、江湖に大勢の敵がいると思うと、多少寝覚めが悪くなるものでな。劉の旦那のように、広く客を集め、今後二度と武器には手を触れぬと公言するのは、敵も仕返しを心配することはないし、その代わり、こっちへも面倒を起こしにやってくるなよ、という意味じゃ」

「王さん、それじゃあ、割を喰うと思いますがね」

「劉《りゅう》の旦那の方から、手出しをすることはないでしょうが、相手はいつでも旦那に手出しができるんですぜ。もし命を取ろうっていうやつがいて、旦那が武器を手にしなかったら、やられっぱなしじゃねえですか」

「なぜじゃ？」

「お若いの、ほんに世間知らずじゃのう。相手が殺しにかかったら、手を返さぬ法があるか？　それにじゃな、衡山派ほどの勢力と、劉の旦那ほどの腕利きなら、向こうが仕掛けてこなけりゃ、こっちはもう有り難くて、めでたいわさ。旦那に因縁《いんねん》をつけるような、肝《きも》の太いやつがおるか？　劉の旦那がみずから手を下さんでも、一門のあまたおる弟子のうちで、とっつきやすいのが一人でもおるか？　そいつはまったくの杞憂《きゆう》じゃよ」

「上には上があるもんじゃ。天下無敵だと自任できる者などおるものか」

林平之《りんへいし》の向かいに腰掛けている白髭が、独りごちた。声は非常に低く、後ろの二人には聞こえていない。

王《おう》が言葉をついだ。

「それから、用心棒稼業に携わる者も、しこたま貯《た》めたところで、思いきりよく引退を決めちまう、命懸けの商売から足を洗うというのも、それはそれで利口なやり方じゃ」

この言葉を耳にするや、林平之はひどく心を揺さぶられた。

(父上も数年はやく引退を決意し、足を洗っていれば、どうなっていたか?)

白髭がまた独りごとを言う。

「壺《つぼ》は井戸で壊れ、将軍は戦場で最期を遂げるものじゃ。じゃが、当事者にはそれが分からん。『引退』という言葉は、口で言うほどたやすいものか」

「へえ、だからここんとこ、『劉の旦那は声望が絶頂なときに、勇退なさるとは、てえしたもんだ、感服の至りだ』って、よく耳にするんでさ」

隻眼の男が言った。

ふいに、左手の卓にいる繻子《しゅす》をまとった中年の男が、口を開いた。

「私は先日武漢《ぶかん》で、武林の方々から、劉の旦那が武林を引退するのは、言うに言われぬ苦《く》衷《ちゅう》を抱えているからと聞いているが」

「武漢の方々は、どう言ってるんです? 教えてもらえませんか?」

隻眼の男が振り向いて言うと、中年の男はニッコリ笑った。

「このような話は武漢で話しても構わぬが、衡山の城内では、みだりに口にはできん」

もう一人のずんぐりした男が声を荒げて、

「広く知られてることだってえのに、何もったいぶっていやがる? みんな言ってるぜ、劉の旦那は腕がよすぎて、人受けがよすぎるからこそ、身を引かずにはいられねえってよう」

大きな声に、たちまち店内の眼が、一斉に彼の顔に注がれた。数人が異口同音に訊ねた。

「なぜ腕がよすぎて、人受けがよすぎると、身を引かなきゃならない？　おかしいじゃないか？」

「内情を知らぬ者は不思議に思うだろうが、知ったら珍しくも何ともねえよ」

ずんぐりむっくりが得意げに言う。

「どんな内情だ？」

さっそく一人が聞いた。ずんぐりむっくりは、黙って薄笑いを浮かべるだけだ。卓をいくつか隔てたやせぎすの男が、冷ややかに言った。

「聞くこたあねえよ。そいつだって知らねえんだ。ほら吹いてるだけさ」

ずんぐりむっくりは、カッとして、大声を張り上げた。

「俺が知らねえだと？　劉《りゅう》の旦那が引退するのは、大局を見据えて、衡山派が内輪もめを起こさないようにするためだ」

「大局を見据える？」

「内輪もめ？」

「一門の中で悶着があるのか？」

大勢が口々に言った。

「外じゃ、劉の旦那は衡山派の二番手だと言ってるが、当の衡山派は上から下まで知ってるんだ。劉の旦那は、三十六手『廻風落雁剣《かいふうらくがんけん》』の工夫にかけちゃ、とうに総帥の莫大先生《ばくだいせんせい》を越えてるってよう。莫大先生は一剣で雁を三羽を落とせるが、劉の旦那は五羽落とせるんだ。おまけに、劉の旦那の直弟子《じき》は、誰もが莫大先生の直弟子より勝っている。今んとこ、形勢はますますおかしくなってきた。あと数年もすりゃ、莫大先生の勢力はきっと劉の旦那に圧《お》されてしまうだろうよ。双方、裏ではもう何度ももめたらしいぜ。劉の旦那はてえした身上《しんしょう》持ちだ。兄弟子と虚名を争いたくないがために、足を洗って、安穏《あんのん》と金持ちとしてやっていくつもりなのよ」

ずんぐりむっくりが言うと、数人がうなずいた。

「そうだったのか。劉の旦那は大義を心得ていなさる。なかなかできることではない」

「莫大先生はいただけないな。劉の旦那を武林から追い出したら、自分とこの衡山派の勢いが弱まるではないか」

糯子をまとった男は、冷笑を浮かべた。

「この世に、すべて丸く収まることなどあるものか。総帥の座に収まりかえれるのなら、門派の勢力が強くなろうが弱まろうが、知ったことではないわ」

　ずんぐりむっくりは茶を数回飲んでから、急須のふたをカチンカチンと鳴らした。

「茶だ、茶だ！」

　叫んでから、また、

「だからよう、明らかに衡山派の一大事だって、各門派が祝いに駆けつけてるてえのに、当の衡山派は……」

　話の途中で、ふいに、入り口から胡弓《こきゅう》の音が伝わってきた。

「楊家を嘆き、忠心を秉《と》る。大宋を……扶保《もりたて》……」

　長い長い節回しと、もの寂しい声である。一同が振り向いて見るや、一卓の脇に、ひょろっとした老人が座っている。顔色はやつれて、黒い長衫《ちょうさん》は洗いざらしだ。うらぶれた姿は、見るからに大道芸人だった。

「幽霊みてえに唸《うな》るんじゃねえ。話の腰を折りやがって」

　ずんぐりむっくりが一喝した。

　老人はすぐに胡弓の音を落としたが、依然として唸っている。

「金沙灘《きんさたん》……双龍会《そうりゅうかい》……、一戦に敗れ……」

「もし、先ほど各門派から祝い客が来ていると言われたが、衡山派の方ではどうしてなさる？」

誰かが訊ねた。

「劉《りゅう》の旦那の弟子たちは、むろん城内のあちこちで客を出迎えてるよ。だが、劉の旦那の直弟子を除けば、城中で衡山派の他の弟子を見かけたかね？」

ずんぐりむっくりの問いかけに、一同は顔を見合わせて、異口同音に言った。

「そうだ。なぜ一人もおらんのだ？　劉の旦那の面子《メンツ》が立たないじゃないか？」

ずんぐりむっくりは、繻子をまとった中年男に向かって笑いかけた。

「だからよ、お前さんが衡山派の内輪もめについて口に出せねえのは、肝っ玉が小せえってんだ。どうってことねえだろ？　衡山派の人間は来ることはねえんだ。誰に聞かれるってんだい？」

突如、胡弓の音が高まった。曲調が変わって、老人が唄《うた》いだす。

「若様が、天下の大事を、引き起こし……」

「耳ざわりなんだよう。金持ってけ！」

若者の一人が一喝するや、手をひと振り。銅銭が飛んでいった。ペタッ！　一分の狂いもなく老人の前に落ちている。確かな腕だ。老人は礼を言って、銅銭を収めた。

「おめえ、飛び道具の名手だったんだ。見事にきまったな！」

ずんぐりむっくりが称賛した。若者はニヤリとした。

「てえしたことありませんよ。兄さん、じゃあ、莫大先生《ばくだいせんせい》はむろん来やしませんねえ」

「来るもんか。莫大先生と劉《りゅう》の旦那は水と油みてえなもんで、顔を合わせたとたん、剣を抜くに決まってらあ。劉の旦那が一歩譲ろうってんだから、さぞご満足だろうよ」

唄うたいの老人は、ふいに立ち上がった。おもむろに、ずんぐりむっくりの前にやってきて、首をかしげて、ジッと見つめた。ずんぐりむっくりはムッとした。

「爺《じい》さん、何だってんだ?」

「でたらめじゃ！」

老人は首を振ると、クルリと背を向けて歩きだした。ずんぐりむっくりは激怒して、老人の背中につかみかかった。が、いきなり眼の前に白光一閃、細身の長剣が卓めがけて走った。チンチン、と数回音がした。

仰天したずんぐりむっくりは、刺されまいと、後ろに跳んだ。が、老人は悠然と長剣を胡弓の底に挿し入れ、剣身が呑《の》み込まれた。剣身が胡弓の柄を貫通しているため、外観上、そのくたびれた胡弓に、武器が隠されているとは、よもや誰も気がつかないのだ。老人は再度首を振って、

「でたらめじゃ！」

と言うと、悠々と茶店を出た。一同は、その後ろ姿が、雨の中に消えていくのを見送った。うらさびしい胡弓の音がかすかに伝わってきた。

ふいに、誰かが「あッ」と叫んだ。

「見ろ、見ろよ！」

一同は、その指さすところを見やった。ずんぐりむっくりの卓上に置かれた七つの茶碗《ちゃわん》が、どれも縁だけ半寸ほど削《そ》ぎ取られていた。磁器の輪っかが七つ、茶碗の横に残されているが、茶碗は一つも倒れていない。

店内にいた数十人が取り囲んで、物議《ぶつぎ》を醸《かも》すこととなった。

「誰なんだ？　恐ろしい剣法だ」

「一閃で、七つの茶碗を斬って、茶碗が一つも倒れないとは、まったく神技だ」

ずんぐりむっくりに向かって言う者もいる。

「あのご老人が手加減してくれなんだら、兄さんの頭も、あの茶碗と同じになってましたなあ」

「あのご老人はむろん名高い使い手だ。常人の了見《りょうけん》とは違うさ」

ずんぐりむっくりは半分残った茶碗を、茫然《ぼうぜん》と見つめた。血の気の引いた顔で、他人の言葉など一言も耳に入っていない。

「どうだ？　だから口を慎めと言ったのだ。口は災いのもとと言うではないか。目下、衡山城には、手練れがどれくらい来ているのか分からんのだ。あのご老人はきっと莫大先生《ばくだいせんせい》の親友だ。お前さんが、陰で莫大先生のことをとやかく言うのを聞けば、ちょっと懲らしめたくもなるだろう」

繻子をまとった中年の男が言ったとき、

「莫大先生の親友じゃと？　あれが衡山派の総帥、『瀟湘夜雨《しょうしょうやう》』莫大先生その人じゃよ！」

白髭が突然冷ややかに吐き捨てた。

一同は驚愕して、口をそろえて訊ねた。

「何だって？　あ……あれが莫大先生？　なぜ分かる？」

「分かるとも。莫大先生は胡弓をお弾きなさる。『瀟湘夜雨』という曲が、聞く人の涙を誘うのじゃ。『琴中に剣を蔵《かく》し、剣は琴音を発す』とは、先生の技を評したものよ。衡山城まで来られたおぬしらが、知らないはずはなかろう。こちらのご仁が先ほど、劉《りゅう》の旦那は一剣で雁を五羽刺せて、莫大先生は三羽しか刺せないと言われたゆえ、一剣で七つの茶碗を斬って見せたのじゃ。茶碗が斬れるのなら、雁などたやすいじゃろう。だから、でたらめだと言ったんじゃよ」

ずんぐりむっくりはすっかり動顚《どうてん》し、俯いたまま、一言も返せなかった。繻子をまとった男が勘定を済ませて、彼を引っぱって出ていった。

「瀟湘夜雨」莫大先生の驚嘆すべき神技を眼にした一同は、肝を冷やした。先ほどあのチビが劉正風《りゅうせいふう》を持ちあげ、莫大先生をけなしたとき、おのれも付和雷同《ふわらいどう》したのだ。災いがわが身に降りかかるかもしれないと思い、次々と勘定を済ませて出ていった。あっという間に、にぎやかだった店は閑散としてしまった。林平之《りんへいし》を除けば、後に残されたのは、片隅で卓に伏して、居眠りをしている二人だけだ。

林平之は半分残った茶碗と、磁器の輪っかを見つめた。

（あの老人は見た目が卑しく、指一本つついただけで倒れそうなのに、長剣を一閃するなり、茶碗を七つも斬るとは。福州から出ていなければ、世の中にこのような人物がいることは知りえなかった。俺は鏢局では井の中の蛙《かわず》だった。江湖で最強の使い手は、父上とそう変わらないと思っていた。ああ！　あの人を師と仰いで武術に励めば、敵を討つことができるかもしれない。でなければ、一生むりだろう。――莫大先生を見つけて、父上と母上の命を助けてもらったり、弟子にしてもらうよう、頼み込めばいいじゃないか？）

立ち上がったが、すぐに考え直した。

（相手は衡山派の総帥だ。五嶽剣派と青城派は気脈を通じているんだ。俺のような赤の他

人のために、仲間の機嫌を損ねるようなことをするものか）

林平之《りんへいし》は再び悄然《しょうぜん》と座り込んだ。

ふいに澄んだ甘い声が聞こえた。

「二兄《ににい》さん、雨は止《や》みそうにないし、服がびしょ濡れだわ、ここでお茶にしましょう」

林平之はハッとした。自分の命を救ってくれた酒屋の醜女《しこめ》の声だ。慌てて俯いた。

「いいじゃろう。茶で暖まろう」

もう一人のしわがれ声が言った。

二人は店に入り、林平之の斜向《はすむ》かいの席に着いた。林平之は横眼で盗み見た。果たして酒屋の娘が全身黒服で、こちらに背を向けて座っていた。横に座っているのは、自称薩《さつ》という、少女の祖父に成りすましたおやじである。

（お前たちは兄弟弟子だったのか。祖父と孫娘のふりをして、福州まで謀《はか》り事があって来たんだな。それにしても、あいつらはなぜ俺を助けたんだろう？　もしかして、父上や母上の居場所を知っているかもしれんな）

給仕が卓上を片づけて、茶を持ってきた。老人は隣の卓の欠けた茶碗を一眼見て、思わず「えッ」と、低い声を上げた。

「小師妹《シャオシメイ》（末の妹弟子）、見ろ！」

少女も非常に不思議がった。

「何て凄《すご》い技なのかしら。誰がこれを？」

「小師妹、一つ聞くが、一剣にて茶碗を七つ斬る、さて、誰の仕業《しわざ》かな？」

老人が小声で言う。

「見てもいないのに、どうして誰だか……」

少女はちょっと口を尖《とが》らせたが、突然手をたたいて笑った。

「分かったわ！　分かったわ！　三十六手の廻風落雁剣の第十七手、『一剣落九雁《いっけんらくきゅうがん》』、劉《りゅう》正風《せいふう》師匠の傑作ね」

老人は首を振った。

「劉の旦那はここまで極めておらんと思うが。半分しか当たっとらんな」

「言わないで。分かったわ。そ……それは『瀟湘夜雨《しょうしょうやう》』莫大先生《ばくだいせんせい》ね！」

ふいに、ガタガタと一斉に音が響いた。拍手する者もいれば、哄笑《こうしょう》する者もいて、口々に言う。

「小師妹、大した眼力だ」

林平之は驚いた。

（どこからこんなにたくさんの人が？）

横眼で見やると、卓にふせってうたた寝をしていた二人は、すでに立ち上がっており、その他に五人が茶店の奥から出てきた。人足装束《にんそくしょうぞく》の者あり、算盤《そろばん》を持った、商売人風の者あり、一人は肩に小猿を留まらせている。どうやら、猿回しのようだ。

少女はニッコリ笑った。

「フフ、悪たれどもは、ここに隠れていたの。びっくりしたわ！ 大兄《おおにい》さんは？」

猿回しも笑う。

「会ったとたん、悪たれ呼ばわりかい？」

「こっそり隠れてびっくりさせるんだもの、悪たれのやることじゃないの？ 大兄さんはいっしょじゃなかったの？」

「他は訊かないで、大兄貴のことだけかい？ 会ってからふた言めにゃ、大兄貴のことばかり訊くじゃないか。何で六兄貴のことは訊かないんだい？」

少女は地団駄を踏んだ。

「まッ！ お猿さんはちゃんとここにいるでしょ。死んでもいないし、腐ってもいないし。訊いてどうするの？」

「大兄貴だって死んでも腐ってもいないんだから、訊いてどうするんだい？」

「もう口利《き》かない。四兄さん、あなただけね、いい人は。大兄さんはどこ？」

　人足装束の男が答えるより早く、数人が一斉に笑った。

「四兄貴だけがいい人で、俺たちはみんな悪人か。おい、話すんじゃないぞ」

「いいわよ、もう。話してくれないんだったら、私と二兄さんが道中で遇《あ》った不思議な出来事だって、話してあげないんだから」

　人足風体《ふうてい》の男は、実直な性格らしく、ずっと談笑には加わっていない。この時、ようやく、

「昨日大兄貴と衡陽《こうよう》で別れました。先に行くように言われたんです。今ごろ酔いも覚めたでしょうから、おっつけ来るでしょう」

　少女はわずかに眉をしかめた。

「また酔っぱらったの？」

「はい」

「気持ちよさそうに呑んでたぞ。朝から昼まで、昼から夕方まで、少なくとも二、三十斤《きん》は呑んだな！」

　算盤持ちが言った。

「それじゃ、身体《からだ》壊しちゃうじゃないの。どうして止めなかったの？」

算盤持ちはペロッと舌を出した。

「大兄貴が人の言うことを聞くなら、太陽だって西から昇りそうだ。もっとも、小師妹がたしなめたら、一斤くらい控えるかもしれんが」

一同がドッと笑う。

「どうしてそんなに呑みだしたの？　何かいいことでもあったの？」

「そりゃ大兄貴に聞かないとな。衡山城に着いたら、小師妹と会えると分かって、つい嬉しくなって呑みだしたんじゃないか？」

算盤持ちが言った。

「でまかせ言って！」

少女はそう言ったものの、まんざらでもない様子である。

林平之《りんへいし》は、兄弟弟子たちの談笑を聞きながら、考えていた。

（どうやら、娘は大兄貴に想いを寄せているようだな。だが、二兄貴でさえこんな爺さんなんだ、大兄貴はもっと年寄りのはずだ。娘は十六、七歳なのに、なぜじじいになんか惚《ほ》れるんだ？）

はたと気づいて、合点がいった。

（そうだ。娘は顔中痘痕《あばた》だらけで、あまりにも不器量だから、誰にも相手にされず、老い

ぼれの呑んだくれ寡男《やもめ》に惚れるしかなかったんだ）

「大兄さんは昨日朝早くから呑んでたの？」

少女がまた訊ねた。

「子細を言わなきゃ、承知しないだろうな。昨日の朝、俺たち八人が出立しようとしたところ、大兄貴はいきなり通りで酒の匂いを嗅《か》いでな。見ると、物乞いが瓢簞《ひょうたん》を手にして、ゴクゴク酒を呑んでやがる。大兄貴はとたんにその気になって、そいつに向かって、いい酒だと褒《ほ》めたり、どんな酒かと聞いたりしたんだ。やつが、

『猿酒だ！』

と言うと、大兄貴は、

『猿酒ってなんだ？』

と訊ねた。そいつの言うことにゃ――湘西（湖南省西）の山林の猿は、果実で酒が作れて、猿が採った果実は最もうまいから、作った酒も極上だ。物乞いのやつは山で酒に出くわしたが、折よく猿の群はおらなんだから、瓢簞三つ分盗んで、ついでに小猿も捕まえたとさ。な、それがこいつだよ」

猿回しはそう言うと、肩の猿を指さした。猿の後ろ足は縄で縛られており、彼の腕に繋《つな》がれている。猿はせわしなく顔に手を触れ、眼をパチクリさせていて、表情がすこぶる滑《こっ》

稽《けい》である。

少女は猿を見て、クスッと笑った。

「六兄さん、どうりで六猿《ろくざる》さんと呼ばれてるのね。この子とまるで兄弟みたい」

「この子とは実の兄弟じゃなくて、兄弟弟子の関係だ。こいつは俺の兄弟子で、俺は二番目だ」

六猿のまじめ腐った顔に、周りはそろって噴きだした。

「まったく、遠回しに大兄さんをけなすなんて。告げ口してやるわ。六猿さん、きっと遠くまで蹴とばされるわよ！」

少女は笑って言ってから、さらに訊ねた。

「どうして、ご兄弟といっしょになれたの？」

「ご兄弟？　こいつのことか？　いやー、話せば長いんだ。頭痛がするぜ！」

「フフ、話さなくたってお見通しよ。大方、大兄さんがこの小猿を譲り受けて、六猿さんに面倒を見させて、この子にお酒を作らせようという魂胆《こんたん》でしょう？」

「こりゃ一……」

六猿は、言いさした。「一屁弾中《ズボシ》だ」と言おうとしたのだが、途中でグッと堪えて、言い方を変えた。

「ああ、その通りだよ」

少女は会心の笑みをもらした。

「大兄さんは一風変わったことが好きなんだから。猿は山の中でしかお酒は作らないものよ。捕まえられたら、果物を採ってお酒を作ったりしないわ。放して果物を採りに行かせたら、逃げちゃうでしょう？」

少し間をおいて、またニッコリして、

「でなきゃ、われらが六猿さんはどうしてお酒を作らないのかしら？」

六猿は厳《いかめ》しい顔をして見せた。

「兄弟子に対して失敬な。口の利《き》き方がなっとらん」

「あらッ、兄弟子風を吹かせるなんて。六兄さん、まだ本題に入ってないわよ。大兄さんは何でまた朝から晩まで呑みっぱなしになったの？」

「そうだった。それで、大兄貴は汚いのも構わず、物乞いに酒をねだったんだ。いやー、あいつは身体中が分厚い垢《あか》で覆われ、ボロ服にはシラミがたかってたし、顔中涙に鼻水だ。瓢箪の中にも、さぞや痰《たん》や鼻水が入ってるだろうな……」

少女は口を覆って、顔をしかめた。

「やめて、気分が悪くなるじゃない」

「あいにく大兄貴はへっちゃらさ！　物乞いの言うことにゃ、この瓢箪の酒が最後だから、誰にもやらないだと。大兄貴は一両取りだして、一口一両だと言ったんだ」

　少女は腹立たしいやら、おかしいやらで、

「呑み助！」

　と、吐き捨てた。

「物乞いはやっと承知して、金を受け取ると、『一口だけだぞ、それ以上はだめじゃ！』と念を押した。大兄貴は、『一口と言ったら一口だ』と言って、瓢箪を口につけて、呑みだした。ところがどっこい、その一口がやけに長い。ゴクゴクという間に、一気にたっぷりあった酒を全部呑み干したんだ。大兄貴は師父から教わった気功《きこう》を使って、息つぎをしないで、やすやすと、瓢箪の酒を一滴残らず呑み干したってわけさ」

　一同はそこまで聞くと、一斉に大笑いした。

「小師妹《シャオシメイ》、昨日君も衡陽にいたら、大兄貴が酒を呑む技を眼《ま》の当たりにできたのに。ほとほと感服すること請け合いだ。大兄貴の『精神を丹田《たんでん》に集め、息は紫府《しふ》に游《およ》ぐ。身体は凌《りょう》虚《きょ》の若く華獄《かごく》を超え、気は冲霄《ちゅうしょう》の如く北辰《ほくしん》を揺らす』てえ気功は、神技の域にまで達してて、底なしに奥が深いぞ」

六猿《ろくざる》の言いぐさに、少女は笑い転げた。

「口が悪いったらありゃしない。大兄さんをまるで性悪《しょうわる》のように言うなんて。フン、私たちの気功の奥義《おうぎ》を笑いの種にしたら、罰が当たるわよ」

「でたらめじゃないぜ。ここにいる七人だって眼にしたんだ。大兄貴は気功を使って猿酒を呑んだよな？」

「小師妹、本当だよ」

傍らの数人がうなずいた。少女はため息をついた。

「この技は難しいのよ。みんなできないのに、せっかく大兄さん一人ができると思ったら、物乞いから酒を騙《だま》し呑みするのに使うなんて」

口調が残念がっているようで、どこか称賛の意もまじっている。

「大兄貴がすっからかんに呑んだんだ、そいつは収まるはずがない。服を引っぱって喚きやがった。しかと一口と言ったのに、なぜ全部呑み干したんだとな。大兄貴はニヤリとした。

『しかと一口しか呑まなかったぞ。俺は息つぎしたか？　息つぎしなきゃ一口ってことだ。

どんな一口かなんて言わなかったし。実を言うと、一口にも足りなかったがね。一口が一両なら、その半分は五銭だ。五銭返してもらおう！』」

「フフッ、人の酒を呑んで、お金までごまかそうと言うの？」

「そいつは泣きださんばかりに焦ってな。大兄貴は、『兄さん、こんなに焦るぐらいなら、きっと飲兵衛《のんべえ》のお人だ。ささ、おごるから、たらふく呑んでくれ』

そう言うと、そいつを通りの酒楼《しゅろう》に引っぱり込んだ。二人は一杯また一杯と呑み続け、俺たちは昼まで待ったが、まだ呑んでいやがった。大兄貴はあいつに小猿を譲り受けて、俺に託したんだ。午後になると、物乞いは酔いつぶれて、地べたでくたばってたが、大兄貴は独りで手酌《てじゃく》で呑んでた。もっとも舌がもつれていたがな。で、俺たちに先に衡山に行け、自分は後から追いつくと言ったってわけだ」

「そうだったの」

少女は外をぼんやり眺めた。しとしとと降りやまぬ雨を見ながら、ポツリとつぶやく。

「昨日みんなといっしょに来てたら、今日は雨に降られずに済んだのに」

「小師妹《シャオシーメイ》、二兄貴と道中、いろいろと不思議なことに遇《あ》ったたって言ったろ。そろそろ話してくれよ」

六猿《ろくざる》が促す。

「急《せ》かさなくたって。大兄さんが着いてから話したって遅くないわ。二度話す手間が省《はぶ》けるでしょ。どこで待ち合わせなの？」

「決めてないんだ。衡山城は大して広くないから、そのうち出くわすだろうよ。ああ、大兄貴が猿酒を呑んだことを話させておいて、自分は話さない気だな」

少女はいささか落ち着かぬ様子であった。

「二兄さん、みんなに話してあげてもらえませんか？」

チラッと林平之《りんへいし》の背中に眼をやってから、また言った。

「ここは人眼があるから、宿をとってから話すことにしましょう」

ずっと黙っていた背の高い男が、口を開いた。

「衡山城の宿という宿は祝い客でいっぱいです。劉府《りゅうふ》にも邪魔したくないし、大兄貴と落ち合ってから、城外の寺社にでも泊まることにしましょう。二兄貴、いかがでしょう？」

この場に一番弟子がいなければ、この老人はおのずと一門の首領ということになる。老人はうなずいた。

「よかろう！　ここで待つことにしよう」

六猿がもっともせっかちである。ヒソヒソ声で、

「あの佝僂《くる》の野郎、頭が弱いんじゃないのか。相当長く座ってるてえのに、ピクリともしない。構うこたないさ。二兄貴、小師妹と福州に行って、何を探りだしたんです？　福威鏢局が青城派につぶされたってことは、林家の武術は、本当に本物じゃなかったんですね」

突然話が鏢局に及んだので、林平之《りんへいし》は、いっそう耳を傾けた。

「わしと小師妹は長沙で師父に逢《お》うた。師父はわしらに衡山城に行って、大兄貴とおぬしらと落ち合うよう言いつけた。福州でのことはさておき、莫大先生《ばくだいせんせい》はなぜここでいきなり『一剣落九雁』を使ったのかね？　おぬしら見たじゃろう？」

六猿《ろくざる》は「ええ」と言うと、われ先に、その場にいた者たちが、劉正風《りゅうせいふう》の引退をどう噂《うわさ》し、莫大先生がどのようにして忽然《こつぜん》と現れ、一同を驚嘆させたか、その情景を逐一《ちくいち》語った。

老人は「フム」と唸った。しばし間を置いてから、ようやく言葉を発した。

「江湖では、莫大先生と劉の旦那が不仲だと噂しておるが、今度の劉の旦那の引退といい、莫大先生の謎《なぞ》めいた行動といい、まったく訳が分からぬのう」

「二兄貴、泰山《たいざん》派の総帥、天門道人《てんもんどうじん》がみずからお越しになり、すでに劉府にご到着だそうです」

算盤を持った男が言った。

「天門道人がみずから？　劉の旦那も顔が利くものよのう。天門道人が劉府にお泊まりだとすると、衡山派の内紛が本当なら、劉の旦那に、天門道人のような使い手が後ろ盾にいる以上、莫大先生は有利だとは限らぬぞ」

「二兄さん、じゃあ、青城派の余観主《よかんしゅ》は誰の味方なの？」

　少女が訊いた。

「青城派の余観主」と聞いたとたん、林平之は、胸に一撃を喰らったような衝撃を覚えた。

「余観主も来たのか？」

「やつに青城山から降りてもらえるとは、大したもんだ」

「衡山の町はにぎやかだぞ。使い手がドッと集まって、竜虎《りゅうこ》相打つ一戦があるかもな」

「小師妹、余観主が来たって、誰に聞いたんだい？」

　六猿らが口々に言う。

「誰に聞くまでもないわ。この眼で見たんですもの」

「余観主に会ったのかい？　衡山城で？」

　六猿が訊ねた。

「衡山城で会っただけじゃないわ。福建でも、江西でも会ったわ」

「余観主は何で福建に行ったんだ？　小師妹、そこまでは知らないんだろう」

算盤持ちが言った。

「五兄さん、たきつけないでよ。話そうと思ってたのに、もう言わない」

「青城派の事なんて、人に聞かれたって構わんさ。二兄貴、余観主《よかんしゅ》は福建に何しに行ったんだ？　何でお二人と会ったりしたんです？」

六猿《ろくざる》が言った。

「大兄貴は来ぬし、雨も止みそうにない。暇つぶしに最初から話すとしよう。おぬしらも事の顚末を知って、今後青城派の者に逢うたときに、心得があった方がよいじゃろう。去年の師走《しわす》、大兄貴は漢中《かんちゅう》で青城派の侯人英《こうじんえい》、洪人雄《こうじんゆう》を懲らしめたんじゃが……」

老人の話が終わらぬうちに、六猿は突然「けッ」と言って、笑いだした。

少女は白い眼を向けた。

「何がおかしいの？」

六猿はニヤニヤしながら、

「あの二人の思いあがりがおかしくって。人英、人雄だのって、江湖で『英雄豪傑、青《せい》城四秀《じょうししゅう》』なんて呼ばれているとはな。俺みたいに実直に『陸大有《りくだいゆう》』って名前だったら、何事もないのによう」

「何事もないわけじゃないでしょう？　もし陸大有（大いに陸〈＝六〉有り）という名前

じゃなくて、一門でもちょうど六番目の弟子じゃなかったら、あだ名は六猿にはならなかったでしょう?」

「よし、今日から名前を『陸大無《りくだいむ》』に変えよう」

「二兄貴の話に横槍《よこやり》を入れるな」

もう一人が言った。陸大有は、

「入れないったら入れないよ」

と言ったすぐ後で、また「けッ」と笑いだした。

少女は眉をひそめた。

「今度は何?　邪魔ばかりして!」

「侯人英、洪人雄の二人が、大兄貴に蹴とばされて、コロコロッと転がっても、誰に、何でやられたのかも分からないのを思いだしてよう。実は、大兄貴はやつらの名前を聞いただけでむかっ腹が立ったんだ。酒を呑みながら、『狗熊野猪《いぬくまのぶた》、青城四獣《しじゅう》』って喚いてな。二人はむろんカッときて、かかってきたところを、大兄貴に酒楼から下に蹴落とされたんだ。ハハハハ!」

林平之《りんへいし》は胸がスーッとした。にわかにこの一番弟子に好感を持った。侯人英、洪人雄とは面識がないが、方人智《ほうじんち》、于人豪《うじんごう》の兄弟弟子である二人が、この「大兄貴」に酒楼から蹴落とされた狼狽《ろうばい》ぶりが眼に浮かぶようで、おのれに代わって鬱憤《うっぷん》を晴らしてくれた思いがした。

老人の話が続く。

「大兄貴が二人を懲らしめたことは、その場では大兄貴の素性《すじょう》は知られなんだが、後でおのずと調べがついた。そこで、余観主《よかんしゅ》は師父に書状をしたためた。文面はやんわりしたもので、弟子の監督不行き届きで、ご高足《こうそく》に無礼をば致したゆえ、お詫《わ》びの書状を差しあげた次第とか何とか言うてな」

「余ってやつは、狡賢《ずるがしこ》いな。詫び状というが、要は告げ口ってことじゃないか。おかげで、大兄貴は表で一昼夜跪《ひざまず》くはめになって、みんなで懇願して、やっと師父に許してもらった」

陸大有《りくだいゆう》が言った。

「許したわけじゃないわ。三十回の棒打を受けたじゃないの」

少女が言い足す。

「俺も大兄貴におつき合いして、棒打十回だ。クックッ、けど、あの二人の野郎が下に転がり落ちた、みじめなざまを眼にしたんだ。十回たたかれても構うもんか。ハハ、ハハ」

陸大有の口ぶりに、のっぽがあきれて、

「その様子じゃ、ちっとも後悔してないな。棒打十回は無駄だったわけだ」

「どうやって後悔するんです？　俺に大兄貴を止める腕がありますか？」

「だが、間に入ってもいいだろう。師父のおっしゃる通りだ。

『陸大有が、横で仲裁するのは絶対にありえぬ。大方、けしかけるようなまねをしたんだろう。棒打十回だ！』ハハ、ハハ！」

一同もつられて笑った。

「あれは師父の思い過ごしですぜ。大兄貴の蹴りがどれほど迅《はや》いと思います？　大英雄ご両名が左右から迫っても、大兄貴は杯を挙げて、ゴクゴク呑んでいるばかり。俺は叫びました。

『兄貴、ご用心！』

ところが、ガツン、ガツンてきて、続いて、大英雄ご両名は、ヒューヒューと階段から一直線、下に転がり落ちちまった。俺は眼を皿にして、大兄貴の絶技『豹尾脚《ひょうびきゃく》』を覚えようとしましたが、見る暇もなかったものを、何で覚えられます？　けしかけるなんざ、話になりませんぜ」

「六猿《ろくざる》よ、聞くが、大兄貴が『狗熊野猪《いぬくまのぶた》、青城四獣』って言ったとき、お前いっしょになって喚いてなかったか？　正直に言えよ」

のっぽが言った。

陸大有《りくだいゆう》はクックッと笑った。

「大兄貴がそう喚けば、弟弟子としては、加勢しないわけにはいかないでしょう? 俺に青城派に肩入れして、大兄貴を罵れって言うんですか?」

のっぽはニンマリした。

「だったら、師父は少しも濡《ぬ》れ衣《ぎぬ》を着せたことにはならんぞ」

(この六猿《ろくざる》もいいやつだ。この人たちはどこの門派だろうか?)

林平之《りんへいし》は内心つぶやいた。

「師父が大兄貴を戒《いまし》めたことを、みなよく心に刻みつけておくのじゃ。師父はこうおっしゃった。江湖では武芸者のあだ名は非常に多い。誰もが大げさなもので、『威震天南《いしんてんなん》』だの、『追風俠《ついふうきょう》』だの、『草上飛《そうじょうひ》』だのと、いちいち気にしてはおれん。相手が『英雄豪傑』と呼びたければ、呼ばせておけばよい。その振る舞いが英雄豪傑にふさわしいのなら、われわれは尊敬し、交友を結べばよいことで、敵視してはならぬ。じゃが、相手が英雄豪傑でなければ、武林にはおのずと公論ができ、誰もが嘲笑《あざわら》うはずじゃから、われわれが構うことはない、とな」

一同は二兄貴の訓示《くんじ》を聞いて、うなずいて賛同した。

「俺の『六猿』というあだ名はいいな。聞いて怒るやつなんかいないはずだ」

陸大有がボソッと言った。老人は微笑《ほほえ》んだ。

「大兄貴が侯人英《こうじんえい》と洪人雄《こうじんゆう》を階下に蹴落としたことを、青城派は恥と考えておるゆえ、絶対に口外はすまいが、わが派も知っている門弟は少ない。師父は、不和の原因とならぬよう、外には漏らすなと、わしらに懇々《こんこん》と言い聞かせた。今後はわしらも口にはすまい。誰かに聞かれて、広まらんようにのう」

「青城派の実力は、虚名だと思いますが。やつらを怒らせたって、どうってことは……」

陸大有が言い終わらぬうちに、老人の一喝が飛んだ。

「六弟、口を慎め。わしが帰ってから師父に報告すれば、お前はまた棒打十回だぞ。分かっておるのか？　大兄貴が『豹尾脚』でやつらを蹴落としたのは、一つには相手の不意をついたからで、もう一つは、大兄貴は一門でもずば抜けたお人ゆえ、凡人には及ばぬからじゃ。お前に相手を蹴落とすほどの腕があるのか？」

「俺と大兄貴を比べないでくださいよ」

老人は厳粛《げんしゅく》な面もちで、

「青城派の総帥余観主《よかんしゅ》は、間違いなく当代の武林の奇才じゃ。甘く見たら酷《ひど》い目に遭うぞ。小師妹、余観主を見たじゃろう。どう思うかね？」

「余観主《よかんしゅ》？　手口がとても残忍だわ。わ……私、あの人が怖い。に……二度と会いたくない」

声がかすかに震えている。思い出しただけで恐ろしいようだ。

「余観主は手口が残忍だって？　人を殺すところを見たのか？」

陸大有《りくだいゆう》が訊ねた。少女はビクッと身を縮めて、問いに答えようとしない。

「あの日、師父は余観主の書状を読んで、怒りのあまり、大兄貴と六弟に罰を加えたのち、翌日手紙をしたため、わしに青城山に送るよう命じられた……」

数人の弟子が声を上げた。

「あの日二兄貴がそそくさと山を離れたのは、青城に向かったからだったんですか」

「そうじゃ。あの日、師父はわしに誰にも言うなと口止めをした。余計なことが起こらぬようにな」

「余計なことなど起きるものですか。師父は何事にもそつがないんですよ。師父のお言いつけならば、きっとお考えがあってのことで、得心《とくしん》がいかぬ者などおりますか？」

そう訊ねる陸大有を、のっぽがたしなめる。

「お前に何が分かる？　二兄貴がお前に話したら、お前は大兄貴に漏らすだろう。大兄貴は師父のご命令に逆らいはすまいが、何か狡賢《ずるがしこ》い方法を考えついて、青城派に難癖をつけることなら、大いにありうるぞ」

「三弟の言う通りじゃ。大兄貴は江湖で大勢の友人がおる。何かしたければ、みずから手を下さずともできる。師父は、書状の中味は、余観主へのお詫びの言葉ばかりだとおっしゃった。――不肖の弟子が悪さをしたことは、痛恨の極み、本来なら破門に処するところだが、かようにすると、江湖ではわれら両派が、これが因《もと》で仲たがいをしたと思うじゃろう。それではうまくないので、目下、二名の不肖の弟子を……」

老人はそこまで言うと、陸大有に一瞥《いちべつ》をくれた。

陸大有は膨《ふく》れっ面をして、腹立たしげである。

「俺も不肖の弟子ですか！」

「大兄さんと同列なんだから、何かご不満？」

少女が言うと、陸大有はたちまち喜び勇んで、声を上げた。

「そうだ！　そうだ！　酒だ、酒を持て！」

だが、茶屋では酒は売っていない。給仕が駆けつけて言った。

「はァ、どうも、当店には洞庭春《どうていしゅん》、水仙《すいせん》、龍井《ロンジン》、祁門《キーマン》、普洱《プーアル》、鉄観音《てつかんのん》（すべて茶の種類）しかないんで。はァ、お酒はお売りしてないんです。はァ、どうも」

衡陽、衡山一帯の人は、よく話の出だしに「はァ」と言う。この給仕は特にひどい。

「はァ、どうも、酒を置いてなきゃ、はァ俺は茶を飲んで、酒は止めにする。はァ、どうも」

陸大有《りくだいゆう》も調子を合わせる。

「へえ、へえ！　はァ、どうも」

給仕は、すべての急須に、熱湯をなみなみ注ぎ足してくれた。

老人の話が続く。

「師父は書状に――すでに不肖の弟子二名は厳罰に処したところ。本来ならば、当事者がみずから青城に赴き、お許しを乞うべきながら、両名は棒打ののち重傷を負い、歩行困難にて、二番目の弟子の労徳諾《ろうとくだく》をお詫びに遣わした次第です。この度のことは、すべて不肖の弟子の引き起こしたこと、どうか余観主《よかんしゅ》が青城、華山《かざん》両派のこれまでの親交に免じ、意に介することなきよう、お願い致します。今後お目にかかったときに、改めて余観主にお詫びを申し上げます、と書いた」

（あの男は労徳諾というのか。みな華山派で、五嶽剣派のうちの一派だったのか）

林平之《りんへいし》は、手紙の「両派のこれまでの親交」のくだりを思い出して、思わず身震いをした。

（労徳諾と醜女とは、二度も俺に会っている。見破られぬようにせねば）

「わしが青城に着いたあと、侯人英《こうじんえい》はよいが、洪人雄《こうじんゆう》は腹の虫がおさまらず、何度も嫌がらせを言っては、わしに手合わせを迫った……」

「ちきしょう、青城派のやつらめ、いまいましい！　二兄貴、手合わせしてやったらいいじゃないですか、怖いことありゃしませんよ。あの洪ってやつ、二兄貴の相手じゃないでしょう」

陸大有が言った。

「師父がわしを青城山に遣わしたのは、詫びを入れるためであって、もめ事を引き起こすためではないわ。わしは堪忍袋の緒《お》を締めて、青城山で六日間待った。七日目に、ようやく余観主にお目通りがかのうた」

「フン、もったいぶっていやがる！　二兄貴、その六日間は、あまり居心地は良くなかったでしょうねえ」

陸大有が言った。

「青城派の弟子どもの嘲《あざけ》りは、たっぷり受けたわい。じゃが、わしは心得ておった。師父が何ゆえわしをお遣わしになったのか。それは、わしが武術に長《た》けているからではなく、わしが年を食っていて、他の弟弟子より我慢強いからじゃ。わしが我慢をすればするほど、師父のご命令が果たせるのじゃ。やつらも、わしを松風観《しょうふうかん》に六日も足止めさせておいて、何の得にもならなんだとは、思いもよらなかったじゃろう。ずっと余観主《よかんしゅ》にお目通りがかなわなんだのじゃ、わしはむろん手持ちぶさたじゃった。三日目に、早朝の散歩に出かけ、修行を怠らぬよう、ひそかに気息を練った。何気なしに裏の練武場《れんぶじょう》に行ったところ、青城派の弟子数十名が、型取りの稽古《けいこ》をしておった。武林では、他派の練武をのぞき見ることは禁じられておる。わしはジロジロ見るわけにもゆかず、すぐに部屋に戻った。じゃが、一瞥をくれただけで、わしは疑念を抱いた。数十名の弟子は、明らかに同じ剣法を稽古しておって、みなが習い立てであるゆえ、動きがぎこちない。どういった技かについては、はっきり見えなんだが。部屋に戻ってから、ますます不審がつのった。青城派は名を成してから久しく、多くの弟子は入門してから十年、二十年は経っておろう。弟子にも入門の後先があるものじゃ。なぜ数十人が同じ剣法を習いだしたのか？　しかも、その中には、『青城四秀』と呼ばれる侯人英《こうじんえい》、洪人雄《こうじんゆう》、于人豪《うじんごう》、羅人傑《らじんけつ》の四人も含まれておった。おぬしら、このような情景を眼にすれば、どう思われる？」

「青城派は、新たに剣法の秘伝書を手に入れたのかもしれませんし、或いは、余観主が新しい剣法を創りだし、弟子たちに伝授していたかもしれません」

算盤持ちが言った。

「わしもそう思った。しかし、よくよく考えてみると、腑《ふ》に落ちぬのじゃ。余観主の剣法における造詣《ぞうけい》の深さをもってして、編みだされた新剣法なら、さぞかし非凡なものじゃろう。新しく手に入れた秘伝書ならば、その剣法は非常に優れたものに違いない。さもなくば、気に入ったりせぬし、弟子に習わせれば、本来の剣法に悪い影響を及ぼすではないか？ 卓越した技ならば、尋常の弟子では会得《えとく》することはできず、三、四人の最も優れた弟子を選んで伝授する。四十数人に同時に伝授することはないはずじゃ。それではまるで、拳法使いが道場を開いて、金をだまし取るようなもので、名門の大宗匠《だいそうしょう》のすることではあるまい。四日目の朝、わしがまた裏の練武場に向かうと、やつらは相変わらず剣の稽古をしておった。わしは立ち止まりかねたので、一瞥の間に二手を覚えた。戻ってから、師父の意見をうかがおうと思うてな。その時、余観主はまだわしと会うてくれず、わしは、青城派は華山派を敵視しており、新しい剣法の稽古は、わが派を倒すためにやっておるのやもしれん、用心せねばと考えた」

のっぽが訊ねた。

「二兄貴、新しい剣陣の稽古をしていたとは考えられませんか？」

「むろんその可能性は大いにあった。じゃが、その時、わしが見たのは組打ちばかりで、攻守ともに同じ技を使っておって、剣陣の稽古には見えなんだ。五日目の朝、また練武場を散歩したときには、辺りはひっそりしていて、人ひとりいなかった。やつらがわざとわしを避けたと知って、ますます疑惑がつのった。たまたま遠くからチラッと眺めただけで、どんな奥義《おうぎ》が見て取れるというのじゃ。果たして、やつらはわが派と敵対するため、恐ろしい剣法の稽古をしているらしい。さもなくば、わしにこれほど気を配る必要があろうか。その夜、わしが寝床であれこれ思案し、眠れないでいると、遠くからかすかに剣戟《けんげき》の響きがした。わしは、強敵でも襲ってきたかと思うて、ギョッとした。真っ先に頭に浮かんだのは、大兄貴が師父の叱責《しっせき》に腹の虫がおさまらず、松風観に乗り込んできたのではないか、ということじゃ。なら、一人じゃ多勢に無勢、何がなんでも助太刀《すけだち》せねば。青城派に上がったとき、わしは得物を持たず、すぐに剣も見つからなんだゆえ、徒手空拳《としゅくうけん》で駆けつけた……」

「大したもんだ！　二兄貴は肝っ玉だなぁ！　俺だったら、とても徒手空拳で青城派の総帥余滄海《よそうかい》に、立ち向かうことなんざできませんね」

陸大有《りくだいゆう》がだしぬけに褒《ほ》め称えた。労徳諾《ろうとくだく》は憤然とした。

「何を言うか？　誰が余観主《よかんしゅ》に立ち向かうと言った？　ただ大兄貴の身が心配で、危険を承知でも出ていく他なかったのじゃ。ふとんをかぶって臆病者になれというのか？」

弟弟子一同、そろって笑いだした。陸大有はあかんべえをして見せて、

「敬服して、褒めてるんじゃないですか。怒ることないでしょう？」

「ありがとうよ。じゃが、こんな褒め方は、嬉しくも何ともないわ」

「二兄貴、先を続けてください。六猿《ろくざる》の横槍なんかお気になさらずに」

数名の弟弟子が異口同音に言った。

「わしはこっそり起きて、声を頼りに進んだ。剣戟の響きがますます激しくなるにつれ、わしの鼓動はますます高まった。

（わしら二人は飛んで火にいる夏の虫じゃ。大兄貴は武芸が立つゆえ、或《ある》いは無事に抜け出せるやもしれんが、わしはまずいぞ）

と、ひそかに考えた。

声は奥のお堂から伝わっており、窓明かりが煌々《こうこう》としておった。わしは身をかがめて、こっそり近寄った。窓の隙間から一眼のぞくなり、ようやくホッと一息ついた。危うく笑い出すところじゃったわい。ここ数日、余観主から相手にされなかったおかげで、疑心暗鬼から、悪い方へと考えてしもうたのじゃ。何が大兄貴の仇討ちじゃ？　お堂では、二組が剣の立ち合いをしておって、一組は侯人英《こうじんえい》と洪人雄《こうじんゆう》、もう一組は方人智《ほうじんち》と于人豪《うじんごう》じゃった」

「けッ、青城派の弟子は熱心ですなあ。夜も休まないとは。こういうのを泥縄《どろなわ》って言うんです」

陸大有《りくだいゆう》が言うのへ、労徳諾《ろうとくだく》は白い眼を向けたが、笑みを浮かべて先を続けた。

「お堂の真ん中に、黒の長袍《ちょうほう》を着た背の低い道士が座っておった。年は五十ばかりか。顔は痩《や》せこけ、見た眼は、せいぜい七、八十斤（約四十キログラム）といったところ。武林では青城派の総帥はチビ道士というが、眼の当《ま》たりにしなければ、これほどまでに小柄とは知りえぬし、これが天下でも名高い余観主《よかんしゅ》だとは、とても信じられまい。周りには数十名の弟子がビッシリ囲んで、眼を凝《こ》らして四人の組打ちに見入っておった。数手見ただけで、四人が用いているのは、ここ数日習った新しい技であることが分かった。

危地に立たされていることは分かっておった。青城派に見つかれば、わしが辱めを受けるだけでは済まぬ。外に伝わろうものなら、わが派の名声にも大いに傷が付く。大兄貴が『青城四秀』の侯人英《こうじんえい》と洪人雄《こうじんゆう》を蹴落としたことで、師父は、一門の戒律を破り、もめ事を起こしたと叱責したとはいえ、心の中では、お喜びになっているやもしれん。何と言っても、大兄貴は一門のために気を吐いた。青城四秀だろうが、わが派の一番弟子の一蹴りにはかなわぬということじゃ。じゃが、わしが人の秘密をのぞき見したかどにより、捕まったとなれば、これは盗みを働くより始末が悪い。華山に戻ったら、師父の逆鱗《げきりん》に触れて、大方《おおかた》破門にされるじゃろう。

とはいえ、にぎやかにやっておるし、わが派と関《かか》わりがあるやもしれぬし、きびすを返すわけにもゆかぬ。心の中では、数手見たら、すぐに立ち去る、と決めておったが、数手また数手と見てしもうた。四人が使っておった剣術は、たいそう変わっておって、今まで見たこともないものじゃったが、さして威力があるものとも思えなんだ。

（パッとせん剣法を、なぜ日夜励《はげ》んで稽古をしておるのじゃ？　この剣法だと、華山派の剣法が封じられるのか？　そうとも思えぬが）

わしはただ不思議じゃった。もう数手見ると、さすがにその先はのぞきかねて、稽古がたけなわのうちに、こっそり部屋に戻った。打ち合いの音が途切れてからでは、身動きがとれなくなる。余観主の腕をもってすれば、わしがお堂の外で一歩でも動けば、たちまち感づかれてしまうじゃろう。

以後二日間、剣戟の響きは絶えず伝わってきたが、わしにはもはや見にいく度胸がなかった。実は、やつらが余観主の前で、剣の稽古をしていると知っておれば、わしは盗み見など絶対せなんだ。何かの間違いで、出くわしたにすぎぬ。六弟がわしの肝っ玉を讃《たた》えてくれたが、まったく慚愧《ざんき》の至りじゃ。あの夜、わしが恐ろしさのあまり、血の気を失ったざまを眼にしておれば、二兄貴が天下一の臆病者と罵らないだけでも、わしはもう感謝に堪えんよ」

「とんでもない、とんでもない！　二兄貴はせいぜい天下第二ですよ。俺だったら、まあ、余観主《よかんしゅ》に気づかれる心配はないですが。その時になったら、俺は恐怖で全身がこわばり、息もできず、寸歩も動けず、とっくに死体同然ですからね。いくら余観主が手練れだと言っても、窓の外に俺のようなピカ一の英雄がいようとは、ご存じあるまいよ」

陸大有《りくだいゆう》の言に、一同は抱腹絶倒した。

「その後、余観主はついにわしに接見した。やつは丁寧な物言いで、師父が大兄貴に厳罰を与えたのは、思いも寄らぬこと、華山、青城両派はもともと親交があり、弟子たちのいざこざは、子どものけんかと同じで、大人が本気にすることではない、と言うた。その晩は、宴席を設けて、わしをもてなしてくれた。翌日早朝、わしは暇乞《いとまご》いをした。余観主は松風観の出口まで送ってくれた。目下《めした》に当たるわしは、辞するときは叩頭《こうとう》をせねばならぬ。左膝《ひざ》を折ったとたん、余観主は右手で軽々とわしを引きあげた。やつの膂力《りょりょく》は大したもので、わしは全身がフワフワとして、まったく力が抜けてしもうた。やつがわしを数十丈先に投げ飛ばそうと思えば、わしには抵抗の余地がなかったじゃろう。やつはかすかに笑って問うた。

『おぬしの兄弟子は、おぬしより何年早く入門したのかね？　おぬしは華山派に入門する前から、武芸のたしなみがあったじゃろう？』

引きあげられたおかげで、わしは息も継げず、やや間があってから答えた。

『はい、私は中途から入門いたしました。私が入門したときには、大兄貴はすでに恩師のもとに十二年おりました』

余観主はまたニッコリした。

『十二年長く、フム、十二年か』」

「『十二年長く』と言ったのは、どういう意味かしら？」

少女が訊ねた。

「その時、表情が妙だったゆえ、思うに、わしの武術が凡庸《ぼんよう》じゃから、大兄貴がわしより十二年長く稽古をしたとしても、たかが知れておる、ということではないか」

少女は「ウン」と相槌《あいづち》を打ったきり、黙り込んだ。

「華山に戻ってから、わしは師父に余観主の返書を差しあげた。書状は丁寧でへりくだっておった。師父は読後お喜びになり、わしに松風観の様子を問うた。わしは青城派の弟子どもが、徹夜で剣の稽古をしておった件を話した。師父は、型をその通りにやって見せろと命じられ、わしはわずかに覚えた七、八手を、ただちにやって見せた。師父は一眼見て、『福威鏢局、林家の辟邪剣法じゃ』と言うた」

林平之《りんへいし》はその言葉を聞いて、思わずブルッと身体を震わせた。

第三章　美女救出

労徳諾《ろうとくだく》は師父に問うた。

「林《りん》家の辟邪剣法《へきじゃけんぽう》は、威力絶大なのでしょうか？　青城《せいじょう》派はなぜ、一心に覚えようとしているのです？」

師父は答えず、眼を閉じ、しばし考え込んでから、

「徳諾、お前は入門前から、すでに江湖《こうこ》を長年渡り歩いておったな。武林《ぶりん》で、福威鏢局《ふくいひょうきょく》の総元締《もとじ》め林震南《りんしんなん》の武芸について、どう噂《うわさ》しているのか、聞いたことがあるか？」

「武林では、林震南は金離れがよく義理堅いゆえ、みながやつの顔を立てて、やつの荷駄《にだ》には手を付けない、と言われております。本当の腕については、あまり知られておりません」

「そうだ！　福威鏢局がここ数年来栄えてきたのは、江湖の人々が、面子《メンツ》を立ててやったのに負うところが大きい。お前、聞いたことがあるか？　余観主《よかんしゅ》の師父、長青子《ちょうせいし》が若か

りしとき、林遠図《りんえんと》の辟邪剣法に敗れた一件を」

「り……林遠図？　林震南の父親ですか？」

「いや、林遠図は林震南の祖父だ。福威鏢局はやつが一代で創った。当時、林遠図は七十二式の辟邪剣法で鏢局を創設し、まさに盗賊どもを相手に無敵だった。義侠《ぎきょう》の士の中にも、やつの威勢がよすぎると言うて、果たし合いを申し込んだ者もいた。長青子もそういうわけで、辟邪剣法の前に数手で敗れさった次第だ」

「そう致しますと、辟邪剣法は確かに恐るべきものと？」

「長青子が負けたことは、双方とも堅く口を閉ざしていたゆえ、武林では知られておらぬ。長青子とお前の師祖《しそ》は親友でな、それで師祖はこの事を聞かされていたのだ。二人は辟邪剣法をまねてみて、何とかその弱点を見つけだそうとした。だが、七十二式の剣法は、平凡なように見えて、うちに多くの計り知れない奥義《おうぎ》を秘めておる。突如無尽の迅《はや》さに変わるのだ。二人は数カ月研鑽《けんさん》を積んだにもかかわらず、最後まで破る糸口を見いだせなんだ。当時、わしは入門したての、ほんの十いくつの少年にすぎず、お側に仕えていたおりに、その光景を見慣れていたから、お前の手まねを見て、一眼で辟邪剣法だと分かった。ああ、もう遥《はる》か昔のことだ」

「長青子さまは、その後仇《あだ》を討たれましたか？」

「果たし合いで敗れたくらいでは、仇とは言えぬだろう。ましてや、当時林遠図《りんえんと》は、武林から尊敬を受けて久しい英雄であったが、長青子《ちょうせいし》は駆け出しの若き道士であった。若僧が目上《めうえ》に負けたから、どうだというのだ？　この件はそれきりになり、後に長青子は三十六歳で亡くなった。この事が脳裏から離れず、鬱々《うつうつ》と一生を終えたのやもしれぬ。数十年経《た》って、余滄海《よそうかい》が突然弟子どもを率いて、辟邪剣法の稽古《けいこ》をするとはどういうわけか。徳諾《とくだく》、なぜだと思う？」

「稽古の情景から見て、誰もが真剣な表情でした。余観主《よかんしゅ》が先代の仇を討つため、大挙して、福威鏢局にけんかを売る腹ですかね」

師父はうなずいた。

「わしもそう考えた。度量が狭く、自負の強い長青子は、林遠図に敗れた一件をずっと気に病んでいたに違いない。大方、死にぎわに余滄海に何か遺命を残したのだろう。林遠図は長青子より先に没したので、余滄海が師の仇を討ちたければ、林遠図の息子林仲雄《りんちゅうゆう》を相手にするしかなかった。だが、どうしたわけか、今になってようやく手を着けた。余滄海は警戒心が強く、勝算がないと動くまいから、今回、青城派と福威鏢局は、派手な立ち回りになりそうだ」

「師父は、この闘い、どちらが勝つとお思いですか？」

師父は笑った。

「余滄海の腕は、もはや長青子より上だ。林震南《りんしんなん》の方は、はっきりせぬとはいえ、祖先に及ばぬと思われる。さらにだ、青城派は闇討《やみう》ちをかけられるが、福威鏢局は明るみに晒《さら》されている。闘う前から、福威鏢局はすでに七割方敗れておる。もし、林震南が事前に、洛陽《らくよう》の金刀王元覇《きんとうおうげんは》を加勢に呼ぶことができれば、まともに闘えるやもしれぬが。徳諾、見物に行く気はないか？」

労徳諾は喜んで命に従った。師父は護身のため、彼に青城派の得意とする剣術を、数手授けた。

「あれッ、師父は何で青城派の剣法が使えるんです？　あッ、そうだ。昔、長青子と師祖さまが技の研究をしていたときに、傍らで青城派の剣法を眼《め》にしたんですね」

陸大有《りくだいゆう》が言った。

「六弟、師父の武術の来歴は、弟子のわしらが推し量るものではない。師父はわしに、他の五嶽剣派《ごがくけんは》にも口外せぬよう命じた。じゃが、抜け目のない小師妹《シャオシメイ》は、それを知って、師父にわしとの同行をせがんだ。わしら二人は福州城外の酒売りに化けて、毎日福威鏢局に動静をうかがいに行った。別のは見なんだが、林震南が息子の林平之《りんへいし》に剣の手ほどきをし

ているところは見た。小師妹は首を振って、

『これのどこが辟邪剣法なの？　これが辟邪剣法なら、〝邪魔《まもの》〟が来たとたん、この林公子《りんこうし》の方が〝辟易遠避《いちもくさん》〟でしょうよ』じゃと」

華山《かざん》の弟子たちの哄笑《こうしょう》の中、林平之《りんへいし》は顔が真っ赤になった。穴があったら入りたいほど恥ずかしい。

（二人はとうに鏢局に何度も足を運んでいたのか。露ほども気づかなかったとは、俺たちも無能もいいところだ）

「わしら二人が福州城外に数日もおらぬうちに、青城派の弟子どもが相次いでやってきた。真っ先に来たのは、方人智《ほうじんち》と于人豪《うじんごう》の二人じゃった。二人は毎日鏢局に出没しておったので、わしと小師妹は鉢合わせとならぬよう、それっきり行くのを控えた。あの日はおりしも、林公子がわしらの自慢の店にお越しになってのう、小師妹はしかたなく、やつらに酒を出してやった。その時はやつに見破られて、わざと暴《あば》きに来たのではないかと心配したが、口を利《き》いて、まったくご存じないと分かった。あの金持ちの坊ちゃんは、何も知らんのじゃ。その時、青城派でも最も救いようのない余人彦《よじんげん》と賈人達《かじんたつ》が、やはり店にお出でなすった……」

陸大有《りくだいゆう》が手をパチッとたたいた。

「二兄貴と小師妹ご自慢の店は、まったく商売繁盛、金が唸《うな》るほど転がり込んで来ますなあ。福建《ふっけん》でさぞ大身上《しんしょう》をこさえたでしょう！」

少女はニッコリした。

「決まってるでしょ。二兄さんはとうに大金持ちになって、私も大旦那のおかげで、たっぷり儲《もう》けさせてもらったわ」

一同はそろって大笑いした。労徳諾《ろうとくだく》の嘲笑《ちょうしょう》が続く。

「林の若旦那の武芸はお粗末で、小師妹の弟子も務まらぬほどじゃが、あれでなかなか気《き》骨《こつ》を持っておる。余滄海《よそうかい》のでき損ないの息子、余人彦が、こともあろうに小師妹にちょっかいを出したとき、あの林公子が義憤にかられて、手出しをしてくれたのじゃ……」

林平之は恥ずかしくもあり、腹立たしくもあった。

（青城派が鏢局に手を出したのは、先代の屈辱を晴らすためだったのか。福州《ふくしゅう》にやってきたのは、方人智ら四人にとどまらず、俺が余人彦を殺そうと殺すまいと、関係なかったんだ）

彼は気もそぞろとなり、自分が余人彦を殺したありさまを、労徳諾が語ったくだりは、ほとんど耳に入らなかった。だが、労徳諾が語る度に、一同が笑うのを聞いて、自分の武芸の拙《つたな》いことを嘲《あざけ》っているのは、判然としている。

「その夜、わしと小師妹はまた鏢局に偵察に出かけた。余観主《よかんしゅ》は侯人英《こうじんえい》、洪人雄《こうじんゆう》ほか、十数名の主だった弟子を率いて、すでに到着していた。わしらは遠くから高《たか》みの見物と決め込んだ。やつらが鏢局の用心棒頭や先触れを一人ずつ殺し、救援を求めて遣わした用心棒頭どもも、残らず殺され、屍体《したい》の一体一体が戻るのを見ておった。わしは考えた。余観主が先代の仇を討ちたければ、林震南《りんしんなん》父子と剣の果たし合いをして、勝てばよいことで、何ゆえこれほど酷《むご》いことをするのか？　きっと余人彦《よじんげん》の仇を取るためじゃ。じゃが、やつらはなぜか、林震南一家三人を殺さずに、鏢局から追い出しただけじゃ。鏢局の人間が出た直後に、余観主は鏢局に入った。わが物顔で広間の中央の座についた時点で、福威鏢局は青城派に占領されてしまったと言ってよい」

「青城派は鏢局を引き継ぐつもりだ。余滄海《よそうかい》は総元締めになりたいんだ！」

陸大有《りくだいゆう》が言うと、一同はゲラゲラ笑った。

「林家の三人は扮装しておったが、青城派の眼をくらますことはできなんだ。方人智《ほうじんち》、于《う》人豪《じんごう》、賈人達《かじんたつ》の三人が生け捕りにするよう命を受けた。小師妹がどうしても見物に行きたいというので、わしらは方人智らの後をつけた。福州城南山《なんざん》の飯屋で、方人智らが姿を見せて、林家の三人を捕らえた。小師妹が、

『林公子は、私が因《もと》で余人彦を殺したから、見殺しにはできない』

と言うのを、わしは必死に止めた。わしらが手出しをすれば、青城、華山両派の仲に亀《き》裂《れつ》が生じる。しかも、余観主は福州におるのじゃ。わしらはいい面汚《つらよご》しにはなりとうない」

「二兄貴はそれなりのお歳《とし》だから、慎重になるのも無理はないが、それじゃあ、小師妹の興を殺《そ》ぐことになりやしませんか？」

陸大有がまた口を挟んだ。

「フッフッ、小師妹はすっかり乗り気で、わしが興を殺ごうにも、とても無理じゃった。小師妹は先に厨《くりや》へ行き、賈人達を痛めつけた。やつは、血みどろになって、ワアワア喚《わめ》いておったわ。方、于の二人がおびき出されると、次に、表に回って林公子を助け出して、逃したのじゃ」

陸大有が拍手をしながら、

「すごい、すごい！　分かったぞ、小師妹は林の小僧を助けたかったんじゃないんだ。別に了見《りようけん》があったんだな。よし、よし」

「何よ、別の了見って？　またでたらめ言って」

「俺が青城派のせいで師父に棒打を喰《く》らったから、小師妹は腹の虫がおさまらずに、青城派の人間をやっつけて、俺の憂《う》さを晴らしてくれたんだな。ありがとよ……」

陸大有《りくだいゆう》は立ち上がって、少女に深々と一礼した。少女はクスッと笑って、礼を返した。

「いいえ、どういたしまして」

算盤《そろばん》持ちはニヤニヤしている。

「小師妹が青城派の弟子をやっつけたのは、確かに誰かさんのためだが、お前のためかどうかは、大いに疑わしい。師父の棒打を喰らったのは、お前一人ではないからな」

労徳諾《ろうとくだく》もニヤリとして、

「今回は六弟の言う通りじゃ。小師妹が賈人達《かじんたつ》を痛めつけたのは、確かに六弟の鬱憤《うっぷん》晴らしじゃ。あとで師父が問うたら、やはりそのように言うわいな」

陸大有はしきりに手を振った。

「そ……そのご好意はご勘弁。俺にかぶせないでくださいよ、また棒打十回ですぜ」

「で、方人智《ほうじんち》と于人豪《うじんごう》は追っては来なかったか？」

のっぽが訊《たず》ねた。

「追ってきましたとも。でも二兄さんは青城派の剣法を習ったでしょ。『鴻飛冥冥《こうひめいめい》』の一手だけで、二人の長剣をはね飛ばしたわ。二兄さんがその時黒頭巾《ずきん》を着けていたから、方、于の二人が、未《いま》だに華山派に敗れたって分からないのが残念だわ」

「それがよい。武芸の実力だけを言うなら、わしも方、于の二人に勝てるとは限らん。じゃが、わしがふいに青城派の剣法を使いだして、やつらの剣法の弱点を攻めたてたゆえ、やつらはびっくり仰天したのじゃ。こうして、わしらはまた、やつらの鼻を明かせたわけじゃ」

弟子たちは談論風発し、口々に大兄貴がこの事を知ったら、きっと喜ぶに違いないと言った。

その時、雨は豆をたたきつけたように、いっそう大降りになった。そこへワンタン売りの老人が、茶屋の軒下《のきした》に天秤棒《てんびんぼう》を下ろし、雨宿りにやってきた。老人はトントン竹片《ちくへん》を鳴らした。鍋《なべ》から湯気がもうもうと上がっている。

とうに腹を空かせていた華山派一同の顔に、喜色が浮かんだ。陸大有が叫んだ。

「おい、ワンタンを九つ作ってくれ。卵も入れるんだぞ」

老人は「へい、へい！」と答えると、ワンタンを熱湯に抛《ほう》り入れた。まもなく、五人分ができ上がり、熱々のが運ばれてきた。

よく礼儀を心得ている陸大有。まず二兄貴労徳諾に一つ差しあげ、次に三兄貴梁《りよう》発《はつ》に、以下順番に四兄貴施戴子《したいし》、五兄貴高根明《こうこんめい》に差しあげた。最後は自分が食べる番だが、彼は少女の前に置いた。

「小師妹、先に食えよ」

ずっと彼とふざけ合って、六猿《ろくざる》さんと呼んでいた少女だが、ワンタンが眼の前に置かれると、立ち上がって、

「ありがとうございます」

と礼を述べた。林平之《りんへいし》は、端から盗み見をしながら感心した。

(一門は礼儀作法に厳しいんだな。ふだんはじゃれ合っても、長幼の序列はなくせぬわけだ)

労徳諾《ろうとくだく》らが食べ始めても、少女は陸大有《りくだいゆう》と他の兄弟子たちの分が上がるまで、箸《はし》をつけるのを控えていた。

「二兄貴、余観主《よかんしゅ》が福威鏢局を占拠したとおっしゃいましたが、その後は?」

梁発《りょうはつ》が訊ねた。

「小師妹は林の若旦那を助けたのち、ひそかに方人智《ほうじんち》らの後をつけて、おりを見て林震南《りんしんなん》夫婦を救い出そうとした。わしはこう忠告した。

『林の若旦那《わかだんな》への感謝の気持ちは、命を救ったことで報いたことになるはずじゃ。青城派と福威鏢局は先代からの仇《かたき》同士、わしらが割り込んで何になる?』

小師妹は聞き入れてくれた。わしらが福州城に引き返したときには、青城派の弟子どもが十数人、福威鏢局の表と裏を厳重に見張っていた。

おかしなことだ。鏢局はとうにちりぢりになって、林震南夫婦さえ逃げたのに、青城派はまだ何を警戒しておるのじゃ？　わしと小師妹は、一つ調べる気になった。そこで、夕暮れ時に、やつらが見張りの交替をする際に、素早く菜園にもぐり込んだ。

鏢局に入るなり、青城派の弟子どもが束になって、あちこちで箱をひっくり返すわ、壁をえぐるわと、巨大な福威鏢局を、ひっくり返さんばかりの狼藉《ろうぜき》を働いておった。鏢局には持ち出せなかった金銀財宝がたくさんあったが、やつらは見つけしだい、そこら辺に抛り、大して重視するふうもなかった。わしは考えた。

――やつらは非常に重要なものを探しているのじゃ、それは何か？」

三、四人の華山派の弟子が声をそろえて、

「辟邪剣法の剣譜《けんぷ》（秘伝書）！」

「そうじゃ。わしと小師妹もそう考えた。様子から見て、やつらは鏢局を占拠してから、すぐに大がかりな家捜《やさが》しを始めたらしい。やつらが汗だくになっているさまから見て、明らかに徒労だったようじゃ」

「それで、見つかりましたか？」

陸大有が訊ねた。

「はっきりするまで見届けたかったが、青城派のやつらはあちこち探し回って、厠《かわや》さえ見逃さぬありさまで。わしらはほんに隠れる場所を失うたゆえ、抜け出すしかなかった」

「二兄貴、今回余滄海《よそうかい》じきじきの出馬というのは、少し大げさだと思いませんか？」

五番弟子の高根明《こうこんめい》が言った。

「余観主《よかんしゅ》の師父は、かつて辟邪剣法に敗れておる。林震南《りんしんなん》が不肖の子孫なのか、あるいは祖先より勝るのか、他人には分からぬ。余観主が数名の弟子だけを遣わし、仇討ちをさせようというのなら、いささか尊大にすぎよう。やつじきじきに乗りだし、準備万端で行動を起こすのは、大げさだとは思わぬ。じゃが、やつの様子を見たところ、今回福州にやってきたのは、仇討ちは二の次で、主たる目的は辟邪剣譜を手に入れることじゃ」

「二兄貴、松風観でやつら、辟邪剣法の稽古をしていたんでしょ。もう使えるのに、なぜその剣譜を見つける必要があるんです？　別の物を探していたのでは？」

四番弟子の施戴子《したいし》が言った。

「いや。余観主のような手練《てだ》れが、喉《のど》から手が出るほど欲しい物といえば、武術の秘伝以外に何があろうか？　それから江西《こうせい》の玉山で、わしらは再度やつらを見かけた。余観主が浙江《せっこう》、広東《カントン》の各地から駆けつけた使いの弟子に、例の物を見つけたかどうか問いただし、焦っておったさまを見た限りでは、どこも見つからなかったようじゃ」

施戴子はまだ納得しかねて、頭を掻《か》いている。

「明らかに使える剣法の、剣譜を見つけてどうしようてんで? まったく不可解ですよ!」

「四弟、考えてみろ、林遠図《りんえんと》は当時、長青子《ちょうせいし》を負かすことができたのじゃ。剣術はすばらしかったに違いあるまい。じゃが、長青子の記憶を頼りに伝わった辟邪剣法は、平凡なものじゃった。そして、余観主は今日、林氏父子の武芸が、いっそうお粗末であることを眼《ま》の当たりにした。そこには必ずや、何かが隠されておろうな」

「隠されていると言いますと?」

「むろん林家の辟邪剣法には、別の秘訣《ひけつ》があるのじゃ。剣技の型は同じでも、威力の方は絶大となる。その秘訣を、林震南は身につけておらぬのじゃ」

「二兄貴、どうもまだ腑《ふ》に落ちません。闘う前だったら、やつらが辟邪の秘伝書を探すのはもっともでしょう。ですが今、青城派は林震南夫婦を捕まえましたし、福威鏢局の本店、支店だって、根こそぎひねり潰《つぶ》されたではありませんか。もう仇の討ちようがないでしょう。辟邪剣法に本当に秘訣があったって、見つけて何になります?」

「四弟、青城派の武術は、わしら五嶽剣派に比べてどうじゃ?」

「分かりません」

施戴子はやや間を置いて、

「及ばぬのでは？」

「そうじゃ、及ばぬじゃろう。のう、余観主《よかんしゅ》ほど気位の高いご仁《じん》なら、武林で意気揚々と、一頭地《いっとうち》を抜こうとは思わぬだろうか。林《りん》家にしかと秘訣が存在し、技が平凡な辟邪剣法を、威力十分に変えられるとすれば、その剣譜を青城剣法に当てはめて使うと、どうなるか？」

施戴子《したいし》はしばらくキョトンとしていたが、ふいに卓を思いきりたたいて、立ち上がった。

「ようやく分かりました！　余滄海《よそうかい》は青城剣法を武林で無敵にしたいんですね！」

その時、通りから足音が聞こえた。一群の人が駆けてきている。軽やかな足どりから、武林の者だと分かる。一同が振り返って通りを見るや、どしゃ降りの中を、十数人が駆け込んできた。

彼らは全員油布の雨具を身にまとっており、近づいたとき、尼の一群だということがはっきりした。先頭の老尼は長身で、茶屋の表に立つなり、大喝した。

「令狐冲《れいこちゅう》、出てきなさい！」

労徳諾《ろうとくだく》らは一眼見て、恒山白雲庵庵主《こうざんはくうんあんあんじゅ》で、戒名《かいみょう》を定逸《ていいつ》という尼だと分かった。恒山派総帥定間師太《ていかんしたい》の妹弟子であり、恒山派で威名を轟《とどろ》かせているばかりか、武林の誰《だれ》もがいく

らか畏《おそ》れを抱く存在である。華山派の弟子たちは即座に立ち上がり、一斉に恭《うやうや》しく礼をした。労徳諾が声を響かせて、

「師叔《ししゅく》に拝謁《はいえつ》いたします」

定逸師太は一同の顔を順繰《じゅんぐ》りに見回してから、声を荒げた。

「令狐冲はどこに隠れておる？　さっさと出てこぬか？」

声は男に輪をかけて野太い。

「申し上げます。令狐兄さんはここにはおりませぬ。私たちもずっと待っておりますが、参っておりません」

労徳諾が応じた。

（連中の大兄貴は令狐冲というのか。よく面倒を起こすやつだな。何でまた、この尼さんを怒らせたんだ？）

と、林平之《りんへいし》は内心つぶやいた。

定逸の眼光が茶屋を一掃する。視線が少女の顔を射すくめた。

「霊珊《れいさん》か。その恐ろしい顔はどうしたのじゃ？」

少女は微笑《ほほえ》んだ。

「悪人に追われていて、しょうがないから、身をやつしてるんです」

「フンッ、華山派の綱紀はますます緩んでおる。お前の父は弟子が外で狼藉を働いても、放っておくのだからな。この一件が片づいたら、私はみずから華山へ行って、是非を裁いてもらうぞ」

霊珊《れいさん》は慌てた。

「師叔、お願いですから、やめてください。大兄さんは、最近父から棒打三十回を受けて、ろくに歩けないんです。師叔が父に何かおっしゃったら、また棒打六十回ってことに。それでは死んでしまいますわ」

「あんな下郎《げろう》は、さっさと死んだ方がよい。霊珊、お前もぬけぬけと嘘《うそ》がつけるの。令狐《れいこ》冲《ちゅう》がろくに歩けぬじゃと？　歩けぬのなら、どうやって私の弟子を拐《かどわ》かしたのじゃ？」

最後の一言に、華山派の弟子はそろって青ざめた。今にも泣きださんばかりの霊珊が、懸命に弁明をする。

「師叔、そんなはずはありません！　大兄さんがいくら無鉄砲でも、決して恒山派の方に、失礼なふるまいは致しません。きっと誰かの中傷です」

定逸《ていいつ》はどら声を張りあげた。

「まだしらを切るのか？　儀光《ぎこう》、泰山《たいざん》派の方は、お前に何と言うた？」

中年の尼が一歩進みでて、

「泰山派の方々は、天松道人《てんしょうどうじん》が衡陽《こうよう》城中にて、令狐冲どのが儀琳《ぎりん》といっしょに、酒楼《しゅろう》でお酒を呑《の》んでいたのを、しかとご覧になったと言っております。何でも廻雁楼《かいがんろう》という酒楼だとか。儀琳は、令狐どのにお酒を無理強いされて、とても、とてもつらそうでした。二人といっしょに呑んでいたのは、あの……あの……悪事の限りを尽くしている、田《でん》……田《でん》伯光《はくこう》です」

この話を聞くのは、これが二度目だが、定逸はなおも憤怒《ふんぬ》を激発させた。卓を激しくたたくや、ワンタンのどんぶりが二つはね上がり、ガシャンガシャンと地面にたたきつけられて、粉々に砕けた。

華山派の弟子たちは、一様にばつの悪そうな顔をした。霊珊にいたっては、オロオロして、眼に涙をいっぱい溜《た》めている。声を震わせながら、

「きっと嘘をついているんです。でなければ……でなければ、天松師叔の人まちがいです」

「泰山派の天松道人のようなお人が、人まちがいをするか？　嘘をつくかえ？　令狐冲の畜生め、田伯光のような悪党と徒党を組むとは、何たる体《てい》たらくじゃ。お前たちの師父がかばい立てをしても、この私が許さぬ。万里《ばんり》独行《どっこう》田伯光は、江湖の害虫じゃ。私が天下のために成敗せずにはおかぬわ。だが、知らせを受けて駆けつけたときには、田伯光と令狐《れいこ》

冲《ちゅう》はもう儀琳《ぎりん》を拐かした後じゃった！　ど……どこを探しても見つからぬのじゃ……」

定逸《ていいつ》の蛮声《ばんせい》が、最後にはかすれ声に変わった。しきりに地団駄《じだんだ》を踏んで、ため息をつく。

「ああ、儀琳は、あの娘《こ》は！」

華山派の弟子たちは、胸が早鐘のように高鳴った。

（大兄貴が恒山派の尼を酒楼に引っぱって、尼僧の名誉を傷つけたことだけでも、一門の戒律に触れるのに、田伯光《でんはくこう》のようなやつとつき合うとは、いよいよ救いようがない）

そのうち、ようやく労徳諾《ろうとくだく》が気を取り直して言った。

「師叔、令狐《れいこ》兄さんと田伯光はたまたま出くわしただけで、つき合いはないのかもしれませぬ。令狐兄さんはここ数日ベロベロに酔っぱらって、正気ではないのです。酔った上でしたことは、当てにはなりませぬ……」

定逸は吼《ほ》えた。

「酔っても少しは分別があるはずじゃ。子どもでもあるまいし、事の善悪も分からぬのか？」

「はい、はい！　ただ、令狐兄さんがどこにいるのか分かりません。私どもが早急《さっきゅう》に探しだして、詰責《きつせき》致します。まず師叔に叩頭《こうとう》して、お詫《わ》びを申しあげてから、師父にご報告申しあげて、重罰を加えます」

「代わりに、あやつの監督をしろと言うのか？」

怒鳴るなり、定逸は霊珊《れいさん》の腕をムズとつかんだ。とたんに、霊珊の腕は鉄の輪をはめられたような状態になり、「あッ」と悲鳴が上がった。

「し……師叔！」

「華山派がうちの儀琳を拐かすのなら、こちらも華山派の女弟子を一人、人質にもらい受けるまでじゃ。儀琳を返すなら、霊珊も自由の身にしてやろう！」

クルリと背を向けて、霊珊を引っ立てる。上半身に痺《しび》れを覚えた霊珊は、ただヨタヨタと、定逸について通りに出るほかなかった。

労徳諾と梁発《りょうはつ》が同時に飛び出して、定逸の進路をふさいだ。労徳諾が頭を下げた。

「師叔、令狐兄さんが師叔にご無礼を働きましたこと、お怒りはごもっとも。しかし、この件は小師妹とはまったく無関係です。どうかお手をお引きください」

「よし、手を引こう！」

定逸は右腕を振り上げるなり、横払いに薙《な》いだ。

労徳諾と梁発は、凄《すさ》まじい烈風を感じたかと思うと、息が詰まって、後ろに吹っ飛んだ。労徳諾は背中を、向かいの店屋の戸板に打ちつけ、バキッと戸板を二カ所壊し、梁発の方は、ワンタンの鍋に向かって飛んだ。

梁発《りょうはつ》は鍋の沸騰した湯を全身に浴びて、重傷を負うかに思われた。刹那《せつな》、ワンタン売りの老人が、左手でつと梁発の背中を押すや、梁発はたちまち何事もなく立っていた。

定逸師太《ていいつしたい》は、振り向きざまに老人を睨《にら》みつけた。

「おぬしか！」

老人は、ニンマリした。

「そうじゃ、わしじゃ！　尼どのはちと癇癪《かんしゃく》がきついな」

「おぬしの知ったことか？」

その時、街頭では雨傘をさした二人の男が、提灯《ちょうちん》を提げて、足早に駆けてきた。

「こちらは恒山派の尼君でいらっしゃいますか？」

「いかにも恒山の定逸じゃ。貴殿は？」

二人はサーッと駆け寄ってきた。手にしている提灯には、「劉府《りゅうふ》」の赤い二文字が見える。先頭の一人が言った。

「私は師の命により、定逸師伯《しはく》と一門のみなさま方を、邸《やしき》までご案内するよう申しつかっております。みなさまが衡山にご到着になったとは知らず、お出迎えに上がらなかったことを、どうかお許しください」

言い終えると深々と腰を折った。

「礼には及ばぬ。お二人は劉どのの門弟か？」

「はッ。手前は向大年《こうだいねん》と申します。こちらは弟弟子の米為義《べいいぎ》です。さあ、ご挨拶《あいさつ》を」

そう言うと、再び恭しく頭を下げた。定逸は向、米の二人の丁寧な応対を見て、

「よかろう。ちょうど劉府にうかがおうとしたところじゃ」

向大年は梁発らに向かって、

「こちらの方々は？」

「手前は華山の梁発です」

向大年はパッと顔を輝かせた。

「華山派の梁兄さんでしたか。ご英名はかねがねうかがっておりました。どうか邸にご同行くださいませ。方々《ほうぼう》からお出でになる英雄好漢たちをお迎えするよう、師父に言いつかっておりますが、何せ大勢の方がお越しゆえ、無調法《ぶちょうほう》で失礼を致しました。皆さま、どうぞ」

「わしらは大兄貴と落ち合うてから、劉師叔にお祝いを申し上げようと思っとったが」

「こちらは労《ろう》兄さんでいらっしゃいますね。師父は常々、華山派岳《がく》師伯《しはく》の門下の方々は、英雄ぞろいだと申しておりました。令狐《れいこ》兄さんはとりわけ、傑出したお方だとか。令狐兄さんがまだお着きでないのなら、皆さまが先にお出でになっても、同じではありません

か」

労徳諾《ろうとくだく》は考えた。

（小師妹は定逸師叔《ていいつししゅく》に引っぱられていったし、解き放してはもらえぬじゃろう。同行するしかないな）

「では、世話になろう」

「皆さまがはるばる衡山にお越しくださるおかげで、私どもの顔も立ちます。そんな遠慮は、言いっこなしですよ。さあ、どうぞ！」

定逸はワンタン売りを指さした。

「こちらも招待するのかぇ？」

老人をしばらく見つめているうちに、向大年《こうだいねん》は、はたと閃《ひらめ》いて一礼した。

「雁蕩山《がんとうざん》の何師伯《かしはく》もお越しで。失礼致しました。どうぞ、邸にお出でください」

老人が浙南《せつなん》雁蕩山の名手、何三七《かさんしち》だと思い当たったのである。何三七は幼少よりワンタン売りを生業《なりわい》とし、武術を身につけたあとも、相変わらず天秤棒《てんびんぼう》を担いで江湖《こ》を渡り歩いていた。ワンタンは彼の商号といってもよい。武芸の達人だとはいえ、淡泊な性分で、小商《あきな》いで暮らしを立てていることから、武林中の尊敬を集めている。天下の巷《ちまた》にワンタン売りは数あれど、ワンタン売りで、武林の人物を兼ねているのは、何三七をおいて他はいない。

何三七はハッハッと笑った。

「邪魔をしようと思うていたところじゃ」

そう言って、卓のワンタンのどんぶりを片づけ始めた。労徳諾は恐縮した。

「気がつきませんで、どうかお許しのほどを」

何三七は笑みを浮かべて、

「なんの、なんの。わしのワンタンをひいきにしてくれた、大事な客じゃ。悪く思うはずがなかろう。ワンタンが九人前で、十文ずつじゃから、しめて九十文じゃ」

言いざま、左手を差しだした。

労徳諾はきまりが悪くなって、何三七が悪ふざけで言っているのかと測りかねた。

「ワンタンを食べたら、金は払うのじゃ。何三七はおごるとは言うてないぞえ」

定逸が口を出した。

「そうじゃ、小商いは即金でないとのう。昵懇《じっこん》であろうと、つけはなしじゃぞ」

労徳諾は、「はい、はい！」と言うと、多めに払うのもはばかられ、銅銭を九十文数えて、両手で恭しく差しあげた。何三七はしまうと、振り向いて定逸にも手を差しだした。

「わしのどんぶりを二つと、レンゲを二つ壊したじゃろう。しめて十四文の弁償じゃ、さあ」

「フッ、けちなおやじじゃな。出家にまでたかるとは。儀光《ぎこう》、弁償しておやり」

儀光は十四文数えて、やはり両手で差しだした。何三七《かさんしち》は受け取ると、ワンタン鍋の側に立ててある竹筒《たけづつ》に投げ入れた。天秤棒をかつぎ上げて、

「行こう！」

と、促す。

向大年《こうだいねん》は給仕に言い含めた。

「ここの勘定《かんじょう》は、みんな劉《りゅう》の旦那のつけにしといてくれ」

給仕は愛想笑いを浮かべながら、

「はァ、劉の旦那のお客でしたら、はァ、うちじゃ寄っていただけるだけで光栄ですよ。はァ、勘定だなんて」

向大年は持ってきた傘を一同に渡すと、先頭に立って案内した。定逸《ていいつ》は華山派の少女霊《れい》珊《さん》の腕をつかみ、何三七と肩を並べて歩いた。恒山派と華山派の弟子たちが後に続く。

林平之《りんぺいし》は考えた。

（遠くから後をつけたら、劉正風《りゅうせいふう》の邸にもぐり込めるかもしれんぞ）

一同が角を曲がったのを見て、即座に立ち上がって角まで行った。一同が北へ向かうと見るや、大雨の中を、軒下に沿ってついていった。長い通りを三つ過ぎると、左手に大きな邸が見えた。入り口には大きな提灯が四つ点《とも》っており、十数人が松明《たいまつ》を手にしている。傘をさして客を迎えている者もいた。定逸、何三七の一行が入ったのちも、多くの賓客《ひんきゃく》が通りの両側からやってくる。

林平之は勇気を奮い起こして、入り口に近づいた。その時、折よく劉家の門下が、二組の賓客を迎え入れようとしていた。林平之も黙って後に続いた。接待役は彼も賓客だと思い、笑顔で出迎えた。

「さあ、中へ。お茶をどうぞ」

広間に足を踏み入れると、ガヤガヤと喧《やかま》しい。二百余名がそれぞれ席について、談笑しているのだ。林平之はようやくホッとした。

(大勢の人がいるんだ。俺に注目する者などいないはずだ。青城派の悪者たちを探しだせば、父上や母上の居所が分かるだろう)

広間の隅の薄暗い席につくと、まもなく家僕が茶や軽食、熱いおしぼりを持ってきた。

周囲をジロジロ見回したところ、恒山派の尼たちは、左側の一卓を囲むようにして座っていた。その隣の卓を華山派の弟子たちが囲み、霊珊という少女もそこに座っている。どうやら定逸《ていいつ》は放してやったようだ。だが、定逸と何三七《かさんしち》の姿はなかった。林平之《りんへいし》は一卓ずつに眼を向けた。ふいにビクンとして、胸に熱い血潮が突きあがった。方人智《ほうじんち》、于人豪《うじんごう》の二人と、青城派の弟子と思われる一行が、卓二つに分かれて座っているのだ。だが、両親の姿はなく、やつらに、いずれに監禁されているやら分からない。

悲しみ、怒り、懸念、さまざまな想いが交錯した。両親はすでに殺されているのではないかと、気を揉《も》んだ。近くの席に移り、やつらの会話を盗み聞きしたかったが、すぐに思い直した。

(やっとのことでもぐり込んだのだ。軽はずみな行動がもとで、方人智らに見破られたら、すべてが水の泡となるどころか、命さえも危うい)

その時、突然入り口で騒ぎが起きて、黒服の男が数人、戸板を二枚運んで、そそくさと入ってきた。戸板には二人の人が横たわっており、身体には血染めの白い布が掛かっている。広間の一同は、眼にするなり、われ先に見にいった。あちこちから声がする。

「泰山派の者だ!」

「泰山派の天松道人《てんしょうどうじん》が深手を負った。もう一人は誰だ?」

「泰山の総帥、天門道人《てんもんどうじん》の弟子で、遅《ち》というやつだ。死んだか?」

「死んでるよ。胸から背中までバッサリだ。生きてられるか?」

喧噪《けんそう》の中、死傷者はともに奥の間に運ばれ、多数の者が後について入っていった。広間では一同が取りざたしている。

「天松道人は泰山派の使い手だぜ、誰だろう、深手を負わすほどの大胆なやつは？」

「傷を負わせたってことは、相手はもっと腕が上だろ。手練れなら肝っ玉も大きい。珍しくとも何ともないわ！」

広間で諸説紛々《しょせつふんぷん》の中、向大年《こうだいねん》がいそいそと出てきて、華山派の席までやってきた。

「労《ろう》兄さん、うちの師父がお呼びです」

労徳諾《ろうとくだく》は、「はッ！」と答えて立ち上がり、後に続いた。廊下を抜けると、庭に面した客間に着いた。


上座には五脚の肘《ひじ》掛け椅子《いす》が並び、四脚は空席で、東側の椅子だけ、がっしりした体軀《たいく》の赤ら顔の道士が座っている。労徳諾は、五脚の椅子が、五嶽剣派の総帥のために設けられたものだと分かった。嵩山《すうざん》、恒山、華山、衡山四剣派の総帥は来ておらず、赤ら顔の道士は泰山派の総帥、天門道人である。両側には十九人の武林の長老が座っており、恒山派定逸師太《したい》、青城派余滄海《よそうかい》、浙南雁蕩山何三七もその中に入っている。下座の主席に座っているのは、あずき色の繭紬《けんちゅう》の長袍《ちょうほう》を着た、ずんぐりむっくりした長者風の中年男、主の劉正風《りゅうせいふう》に他ならない。労徳諾《ろうとくだく》はまず劉正風に一礼し、続いて、天門道人《てんもんどうじん》に叩頭《こうとう》した。

「華山派の弟子労徳諾、天門師伯にお目通りいたします」

天門道人は殺気を帯びて、胸に積もった憤怒《ふんぬ》が、今にも爆発しそうである。左手で椅子の肘掛けをバーンと突くや、一喝した。

「令狐冲《れいこちゅう》は？」

響きわたった声は、まさに中空を裂く霹靂《へきれき》さながらである。

広間で、かすかにこの大喝を耳にした一同は、一斉に色めき立った。ドキリとした霊珊《れいさん》、

「梁《りょう》兄さん、あの人たち、また大兄さんを捜してるわ」

梁発《りょうはつ》はうなずいたものの、黙りこくっている。しばらくしてから、声をひそめた。

「みんな落ち着け！　方々から好漢が集まってるんだ。華山派が舐《な》められないようにな」

（また令狐冲を探してるぞ。この令狐じいさんは、よくよく騒ぎを起こすやつだな）

林平之《りんへいし》は思った。

天門道人の怒りの鬱積《うっせき》された大喝で、労徳諾は耳鳴りがして、しばしの間うずくまってから、ようやく立ち上がった。

「申し上げます。令狐兄さんと私の一行は、衡陽で別れております。衡山城で落ち合うて、ともに劉師叔のお邸にお祝いに駆けつける約束でした。今日か明日には参るかと思われますが」

「来るか？　おめおめ来られるか？　令狐冲は華山派の一番弟子じゃ、いやしくも名門の人間ではないか。それが、あの手込めに拐《かどわ》かし、悪事の限りを尽くす色魔《しきま》、田伯光《でんはくこう》といっしょにいるとは、いったい何をやっておるのじゃ？」

「私の知る限りでは、令狐兄さんと田伯光は面識などございません。令狐兄さんは平時より酒好きで、大方相手が田伯光だと知らずに、うっかりいっしょに酒を呑むことになったのでは」

天門道人は足を踏み鳴らして立ち上がった。

「まだでたらめを言うて、令狐冲の畜生めをかばうのか？　天松《てんしょう》どの、お……お前さんから聞かせてやってくれ、いかにして傷を負ったのか、令狐冲が田伯光を知っておったかどうか」

二枚の戸板は西側に置かれていた。一枚には屍体が寝かせてあるが、もう一枚には、長い髭《ひげ》をたくわえた道士が横たわっている。その顔色は蒼白《そうはく》で、髭は鮮血に染まっている。

「今朝、わ……わしは甥《おい》弟子の遅《ち》と、衡陽……廻雁《かいがん》……廻雁楼で、令狐冲と、田伯光と若い尼を見かけた……」

くぐもった声でここまで言うと、すでに息も絶え絶えである。

「天松《てんしょう》どの、もうお話なさるな。手前がかわりに、先ほどの話を聞かせよう」

劉正風《りゅうせいふう》はそう言って、労徳諾《ろうとくだく》に顔を向けた。

「労どの、貴殿と令狐《れいこ》どののほか一門の方々は、はるばる手前の祝いに駆けつけてくださった。岳《がく》どのと門弟のみなさんのご厚情には、たいへん感謝しておる。しかし、令狐どのがなぜ田伯光《でんはくこう》のやつと知り合ったのか、その真相は究明せねばならぬ。まことに令狐どのの過ちであれば、われわれ五嶽剣派は一家も同然、よくよく言い聞かせねば……」

天門道人《てんもんどうじん》は眼を吊《つ》り上げた。

「よくよく言い聞かせるじゃと？　粛清じゃ、首を取れ！」

「岳どのは弟子の監督に厳しい。江湖では、華山派はこれまで最高の名声がある。ただ、今回、令狐賢姪《どの》も少しばかりやりすぎだな」

「まだ『賢姪《どの》』などと呼ぶのか？　ど……ど……どアホめが！」

言葉が口をついて出たとたん、天門道人は、定逸師太《ていいつしたい》という尼僧の前では失言に当たり、一派の総帥としての身分も損なうと悔いた。だが、口に出してしまったものは取り返しがつかず、怒髪《どはつ》天を衝く形相《ぎょうそう》で、「フーッ」と勢いよく息を吐いて、椅子に腰を下ろした。

「劉師叔、事の真相はいかに、師叔にうかがいたいのですが」

労徳諾が頼んだ。

「先ほど、天松どのが言うことには、今朝早く、天門どのの弟子、遅百城《ちひやくじよう》どのと酒を呑もうと、衡陽廻雁楼に上がったところ、そこで派手に呑み食いをしていた三人を見かけたそうだ。三人とは、色魔田伯光、令狐どの、及び定逸師太のご高足《こうそく》儀琳《ぎりん》どのだ。一眼見るなり、天松どのは非常に眼障《めざわ》りに思えた。三人とも面識はなかったが、服装から見て、一人は華山派の弟子で、一人は恒山派の弟子だと分かる。定逸どの、お腹立ちなさいますな。儀琳どのが無理強いされていたということは、明らかなのですから。天松どのが言うには、田伯光は三十ばかりの豪奢《ごうしや》な身なりの男で、誰だか分からなかったが、後で令狐どのがこう言うのを聞いたそうだ。

『田兄貴、あんたの軽功《けいこう》は天下独歩と言えるが、悪運に取りつかれたら、いくら軽功の達人とて、逃れられんぞ』

田という姓で、軽功が天下独歩と言えば、万里独行《ばんりどつこう》田伯光をおいて他にはいないだろう。天松どのは悪人を目の敵《かたき》にするお方だ。この三人が同席して呑んでいるのを見て、おのずと怒り心頭に発した」

「はあ！」

労徳諾《ろうとくだく》は返事をしたものの、心の中で思った。

（廻雁楼で酒を酌《く》み交わす三人。一人は悪名高い漁色家《ぎょしょくか》、一人は年若い尼、一人はわれらが華山派の一番弟子か。確かに面妖《めんよう》な組み合わせじゃ）

「続いて、田伯光《でんはくこう》がこう言うのが聞こえた。

『この田伯光は、天下を股《また》にかけた一匹狼だ。そんなこと構ってられるか。この尼さんはな、せっかく逢《あ》ったんだ、ちょっとつき合ってもらおうや……』」

この時、労徳諾は、チラッと劉正風《りゅうせいふう》を見てから、今度は天松道人《てんしょうどうじん》をジロジロ見た。訝《いぶか》しげな面もちである。劉正風ははたと気づいた。

「天松どのは重傷の身だ。むろんこれほど詳しく話しておらぬ。私が少し補ったわけだが、大筋は違っていないはずだ。天松どの、そうですね？」

「そ……そうじゃ、ち……違わん！」

「その時、遅百城《ちひゃくじょう》どのは堪《こら》えきれずに、卓をたたいて痛罵《つうば》した。

『貴様が色魔の田伯光か？　武林中が貴様を殺そうとやっきになってるのに、こんなところで、恥知らずに大言をほざくとは、死に急ぎたいか？』

遅どのは、得物《えもの》を取って突進したが、不幸にして田伯光に殺されてしまった。若き英雄が、悪人に命を取られるのは、まことに残念なことだ。天松どのはすぐさま前に進みでた。

義憤にかられて、やっきになった天松どのは、数百合ほど闘ったのち、不覚にも田伯光に卑怯《ひきょう》な手段でもって、胸に一太刀《ひとたち》喰らってしまった。その後、令狐《れいこ》どのはなおも田伯光の色魔と、同席して呑み続けていたというんだから、われらが五嶽剣派同士の義理を欠くと言わざるをえまい。天門《てんもん》どのがお腹立ちなのは、この点なのだ」

「何が五嶽同士の義理じゃ。フン、フン！　わしらは武芸者じゃ。事の是非をはっきりさせねばならんのに、あんな色魔と……あんな色魔と……」

天門道人は満面に朱《しゅ》をそそいだ。長い髭の一本一本が今にも逆立ちそうである。

「師父、申し上げます」

ふいに外から声がした。天門道人は弟子の声だと分かって、

「入れ！　何じゃ？」

三十ばかりの、凛々《りり》しい男が入ってきた。まず主人の劉正風に一礼してから、その他の先輩方に礼をし、最後に天門道人に向かって言った。

「師父、天柏《てんはく》師叔《ししゅく》から知らせがありました。一門の弟子を率いて、衡陽で田伯光と令狐《れいこ》冲《ちゅう》の色魔二人を捜しておりますが、いまだ行方《ゆくえ》が知れません……」

こともあろうに、大兄貴を「色魔」呼ばわりしている。労徳諾は、大いに面子が潰《つぶ》れる思いがした。だが、大兄貴は、確かに田伯光とつるんでいるのだ、仕方がないではない

か。

泰山派の弟子は続いて言った。

「しかし、衡陽城の郊外で、小腹《こばら》に長剣が突き刺さった屍体を、一体見つけました。剣はあの色魔、令狐冲《れいこちゆう》のもので……」

「死んだのは誰じゃ？」

天門道人《てんもんどうじん》は間髪《かんはつ》をいれずに訊《き》いた。弟子の視線は余滄海《よそうかい》に向けられた。

「余師叔の門下の方です。はじめ、私どもは存じ上げませんでしたが、屍体を衡山城内に運び入れてから、ご存じの方がいて、ようやく羅人傑《らじんけつ》、羅どのだと……」

余滄海は「あッ」と声を立てて立ち上がり、驚愕《きようがく》の色を浮かべた。

「人傑か？　遺体は？」

「こちらです」

外から誰かが答えた。余滄海は落ち着いたものだ。突然の訃報《ふほう》に接し、しかも死者が四大弟子「英雄豪傑」のうちの一人、羅人傑だと聞いても、依然として顔色一つ変わらない。

「お手数だが、遺体を運び入れてくだされ」

「はッ」

門外で応答があった。二人の者が戸板を担いで入ってきた。一人は衡山派の弟子で、一人は青城派の弟子である。

戸板の屍体の腹部には、利剣《りけん》が刺さっていた。剣は、死者の下腹から斜め上へ突き抜けている。三尺の長剣が、体外に残っているのは一尺にも満たず、剣尖《けんせん》は死者の喉元《のどもと》まで達している。このような下から上への容赦ない技は、武林でも珍しいものだ。余滄海はブッブツとつぶやいた。

「令狐冲、フン、令狐冲め、き……貴様は、酷《むご》い手を」

「天柏《てんはく》師叔《ししゅく》からの使いの者が言うには、引き続き色魔の二人を捜索していますが、こちらにいらっしゃる方々のうち、おひと方か、二方か、加勢に来ていただければと」

泰山派の弟子が言うと、定逸《ていいつ》と余滄海は一斉に、

「私が行く！」

「わしが行く！」

その時、門の外から愛らしい声が聞こえてきた。

「師父、ただいま帰りました！」

定逸は顔色を変えて、一喝した。

「儀琳《ぎりん》か？　とっととお入り！」

一同の視線が、一斉に入り口に注がれた。公然と二人の色魔と、酒楼で酒を酌み交わし

た尼とは、いかなる人物かと興味津々《しんしん》なのだ。

簾《すだれ》が上げられ、一同、眼の前がパッと明るくなる。年若い尼が一人、しずしずと客間に入ってきた。その世俗からかけ離れた清らかさと美しさは、まさに絶世の佳人だ。年はまだ十六、七。たおやかな身体つきは、いくらゆったりした僧衣《そうい》でくるんでも、悩ましさを隠しようもない。尼は定逸《ていいつ》の前まで来ると、楚々《そそ》と平伏した。

「師父!」

叫ぶなり、ワァーッと泣きだす。定逸は渋面《じゅうめん》をつくった。

「な……何という事をしてくれたのじゃ。どうやって帰ってきた?」

儀琳《ぎりん》は泣きながら、

「師父、私は、この……この度は、もうお目にかかれないかと思いました」

その声は艶《なま》めかしく、定逸の袖《そで》をつかんだ華奢《きゃしゃ》な両手は、透けるほどに白い。人々はこう思わずにはいられなかった。

(これほどの美女が、なぜ尼になったんだ?)

余滄海《よそうかい》は儀琳に一瞥《いちべつ》をくれただけで、後はずっと羅人傑《らじんけつ》の屍体に刺さった利剣を、ジッと見つめていた。剣の柄《つか》には黒いふさが揺れており、柄に近い剣身《けんしん》には、「華山令狐冲《れいこちゅう》」

の五文字が刻まれている。余滄海は視線を移し、労徳諾《ろうとくだく》の腰にもそっくり同じ佩剣《はいけん》があり、やはりふさが揺れているのを認めた。彼はだしぬけに突進し、左手を労徳諾の両眼に突き立てた。疾風とともに、指先はまぶたに触れんばかりとなった。

仰天した労徳諾は、必死に両手を高く挙げて払おうとした。余滄海はせせら笑うや、左手で小さな輪を描いたかと思うと、あっという間に労徳諾の両掌をつかんだ。続いて右手を伸ばし、シャーッと相手の腰の長剣を鞘抜《さやぬ》く。両手をつかまれたままの労徳諾は、もがこうにも、相手はビクともしないわ、長剣の切っ先を胸元に突きつけられるわで、驚愕の声を上げた。

「わしぁ関係ない！」

余滄海は剣身を見た。そこには「華山労徳諾」の五文字が刻まれ、字体の大きさは、先ほどの剣とまったく同じである。余滄海は腕をわずかに下げ、剣尖を労徳諾の下腹に突きつけると、ゾッとするような声で言った。

「この剣を斜め上に突き刺すと、華山派のどの技に当たるのかね？」

労徳諾は、額から冷や汗をタラタラ流しながら、声を震わせた。

「か……華山剣法には……こんな技はありません」

（人傑を死にいたらしめた技は、長剣を下腹から刺し、剣尖が喉元まで達している。令狐冲がかがんで、下から上へ突き刺したというのか。殺したあと、なぜ剣を抜かずに、わざと証拠を残したりしたのだ？　もしや青城派にけんかを売るつもりなのか？）

余滄海《よそうかい》が考えていると、ふいに儀琳《ぎりん》の声がした。

「余師伯、令狐《れいこ》兄さんのその技は、きっと華山剣法ではないと思います」

余滄海は振り向いて、氷のような冷たい顔で、定逸師太《ていいつしたい》に向かって言った。

「師太、ご高足の話ぶりをお聞きになったか。あの極悪人《ごくあくにん》を何と呼んでおるのか？」

定逸はムカッときた。

「言わずとも、私にも耳はある」

儀琳が令狐冲《れいこちゆう》を、「令狐兄さん」と呼んだのを聞いた定逸は、とうに腹を立てていた。

余滄海の指摘が一瞬でも遅ければ、すかさず大声で叱《しか》っているはずだった。ところが、先を越されたのはまだしも、言葉遣いも無礼きわまりないとあっては、かえって弟子を擁護《ようご》する気になる。

「口が滑ったのじゃ。それがどうした？　われら五嶽剣派は、同盟を結んでおる。五派の門下は、みな兄弟弟子同士、珍しいことはあるまいが」

「フッフッ、いいだろう！」

余滄海は丹田《たんでん》から息をつり上げ、左手から吐き出した内力《ないりよく》で、労徳諾《ろうとくだく》を突き飛ばした。

バーンという音とともに、労徳諾はしたたかに壁にたたきつけられ、屋根から灰や泥がパラパラと落ちた。余滄海の一喝が飛ぶ。

「この食わせ者が。道中コソコソと嗅《か》ぎまわりおって、どういう魂胆《こんたん》だ？」

突き飛ばされ、たたきつけられた労徳諾は、五臓六腑《ろっぷ》がひっくり返る思いだった。手で壁を押して、何とか踏んばったものの、膝《ひざ》はガクガクで、地面にへたりこんでしまいたいのを、必死にこらえる体《てい》たらくである。余滄海の言葉を聞いて、腹の中で弱り果てた。

(わしと小師妹が、ひそかにやつらの様子をうかがっていた事は、とうにこの狡賢《ずるがしこ》いチビ道士に気づかれていたのか)

「儀琳、お出で。どうしてやつらに捕まったのじゃ？　はっきりとお言い」

定逸はそう言うと、儀琳の手を引いて、外に出ようとした。一同は心得ていた。このような美しい尼が、田伯光《でんはくこう》のような暴行魔の手に落ちたら、清い身体でいられるはずがない。その一部始終は、他人の前では話しにくいに決まっている。定逸師太は彼女と二人きりになってから、詳しく問いただすつもりなのだ。

突如黒い影が走った。余滄海が入り口に立ちはだかったのだ。

「事は二人の人命に関《かか》わる。儀琳どのには、ここで話してもらおう。遅百城《ちひゃくじょう》どのは、五嶽剣派の人間だ。五派の門下は、みなが兄弟弟子同士で、令狐冲に殺されても、泰山派は意に介さぬかもしれんが、わしの弟子の羅人傑《らじんけつ》は、令狐冲《れいこちゅう》と兄弟弟子呼ばわりする資格など持たぬからのう」

定逸《ていいつ》は気性が激しく、ふだんから姉弟子の定静《ていせい》、総帥である定閒《ていかん》でさえも、一目置くほどである。余滄海《よそうかい》に行く手をふさがれ、皮肉を言われるのを許しておけるはずがない。薄い眉《まゆ》がとたんにつり上がった。

定逸の荒い気性を知っていた劉正風《りゅうせいふう》は、すわ、手を出すのではないかと察した。定逸と余滄海は、双方とも当世一流の使い手で、二人が一戦に及ぶとなれば、とんだ一騒動だ。

劉正風は慌てて前へ進みでて、深々と一礼した。

「お二方は拙宅《せったく》にお越しいただいたのですから、いずれも手前の大事な客です。くれぐれも手前のささやかな面子《メンツ》を立てて、和《なご》やかにお願いします。それもこれも、劉めのもてなしが至らぬばかりに、どうかお許しください」

定逸師太はハッハッと笑い飛ばした。

「劉どのは、おかしなことをおっしゃる。私はこのクソ道士が気に障るまで。そちらとは何の関わりもない。やつが私の行く手を遮《さえぎ》るなら、意地でも出てやる。だが、通せん坊をやめて、ここに残れというだけなら、別に構いはせぬ」

余滄海はもとより、定逸にはいく分懼《おそ》れを抱いていた。一戦を交えても勝算があるわけではなし、しかもその姉弟子、定間というのが、人柄こそ穏やかだが、手練《しゅれん》の武芸は知れ渡っている。この場で定逸に勝ったところで、総帥の姉弟子が黙っているはずがない。恒山派の機嫌を損ねたら、後顧《こうこ》の憂いが絶えないことになる。即座にハッハッと笑い返した。

「拙道《せつどう》は儀琳《ぎりん》どのが、皆さま方に真相を明らかにしてくれればと、願っておるだけじゃ。余滄海ごとき者が、恒山派白雲庵庵主《あんじゅ》の行く手を遮るなど、滅相《めっそう》もない」

言いざま、身を躍らせて座に戻った。

「分かればよい」

定逸師太は儀琳の手を引いて、やはり座に戻った。

「あの日、お前ははぐれてしまったあと、一体どうした？」

年少の儀琳が世間知らずのため、一門の恥となることも、ペチャクチャ喋《しゃべ》りはすまいかと心配して、慌てて一言つけ加えた。

「肝心なことだけお言い。余計なことは言うんじゃないよ」

「はい！　私は、教えに背くようなことは、何一つしておりません。ただ、田伯光《でんはくこう》、あの、あ、悪人が、あ……あれが……」

定逸はうなずいた。

「分かった、もう言わずともよい。何もかも知っておる。必ず田伯光と令狐冲の二人の悪党を殺して、お前の仇をとってやる……」

儀琳《ぎりん》は澄んだ瞳《ひとみ》を見開いて、不思議そうな表情を浮かべた。

「令狐《れいこ》兄さん？　あ……あの方を……」

ついで涙をポトリと落として、嗚咽《おえつ》した。

「あ……あの方は、お亡くなりに！」

一同は驚愕した。天門道人《てんもんどうじん》は令狐冲《れいこちゅう》が死んだと分かると、怒りが一瞬にして消え去った。大声で訊ねた。

「やつはどうやって死んだ？　誰が殺したのじゃ？」

「この……この青城派の悪人です」

儀琳が指さしたのは、羅人傑《らじんけつ》の亡骸《なきがら》であった。

余滄海《よそうかい》は思わず得意になった。

（令狐冲の悪党は、人傑に殺されたのか。そうすると、二人は刺し違えたというわけじゃ。よし、人傑は、初めから気骨があるやつだと思っておったが、果たして青城派の威名に恥じぬ働きをしてくれた）

儀琳をギロッと睨《にら》んで、冷笑して言う。

「五嶽剣派はいずれも善人で、青城派は悪人だというわけか？」

「わ……分かりません。余師伯のことを申しているのではありません。この人のことを言っているだけです」

儀琳は涙をこぼしつつ言うと、再度羅人傑の屍体を指さした。

「そんな怖い形相《ぎょうそう》で、この娘を脅してどうする。儀琳、怖がらずともよい。こやつがどんなに凶悪だろうと、何でも話していいのじゃ。私がここにいる限り、誰にも手出しはさせぬからの」

定逸《ていいつ》は牽制《けんせい》を加えてから、余滄海をキッと睨みつけた。

「出家者は嘘は言わん。儀琳どの、観音菩薩《かんのんぼさつ》の名のもとに、一つ誓いを立ててくださらぬか?」

余滄海は、儀琳が師父の差し金で、羅人傑の行状をクソミソに言うのを恐れた。おのれの弟子は、すでに令狐冲と刺し違えており、死人に口なしで、儀琳の一方的な申し立てに頼る他ないからだ。

「私は、師父には決して嘘は申しません」

儀琳は外に向かって跪《ひざまず》くと、両手を合わせて、頭を垂れた。

「私こと儀琳は、師父と師伯、師叔の方々に申し上げます。嘘偽りは一言も申しません。観世音菩薩さまのお力で、どうかご明察ください」

周りの人々は、その真摯《しんし》な語り口と、楚々とした可憐《かれん》な姿に打たれ、彼女への好意が芽ばえた。黒髭を生やした書生が、端《はた》から無言のまま、じっと聞き入っていたが、この時、口を挟んだ。

「尼どのの誓いなら、誰だって信じられよう」

「クソ道士、聞いたかぇ。聞先生《ぶんせんせい》もこう言うておられる、間違いはない」

この髭面《ひげづら》は、聞先生として名が通っているので、定逸《ていいつ》も名前までは知らないのだ。ただ、陝南《せんなん》の生まれで、一対の判官筆《はんがんひつ》を自由自在に操る、点穴《てんけつ》の名手だということだけ知っていた。

今や人々の視線は、儀琳《ぎりん》の顔に注がれていた。その輝くばかりの、真珠の如《ごと》き純粋無垢《むく》な美しさを見れば、かの余滄海《よそうかい》でさえも、

（この尼なら、嘘はつかんだろう）

と思った。客間はシーンと静まりかえり、儀琳が口を開くのを待つのみとなった。

昨日の午後、儀琳は定逸や姉弟子たちとともに、衡陽に向かう途中で雨に降られた。山道を下りるとき、儀琳はうっかり脚を滑らせて、山肌に手を当ててしまい、手が泥や苔《こけ》ですっかり汚れてしまった。ふもとに着いてから、彼女は渓流に手を洗いに行った。ふいに、

水面に映った儀琳の影の横に、もう一つ男の影が映った。驚いて、慌てて立ち上がったが、背中に痛みが走った。点穴を施されたのだ。怖くて怖くて、師父に助けを求めようと叫びたくても、もはや声が出なかった。男は儀琳を担ぎ上げ、少し歩いてから洞穴に寝かせた。いくら怖くても、身体は動かず、声も出せない。だいぶ経《た》ってから、三人の姉弟子が、三手に分かれて、

「儀琳、儀琳、どこなの？」

と、叫んでいるのが聞こえた。男は笑って、

「ここが見つかったら、もろとも捕まえてやるさ！」

とつぶやいた。姉弟子たちはあちこち捜してから、また戻っていった。

そのうち、姉弟子たちが遠ざかったのが分かると、男は儀琳の穴道《けつどう》を衝《つ》いて解いた。儀琳は、すぐに外に逃げようとしたが、男の動きの方がずっと迅《はや》かった。駆け抜けようとした儀琳は、相手が入り口に立ちはだかっていたとはつゆ知らず、頭をその胸に思いきりぶつけてしまった。男はゲラゲラ笑った。

「逃げられるのかい？」

儀琳は急いで飛び退《の》くと、長剣を抜いて、突き立てようとした。だが、男は儀琳に危害を加えたわけではなし、慈悲の心は出家の基本、命を取るほどのことではない。仏門では、

殺生《せっしょう》は第一の戒《いまし》めだと思うと、儀琳《ぎりん》は結局剣を引っ込めてしまった。

「どうして邪魔をするの？　どかないと、この剣で……刺しますよ」

相手はニヤニヤしている。

「尼さん、慈悲深いんだな。俺を殺すのがもったいない、そうなんだろう？」

「あなたに恨みがあるわけじゃないし、殺す必要があって？」

「それは結構。じゃあ、座って話でもしよう」

「師父や姉弟子が捜しています。それに師父が、みだりに男の人と話をしてはいけないって」

「もう話してるんだから、たくさん喋ろうが、ちょっと喋ろうが、いっしょじゃないか」

「どいて、私の師父は、とても腕が立つのよ。師父がこんな無礼なまねを見たら、あなたの両足を折ってしまいかねないわ」

「あんたが俺の足を折るんだったら、喜んで差し出すけど、師父となると、婆《ばば》あは好みじゃねえんでな……」

ここで、定逸《ていいつ》の一喝が飛んだ。

「たわけ！　そんな痴《し》れ言《ごと》を、覚えてるんじゃない」

誰もが噴きだしそうになったが、定逸師太の手前、わずかでも口もとを緩《ゆる》めた者はおらず、めいめいが必死にこらえていた。

「でも、そう言ったんです」

「だから、本筋でない痴れ言は、触れなくてもよいのじゃ。どうやって華山派の令狐冲《れいこちゅう》に出くわしたのか、それだけお言い」

「はい。男は他にもいろんなことを言って、私を外に出してくれなくて。私が……きれいだとか、添い寝を……」

「お黙り！　子どものくせにペラペラと、口を慎みなさい」

「その人がそう言っただけで、私は承知しませんでしたし、添い寝だって……」

「お黙り！」

定逸の叱責《しっせき》はますます響いた。

その時、羅人傑《らじんけつ》の屍体を運び入れた青城派の弟子が、とうとう堪えきれずに、ハハと笑い声を立てた。激怒した定逸は、卓上の湯呑みをひっつかむなり、熱い茶をぶちまけた。恒山派直伝《じきでん》の内力《ないりょく》が込められた、迅速かつ的確な腕の振り。青城派の弟子は避けきれずに、顔中に熱い茶を浴び、痛みのあまり「ワアワア」叫んでいる。

今度は余滄海《よそうかい》が気色《けしき》ばんだ。

「そちらの弟子は口が利けても、こちらの弟子は、笑ってはならぬと言うのか。横暴《おうぼう》よのう！」

「恒山の定逸《ていいつ》は、数十年間横暴を極めてきたのじゃ。今ごろ分かったか？」

定逸は横眼で見ながら言うと、空になった湯呑みを持ち上げ、余滄海《よそうかい》に投げつける構えをした。余滄海は、定逸を正視するどころか、クルリと背中を見せた。その悠然とした態度を見て、定逸は、青城派の総師の優れた腕を考えて、軽はずみな行動は慎むことにした。おもむろに湯呑みを下ろして、儀琳《ぎりん》をせき立てる。

「続けなさい！　ただし、くだらない話は、はしょっておしまい」

「はい、師父。私は洞穴から出たかったのですが、その人がどうしても出してくれません。日も暮れてきたことですし、私はとても焦って、剣を彼に突き立てました。師父、私は殺生《せっしょう》の戒《かい》を破るつもりはなく、少し脅かそうと思っただけなんです。『金針渡劫《きんしんとごう》』の型を使ったのですが、向こうが左手で、わ……私の身体につかみかかりました。びっくりして避けた隙《すき》に、右手にあった長剣を奪われてしまいました。その人は恐ろしい使い手でした。右手で剣の柄をつかみ、左手の親指と人差し指で剣尖をつまむと、軽く反らせただけで、パチンと、私の剣を一寸ばかり折ってしまったんです」

「折ったのは、一寸ほどなんだね？」

「はい！」

定逸と天門道人《てんもんどうじん》は顔を見合わせて、同じことを考えた。

（田伯光《でんはくこう》が長剣を真ん中から折ったというのなら、どうということはないが、指二本の力で、鋼《はがね》の剣を一寸だけ折るとは、指の力は尋常ではないな）

天門道人は、弟子の一人の腰から長剣を抜き放つと、左手の親指と人差し指で剣尖をつまみ、軽く反らした。プツッ！　剣尖が一寸ほど折られた。

「こうか？」

「はい。師伯もできるんですね！」

天門道人は「フンッ」と鼻を鳴らすと、折られた剣を弟子の鞘に戻してから、左手で卓を勢いよく突いた。見ると、一寸ばかりの剣尖が、すっかり卓の表面にめり込んでいる。

儀琳の顔が輝いた。

「師伯のこの技なら、あの悪人の田伯光にもできっこないでしょう」

言い終わるやいなや、急に表情を曇らせ、睫毛《まつげ》を伏せたまま、そっとため息をついた。

「ああ、師伯がその場にいらっしゃらなくて残念です。いらっしゃれば、令狐《れいこ》兄さんは深《ふか》手《で》を負わずに済んだのに」

「深手じゃと？　やつは死んだと言わなんだか？」

「はい、令狐《れいこ》兄さんは深手を負っていたから、青城派のあの悪人、羅人傑《らじんけつ》に殺されてしまったんです」

田伯光《でんはくこう》も「悪人」、おのれの弟子も「悪人」か。青城派の門下が、なんと悪名高い色魔と同列に扱われている。余滄海《よそうかい》は、思わず「フン」と鼻を鳴らした。

一同は、儀琳《ぎりん》の美しい双眸《そうぼう》に涙が溜まり、今にも泣き出しそうなのを見て、しばらくは誰も声がかけられなかった。天門道人《てんもんどうじん》、劉正風《りゅうせいふう》、聞先生《ぶんせんせい》、何三七《かさんしち》ら年長者たちも、いつの間にか儀琳が愛《いと》おしくなっていた。彼女が尼僧でなければ、何人かは手を伸ばして背中をさすったり、頭を撫《な》でたりして、慰めてあげたい想いにかられた。

儀琳は袖で涙を拭《ぬぐ》うと、嗚咽《おえつ》して続けた。

田伯光は儀琳の衣服に手を伸ばした。儀琳は掌で突き返そうとするが、両手をつかまれてしまう。その時、外から、ふいに笑い声が聞こえてきた。「ハハハ」と三回。少しして、また三回。

「誰だ？　とっとと遠くに失《う》せた方が利口だぞ。田さまを怒らせたら、命はないからな！」

田伯光が罵声《ばせい》を浴びせた。しかし、その人はまた三回笑った。田伯光が構わずに、儀琳の服に手をかけようとすると、外の人はまた笑いだす。笑うたびに、田伯光は腹を立てた。その人が早く助けてくれないかと、儀琳は切に願ったが、その人も田伯光の恐ろしさを知ってか、中には入らずに、外で笑い続けているだけだ。

田伯光は悪態をつきながら、儀琳に点穴を施すと、パッと飛び出した。だが、相手はとっくに身を隠していた。無駄足を踏んだ田伯光が、洞穴に戻って、儀琳の側まで来たとき、外の人がまた笑いだした。儀琳もおかしくなって、思わずいっしょに笑ってしまった。おのれの生死がかかっているというのに、なぜか笑ってしまったのだ。田伯光は身をかがめて、こっそり入り口に向かった。笑い声が聞こえた瞬間、飛び出す気である。ところが、外の人は抜け目がなくて、物音一つ立てない。一歩一歩外に近づいていく田伯光。儀琳はその人が捕まってしまったら大変だと思い、田伯光が飛び出そうとした瞬間、声を上げた。

「気をつけて、出ていったわ！」

その人は遠くで「ハハハ」と三回笑い、

「ありがとう。でも、やつは軽身功《けいしんこう》がなっちゃないから、追いつけっこないね」

田伯光は、「万里独行《ばんりどっこう》」というあだ名が付いているくらいだ。軽身功が得意であることは、江湖でもよく知られている。それを「軽身功がなっちゃない」と言うのは、わざと田《でん》伯光《はくこう》を怒らせようとしてのことだ。

田伯光はいきなり身を翻《ひるがえ》して、儀琳《ぎりん》の顔を思いきりつねった。儀琳が痛みで悲鳴を上げると、外へ飛び出して、

「やい、軽身功を比べようじゃねえか！」

と、叫んだ。だが、彼はまんまと引っかかったのだ。相手はとっくに入り口の側に隠れており、田伯光が飛び出すと、スルリと洞穴に入ってきた。

「怖がらないで、助けに来た。どこの穴道《けつどう》を衝かれた？」

その人は声をひそめて言った。

「右肩と背中です。〝肩貞《けんてい》〟と〝大椎《だいつい》〟だと思いますが。あなたは？」

「穴道を解いてからだ」

相手はそう言うと、儀琳の肩貞と大椎のツボを手でさすり、血行を促してくれた。

儀琳が教えたツボが間違っていたのだろう。いくら強くさすっても解けない。そこへ、田伯光が喊声《かんせい》を上げながら、また近づいてきた。

「はやく逃げて、戻ってきたら殺されてしまうわ」

「五嶽剣派は、一蓮托生《いちれんたくしょう》なんだから、見捨ててはおけない」

そう、その人が令狐冲《れいこちゆう》だったのだ。

田伯光の気配が近づくと、令狐冲は、「失礼！」と言って、儀琳を抱きあげ、洞穴から抜け出した。儀琳たちが草むらに潜んだときには、田伯光はもう中に駆け込んでいる。儀琳が見つからないため、田伯光は癇癪を起こし、意味不明の言葉で口汚く罵《ののし》った。そして、儀琳の寸断された剣を持って、草むらをなで切りにした。幸い、その夜は雨が降っており、星も月も隠れて、儀琳たちの姿は見えない。しかし、儀琳たちが近くに潜んでいるとの確信から、田伯光は手を休めない。剣が儀琳の頭を掠《かす》めたときもあった。田伯光は、罵詈《ばりぞう》雑言《ごん》を並べ立てながら、ずっと斬《き》り進んでいった。

ふいに、生温い水滴が、ポタポタと儀琳の顔にかかった。血なまぐさい臭いがするので、儀琳はびっくりして、「お怪我《けが》を？」と、小声で訊ねた。

令狐冲は儀琳の口をふさぎ、田伯光の気配が遠ざかってから、ようやく、「大丈夫」と小声で言って、儀琳の口から手を離した。ところが、出血はどんどんひどくなっていく。

「傷がひどいわ、血を止めなければ。〝天香断続膠《てんこうだんぞくこう》〟を持ってますから」

と言う儀琳に、令狐冲は自分で傷口を押さえながら、

「黙って、動くと勘《かん》づかれてしまう」

しばらくして、田伯光が駆け戻り、大声で呼びかけた。

「ははん、そこにいたのか、見えたぞ。立て！」

見つかったと聞いて、儀琳《ぎりん》はたまらず立ち上がりかけた。だが、脚が動けず……。

「騙《だま》されたんだよ。見えてやしないのに」

定逸《ていいつ》が口を入れた。

「ええ。師父はその場にいなかったのに、どうしてご存じなのですか？」

「見え透《す》いたことじゃ。本当に見えたなら、近寄って令狐冲《れいこちゅう》をバッサリやればよい。喚くまでもないわ。令狐冲も青いのう」

儀琳は首を振った。

「いいえ、令狐兄さんも察しておりました。私が悲鳴を上げぬよう、口を押さえてくれました。田伯光《でんはくこう》は、ひとしきり喚いても、物音がしないので、またなで斬りを始めました。遠ざかったのが分かると、令狐兄さんは小声で言いました。

『もう半時も我慢できれば、血が徐々に巡って、穴道を解いてやれるんだが。だが、田伯光はきっと戻ってくる。今度はおそらく逃げられないだろう。いっそのこと洞穴で身を隠そう』」

ここまで話すと、聞先生《ぶんせんせい》、何三七《かさんしち》、劉正風《りゅうせいふう》の三人が、期せずして手をパチンとたたいた。

「よし、あっぱれだ！」

聞先生が言った。

「私はとても怖かったのですが、その時には、すっかり令狐兄さんに敬服しておりましたので、あの方の言うことなら、間違いはないだろうと思って、『いいわ！』と、答えました。令狐兄さんはまた私を抱き上げ、洞穴に入ると、地面に下ろしました。私は、『服の中に〝天香断続膠〟があります。傷を治す霊薬ですから、と……取って付けてください』

と言いましたが、令狐兄さんは、

『今、取るのは不都合だ。身動きができるようになってから渡してくれ』

と言うと、剣で片袖を切り放し、左肩に巻きつけました。この時、私はようやく分かりました。草むらに潜んでいたとき、田伯光に肩を斬りつけられたのに、じっと声も立てず、それで暗闇の中、田伯光に気づかれずに済んだのです。私は胸が痛みました。でも、どうして薬を取るのがまずいのでしょう……」

定逸は「フン」と鼻を鳴らした。

「だとすると、令狐冲は君子じゃな」

儀琳は、キラキラする双眸を見開いて、不思議そうな面もちをした。

「令狐《れいこ》兄さんは、それはいい方です。見ず知らずの私を、危険も顧《かえり》みず、身を挺《てい》して助けてくださったんですもの」

「大方やつに顔を見られたんだろう。さもなくば、そんな仏心《ほとけごころ》を出すはずがないわ」

余滄海《よそうかい》が冷ややかに言った。令狐冲《れいこちゅう》が、儀琳《ぎりん》の類希《たぐいまれ》なる美貌《びぼう》のために、命懸けで闘ったと言いたげである。

「いいえ、私に逢ったことはないとおっしゃってました。令狐兄さんは、絶対に私には嘘をつきません。絶対に！」

きっぱりとした口調である。やさしい声だが、鉄の意志が込められていた。一同は、その純真な、堅い信念に打たれ、信じ込まずにはいられなかった。

（令狐冲の向こうみずな暴挙は、色事《いろごと》のためでなければ、わざと田伯光《でんはくこう》と一戦を交えて、武林で名を売ろうとしたために違いない）

余滄海は心の中でつぶやいた。

令狐冲は傷の手当を終えたあと、また儀琳の、肩と背中のツボの辺りをさすった。そのうち、田伯光が雑草をバッサバッサ斬りつけながら、入り口に近づいてきた。彼は洞穴に入ってくると、物音一つ立てずに、地面に腰を下ろした。儀琳は怖くて息を詰めていたが、ふいに、肩に激痛が走り、たまらず低く呻《うめ》いた。万事休す、田伯光ははじけるように笑いながら、つかつかと向かってきた。令狐冲は横でしゃがんだまま、身じろぎもしない。

「ヒッヒッ、子ヒツジちゃん、やはりここに隠れていたのか」

田伯光が手を伸ばしてきたとき、ブスッという音がした。令狐冲に剣で刺されたのだ。

驚いた田伯光は、剣を取り落とした。残念なことに、この一刺しは急所を外れた。飛びすさった田伯光が、腰の刀を抜いて、令狐冲に打ちかかる。カーン！　二人は刀剣を交えた。相手の姿が見えぬまま、刃と刃が数回たたき合ったのち、二人は同時に飛び退いた。

「ははあ、貴様、華山派だな！　華山剣法は、俺の敵じゃねえ。何て名だ？」

田伯光が笑って言った。

「五嶽剣派は、一蓮托生だ。華山派でも恒山派でも、どっちにしたって、貴様のような色魔の敵だ……」

言い終わらぬうちに、田伯光は撃ちかかっていった。令狐冲に話をさせて、居場所を突きとめる魂胆だったのだ。二人は数合刃を交えた。「あッ」、また傷を負った令狐冲が声を上げた。

「ハッハッ、だから、華山剣法は俺の敵じゃねえって言ったろう。御大《おんたい》の岳《がく》じいさんが来たって、俺にはかなわねえよ」

令狐冲《れいこちゅう》は、そう言う田伯光《でんはくこう》を無視した。

少し前に、儀琳《ぎりん》の肩に激痛が走ったのは、穴道が解けたためだった。この時、背中がまたズキズキと疼《うず》いた。儀琳はゆっくりはい上がり、地面の折れた剣を探ろうとした。その音を聞きつけた令狐冲は、しめたとばかりに、

「穴道が解けたな。はやく逃げろ、はやく」

「華山派の兄さん、いっしょにこの悪人と闘い抜きましょう！」

「はやく逃げろ！　束《たば》になってかかっても、かなわない敵だ」

田伯光はせせら笑った。

「分かればいいんだ！　むだ死《じ》にすることもないだろう」

「はやく衡山城へ行け。仲間がたくさんそこにいるから、やつもそこまでは追えまい」

「私が出ていって、あなたが殺されてしまったらどうしましょう」

「殺されっこないさ！　引き留めておくから、はやく行け。ウッ！」

令狐冲はまた傷を受けた。彼は焦って声を張りあげた。

「行かないんだったら、罵《ののし》ってやるぞ！」

その時、儀琳は地面の剣を探り当てていた。

「二人でかかりましょう」

田伯光はおかしくてたまらない様子である。

「圧巻《あっかん》だな！ 田伯光が、単身で華山、恒山両派と相対するとは」

令狐冲は、本当に罵り始めた。

「聞き分けのねえ尼っこだ。まったく付ける薬もない。とっとと逃げねえか！ 逃げなきゃ、今度会ったら、思いきり横面《よこつら》を張ってやる！」

「ヒッヒッ、この尼さんは、俺に未練があるのさ。逃げるものか！」

令狐冲はイライラして、声を荒げた。

「逃げるのか、逃げないのか？」

「逃げません！」

「だったら、お前の師父を罵ってやる！ 定間《ていかん》のもうろく婆あ、こんな馬鹿な弟子を持って」

「定間師伯は、私の師父ではありません」

「じゃあ、定静師太《ていせいしたい》だ！」

「定静師伯も違います」

「チェッ！ まだ行かねえか！ 定逸《ていいつ》の老いぼれをボロくそに言ってやる……」

定逸《ていいつ》の顔色が変わった。見るからに険悪な形相である。

儀琳《ぎりん》は慌ててなだめた。

「師父、怒らないでください。私を思ってのことですから、何も本気ではないんです。私は、

『私が馬鹿なだけで、師父は関係ないわ！』

と言いました。ふいに、田伯光《でんはくこう》が間合いを詰めて、私に指を突き立ててきました。私は暗闇の中で、メチャクチャに剣を振り回して、何とか追い払いました。

令狐《れいこ》兄さんは、

『あんたの師父の悪口はまだまだあるぞ、聞きたいか』

と叫びました。私は、

『悪口はやめて、いっしょに逃げましょう！』

と言ったのですが、令狐兄さんは、

『あんたが側にいたら、足手まといで、華山剣法の極意が出せないんだ。あんたが出てったら、この悪党を片づけてやる』

と言いました。田伯光は大笑いしました。

『この尼っこには、随分と気があるんだな。だが、向こうは貴様の名も知らんぞ。残念な

こった』

その悪人の言うこともっともだと思って、

『華山派の兄さん、お名前は？　師父に、命を救ってくださったことを報告しますから』

と訊ねました。令狐兄さんは、

『はやく逃げろ、はやく！　何てしつこいんだ。俺は労、労徳諾《ろうとくだく》って言うんだ！』

と答えました」

労徳諾はキョトンとなった。

（なぜ大兄貴はわしの名を騙《かた》るのじゃ？）

「令狐冲《れいこちゅう》は善い行いをしても、ひけらかそうとせぬとは、まことに義侠道にのっとっておる」

聞先生《ぶんせんせい》がうなずいて言った。定逸は労徳諾に一瞥をくれてから、独りごちた。

「私を罵るとは、無礼なやつめ。フン、大方、私に後で追及されるのが怖くて、罪を他人に押しつけたんじゃろう」

さらに、労徳諾をギロリと睨みつけて、

「これ、あの洞穴で、私を老いぼれ呼ばわりしたのは、おぬしかぇ？」

労徳諾は慌てて頭を下げた。

「いえいえ、滅相《めっそう》もありません」

劉正風《りゅうせいふう》の口元に笑みが浮かんだ。

「定逸師太《ていいつしたい》、令狐冲《れいこちゅう》が弟弟子、労徳諾《ろうとくだく》の名を騙ったのには、れっきとした訳があるのです。労どのは入門が遅いため、もうかなりの年輩です。髭もこんなに立派で、儀琳《ぎりん》どのの祖父と言っても通るくらいですよ」

定逸は瞬時に悟った。儀琳への配慮だったのだ。漆黒の闇が広がる洞穴の中である。互いに顔は見ていない。儀琳が助かったあと、自分を救ったのが華山派の労徳諾だと言えば、相手はひからびた老人である。世間でいらざる噂の立つこともない。儀琳の清い名を守ることができるばかりか、恒山派の威名も守ったことになる。そこまで思い及ぶと、定逸はおのずと相好《そうごう》を崩して、コクリとうなずいた。

「なかなか気が利くやつじゃ。儀琳、それからどうした？」

「私はそれでも逃げるのが嫌でした。

『労兄さん、私のために危ない目に遭っているのに、見捨てて逃げられるものですか。義理を欠いたことを師父が知れば、きっと私を成敗なさるでしょう。師父は平素から、恒山派は女子《おなご》衆でも、義侠心で男に遅れをとってはならぬと、言い聞かせております』」

定逸は拍手喝采《かっさい》した。

「ああ、その通りじゃ！　武芸者たるもの、江湖の義気を重んじぬようなら、死んだ方がましじゃ。男女を問わずな」

その豪胆な話しぶりを見て、誰もが思った。

（この老尼の気概は、男衆に負けぬわ）

「でも、令狐兄さんはそれは悪《あ》しざまに言うんです。

『ろくでなしの尼っこめ、てめえ、田伯光《でんはくこう》とぐるになって、俺をはめる気だな。この労徳諾、今日はついてないぜ。外で尼に出くわすとはよ。それも、末代まで根絶やしにする、ろくでなしのクソ尼とだ。俺様には天下無敵の剣法があるってのに、凄まじい刃風がてめえまで殺しちまったらと思うと、存分に揮《ふる》えねえじゃねえか。おしめえだ、もう。田伯光、いっそ一太刀で殺《や》っちまってくれ。俺様も、今日は観念したぜ！』と」

令狐冲の伝法《でんぽう》な物言いを、歯切れのよい、澄んだ声で伝える儀琳に、一同は、誰もが顔を綻《ほころ》ばせた。

「本気で私を、悪く言っているのではないと分かっておりました。でも、私の腕は未熟ですし、何のお役にも立てません。洞穴の中では、確かに足手まといになって、絶妙な華山剣法を揮う邪魔をしてしまうと思って」

定逸が「フン」と鼻を鳴らした。

「ほらを吹いてるだけじゃ！　華山剣法とてたかが知れておる。何が天下無敵じゃ」

「師父、田伯光《でんはくこう》を脅かして、退く潮時を分からせるためですよ。令狐《れいこ》兄さんがますますひどいことを言うので、しかたなく、

『労《ろう》兄さん、失礼します！　いずれまた』

　と言ったら、

『とっとと失せやがれ！　尼に出くわしたら、験《げん》が悪いんだ。てめえには、今まで会ったこともなし、今後も会いたくもねえ。俺様は、賭事《かけごと》が何よりも好きなんだ。てめえにまた会ってどうする？』って、どなりました」

　定逸《ていいつ》は烈火の如く怒った。卓をたたいて立ち上がるなり、雷を落とした。

「たわけめ！　それで、お前はまだグズグズしておったか？」

「本気で怒らせたら悪いと思って、立ち去ることにしました。外に出ると、中から、激しい剣戟《けんげき》の響きがしてきました。私は歯を食いしばって、一気に駆けだしました。師父に追いついて、助太刀をしてもらおうと思ったのです」

　定逸は「ウン」とうなずいた。

　だしぬけに、儀琳《ぎりん》が訊ねた。

「師父、令狐兄さんが亡くなったのは、わ……私に会って、ツキをなくしたせいでしょう

定逸は色をなして怒った。

「何が『尼に出くわすと、験が悪い』じゃ。そんなでたらめを信じるやつがあるか？　ここにいる方々は、私らに会うたからというて、一人残らず、ツキがなくなると言うのかえ？」

一同は、そろって口元が緩んだが、笑い声を立てる勇気のある者はいなかった。

「はい。私が夜明けまで駆けたときには、すでに衡陽城が見えて、少しホッとしました。たぶん衡陽で師父に会えると思ったその時、田伯光が追いついてきました。私は見るなり脚が萎《な》えてしまい、すぐに捕まってしまいました。田伯光がここまで追ってきたということは、華山派の労兄さんは、きっと洞穴で殺されてしまったんだと思うと、胸が締めつけられる想いでした。田伯光は、人通りが多いのを見て、無礼なまねは慎んだようですが、『おとなしくついてくるなら、手出しはしないよ。しかし、強情を張ったら、即刻服をひん剝《む》いて、路上で笑い者にしてやるぜ』

と言うので、私は怖くて刃向かえず、いっしょに街に入るしかありませんでした。

廻雁楼《かいがんろう》という酒楼まで来たとき、彼が言いました。

『尼さんは沈魚《ちんぎょ》……沈魚落雁《らくがん》の美人だな。廻雁楼は、あんたのために開いたようなものだ。

上で心ゆくまで呑もう。楽しくやろうぜ』

『出家は酒もなまぐさもいただきません。白雲庵のきまりです』

『きまりが多いな。本当に全部守ってるのかい？　きまりだの、戒めなんざ、みんな嘘っぱちさ。あんたの師父……師父だって……』」

そこまで言うと、儀琳《ぎりん》は定逸《ていいつ》をチラッと盗み見をしたきり、口をつぐんでしまった。

「悪党の戯《ざ》れ言《ごと》など、はしょっておしまい。それからどうしたんだい？」

「はい。それから、私は、

『でたらめ言わないで。師父は隠れて、こっそりお酒を呑んだり、肉を食べたりしません』

って言いました」

周りはこらえきれずに笑いだした。戯れ言をはしょるどころか、丸分かりである。

定逸は眉根を寄せた。

（ばか正直な娘じゃ。何でも話してしまいおって）

田伯光《でんはくこう》が襟をつかんで、

「俺の酒につき合わねえんなら、服をズタズタにちぎってやる」

と言うので、儀琳はしかたなく上についていった。精進料理を食べると儀琳が言ったにもかかわらず、田伯光は、意地悪く牛肉や豚肉、鳥肉、魚介類などを注文した。しかも、食べなければ、服を引き裂くと脅しをかけてくる。

ちょうどその時、誰かが上がってきた。腰に長剣を提《さ》げ、顔色は真っ青、身体中に血痕《けっこん》がある。儀琳たちの隣に座るなり、黙って、儀琳の眼の前の杯を掲げて、一気に呑み干した。さらにもう一杯ついで、杯を掲げると、田伯光と儀琳に向かって、

「どうぞ！」

と言ってから、また呑み干した。その声を聞いた儀琳は、驚くやら嬉《うれ》しいやらで、なんと彼は洞穴で儀琳を助けてくれた「労《ろう》兄さん」であった。田伯光に殺されずに済んだと思うと、儀琳はひたすら有り難いと思った。だが、労兄さんは全身血だらけで、相当の深手を負っている。

田伯光は相手をためつすがめつ眺めた。

「貴様か！」

「俺だ！」

田伯光が親指を立てて、

「いい男だ！」

と褒《ほ》めると、その人も親指を立てて褒める。

「いい刀術だ！」

二人は大笑いをして、いっしょに酒を干した。儀琳《ぎりん》は不思議でならなかった。

（昨晩はあんなに激しく闘っていたのに、どうして、突然友だちになったのかしら？　生きていてくれたのは嬉しいけど、田伯光《でんはくこう》のような悪人と友だちでは——）

儀琳はまた心配になってきた。

「貴様は労徳諾《ろうとくだく》じゃない！　労徳諾は老いぼれだ。貴様のように、若くて男前なものか」

田伯光の言葉に、儀琳はこっそりその人を見た。年は二十歳前後といったところか。昨晩は田伯光に嘘をついたのだ。その人はニッコリした。

「ああ、労徳諾じゃない」

田伯光ははたと卓をたたいて、

「そうだ、貴様は華山の令狐冲《れいこちゅう》だ。江湖じゃ、ひとかどの人物だ」

令狐冲はあっさり認めた。

「恐れ入るね。令狐冲は敗軍の将だ。お恥ずかしい」

「『雨降って地固まる』だ。どうだ、俺と朋友《ほうゆう》の契《ちぎ》りを結ばないか？　この別嬪《べっぴん》さんが気に入ったのなら、お譲りするぜ。友だちより女を取るのは、俺たちの流儀ではないからな」

定逸《ていいつ》の顔が土色に変わった。

「悪党め、生かしてはおけぬ！」

一方、儀琳は眼から涙をこぼしている。

「師父、令狐兄さんは急に私をけなし始めました。

『この尼っこは、顔色が悪いぜ。菜っぱや豆腐ばっか食ってるんだ、器量がいいわけない。田兄貴、俺は尼僧を見れば腹が立つんだ。尼僧という尼僧を、皆殺しにしたいくらいだ！』

田伯光が笑って訊きました。

『それはまたどうして？』

『実を言うと、俺は三度の飯より賭事が好きなんだ。さいころを見ただけで、自分の名前も忘れちまうほどさ。けど、尼っこに逢ったら最後、その日はもういけない。何を賭《か》けても負けるから、毎度癪にさわる。俺だけじゃない。華山派の兄弟弟子も同じだ。だから、華山派の弟子は、恒山派の師伯や弟子に会ったら、うわべは恭しくしても、心の中じゃツイてないなと思うんだ』」

定逸《ていいつ》は爆発した。乾いた音を響かせて、労徳諾《ろうとくだく》に逆手打《さかてう》ちを喰らわせた。迅くてずしりとした一撃に、避けきれなかった労徳諾は、クラッときて、危うくひっくり返りそうになった。

第四章　口約《こうやく》

劉正風《りゅうせいふう》はにこやかに笑った。

「師太《したい》は訳もなしにお腹立ちになるのですか。令狐《れいこ》どのは、ご高足《こうそく》を救うために、田伯光《でんはくこう》にでたらめを言うたのに、真《ま》に受けてしまうとは」

一瞬キョトンとなる定逸《ていいつ》。

「儀琳《ぎりん》のためにじゃと？」

「私はそう思いますが。儀琳どの、そうではありませんか？」

儀琳は俯《うつむ》いている。

「令狐兄さんはいい人なんです。ちょっと……ちょっと、言葉が乱暴なだけなんです。師父がお怒りになるのでしたら、続きはもう申しません」

「言うてしまえ！　一字一句漏《も》らさずにじゃ。悪意で言うておるかどうか、はっきりさせねば。やつがろくでなしなら、当人が死んでも、岳《がく》のじいさんに始末をつけてもらう」

それでも、儀琳《ぎりん》は口ごもって、なかなか話さない。

「さあ！　やつをかばうでないぞ。事の是非くらい、こちらとて判別できる」

「はい！　令狐《れいこ》兄さんが、

『田《でん》兄貴、俺は尼っことはしゃべらん。男なら、酒は気持ちよく呑《の》むもんだ。この尼っこは追い出してくれ。あんたのために言っておく、こいつにちょっとでも触ったら、悪運がついて回るぞ。この〝天下三毒〟ってやつを、どうして避けようとしないんだ？』

と言うと、田伯光《でんはくこう》は、

『〝天下三毒〟とは？』

と訊《たず》ねました。令狐兄さんは不思議そうな顔をして、

『渡世に慣れた田兄貴が、〝天下三毒〟も知らんのか。〝尼僧砒素毒蛇《にそうひそどくじゃ》、決して触れることなかれ〟とはよく言ったもので、尼僧と砒素、毒蛇が三毒さ。それも尼が筆頭だ。五嶽剣《ごがくけん》派《は》の男弟子の間では、いつも言ってるよ』って」

烈火の如《ごと》く怒った定逸《ていいつ》、卓をドスンと突いて、どなり立てた。

「おのれッ！　こんちく……」

最後のところで、「しょう」は何とか引っ込めた。定逸に痛い目に遭わされた労徳諾《ろうとくだく》は、もともと離れて立っていたが、満面朱《しゅ》をそそぐさまを見て、さらに一歩後ずさりした。

劉正風《りゅうせいふう》はため息をついた。

「令狐どのに他意はなくとも、出放題《でほうだい》では、ちとやりすぎですな。とはいえ、田伯光のような悪党と渡り合うには、本当らしく言わないことには、なかなかやつを騙《だま》せぬし」

「劉師叔《ししゅく》、令狐兄さんが、田伯光を騙すために、わざと作り話を？」

儀琳が訊ねた。

「むろんそうです。五嶽剣派に、そんなつまらない、無礼な言いぐさがあるものですか。明日はわたしの引退のめでたき日です。本当に恒山《こうざん》派をはばかっているのなら、恭《うやうや》しく定逸師太と皆さま方をお迎えするはずがないですよ」

それを聞いて、定逸は表情がやや和《やわ》らいだものの、

「フンッ、令狐冲《れいこちゅう》めが口汚いのは、どこの不埒《ふらち》なやつが教えたのやら」

と毒づいた。令狐冲の師父、華山《かざん》派総帥《そうすい》までけなしているのだ。

「師太、お気になさるな。田伯光は確かに手練《てだ》れです。令狐どのは力及ばず、仕方なしにそんな話をひねり出して、悪党めを騙そうというのです。令狐どのが、恒山派に敬意を払ってなければ、これほどまでに必死に、恒山派の弟子を救おうとするはずがありません」

定逸はコクリコクリうなずいた。

「劉どの、よくぞ申してくださった」

振り向いて、儀琳《ぎりん》に訊ねる。

「田伯光《でんはくこう》はお前を見逃したのかぇ？」

「いいえ。令狐《れいこ》兄さんが畳《たた》みかけて言いました。

『田兄貴、あんたの軽功《けいこう》は、天下独歩かもしれんが、悪運に取りつかれたら、いくら軽功の達人とて、逃げられんぞ』

田伯光はちょっと戸惑《とまど》ったらしく、私をチラチラ見てから、首を振りました。

『この田伯光は、天下を股《また》にかけた一匹狼だ。そんなこと構っていられるか。この尼っこはなあ、せっかく逢《あ》ったんだぜ。ちょっとつき合ってもらえばいいさ』

そこへ、隣の卓の若い男が、いきなり剣を抜いて、田伯光の前に立ちはだかり、どなり立てました。

『き……貴様が田伯光か？』

田伯光は涼しい顔です。

『それがどうした？』

『色魔《しきま》めッ、殺してやる！　武林《ぶりん》中が貴様を殺そうとやっきになってるのに、恥知らずな大言壮語《たいげんそうご》、死に急ぎたいか？』

男はそう言うと、剣を突きだしました。剣法は泰山《たいざん》派のもので、この方でした」

戸板に横たわる屍体《したい》を指さした。天門道人《てんもんどうじん》はコクンとうなずいた。

「遅百城《ちひやくじよう》よ、よくやったぞ」

儀琳が話を続けた。

「田伯光は身じろぎしたかと思うと、単刀《たんとう》を手にしておりました。

『さあ、座って！　呑もう、呑もう』

笑って言うと、刀を鞘《さや》に戻しました。泰山派の兄さんは、いつの間にか胸に一太刀《ひとたち》受けていたんです。血しぶきが上がって、田伯光を睨《にら》みつけながら、身をぐらつかせて床に倒れました」

彼女は、視線を天松道人《てんしようどうじん》に向けた。

「こちらの泰山派の師伯は、田伯光の前に躍りでると、罵声《ばせい》を浴びせながら、剣を繰りだしました。師伯の剣術はすばらしいのですが、田伯光は腰掛けたまま刀で応戦しました。二、三十合闘っている間、田伯光はずっと座ったままでした」

天門道人の表情が曇った。戸板に横たわる弟弟子に眼を向ける。

「あの悪党の腕は、まことそれほど凄《すご》いのか？」

天松道人は長嘆して、おもむろに顔を反らした。

「その時、令狐兄さんは剣を抜き、田伯光に猛襲をかけました。田伯光は刀ではねのけ、立ち上がりました」

聞き捨てならぬと定逸《ていいつ》、

「それはおかしい。天松道人《てんしょうどうじん》が、二、三十手を繰りだしても、やつは立ち上がらなかったのに、令狐冲《れいこちゅう》は一剣だけで、田伯光《でんはくこう》を立ち上がらせるとは。令狐冲の腕が、天松道人に勝《まさ》るはずがない」

田伯光には、彼なりの理屈があった。

「令狐兄い、俺はあんたを友達だと思っている。仕掛けられて座ったままじゃ、あんたを舐《な》めたことになる。腕は俺が上だが、その心意気には感じ入ってるから、立ち上がるんだ。だが、このクソ道士が相手じゃ、話は別だ」

「フン、ご好意には、恐縮するぜ」

令狐冲は、颯颯颯《さっさっさっ》と、凄《すさ》まじい勢いで剣を繰りだす。白光が田伯光の上半身に集中した。田伯光は受け流しつつ、三歩下がり、

「いい技だ！」

と、喝采《かっさい》を送った。それから、天松道人の方を向いて、

「クソ道士、なぜ挟《はさ》み撃ちにしない？」

と訊《き》いた。令狐冲が手を出したとたん、天松は脇に退いていたのだ。天松は冷ややかに、

「泰山派の聖人君子が、邪淫《じゃいん》の徒と腕を組めるか！」

儀琳《ぎりん》はたまりかねて、

「誤解しないでください。令狐兄さんはいい人です」

と訴えた。すると、天松は冷笑した。

「いい人だと？　フフ、田伯光と同じ穴の狢《むじな》のいい人だろうが！」

ふいに、天松が「あッ」と悲鳴を上げ、両手で胸を押さえつけながら、信じられぬといった顔をした。田伯光は刀を鞘に収めた。

「さあ、座って！　酒だ、酒だ」

天松の両手の隙間《すきま》から、とめどなく鮮血が流れているのだが、田伯光がどんな不思議な刀術を使ったのか、儀琳には分からなかった。腕を動かしたようには見えなかったにもかかわらず、天松は胸に傷を受けたのだから、その一太刀の迅《はや》さは尋常ではない。恐ろしくなった儀琳は、

「こ……殺さないで！」

と叫んだ。田伯光はせせら笑っている。

「別嬪《べっぴん》さんが殺すなと言うなら、殺さないよ」

天松《てんしょう》は傷を押さえながら、階段を駆け下りていった。

令狐冲《れいこちゅう》は助けに行こうとしたが、田伯光《でんはくこう》に押し止められた。

「令狐兄い、あのクソ道士はお高くとまって、死んでもあんたの助けはいらないんだから、わざわざ馬鹿を見るようなまねをしなさんな」

令狐冲は、苦笑いしながら首を振り、立て続けに酒を二杯あおいだ。

「あのクソ道士、なかなかやるなあ。あの一撃、結構迅かったんだが、ギリギリでかわされて、息の根を止められなかった。泰山派も少しは芸があるようだ。令狐兄い、クソ道士が命拾いしたから、この先あんたは面倒なことになるぞ。あんたに累《るい》が及ばんように殺すつもりだったが、しくじって惜しいことをした」

「フッフッ、俺の一生は、日々がゴタゴタだ。構うもんか。酒だ、酒だ。田兄貴、その一太刀が俺の胸に向けられたら、俺の腕では避けきれないだろう」

「さっきは確かに手加減しといた。昨晩洞窟《どうくつ》で、俺を殺さなかった恩があるからな」

儀琳《ぎりん》は不思議でたまらなかった。昨晩の二人の闘いでは、令狐冲が有利だったのに、田伯光を殺さなかったのだろうか。

「昨晩はあれで精いっぱいだ。技が及ばなかったんだ、手心を加えたと言えるものか」

「ハハハ、あの時、あんたと尼っこは洞窟に隠れていた。尼っこが声を出して、俺に勘づかれたとき、あんたは息をひそめていて、俺は誰《だれ》かが側にいるとは夢にも思わなかった。俺は尼っこを引き寄せ、すぐにでもその戒律とやらを破るところだった。あんたは、もうしばらく待って、俺が昇天《しょうてん》して、隙だらけになったところへ剣を突っ込めば、俺はおだぶつだ。十一、二歳のガキじゃあるまいし、その辺の呼吸は分かっているだろう？　あんたは堂々とした男だから、闇討《やみう》ちを潔《いさぎよ》しとしなかった。それで、あの一撃は、ヘッヘッ、俺の肩に軽く刺しただけなんだろう」

「あれ以上待てば、この尼っこは、あんたの餌食《えじき》になってたぜ。いいか、俺は尼を見ると腹が立つが、恒山派も五嶽剣派のうちの一派なんだ。俺たちを舐めると容赦しないぞ」

「それはそうだが、あんたが、剣をもう三、四寸送り出せば、俺の片腕は使いものにならなくなった。なぜ突き刺してから、すぐに引っ込めた？」

「俺は華山派の弟子だ。陰ではコソコソしない。あんたが先に俺の肩に一太刀浴びせたから、俺もあんたの肩を刺し返した。おあいこにしてから、また闘う。正々堂々と、ズルはなしだ」

田伯光は大笑いした。

「よし、俺たちはもう友達だ。さあさあ、一杯呑め」

「腕ではかなわないが、酒量だったら俺が上だ」

「酒量は俺の負けか？　そうだとは限らん。一つ比べよう。さあ、まず十杯呑んでからだ」

令狐冲《れいこちゅう》は眉《まゆ》をひそめた。

「田《でん》兄貴、あんたが人につけ込むような男じゃないと思えばこそ、呑み比べをするのに、とんだ見込み違いだ。まったくがっかりだね」

田伯光《でんはくこう》は横眼で見ながら、

「俺がいつつけ込んだ？」

「俺が尼は苦手で、尼を見たら、胃の腑《ふ》が裏返るのは、先刻承知じゃないか。呑み比べなんかできるか」

田伯光ははじけるように笑った。

「あんたがあの手この手で、この尼っこを助ける気なのは、お見通しなんだ。だが、俺は色事《いろごと》にかけては命がけでね。この別嬪の尼っこを見初《みそ》めたからにゃ、どうしたって見逃せんな。見逃せというのなら、条件は一つしかない」

「よし、言ってくれ。たとえ火の中水の中、眉一つ動かせば、好漢とは言えぬわ」

田伯光はニコニコ顔で、酒を二杯ついだ。

「この酒を空《あ》けてから言おう」

令狐冲は一気に呑み干した。

「空けたぞ」

田伯光も自分のを呑み干し、ニタリと笑った。

「令狐兄い、あんたとは友達のつもりだ。『朋友《ほうゆう》の妻は、戯《たわむ》るべからず』という江湖《こうこ》のきまりに従うことにしよう。この尼っこを、にょ……女房にするというのなら……」

そこまで話すと、儀琳《ぎりん》は両頰が真っ赤に染まり、うつむき加減になった。声は消え入りそうで、最後は聞き取れぬほどである。

定逸《ていいつ》は卓をバシッとたたいて、一喝した。

「たわけめ、ますます下司《げす》な話じゃ。それからどうした？」

儀琳がかぼそい声で続けた。

「田伯光はニヤニヤしながら、

『好漢に二言《にごん》なし。妻……妻にするのを承知すれば、すぐに放してやる。しかも頭を下げて詫《わ》びを入れる。それ以外は、絶対に譲れん』

と言いました。令狐兄さんは、

『チェッ、俺に一生悪運を背負《せお》えというのか？　その話は二度とするな』

と言いました。田伯光《でんはくこう》のやつは、また戯《たわ》けたことをいろいろ並べました。髪を伸ばしたら、もう尼僧ではないとか、口にするのもはばかられるような戯《ざ》れ言《ごと》も飛びだしたので、私は耳をふさいで、聞くまいとしました。

『黙れ！ これ以上つまらん冗談を言うなら、俺はこの場で憤死《ふんし》してしまうぞ。呑み比べをする命などあるか。こいつを自由にしないのなら、また命を張るまでだ』

令狐《れいこ》兄さんはそう言いましたが、田伯光は笑って、

『腕ずくなら、あんたに勝ち目はない！』

と。ところが、令狐兄さんは、

『立って闘えばかなわないが、座って闘えば、あんたは俺の敵ではない』と言うのです」

一同は、田伯光が腰掛けたまま、泰山派の使い手天松道人《てんしょうどうじん》の凄まじい攻撃を、二、三十合受けたことは、すでに儀琳《ぎりん》から聞いている。座って闘うのが得意だということは、推して知るべしだ。令狐冲《れいこちゅう》が、「座って闘えば、あんたは俺の敵ではない」と言ったのは、わざと相手を激昂《げっこう》させるものに違いない。何三七《かさんしち》はコクリとうなずいた。

「あのような狼藉者《ろうぜきもの》に会ったら、まずカンカンに怒らせ、隙を見てから手を下すのも妙案じゃな」

「田伯光はそれを聞いても、腹も立てず、ニヤついているばかりでした。

『令狐兄い、俺が敬服しているのは、あんたの豪胆《ごうたん》なところさ。腕じゃない』

と。令狐兄さんは、

『俺が敬服しているのは、あんたの立って闘う快刀で、座ったときの刀術ではない』

と言いました。田伯光は、

『あんたは知らんだろうが、俺は少年のころ、脚を凍傷でやられたことがあって、二年間は座って刀術の稽古《けいこ》をしていたんだ。座って刀を使うのは、お手の物なのさ。先ほど、あの泰山派のクソ……クソ道士とやり合ってたときは、何もやつを見くびっていたわけではないのだ。座って刀を使うのに慣れていたから、立つのが億劫《おっくう》だっただけのことよ。令狐兄い、こいつにかけちゃ、あんたはかなわんよ』

と言いました。令狐兄さんは、

『何にも分かっちゃいないな。あんたは少年時代に、たった二年間、座って稽古をしただけじゃないか。他の武術は及ばないが、座って剣を使うことにかけては、俺が上だ。俺は毎日座って稽古するんだ』と」

一同は視線を労徳諾《ろうとくだく》に向けた。

（華山派の武術に、座って剣を使う稽古法があるのだろうか？）

労徳諾は首を振った。

「令狐《れいこ》兄さんがやつを担《かつ》いだんです。わが派にはそんな稽古法はありません」

「田伯光《でんはくこう》は怪訝《けげん》そうな表情をしました。

『本当なのか？　俺は見識が狭いということか。華山派のその……何とか剣法を、ぜひ拝《おが》んでみたいものだ』

令狐兄さんはさもおかしそうに、

『その剣法は、恩師が授けてくれたものではない。俺が自分で創《つく》りだしたもんだ』

と言いました。田伯光の顔色がサッと変わりました。

『そうだったのか。令狐兄いの才能には、感服の至りだ』と」

一同には、なぜ田伯光が顔色を変えたのか、分かっていた。武術において、新たに拳法《けんぽう》や剣法を創りだすのは、言うほどたやすいことではない。武芸が立ち、卓越した才知がなければ、枠を破って、新しい技を創りだすことは難しい。華山派のような数百年の歴史を持つ名門は、技や型の一つ一つが、いずれも千回万回の研鑽《けんさん》を経たのちに編みだされたものであり、多少たりとも変えるのは困難である。新たな剣法を編みだすのは、言うまでもない。労徳諾《ろうとくだく》は考えていた。

（大兄貴はひそかに新剣法を編みだしたのか。なぜ師父に報告しなかったのじゃろう？）

「令狐兄さんはクスクス笑いました。

『臭気が天を衝《つ》く剣法だ。感服すべき点などない』

って。田伯光は訝《いぶか》しげに訊ねました。

『臭気が天を衝くとは？』

私も不思議でたまりませんでした。剣法が稚拙《ちせつ》なら分かりますけど、臭気などあるものですか。令狐兄さんが言うには、

『実を言うと、毎朝用を足すとき、厠《かわや》にしゃがんでると、蠅《はえ》がブンブン飛んで、うるさくてかなわん。そこで、剣を持って蠅を狙《ねら》い始めたんだ。始めは当たらなかったが、そのうち巧くなって、外すことがなくなった。だんだんと会得《えとく》するにつれ、蠅を狙う技の中から、新剣法を編みだしたというわけだ。この剣法を使うときは、いつも用を足しているから、ちとばかり臭《にお》うではないか？』

私は思わず笑いだしてしまいました。本当におもしろい方、そんな稽古の仕方がありますか。田伯光は青筋《あおすじ》を立てて、怒ってしまいました。

『友達扱いしてりゃ、よくも人を食った話をしてくれたな。この田伯光は厠の蠅か？　よし、見せてもらおう。貴様のその……その……』」

一同は、うなずける話だと思った。手練《てだ》れ同士の果たし合いでは、苛立《いらだ》った時点で、三割方負けとなる。令狐冲《れいこちゅう》の言葉に、田伯光がついに激怒したということは、一歩罠《わな》にはま

ったも同然だ。

「令狐《れいこ》兄さんはニコニコして、

『俺は面白半分で稽古しただけだ。人との対戦に取り入れるつもりは毛頭《もうとう》ない。どうか誤解しないでくれ。あんたを厠の蠅に見立てるなど、とんでもない』

と言いました。私はまたクスッと笑ってしまいました。田伯光《でんはくこう》は、ますますカンカンになって、刀を抜き、卓に置くと、

『よし、座って、手合わせをしてみようじゃないか』

と。その無気味な眼光に、私はとても怖くなりました。明らかに、令狐兄さんを殺す気です。

令狐兄さんは笑って、

『座って闘えば、俺の造詣《ぞうけい》の深さにはかなわんよ。令狐冲《れいこちゅう》は今日、せっかく田兄貴という友達を得たんだ、何も仲を壊さんでも。それに、令狐冲は堂々とした男だ。おのれの得意技で、友が割を食うことはしたくはないからな』

と言いました。田伯光は、言い張ります。

『俺がいいと言ってるんだ。割を食うことにはならん』

『そうすると、絶対に座ってやるのか？』

『ああ、座ってやるとも！』

『よし、だったら、きまりを作っておこうじゃないか。決着がつく前に、どちらかが先に立ったら、負けとする』

『いいとも！　決着がつく前に、先に立った方が負けだ』

『負けたらどうなる？』

『どうするかはあんたに任せよう』

『ちょっと考えさせてくれ。こうだ。一つ、負けた者は、今後この尼さんに出会っても、無礼を働いてはならん。見かけたら、前に進みでて、恭しく一礼し、〝師父、田伯光が拝謁《はいえつ》いたします〟と言わなければならない』

『チェッ！　俺が負けると思うか？　あんたが負けたら？』

『俺も同じだ。負けた方が、恒山派に弟子入りする。定逸師太《ていいつしたい》の孫弟子、つまりこの尼さんの弟子になる』

師父、令狐兄さんったら、おかしいでしょ。どうして負けると、恒山派に弟子入りするのでしょう？　私が、二人を弟子にすることなんてできまして？」

そこまで話すと、儀琳《ぎりん》はかすかに笑みを浮かべた。ずっと憂《うれ》い顔だったのが、チラリとえくぼがのぞいて、いっそう美しさを増している。

「江湖の無頼《ぶらい》どもは、何だって言うのじゃ。真《ま》に受けるやつがあるか。令狐冲《れいこちゆう》がわざと田《でん》伯光《はくこう》を怒らせようとしているのじゃ」

定逸《ていいつ》は顔を上げて、両眼を軽く閉じた。どうしたら令狐冲が勝てるのか、彼自身が負けたときは、どうやって反故《ほご》にするのか？　しばらく考えたが、おのれの才覚では、とうていそこらのごろつきにはかなわぬ、いたずらに頭を痛める必要もないとあきらめた。

「田伯光はどう答えたのじゃ？」

「田伯光は、令狐兄さんがあまりにも自信たっぷりに言うので、顔に戸惑《とまど》いの色を浮かべました。少し心配になったんだと思います。令狐兄さんは、またあおり立てました。

『どうしても恒山派に弟子入りするのが嫌なら、やめてもいいんだぜ』

田伯光は怒りをあらわにして、

『クソッたれ！　おう、そうしよう。負けたら尼っこの弟子になる！』

と、どなりました。私は、

『あなた方を弟子にはできません。武術だって未熟ですし、それに、師父だってお許しになりません。恒山派は出家、在家《ざいけ》をとわず、女ばかりなんです。そんな……そんな……』

と言いましたが、令狐兄さんが手で制止しました。

『俺と田兄貴が決めたことだ。嫌でも弟子にしろ。あんたの意向など構ってられるか』

それから、田伯光の方に向き直って言いました。

『二つ、負けた者は、刀でバッサリひと振りして、みずから宦官《かんがん》となる』

師父、『刀でバッサリひと振りして、みずから宦官となる』とは、どういう意味でしょうか？」

周りはみんな笑いだした。定逸も思わず相好《そうごう》を崩し、

「ごろつきの雑言《ぞうごん》など、分からなければ聞かずともよい。つまらんだけじゃ」

「雑言だったんですか。皇帝がいれば、宦官だっている、どうということはないと思ってましたが。田伯光は、横眼で令狐兄さんを見つめて訊《たず》ねました。

『令狐兄い、本当に必ず勝つ自信があるのか？』

『むろんだ！　立って闘えば、令狐冲は武林では八十九番目だが、座ってなら、二番目だ！』

田伯光は好奇心満々で、

『二番目？　第一人者は？』

と訊きました。令狐兄さんはこう答えました。

『魔教の教主、東方不敗《とうほうふはい》だ！』」

「魔教教主東方不敗」と聞くと、誰もが顔色を一変させた。

周りの変化を察知した儀琳《ぎりん》、不思議に思うやら怖いやらで、何か言い間違えたのではないかと心配になった。

「師父、何かおかしいことでも？」

「その名は出すんじゃない。田伯光《でんはくこう》は何と言うた？」

「田伯光はうなずいて、

『東方教主《とうほうきょうしゅ》が第一人者だということには、異論はない。だが、貴公が二番目だと自称するのは、ほら吹きではないか。岳先生《がくせんせい》にも勝てると言うのか？』

と言いました。令狐《れいこ》兄さんは、

『座って闘えばの話だ。立ってなら、師父は八番目で、俺は八十九番目だ。あの方には遠く及ばないさ』

と言いました。田伯光はまたうなずきました。

『そうか！　じゃあ、立って闘えば、俺は何番目だ？　それに誰が決めたんだ？』

『これは一大機密なのだ。田兄貴、あんたとはウマが合ったから言っちまうが、絶対に漏らさないでくれ。でないと、武林《ぶりん》は大騒動になるぞ。三カ月前に、五嶽剣派の五人の総帥《そうすい》が華山に集まり、当今の武林の名手の腕について論じた。五人の総帥は、興に乗り、天下の使い手を残らず並べてみたんだ。田兄貴、実を言うと、総帥たちは、あんたの品性はクソミソに罵《ののし》っていたが、腕の方は確かであると認め、立って闘うなら、十四番目と言ってもよいと』」

「でたらめじゃ。そんなことはありゃせん」

天門道人《てんもんどうじん》と定逸師太《ていいつしたい》が一斉に言った。

「令狐兄さんが担いだんですね。田伯光も半信半疑でしたが、『五嶽剣派の総帥は、みな武林では偉大な大家だ。田めを十四番目に数えるとは、恐縮だな。令狐兄い、五人の前で、その鼻が曲がりそうな厠《かわや》剣法をやって見せたか？　でなきゃ、天下二番目が通るものか』と」

令狐冲《れいこちゅう》は笑って言った。

「あの厠剣法かい？　人前で披露するのは、ばつが悪くて、とても総帥たちの前では、お見せできん。この剣法は姿態こそ見苦しいが、威力は絶大だ。俺は異端派の手練れと談論し、みんな東方教主以外は、天下無敵だと認めてくれた。しかし、話を戻すと、この剣法は威力があっても、用を足すときに蠅を突き刺す以外は、役立たずだ。考えてもみろ。人と渡り合うってときに、誰が座ったままでいられる？　座って闘うと約束をしたって、あんたは負けたとたん、カッとなって立ち上がるだろうよ。あんたは立って闘えば天下で十四番目だ、造作《ぞうさ》なくこの座って天下で二番目の俺を、一太刀で殺せるだろう。だからあんたの、立って十四番目は本物だが、俺の座っての天下第二は、虚名あるのみで、取るに足らないというんだ」

田伯光《でんはくこう》は冷ややかに「フン」と鼻を鳴らした。

「まったく口が達者だな。俺が座って闘えば負けると、なぜ分かる？　俺がカッとして立ち上がると、なぜ分かる？」

「負けても俺を殺さないんなら、宦官になるという条件はなしにしよう。あんたの子種《こだね》がなくならないようにな。よし、無駄口はやめにして、始めようぜ！」

令狐冲《れいこちゅう》は、ひょいと卓を酒器ごとひっくり返した。二人はそれぞれ刀と剣を手に持ち、向かい合って座った。

「かかって来い！　先に立ち上がって、尻《しり》が椅子《いす》から離れた方が負けだ」

「おう、先に立ち上がるのは、どっちかね！」

いよいよ始めようというとき、田伯光はチラッと儀琳《ぎりん》を見て、突然カラカラ笑った。

「令狐兄い、恐れ入ったよ。俺たちは座って闘い、椅子から離れるわけにはいかない。この尼っこが俺の後ろで悪さするだけで、俺を立たせることになるかもしれない」

令狐冲も大笑いして、儀琳に訊ねた。

「助太刀をしてもらったら、俺の負けとしよう。おい、俺に勝って欲しいか、負けて欲しいか？」

「勝って欲しいに決まってます。座ってだったら、天下第二でしょ。絶対に負けないでください」

「よし、じゃあ、お引きとり願おう！　できるだけ早く、遠くへ！　こんなツルツル頭の尼っこが眼の前にいたんじゃ、俺は闘わずして、負けてしまうわ」

令狐冲は、田伯光に有無《うむ》を言わせず、シュッと剣を突きだした。

田伯光は刀ではね上げると、ニヤリとした。

「参った、参った！　尼っこを逃がすための妙計、すばらしいね。令狐兄い、あんたは、実に女殺しだ。だが、ちょいと危険を冒《おか》しすぎたようだ」

儀琳はようやく呑み込めた。令狐冲が再三、先に立ち上がった者が負けだと言っていたのは、彼女に逃げる機会を作るためだったのだ。田伯光は、椅子から離れるわけにはいかないため、儀琳を捕まえられないわけだ。

一同は、令狐冲の苦心の計に、思わず感嘆した。腕が田伯光に及ばぬ以上、この方法以外は、確かに儀琳を逃がせない。

「『女殺し』というのも雑言《ぞうごん》だから、今後一切口にするでないぞ。心の中で考えてもならん」

定逸《ていいつ》が言った。

「はい。それも雑言だったんですか。あい分かりました」

儀琳《ぎりん》は眼を伏せた。

「じゃ、お前はすぐに立ち去らねば。田伯光《でんはくこう》が令狐冲《れいこちゅう》を殺したら、またその毒牙《どくが》から逃げられなくなるじゃろう」

「はい。令狐兄さんは、何度も促してくれましたので、私はペコペコと拝んでから、『救ってくださったことに感謝いたします』と言って、背を向けて、下に降りようとしました。階段の近くまで行ったとき、田伯光の一喝が聞こえました。『中《あた》り！』と。振り向くと、鮮血が二滴飛んで、私の服にかかりました。令狐兄さんが肩に一太刀受けてしまったのです」

「フフッ、どうだ？　座って闘う天下第二の剣法も、どうってことないように思えるがなあ」

「尼っこがまだ逃げねえのに、勝てるものか。どうやら俺はよくよくツイてないようだ」

自分がそこにいたのでは、尼僧を嫌う令狐冲が、本当に命を奪われかねないと思った儀琳は、急いで駆けおりた。一階に降りるやいなや、田伯光がまた一喝した。

「中り！」

儀琳は驚駭《きょうがい》した。だが、上がって見る勇気はなく、楼《ろう》の脇からはい上がり、屋根瓦《やねがわら》に身を伏せて、窓から中をのぞき見た。令狐冲は何とか持ちこたえていたが、全身血だらけで、対する田伯光は無傷だ。そのうち、また田伯光の一喝が飛んだ。

「中り！」

刀は令狐冲の左腕を襲った。田伯光は、刀を引っ込めると、笑いながら、

「令狐兄い、この一太刀は、手加減したぞ」

と言った。令狐冲も笑いながら言う。

「分かってる。もう少し力を込めていたら、この腕は斬《き》り落とされていただろうよ」

こんな時に、よく笑えるものだと、儀琳は感心した。

「まだやるかい？」

「やるとも。俺は立ち上がってないじゃないか」

「負けを認めて、立った方がいいぞ。さっきの話はなしにして、あの尼っこに弟子入りする必要はないから」

「好漢に二言なしだ。言ったことは、反故《ほご》にできるものか」

「硬骨漢《こうこつかん》は数多く眼《め》にしてきたが、令狐《れいこ》兄いのような方は、初めてお目にかかった。よし！　勝負なしということにして、互いに手を引くとしないか？」

田伯光《でんはくこう》が持ちかけても、令狐冲《れいこちゅう》はニコニコして、彼を見つめたまま黙っている。身体《からだ》のあちこちの傷口から、血が床に落ちて、ポタポタと音を立てた。田伯光は刀を抛《ほう》り、立ち上がろうとしたが、その瞬間、立ち上がれば負けになると気がつき、身体が少し揺れただけで座りなおし、どうにか椅子を離れずに済んだ。令狐冲は微笑《ほほえ》んだ。

「田兄貴、なかなか抜け目がないなあ」

田伯光は刀を拾い上げた。

「快刀を使うぞ。モタモタすれば、尼っこがどっかに行っちまって、追えなくなっちまう」

儀琳《ぎりん》は恐ろしくてブルブル震えあがった。令狐冲が殺されるのも心配で、どうすればいいのか分からない。ふいに、令狐冲を死なせない唯一の方法は、二人の前で自刃をすることだとひらめいた。儀琳が腰の断剣を抜いて、酒楼に飛び降りようとした刹那《せつな》、令狐冲の身体がグラッと揺れて、椅子もろとも床に倒れ込んでしまった。彼は両手で地面を押して、ゆっくりはっていった。椅子はその背中に載っている。深手《ふかで》を負っており、すぐには立ち上がれないでいた。

得意満面になった田伯光、

「座って闘えば天下第二、はって闘えば何位かな？」

笑って言うなり、スックと立ち上がった。令狐冲の方もアハハと笑っている。

「あんたの負けだ！」

「クックッ、そんな無様《ぶざま》な負け方をしたくせして、俺の負けだと？」

令狐冲は地面に伏《ふ》したまま訊ねた。

「さっきはどういう約束だったかな？」

「約束は、先に立ち上がって、尻が椅子から離れた者が……が……が……」

田伯光は、三回続けて「が」と言ったきり、言葉がつげずに、左手で令狐冲を指さすばかり。ようやくはめられたと知ったのだ。彼はすでに立ち上がっていたが、令狐冲は立ち上がってもいないし、尻も椅子から離れてはいない。格好こそ悪いものの、口約《こうやく》通りにいくと、勝ったことになるわけである。


一同はドッと笑って、拍手喝采した。余滄海《よそうかい》だけが、「フン」と鼻を鳴らし、

「ごろつきめが、色魔《しきま》相手に、やくざな手段を用いるとは、名門の面目丸潰《つぶ》れではない

か」

定逸《ていいつ》が怒りでわなないた。

「やくざな手段じゃと？　英雄は智恵を競い、武力を競わぬものじゃ。青城《せいじょう》派にはこのような頼もしい若き英傑がいるのかい？」

令狐冲《れいこちゅう》がわが身を顧みず、恒山派の面子《メンツ》を保った事を聞き、定逸は、感激で胸がいっぱいになった。先ほどの令狐冲をとがめる気持ちは、とうにはるか彼方《かなた》へ消え去っている。

「フンッ、地べたをはう若き英傑とはな！」

「青城派は……」

険しい声で返す定逸に、二人がまた衝突するのを恐れた劉正風《りゅうせいふう》、慌てて話の腰を折って、儀琳《ぎりん》に訊ねる。

「儀琳どの、田伯光《でんはくこう》は負けを認めたかね？」

「田伯光はぼんやりと突っ立って、途方に暮れていました。令狐兄さんが叫びました。

『恒山派の小師妹《シャオシメイ》、降りておいでよ。高足が一人できて、おめでとう！』

私が屋根の上でのぞいていたことは、とっくに知っていたのです。田伯光は悪人ではありますが、口約については言い逃れをしません。その時、一太刀で令狐兄さんを殺し、それから私の相手をすることもできたのですが、そうはせずに、大声を張りあげました。

「尼っこ、いいか、今度俺に会ったら、一太刀で殺してやる」

私はもともと、あんな悪人の弟子はいらないわけですから、その言葉は、まさに願ったりかなったりでした。田伯光は刀を鞘に収め、大股で酒楼を降りていきました。私はようやく中に飛び降り、令狐兄さんを助け起こして、天香断続膠《てんこうだんぞくこう》を傷口に付けました。身体の傷を数えたところ、大小あわせて、全部で十三にものぼりました……」

「定逸師太、祝着《しゅうちゃく》に存ずる」

余滄海《よそうかい》がだしぬけに口をはさんだ。定逸はキッとなった。

「何の祝いじゃ？」

「凄腕《すごうで》の、天下に名高い孫弟子を得たことじゃ」

定逸は激怒して、卓をバシッとたたいて、立ち上がった。

「余観主《よかんしゅ》、おぬしがいかん。わしら清浄《せいじょう》を心がける道士が、つまらん冗談を言うてはならん」

天門道人《てんもんどうじん》がたしなめた。余滄海は、自分に非があることと、天門道人への恐れもあり、そっぽを向いて聞こえぬふりだ。

「私は令狐兄さんに薬を付けてから、椅子に腰掛けさせました。令狐兄さんは息を切らし

ていましたが、それでも、

『頼む、酒をくれ』

と言いました。私は酒をついで手渡しました。ふいに、階段から足音が聞こえ、二人の人が上がってきました。一人はこの人です」

儀琳《ぎりん》は、羅人傑《らじんけつ》の屍体を担いで入った青城派の弟子を指さし、さらに、

「もう一人は、あの悪人、羅人傑です。二人は私と令狐《れいこ》兄さんを代わる代わる見てから、視線をまた私に戻しました。とてもぶしつけな態度でした」

一同は考えた。

(令狐冲《れいこちゅう》は全身血だらけで、美貌《びぼう》の尼僧《にそう》が酌《しゃく》をしている。突如このような場面を眼にすれば、羅人傑らが妙に思うのも、無理はなかろう)

令狐冲は羅人傑に一瞥《いちべつ》をくれてから、儀琳に訊いた。

「なあ、青城派が最も得意とする技は何だと思うか？」

「分かりません。青城派には優れた技がたくさんあると聞いております」

「そうだね。青城派には優れた技がたくさんある。だが、そのうちでも、最も優れた技は、フフ、気まずくなるといけないから、やめよう」

令狐冲はそう言うと、羅人傑をジロリと睨んだ。

「何だそれは？　言ってみろ！」

羅人傑が駆け寄ってすごんだ。令狐冲は笑って、

「どうしても言わせたいと見えるな。それは、『尻から雁《かり》の如く吹っ飛ぶ技』だよ」

と言った。羅人傑は卓をバンとたたいて、どなりつけた。

「ほざけ、何が『尻から雁の如く吹っ飛ぶ技』だ。聞いたことないぞ！」

「青城派の得意技なのに、聞いたことがないのか？　あっち向いてみろ、やって見せてやる」

羅人傑は、二言三言罵声を浴びせると、令狐冲に殴りかかった。立ち上がって避けようとする令狐冲だが、おびただしい出血により、力がまったく入らない。ヨロッと座り込んでしまい、鼻に一拳を喰《く》らって、鼻血がタラタラ流れた。

追いうちをかける二ノ拳を、儀琳が慌てて掌で受けとめた。

「やめてください！　深手を負っているのが眼に入らないのですか？　けが人を痛めつけるなんて、それでも英雄好漢ですか」

「尼っこは、こいつが色男なんで、色気を出したな。どけ！　どかなきゃ、お前も殴るぞ」

「殴れるものなら殴りなさい。余観主《よかんしゅ》に訴えますよ」

「ハハハ、お前は邪淫の戒めを破ったんだ。殴ったっていいんだ」

軽く左手を突きだす羅人傑《らじんけつ》。払おうとする儀琳《ぎりん》。図らずも、羅人傑のはから突きで、右手が急に伸びて、儀琳の左の頬《ほお》をつねった。しかもゲラゲラ大笑いしている。儀琳は腹立つやら、焦るやらで、立て続けに三掌繰りだすものの、ことごとく避けられてしまった。

「じっとしてろ。俺が気を整えさえすれば大丈夫だ」

令狐冲《れいこちゅう》が言うので、儀琳は振り返った。すっかり血の気が失《う》せている顔だ。その時、羅人傑が駆け寄り、拳を固めて、また令狐冲に殴りかかった。令狐冲は左掌で相手の身体を反転させ、ついでその尻に脚蹴《あしげ》りを加えた。巧妙をきわめた、迅くかつ的確なひと蹴り。

羅人傑は下に転がり落ちていった。

「これが青城派の最も優れた技で、『尻から雁の如く吹っ飛ぶ技』ってんだ。尻が後ろを向くのは、人に蹴られるためのもんで、雁の如くふ……吹っ飛ぶ、なあ、ピッタリだろ？」

令狐冲が声をひそめて言った。儀琳は噴きだしそうになったが、ますますひどくなっていく彼の顔色を見て、非常に心配になった。

「しばらく休んで、喋《しゃべ》らないで」

だが、傷口から血がまた流れ出た。先ほどのひと蹴りで、傷口がまた裂けてしまったようだ。

階下に落ちた羅人傑は、すぐに駆け上がってきた。手に剣を携《たずさ》えている。

「貴様は華山の令狐冲だろう?」

「青城派の使い手で、俺に『尻から雁の如く吹っ飛ぶ技』をかけたのは、貴公で三人目だから、どうりで……どうりで……」

笑って言いながらも、令狐冲は咳《せき》が止まらない。儀琳は、剣を鞘抜き、側で警護した。

羅人傑は弟弟子に言いつけた。

「黎《れい》弟、その尼の相手を頼む」

黎は「おう」と返事をするや、長剣を抜いて、儀琳に向かって来た。儀琳は仕方なく応戦した。羅人傑は次々と、令狐冲に向かって刺突《しとつ》を送っている。数回技の応酬をしたのち、令狐冲の手から長剣がすべり落ちた。羅人傑は、長剣を令狐冲の胸に当てて嗤《わら》った。

「三回青城派のお爺《じい》さまと言えば、命は助けてやる」

「ああ、言うとも！　言えば伝授してくれるか、ククッ、青城派のあの技、尻から雁の如く……」

「令狐《れいこ》兄さんの話が終わらぬうちに、羅人傑《らじんけつ》の悪党は、長剣を令狐兄さんの胸に突き刺しました。あの悪党、なんと酷《むご》い……」

そこまで話すと、キラキラ光る涙が、儀琳《ぎりん》の頬からはらはらと落ちた。嗚咽《おえつ》しながらも続ける。

「わ……私は、急いで止めに入りましたが、羅人傑の利剣《りけん》はもう……もう令狐兄さんの胸に突き刺さっていました」

しばしの間、客間は静寂に包まれた。

余滄海《よそうかい》は、おのれを射すくめる眼光に、蔑《さげす》みと憤《いきどお》りの念が満ちているのを感じた。

「あんたの言ったことは、おかしいではないか。人傑が令狐冲《れいこちゅう》を殺したというのなら、なぜ、人傑はやつの剣にやられたのじゃ？」

「刺されたあとも、令狐兄さんはニコニコして、私にささやきました。

『小師妹《シャオシメイ》、お……大きな秘密を、聞かせてやるからな。あの福……福威鏢局《ふくいひょうきょく》の辟邪《へきじゃ》……辟邪剣譜《けんぷ》は……』

声はだんだん低くなって、ついに何も聞き取れなくなりました。唇だけが動いて……」

辟邪剣譜に話が及んだ刹那、余滄海に衝撃が走った。われ知らず顔がこわばり、

「それは……」

「どこにある」と言いかけて、はたと気づいた。この言葉は、絶対に衆人の前で訊ねてはならない。即座に引っ込めたものの、心臓が破《わ》れ鐘《がね》のように激しく鳴った。

「羅人傑はその何とか剣譜には、たいそう関心があるらしく、駆け寄ってかがみ込んで、その剣譜の在処《ありか》を聞こうとしました。ふいに、令狐兄さんは床に落ちていた剣をつかみ、羅人傑の腹部に刺し込みました。あの悪人は仰向《あおむ》けにバッタリ倒れ、手足を数回痙攣《けいれん》させると、二度と起き上がれなくなりました。わざと……師父……令狐兄さんはわざとあの人を傍らにおびき寄せて、自分の仇《あだ》を討とうとしたのです」

話し終えたとたん、儀琳は緊張に堪えきれず、フラリと立ちくらみを起こした。儀琳を抱きとめた定逸師太《ていいっしたい》は、余滄海に怒りの眼を向けた。

一同は黙然と、廻雁楼《かいがんろう》の手に汗握る格闘を想像した。天門道人《てんもんどうじん》、劉正風《りゅうせいふう》、聞先生《ぶんせんせい》、何《か》三七《さんしち》ら手練れの眼から見れば、令狐冲、羅人傑らの腕は、むろん大したことはないが、この闘いの苛酷《かこく》さは、江湖でもまれなほど凄惨《せいさん》な光景である。儀琳のような美しく、純粋な若き尼僧の口から語られると、誇張された点は微塵《みじん》もなかった。劉正風は黎《れい》という青城派の弟子に問いかけた。

「黎どのもその場におられたのだ。このことを眼《ま》の当たりになさったと？」

黎は答えずに、余滄海を見つめた。一同はその表情を見て、事実その通りであったと知った。儀琳《ぎりん》が少しでもでたらめを言おうものなら、彼は反駁《はんばく》に出たはずである。

余滄海《よそうかい》は視線を労徳諾《ろうとくだく》に向け、険しい顔つきで冷然と言った。

「労どの、あんたの兄弟子が再三わけもなく、青城派の弟子にけんかをしかけるとは、青城派のどこが華山派のお気に障《さわ》ったのかね？」

労徳諾はかぶりを振った。

「存じ上げません。令狐《れいこ》兄さんと羅《ら》どのの私事で、青城、華山両派の間柄とは、何ら関《かか》わりのないことです」

余滄海は冷笑した。

「関わりがないじゃと？　随分と言い逃れが巧いものじゃ……」

話が終わらぬうちに、ふいに、西側の障子がバリッと突き破られ、人間が一人飛び込んできた。客間にいたのは使い手ぞろい、素早い反応で両側に避けながらも、めいめいが拳や掌で身を護《まも》った。飛び込んできたのが誰だか確かめる間もなく、バリッという音とともに、また一人が飛び込んできた。二人は地面にたたきつけられ、うつ伏せに伸びている。見ると、二人とも青城派の装束《しようぞく》である黒の長袍《ちようほう》を着ており、袍の臀部《でんぶ》には、くっきりと泥まみれの足跡が付いている。窓の外から、しわがれた豪快な声が辺りに響き渡った。

「『尻から雁の如く吹っ飛ぶ技』じゃ！　ハハ、ハハ！」

余滄海は両掌を突き出し、勢いよく窓の外に飛び出した。窓枠をグッと押さえるや、パッと屋根の上に飛び上がり、四方八方を見渡した。だが、深い闇夜に、霧雨《きりさめ》の帳《とばり》が広がるばかりで、人影などどこにも見あたらない。ハッと思った。

（一瞬の間に、逃げおおせるはずがない。きっと近くに潜んでいるのじゃ）

相手が強敵だと承知していたので、剣を抜き放った姿勢で、劉府《りゅうふ》の周りを眼にも止まらぬ迅さで一周した。

その時、天門道人《てんもんどうじん》だけは身分を考えて、座ったままであったが、定逸師太《ていいつしたい》、劉正風《りゅうせいふう》、労徳諾らは、いずれも屋根の上に躍り上がっていた。短軀《たんく》の道士が剣を手に疾走し、暗闇の中を、剣光がまばゆい白光と化して、劉府の数十の建物の間をすり抜けていくさまを見て、余滄海の軽身功《けいしんこう》の見事さには、誰もが舌を巻いた。

凄まじい迅さで駆けていたものの、建物の隅、樹木、草むらだろうと、余滄海の眼に見落しはない。異状が見あたらないとなると、すぐさま客間に戻った。二人の弟子はまだ伸びており、尻のくっきりとした足跡は、江湖の万人の嘲《あざけ》りと化したかのように、面子《メンツ》まる潰れとなった青城派を嘲笑《ちょうしょう》している。

余滄海は弟子の一人を仰向かせた。弟子の申人俊《しんじんしゅん》と分かるや、片方は仰向かせる必要もなかった。後頭部から髭《ひげ》がわずかにのぞいている。申人俊《しんじんしゅん》と御神酒徳利《おみきどくり》の吉人通《きつじんつう》に違いない。余滄海《よそうかい》は、申人俊の脇の下のツボを二度衝いた。

「誰にやられたのじゃ?」

申人俊は口をパクパクさせるが、まったく声にならない。

余滄海は瞠目《どうもく》した。先ほどの衝きは、使い手が側にいるということで、わざと造作なくやったように見せたが、実は青城派の最上の内力《ないりょく》を込めていたのだ。それでも、申人俊の穴道《けつどう》は解けなかった。仕方なく気をめぐらせ、内力を申人俊の背中の「霊台穴《れいだいけつ》」に少しずつ注入した。

かなり時間が経過してから、申人俊はようやくろれつの回らない声を発した。

「師……師父」

余滄海は答えずに、なおも内力を注入し続けた。申人俊が言うには、

「あ……相手の姿は見えませんでした」

「どこでやられた?」

「私と吉弟は外で用を足しておりましたが、背中に痺《しび》れを感じたときには、もうあのクソ野郎にやられていました」

余滄海は気色《けしき》ばんだ。

「相手は武林の名手じゃ。暴言を吐くでない」

「はッ」

余滄海は、すぐには相手の素性《すじょう》が解《げ》しかねた。顔を上げるや、天門道人《てんもんどうじん》は無表情で、この事にはわれ関せずといった感である。

（五嶽剣派は気脈を通じておるゆえ、人傑《じんけつ》が令狐冲《れいこちゅう》を殺したことで、天門のやつまでわしを快く思っていないようじゃ）

ふいに閃《ひらめ》いた。

（下手人《げしゅにん》は、まだ大広間にいるのではないか）

即座に申人俊に手招きをして、足早に広間に向かった。

広間では、泰山派と青城派の弟子を殺した下手人について、諸説紛々《しょせつふんぷん》となっていた。いきなり余滄海が眼に入り、青城派の総帥と知っている者もあれば、知らぬ者でも、五尺に満たぬ体軀ながら、武芸の大家の風格を備えた、威厳のこもった容貌《ようぼう》や挙動を見て、瞬《また》く間に静まり返った。

余滄海は、舐めるような視線で一同を見回した。広間にいたのは、いずれも武林の第二世代に当たる人物であった。知っている者は多くないが、出で立ちなどで、十中八九どの門派かは想像がついた。どの門派も、この代の弟子の中には、内力がこれほどしっかりした腕利きはいないはずで、そやつが広間にいるとすれば、どこか特徴があるに違いない。

一人ひとり見ていくと、突然、刃のように鋭い眼光が、ある人物のところで止まった。

醜怪な容貌だ。顔の筋肉がねじまがり、膏薬《こうやく》がいくつも貼《は》ってある。高々と盛り上がった背中、つまりは佝僂《くる》である。余滄海《よそうかい》は突如ある人物を思い浮かべ、思わず驚愕《きょうがく》した。

（やつか？「塞北明駝《さいほくめいだ》」木高峯《もくこうほう》は辺境にて出没し、本土にはめったに足を運ばぬと聞いておったし、五嶽剣派とも何らつき合いがないし、なぜ劉正風《りゅうせいふう》の引退の儀にはせ参じるのじゃ？じゃが、やつでなければ、武林にあんな醜い容貌の佝僂がまたとあろうか）

広間の一同の視線も、余滄海につられて、その佝僂を射すくめた。数人の武林の事情に詳しい年長者が、一斉に驚嘆の声を上げた。劉正風はすばやく前に出て、深々と礼をした。

「お越しになっていたとは知らず、失礼をば致した」

この佝僂の、どこが武林の奇人だというのだろう。何を隠そう、福威鏢局の若旦那《わかだんな》林平之《りんへいし》その人である。彼は正体が知れるのをひどく恐れ、ずっと首をすくめたまま、広間の隅に縮こまっていた。余滄海が一人ずつ点検しなければ、誰にも注目されなかっただろう。

この時、一同の視線が一気に集まり、林平之は急にばつが悪くなった。慌てて立ち上がって、劉正風に礼を返す。

「恐れ入ります」

木高峯は塞北の出身である。ところが、眼の前の相手は南方訛《なま》りで、年齢もかなり食い違っている。劉正風は困惑した。とはいえ、木高峯の行動は神出鬼没《しんしゅつきぼつ》で、常識では測りがたいことも知っているので、劉正風はうやうやしく声をかけた。

「それがしは劉正風と申すが、貴公のご高名を聞かせてはもらえぬか」

名前を聞かれるとは、予想だにしなかった林平之、もごもごして、はっきり答えない。

「貴公は、木大俠《だいきょう》とは……」

劉正風の問いに、林平之は機転をきかせた。

（俺は『林』という姓だから、ばらして、半分使ってもいいや。『木』ということにしよう）

「それがしは木と申す」

「木先生が衡山《こうざん》にお越しになったとは、光栄の至りだ。『塞北明駝』木大俠は、貴公とはどういった縁の方か?」

劉正風は、林平之の年が若く、顔の膏薬も、わざと本来の顔を隠すためのものと見て取り、名を成して数十年も経《た》つ、「塞北明駝」木高峯であるはずがないと考えた。

「塞北明駝木大俠」の名は初耳だが、林平之は劉正風の口調から、木というやつを尊重しているのが分かった。余滄海は横で睨みを利かせているし、そのまがまがしい表情から、自分の正体を悟られでもしたら、即刻掌を喰らって殺されそうだと思った。この切迫した状況では、適当にお茶を濁しておくしかない。

「塞北明駝木大俠《さいほくめいだもくだいきょう》ですか？　そ……その方は、それがしの長上《ちょうじょう》に当たりますが」

「大俠」と呼ばれるくらいなら、「長上」と称しても構わないと思ったのだ。

他に異様な風体《ふうてい》の者は広間にはいない。余滄海《よそうかい》は、二人の弟子を辱《はずかし》めたのは、こやつに違いないとふんだ。こやつが木高峯《もくこうほう》の縁者にすぎないのなら、なおさら気にもならない。木高峯自身がこの場にいたとしても、敬遠はしたいが、恐れるには足りない。このままでは溜飲《りゅういん》が下がらない。余滄海は冷ややかに言った。

「青城派と塞北木先生は、関わりがないはずじゃが、どこが貴公のお気に障ったのかね？」

一家が離散し、父母の生死さえも分からないのは、すべて眼の前に立っているこのチビ道士のせいだと思うと、おのれより武芸が百倍優れていようが、林平之《りんへいし》は、熱き血潮がこみ上げて、剣を抜いて相手を突き刺したい衝動に襲われた。だが、心労のかさむ日々を送ってきた彼は、もはや福州府《ふくしゅう》にいた、あの気ままな金持ちの少年ではない。怒りの炎をグッと抑えた。

「青城派のいらぬお節介には、木大俠としては見過ごせなかったんだろう。あの方は、情に厚く、強きをくじき、弱きを助けるのが趣味でね。あんたが気に障るようなことをしようがしまいが、知ったことか」

劉正風《りゅうせいふう》は腹の内で苦笑した。塞北明駝木高峯の武芸は一級品だが、品性はお粗末で、「木大俠」というのは、おのれが方便でそう呼んだだけのこと。木高峯の人となりで言えば、「大俠」どころか、「俠客」ともこれっぽっちも縁がない。信義などお構いなしの風見鶏だが、腕がよく、機転が利くので、恨みを買わないにこしたことはないと、武林では敬遠し畏怖《いふ》することはあっても、心から敬意を抱く者は皆無だ。劉正風は、林平之の言葉を聞いて、ますます彼が木高峯の縁者《えんじゃ》だと確信した。余滄海に手出しをされてはまずいと、即座に笑みを浮かべた。

「余観主《よかんしゅ》、木どの、お二方とも拙宅へお越しになった以上、手前の大事な客だ。どうか劉めのささやかな面子《メンツ》を立てて、仲直りの酒と参ろう。誰か、酒を持て！」

家僕《かぼく》が勢いよく答えて、酒を運んできた。

余滄海は、面前の若い傴僂こそ眼中になかったが、江湖に伝わる木高峯の陰険で悪辣《あくらつ》な行状を思えば、軽率に怒りをあらわにするのもはばかられた。それで、劉府の家僕が差しだした酒を受け取らずに、ひとまず相手の出方を見てみることにした。

憎しみと恐怖を同時に感じた林平之《りんへいし》だが、結局憤慨の情が勝った。

(今ごろ父上と母上は、すでにこのチビ道士に殺されているかもしれない。この場で貴様の掌を喰らって死のうと、断じていっしょに酒を呑むものか)

彼は怒りの炎に燃えた眼で、余滄海《よそうかい》を睨みつけた。これも杯には手を伸ばさない。痛罵を浴びせたいところだが、いかんせん相手の威勢に押されて、声に出せずにいた。

林平之の敵意むき出しな態度に、余滄海はカッとして、その腕をひっつかんだ。

「よい、よい! 劉《りゅう》どのの面子を立てて、劉府で無礼なまねは慎まねばのう。木《もく》どの、わしら、仲良くしようではないか」

林平之は力いっぱい振りほどこうとしたが、果たせず、最後の「か」を聞いたとたん、手首に激痛を覚えた。骨がボキボキ鳴り、今にも粉々に砕かれそうだ。余滄海はわざと力を加減して、林平之に許しを請わせる腹である。だが、胸に深い憎しみを抱く林平之は、骨の髄《ずい》に入るほどの痛みであろうが、うめき声一つ上げない。

林平之の額から大粒の汗がにじみ出た。それでも彼は傲然《ごうぜん》とした面もちで、微塵たりとも屈する気配がない。劉正風《りゅうせいふう》はこの若者の気骨に、いささか感心した。

劉正風がこの場をうまく収めようとしたその時、ふいに甲高《かんだか》い声が聞こえてきた。

「余観主《よかんしゅ》、よほど機嫌がよいと見えるのう。木高峯《もくこうほう》の孫を痛めつけるとは」

一同が一斉に振り向くと、入り口に太った佝僂が立っている。その顔は白なまずに覆われている上に、あちこちに黒い痣《あざ》がある。さらに、背中には高々と隆起したこぶが見える。木高峯の本当の顔を見たことがなかった一同は、彼の名乗りと変わったご面相に、全員が度胆《どぎも》を抜かれた。

木高峯は身体こそぶざまに太っているが、動作は恐ろしく機敏で、周りが眼前を何やら掠《かす》めたと思う間に、もはや林平之の横に迫っていた。

「よい子じゃ、よい子じゃ。お前が爺さまを大侠だの、強きをくじき、弱きを助けるだのと持ちあげてくれたから、わしは聞いておって、胸がすく思いじゃったぞ」

言いざま、林平之の肩をバシッとたたいた。

実は、この一撃には、木高峯の内力《ないりょく》が目いっぱい込められている。林平之は眼の前が真っ暗になり、鮮血が口内までせり上がってきたが、グッと堪《こら》えて、鮮血をゴクッと呑み込んだ。

指の股が裂けそうになった余滄海は、しかたなく手を放して、一歩下がった。

(噂《うわさ》に違《たが》わぬ酷いやつじゃ。わしの手をほどくために、孫が内傷《ないしょう》を受けるのもいとわぬとは)

林平之はむりにハハと笑い、余滄海に向かって言った。

「余観主《よかんしゅ》、青城派の武術も大したことないね。この木大侠《もくだいきょう》とは大違いだ。木大侠の門下に入れてもらって、少し手ほどきを受けたら、多……多少なりとも……進歩がある……のでは」

内傷を受けているのに加え、激情がこみ上げたせいで、五臓六腑《ごぞうろっぷ》がひっくり返る思いがした。ようやく言い終えたときには、ふらついて今にも倒れそうである。

「わしに、木先生から手ほどきを受けた方がよいと言うたな。願ったりかなったりじゃ。おぬしも木先生の弟子なら、さぞや実力があることよのう。こちらとてご指南を受けたいものじゃ」

余滄海《よそうかい》は、はっきりと林平之《りんぺいし》に闘いを挑み、木高峯《もくこうほう》に手を出させない魂胆だ。

木高峯は後ろに二歩下がって、ニタリと笑った。

「わっぱ、お前の修行が浅く、余観主に一撃でやられてしまうのが心配じゃ。爺さまは、せっかくお前のような、同じ佝僂で器量のいい孫を持ったというのに、殺されてしまうのはあまりにも惜しい。この爺さまに土下座して、代わりに相手をするよう頼んだらどうじゃ」

林平之は余滄海に一瞥をくれた。

（俺が軽々しく余に立ち向かえば、やつは激怒して、本当に俺を一撃で殺しかねない。命をなくして、父母の仇などお笑い草だ。しかし、この林平之は堂々たる男だ。たやすく佝僂をお爺さまなどと呼べようか。おのれが辱めを受けるのはいいが、父上にまで屈辱を与えてしまう。俺が跪《ひざまず》けば、それは紛れもなく「塞北明駝《さいほくめいだ》」の傘下に入ること、もはや自立はできなくなる）

揺れる想《おも》いに、全身が小刻みに震え、左手で卓を押さえつけた。

「根性のないやつだと思っておったわい。名代《みようだい》を頼むのに、頭を下げたとて、どういうこともなかろう」

余滄海が言った。彼は、林平之と木高峯の関係が、特異なものであると気づいていた。木高峯が実の祖父ではないことは判然としている。林平之は先ほどから、「長上」と称しているばかりで、「お爺さま」とは呼んではいないのだ。木高峯も、ここでおのれの孫に叩頭《こうとう》させることはないはず。余滄海は、林平之がカッとなって、みずからかかってくれば、大いに局面が変わる余地があると考えた。

林平之の気持ちは急変した。鏢局が青城派から受けたさまざまな迫害や恥辱《ちじよく》が、脳裏を走馬灯《そうまとう》のように駆けめぐった。

（小を忍ばざれば、則ち大謀《たいぼう》を乱すという。俺が後日身を立てることができれば、今多少屈辱を受けたっていいじゃないか）

彼はやおら振り向くと、膝《ひざ》を折って、木高峯《もくこうほう》に何度も叩頭した。

「お爺さま、余滄海《よそうかい》は罪のない人たちを殺し、財物を奪いました。武林中の誰もがやつを成敗するべきです。どうか正義の名において、江湖のために退治してください」

木高峯と余滄海は意外に思った。この若い佝僂は、先ほど余滄海に内力攻めに遭っても、ずっと屈服しなかったゆえ、気骨があると思われたのだ。それが叩頭し、哀願するとは。しかも衆人環視の中でだ。群雄は、この若い佝僂が木高峯の孫であるか、実の孫でなくとも、孫弟子の類かと信じた。木高峯だけが、おのれとはまったく無縁だと知っている。余滄海は訳ありだと気づいてはいるが、両者の本当の関係は推し量れなかった。ただ、「お爺さま」という呼びかけに、かなり無理があったことだけは見て取れて、大方《おおかた》命が惜しいためだと考えた。

木高峯は呵々《かか》大笑《たいしょう》した。

「よい子じゃ。よい子じゃ。どうじゃ？　わしら、ほんにいっちょう遊ぶかのう？」

口では林平之《りんへいし》を褒《ほ》めているようでも、顔は余滄海に向けられているので、「よい子じゃ」は、まるで余滄海を呼んでいるように聞こえる。

余滄海は怒りを募《つの》らせたものの、今日の一戦は、おのれの存亡に関わるだけでなく、青城派の盛衰とも大いに関連があることだ。彼はひそかに警戒を強めながら、うっすら笑みを浮かべた。

「木先生が、絶技を披露して、われらの眼を開いてくださるのなら、拙道《せつどう》は命懸けでつき合うしかないわ」

先ほどの手の衝撃から、木高峯の内力が深いことは承知している。しかも、その横暴さでは、まともにぶつかれば、電光石火、怒濤《どとう》の如き勢いで向かってくるに違いない。

（この佝僂はうぬぼれが強いと聞いておるゆえ、すぐにわしに勝てねば、いらだって強引な攻めに出るじゃろう。最初の百手は守りに徹し、まず負けない形を作るのじゃ。百手やりすごせば、やつの隙が見つかるはず）

木高峯の方も、余滄海を観察していた。

（このチビ道士、やはり一癖ありそうじゃ。代々名手を輩出してきた、青城派の総帥であるからには、張り子の虎ではあるまい。今日はつまらんことでしくじって、一世の英名を、水泡《すいほう》に帰するわけにはゆかぬぞ）

慎重な性格の木高峯は、軽々しく技をしかけようとはしない。

二人が引き絞った弓のように、一気に攻撃をしかけようとしたとき、風を切って、二人の人が、後ろから飛来し、ドスンと地面に落ちて、うつ伏せに伸びた。二人とも黒い長袍を着ており、尻には足跡がついている。女の子の澄んだ声が響いた。

「青城派の得意とする、『尻から雁の如く吹っ飛ぶ技』よ」

余滄海《よそうかい》はカーッと頭に血が上った。パッと振り向くや、相手を確かめぬうちに、声がする方へと跳躍した。と、緑色の服の少女が宴席の傍らに立っている。余滄海は、いきなりその腕をわしづかみにした。

「お母ちゃん！」

少女は喚《わめ》くなり、ワーと泣きだした。

余滄海はあッと驚いた。侮蔑《ぶべつ》的な物言いに激怒するあまり、考える暇もなく、弟子二人がまたしてもやられたのは、少女と関連があると決めてかかったため、かなり強く腕をつかんでしまったのだ。少女の泣き声を聞いて、ようやく我に返った。小娘を相手に、手荒なまねをしてよいはずがない。天下の群雄の前だ、青城派の総帥の沽券《こけん》にかかわるではないか。彼は慌てて手を放した。ところが、少女はいっそう声高に泣き叫ぶ。

「骨を折ったー。お母ちゃん、腕が折れたよー！　えーん痛いよ、痛いよ！　えーん」

この青城派の総帥、百戦錬磨《れんま》にして、無数の荒波をくぐり抜けてきたと言えるが、今ほどばつの悪い場面に出くわしたことはない。千を超える眼が、おのれを射すくめている、しかも、非難と軽蔑のこもった眼《まな》ざしだ。思わず顔から火を噴いた余滄海、ほとほと所在に困った。

「泣くな、泣くな。腕は折れてないぞ。折れるものか」

声を低めて言った。

「折れちゃったよー。大人が子どもをいじめるなんて、恥知らず。痛いよ、えーんえーん」

少女の年は十三、四ばかりか。翠緑《すいりょく》色の服を身にまとい、雪のように白い肌に、整った愛らしい顔立ちをしている。一同は、誰もが少女に同情を寄せた。荒くれ連中は早くも怒号を浴びせだす。

「クソ道士をたたんじまえ！」

「チビ道士を殺せ！」

余滄海はひどく狼狽《ろうばい》した。周囲の怒りを買ったと知れば、反駁《はんばく》することもできない。

「お嬢ちゃん、泣かんでくれ！　済まなかった。傷めたかどうか、腕を見せてごらん」

声をひそめて言いながら、少女の袖《そで》をたくし上げようとした。

「いや、いやよ、触らないで。お母ちゃん、お母ちゃん、チビ道士があたしの腕を折ったよー」

余滄海が立ち往生しているところへ、人混みから、黒い長袍の男が出てきた。青城派で最も頭が切れる方人智《ほうじんち》である。

「お嬢ちゃん、痛いふりをしてるんだろう。師父の手は、お前さんの袖にも触れておらんぞ。腕を折るわけないだろう」

「お母ちゃん、またいじめようとしてる！」

少女は喚き叫んだ。傍らで見ていた定逸師太《ていいつしたい》、とうに腸《はらわた》が煮えくり返っている。つかつかと歩み寄るや、いきなり方人智《ほうじんち》の横面《よこつら》に張り手を飛ばす。

「子どもをいじめるとは、恥知らず」

受けようとする方人智の手を、定逸が右手でひっつかみ、さらに、左手首を寄せて、相手の肘《ひじ》をしたたかにはさみ付ける。方人智の腕は瞬時にポキッと折れた。余滄海《よそうかい》の指が定逸の背中に突きかかった。定逸はしかたなく方人智を放し、返す手で反撃に出た。闘う意志のない余滄海は、

「無礼つかまつった」

と言うと、二歩飛び退《の》いた。

定逸は少女の手を取って、やさしく語りかけた。

「おいで、どこが痛いんだい？　見せてごらん、治してあげようね」

手首に触れてみた結果、折れていないと分かって、ひとまず安心した。袖をまくると、白いすべすべした腕に、くっきりと黒ずんだ指の跡が四つ付いている。定逸はカッとなっ

て、方人智をどなりつけた。

「小僧め、嘘《うそ》をつきおって。腕に触れておらぬのなら、この四つの指の跡は、誰が付けた？」

「亀（寝取られ男）がやったの、亀がやったの」

少女はそう言いながら、余滄海の背中を指さした。

ふいに、群雄がドッと笑った。茶を噴きだすやら、腹を抱えるやら、広間は爆笑の渦《うず》に包まれた。

一同が何を笑っているのか、余滄海には解せなかった。

（小娘がわしを亀と言ったのは、子どもが悔しまぎれに罵った言葉にすぎん。何がおかしいのじゃ？）

ただ、全員に笑われては、さすがの彼もうろたえた。方人智が飛び出して、余滄海の背後に回り、服から紙を一枚剝《は》がして丸めた。余滄海が手に取って開けると、紙には大きな亀《かめ》の絵が描かれている。恥ずかしさと怒りがこみ上げる中、余滄海ははたと気づいた。

（亀は、あらかじめ描いておいたものに違いない。他の者がわしの背中に細工をするのは無理じゃ。あの小娘が泣き喚きながら、わしが取り乱した隙に貼ったのに決まっておる。そうすると、裏で大人が糸を引いておるな）

彼は、劉正風《りゅうせいふう》に眼を走らせた。

（小娘は劉家の者じゃな。劉正風が、陰で嫌がらせをしていたのか）

その一瞥で、劉正風は即座に、おのれを咎《とが》めているのだと察した。彼は一歩進みでて、少女に向かって言った。

「お嬢ちゃんは、どこの娘かな？　お父さん、お母さんは？」

一つは、余滄海《よそうかい》への弁明のため、さらには、おのれもこの少女の身元に疑問を持ったからだ。

「父さん母さんは、用事があって出かけてるの。私におとなしくここに座ってなさいって。しばらくしたら、おもしろい座興があるから、二人の人が飛んできて伸びてしまうんだけど、それが青城派の得意技の『尻から雁の如く吹っ飛ぶ技』だとか言っていたわ。やっぱり面白かった！」

少女はそう言うと、拍手をしだした。頬にはまだ涙が光っているものの、パッと花が咲いたような笑顔を見せた。

周りも何とも愉快になった。青城派への面当《つらあ》てであることは明白である。青城派の弟子二人は、まだ伸びたままであり、上向きの尻に、くっきりと足跡を付けたさまは、青城派の恥を大いに晒《さら》している。

片方の弟子をたたき起こそうとした際に、余滄海は、二人とも穴道《けつどう》を突かれていることに気づいた。先ほどの中人俊《しんじんしゅん》と吉人通《きつじんつう》と、まったく同じ状況である。内力で穴道を開こうとすれば、短時間で済むものではない。木高峯《もくこうほう》が脇で虎視眈々《こしたんたん》と狙っているばかりでなく、陰に大物が控えているかもしれないのだ。今は内力を消耗させるわけにはいかなかった。彼はただちに方人智《ほうじんち》に小声で言いつけた。

「ひとまず担ぎ出せ」

方人智が手招きをすると、青城派の弟子が数人駆け出してきて、二人を広間から運び出した。

「青城派は人手が多いのね！　一人が吹っ飛べば二人が担ぐ、二人が吹っ飛べば、四人が担ぐ」

少女がだしぬけに大声で言った。余滄海は殺気立った。

「お前の父親は誰だ？　今言った言葉は、父親が教えたのか？」

このようなきつい当てこすりを、子どもが自分で言えるはずがないと考えたのだ。

（何が『尻から雁の如く吹っ飛ぶ技』じゃ。令狐冲《れいこちゅう》のやつが出任せに言うたことではないか。大方、華山派が、令狐冲が人傑《じんけつ》に殺されたことへの腹いせに、青城派に嫌がらせをしておるのじゃろう。だが、点穴の技は大したものじゃ。ま……まさか、華山派の総帥、岳《がく》岳不羣《ふぐん》が陰で糸を？）

岳不羣のしわざであれば、本人が手練れであるばかりか、五嶽剣派に総攻撃をかけられれば、青城派は一敗地《いっぱいち》に塗《まみ》れることになる。そこまで考えたら、思わず血相が変わった。

少女はその問いには答えず、ニコニコして、

「一二が二、二二が四、二三が六、二四が八、二五が十……」

と、九九《くく》を唱え始めた。

「お前に訊いておるんじゃ！」

余滄海《よそうかい》は凄《すさ》まじい声を上げた。少女は口をギュッと曲げると、またワーッと泣きだして、定逸師太《ていいつしたい》の懐に顔をうずめた。定逸が、やさしく背中をたたいて慰めた。

「怖いことないよ。いい娘だから、怖がらずともよい」

余滄海に向き直り、

「そんな形相《ぎょうそう》で、子どもを脅かしてどうする」

余滄海はフンと鼻を鳴らした。

（五嶽剣派は、今日一斉に、青城派に立ち向かう気じゃな。こっちも心してかからんと）

少女は、定逸の懐《ふところ》からにこやかな顔をのぞかせた。

「師太、二二が四、青城派は二人が吹っ飛ぶと、四人が担いで、二三が六、三人が雁の如

く吹っ飛ぶと、六人が担ぐ、二四が八……」

言い終わらぬうちに、クックッと笑い始めた。

一同は考えた。少女はすぐに泣きだし、泣いては破顔一笑《はがんいっしょう》する。いま泣いたカラスがもう笑うというのは、七、八歳の子どものすることだ。少女は見たところ十三、四歳に達しており、身長もかなり伸びている。ましてや、どの言葉も余滄海への当てこすりで、天真爛漫《てんしんらんまん》な子どもの言うことではない。誰ぞ黒幕がいることは疑う余地がないだろう。

「どなたか、拙道に恨みがある者は、姿を見せてくだされ。コソコソと隠れて、子どもをだしにつまらぬことを言わせるとは、英雄好漢とは言えんぞ」

余滄海が大声で言った。身丈《みたけ》こそ低いが、丹田から発せられた言葉は、耳鳴りを起こさせるほどの迫力である。群雄は、われ知らず粛然《しゅくぜん》となり、先ほどの見下げた態度を改めた。余滄海が話し終えると、広間は水を打ったように静かになり、返答をする者はいなかった。

ややあって、少女がふいにポツリと言った。

「師太、あの人が訊いているのは、どの門派の英雄好漢なの？　青城派は英雄好漢なの？」

定逸は恒山派の先達《せんだち》として、青城派に不満を持ちながらも、公然とその門派全体をけなすことはしたくなかった。それで、ただ曖昧《あいまい》に答えるにとどめた。

「青城派……青城派の前の代は、英雄好漢が大勢いたよ」

「それじゃ、今は？　英雄好漢が残ってるかしら？」

定逸《ていいつ》は余滄海《よそうかい》に向けて、ヌッと唇を突き出した。

「この青城派の総帥に聞いとくれ！」

「青城派の総帥さん、誰かが深手を負って、動けないのに、いじめようとする人がいるとするわね。その、人の弱みにつけ込もうとするやつは、英雄好漢と言えるのかしら？」

余滄海はドキリとした。

（やはり華山派の者だったのか）

今し方、客間で儀琳《ぎりん》から、羅人傑《らじんけつ》と令狐冲《れいこちゅう》の一件を聞いた人たちも、一様に息を呑んだ。

（この少女は華山派と関わりがあるのでは？）

だが、労徳諾《ろうとくだく》はこう考えていた。

（この娘は、明らかに大兄貴のために物を言うておるが、はて、誰じゃろう？）

小師妹が悲しむだろうと思えば、動顛《どうてん》して、彼はまだ大兄貴の訃報《ふほう》を同門に告げてはいなかったのだ。

儀琳は身震いがした。胸は少女への感謝の気持ちでいっぱいとなった。彼女とて早くから、この言葉を余滄海に投げつけたかった。だが、生来のやさしい性格と、日ごろから身についている目上への敬意から、口に出せなかったのである。少女が自分の胸の内を代弁してくれたことで、思わず胸が締めつけられ、涙がはらはらこぼれた。

「この言葉は、誰に教わったのじゃ?」

余滄海が押し殺したような声で訊ねた。

「青城派の羅人傑という人は、あなたの弟子でしょ? 深手を負った人を見て、しかもその人はすばらしい人なのに、羅人傑は助けるどころか、剣で刺し殺したのよ。羅人傑は英雄好漢だと言える? これは、あなたが教えた、青城派の義侠心の表れなの?」

少女の口から発せられた言葉だとはいえ、歯切れのいい話しぶりには、相手をやりこめる激しさがあった。

言葉に詰まった余滄海は、また怒声を上げた。

「誰がお前をよこした? お前の父親は華山派の者ではないのか?」

少女は振り返って定逸に言った。

「師太、こんなふうに小娘を脅かすのは、公明正大な男だと言えるの? 英雄好漢だと言えるの?」

定逸はため息をついた。

「私には答えられぬのう」

一同はますます好奇心を募らせた。少女が最初に言った話は、大人があらかじめ教えたものだろうが、たった今の切り返しは、明らかに余滄海《よそうかい》の言葉尻をとらえた問いだ。そのかなり辛辣《しんらつ》な当てこすりから、臨機応変に自分の言葉で言ったことが分かる。年端《としは》もゆかぬのに、想像もつかない鋭さである。

涙でかすんだ眼で、少女のすらりとした後ろ姿を見ているうちに、儀琳《ぎりん》はハッとした。

（この娘、見たことがあるわ。どこだったかしら？）

頭を傾けて考えたとたん、はたと思い出した。

（そうだわ。この娘も昨日廻雁楼にいたわ）

脳裏で、昨日のことが少しずつ、ぼんやりしたものから鮮明なものへと変わった。

昨日の早朝、田伯光《でんはくこう》にむりやり連れていかれた酒楼は、満席であった。後に泰山派の二人が絡んできたのを、田伯光が一人殺したので、客は悲鳴を上げて逃げだし、給仕も酒肴《しゅこう》を運ばなくなった。だが、通りに面した一角では、卓に二人が座っていた。令狐冲《れいこちゅう》が殺され、彼女がその亡骸《なきがら》を抱えて下に降りた際にも、その二人はずっとその場にいた。その時は、次々と押し寄せる出来事に気が動転して、二人に留意する余裕などなかったが、今、眼に映る少女の後ろ姿と、脳裏に残存する影と照らし合わせてみて、はっきりと思い出せた。昨日のあの二人のうちの一人は、この少女だ。自分に背を向けていたので、後ろ姿しか覚えていなかった。昨日少女が着ていたのは浅黄《あさぎ》色の服で、今着ているのは緑色の服だから、彼女が背中を向けていなければ、どうしても思い出せないところであった。

しかし、もう一人は誰だったかしら？　男だったということは確かだが、年や格好となると、何も覚えていない。そういえば、少女は笑っていた。その鶯《うぐいす》のような笑い声が、また耳元で響いているような気がした。そうよ。この娘だわ！

儀琳は全神経を傾けて、昨日の情景に浸っていた。眼の前に、令狐冲の笑顔がまた浮かんだ。彼女は、令狐冲の亡骸《なきがら》を抱えて、もつれながら下へ降りた。心の中は空っぽで、自分の居場所さえ定かではなかった。茫然《ぼうぜん》自失のまま城門を出て、あてもなく道を歩き……。

手に抱えた亡骸が、だんだんと冷たくなっても、少しも重たいと感じなかった。悲しみも覚えず、ましてや屍体をどこに運ぶかなど、知るよしもない。気がつくと、蓮池《はすいけ》のほとりに来ていた。蓮の花が鮮やかに、美しく咲いている。彼女は、まるで胸を鉄槌《てっつい》で一撃されたように、令狐冲の屍体もろとも倒れてしまい、そのまま気を失ってしまった。

まぶしい陽《ひ》ざしに、徐々に意識が戻ると、彼女は慌てて屍体に手を伸ばした。が、腕は空《くう》を抱いた。びっくりして跳ね起きて見ると、依然として池のほとりにいた。蓮の花も相変わらず美しいのに、令狐冲《れいこちゅう》の亡骸だけは、影も形もないのだ。彼女はうろたえて、池の周りを何巡もしたが、何の手がかりも得られなかった。自分の衣服が血に染まっているのを見て、夢ではないと分かり、危うくまた失神しそうになった。気を取り直して、もう一度あちこち探し回ったものの、屍体は、まるで羽が生えたように消えている。池の底は浅かったので、水に浸かって浚《さら》ってみたが、どこに屍体の形跡があろうか？

そうして、衡山城に着いてから、劉府にもたどり着けたし、師父も見つかったのだが、心の中では、絶えず自問していた。

（令狐兄さんの亡骸は、どこへ行ってしまったの？　通りすがりの誰かが、運び去ったのかしら？　獣《けもの》にくわえさられたのかしら？）

彼は自分のために落命したのに、自分はその遺体すら、ろくに面倒が見られなかったのだ。もし本当に獣に食べられてしまったら、もう死んでしまいたかった。実は、令狐冲の遺体が無傷であっても、彼女は生きる気力をなくしているのだが。

ふと心の奥底から、ある想いがぼんやりと浮かんだ。その想いは、昨日一日中、何度も頭をもたげたが、彼女がむりやり押し込めていたものだった。彼女はひたすら念じた。

（どうして心がざわめくの？　どうしてあれこれ、いけないことを考えてしまうの？　本当に荒唐無稽《こうとうむけい》だわ！　いいえ、そんなこと絶対にありえない）

だがこの時、その想いはもはや押し殺せなくなって、はっきりと心に浮かんだ。

(令狐兄さんの亡骸を抱えていたとき、心がすごく穏やかだったわ。それどころか少し嬉《うれ》しかった。まるで座禅を組んでいるときのように、無の境地になれた。一生その身体を抱きかかえたまま、ずっとずっと、人通りのない道を気ままに歩けたらと、願っていたような気がするわ。どうしても亡骸を見つけ出そうとするのはなぜ？　獣に食べられてしまうのが忍びないから？　いいえ！　違うわ。亡骸を抱えたまま、通りを歩いたり、池のほとりで静かにボーッとしていたいのよ。どうして気を失っちゃったのかしら？　ああ、とんでもないわ！　こんなこと考えちゃいけない。師父だって、菩薩《ぼさつ》さまだってお許しにならないわ。邪念よ。とり憑《つ》かれてはだめ。でも、でも令狐兄さんの亡骸は？)

心が千々《ちぢ》に乱れて、一瞬、令狐冲の口元に浮かんだ、あの屈託のない笑みを、見たような気がした。次に、彼が「験《げん》の悪い尼っこ」と痛罵するときの、蔑むような顔つきが浮かんだ。

儀琳《ぎりん》は、胸に刀でえぐられるような激痛を覚えた……。

余滄海《よそうかい》の声がまた響いた。

「労徳諾《ろうとくだく》、この娘は華山派の者じゃろう？」

「いいえ、このお嬢さんは、私も初めてお目にかかりました。わが派の者ではありません」

「もうよい。認めたくなければ、それもよかろう」

余滄海《よそうかい》はやにわに手を振り上げた。黒光が走り、きりが儀琳《ぎりん》に向かって飛んでゆく。同時に一喝した。

「儀琳どの、これは何かな？」

茫然としていた儀琳は、よもや余滄海が自分に向けて、飛び道具を放つとは思ってもいなかった。とっさに、胸に快感が広がった。

（殺してくれればいい。もともと生きていたくないんだから）

逃げようという気は微塵もなかった。きりがゆっくり近づき、大勢の人が一斉に、

「飛び道具だ！」

と警告してくれても、なぜだかかえって、言いようのない安らぎと喜びを感じた。この世に生きるのはつらい、耐えがたいほど淋しいもの、きりが自分を殺してくれれば、願ってもないことだと思った。

定逸《ていいつ》は少女を軽くどけると、一足飛びに儀琳の前に立ちはだかった。年寄りと侮るなかれ、この跳躍は、眼を見張るくらい迅かった。勢いがないとはいえ、きりは飛び道具には

違いない。それを定逸は後手であるにもかかわらず、つかみかけたのだ。

定逸がきりをつかむかと思われた瞬間、きりは二尺ほど手前で急に失速し、コトンと床に落ちた。空をつかんだ定逸は、いっぱい食わされた形になり、思わずポッと顔を赤らめた。しかし、この事で癇癪《かんしゃく》を起こすわけにもいかない。

と、その時、余滄海がまた手を振り上げて、団子にした紙を少女の顔に向けて投げつけた。先ほどの、亀を描いた紙を丸めたものだ。定逸は憮然《ぶぜん》となった。

（クソ道士がきりを飛ばしたのは、私を誘い出すためであって、儀琳を傷つけるつもりはなかったのじゃ）

紙はものすごい勢いで飛ぶ。少女の顔に当たれば、けがをするのは眼に見えている。この時、定逸は儀琳の傍らに立っており、急なことで、さすがに助けにいくのは間に合わない。「あッ」と叫ぶのが精いっぱいであった。ところが、少女はストンと地面に座り込んで、

「お母ちゃん、お母ちゃん、殺されるよう！」

と泣き叫んでいる。敏捷《びんしょう》な動作で、紙を見事に避けたのだ。明らかに武芸の心得がありながら、ぬけぬけととぼけている。一同はおかしくなった。余滄海としても、再度責め立てるのもためらわれ、胸に渦巻く疑念を抱えたままとなった。

余滄海《よそうかい》の情けない顔を見て、定逸《ていいつ》は腹の中で笑った。青城派も大恥を晒《さら》したものだが、これ以上こじれるのはご免だと思い、儀琳《ぎりん》に向かって言いつけた。

「儀琳、この娘の両親、どこへ行ったやら分からぬゆえ、いっしょに捜しておやり。世話をする者がおれば、いじめられることもなかろう」

「はい！」

儀琳は歩み寄って、少女の手を引いた。少女は彼女にニッコリ微笑みかけて、いっしょに広間から出ていった。

余滄海はせせら嗤ったきり取り合わず、振り向いて木高峯《もくこうほう》を見た。

第五章　羣玉院《ぐんぎょくいん》

広間から出ると、儀琳《ぎりん》は少女に訊《たず》ねた。

「お嬢ちゃん、なんていう名前なの？」

少女はクスッと笑って、

「令狐冲《れいこちゅう》という名前よ」

ドキンとした儀琳は、真顔《まがお》になった。

「まじめに訊《き》いているのに、悪ふざけを言うなんて」

「悪ふざけ？　お姉さんのお友達の、あの方じゃないと、令狐冲と名乗っちゃだめなの？」

儀琳はため息をついた。胸の奥がチクリとして、思わずまた涙がこぼれる。

「令狐兄さんは私の命の恩人なのに、私のせいで死んでしまって。わ……私は、あの方の友達にはふさわしくないわ」

そこへ、二人の佝僂《くる》がいそいそと廊下を通りすぎていった。塞北明駝木高峯《さいほくめいだもくこうほう》と林平之《りんへいし》である。少女はまたクスッと笑った。

「面白い取り合わせってあるものね。老いぼれの佝僂がいるかと思えば、若い佝僂もいるなんて」

儀琳《ぎりん》は、人を笑い者にする少女に、イライラしてきた。

「お嬢ちゃん、自分でご両親を捜しにいってね。私は頭が痛くて、気分が悪いの」

「頭痛も気分が悪いのも嘘《うそ》でしょ。分かってるの。私が令狐冲《れいこちゅう》の名前を騙《かた》ったから、機嫌が悪いのよ。お姉さん、私に付き添ってるように言《こと》づかったのに、放っておくつもり？私が悪人にいじめられたら、師父に叱《しか》られるわよ」

「あなたは私より役者が上よ。機転も利《き》くし。余観主《よかんしゅ》のような大物でさえ、手玉にとったんですもの。あなたにいじめられなければ、それだけで有り難いのに、誰《だれ》がこっちからいじめるものですか」

少女はクックッ笑って、儀琳の手を引いた。

「私を腐《くさ》してるのね。さっきは師太《したい》が護《まも》ってくれなかったら、とっくにクソ道士にやられてたわ。お姉さん、私は曲非烟《きょくひえん》というの。お爺《じい》ちゃんは非非《ひひ》と呼んでるけど、お姉さんもそう呼んだらいいわ」

本当の名前を打ち明けられて、儀琳は少し心が和《なご》んだ。だが、なぜ自分の令狐冲への想《おも》いを知っているのか、しかもからかいの種にするのか、どうも腑《ふ》に落ちない。大方、客間での陳述を、このはしこい少女に、窓の外で盗み聞きされたのだろう。

「いいわ。いっしょにご両親を捜しにいきましょう。どこへ行ったと思う？」

「どこへ行ったのかは分かってるけど、捜したければ、ご自分でどうぞ。私は行かない」

「どうして自分で行かないの？」

「私はまだ小さいのよ、行きたいわけないでしょ。でも、お姉さんは違うわ。悲しくてつらくて、すぐにでも行きたいと思ってる」

ハッとした儀琳、

「じゃ、ご両親は……」

「とっくの昔に殺されてしまったわ。捜したければ、あの世へ行かなきゃ」

儀琳は不愉快になった。

「ご両親の不幸を、冗談めかして言うものではないわ。もう付き添ってあげないから」

曲非烟は、儀琳の左手を握りしめて懇願した。

「お姉さん、私は一人ぼっちで、誰も遊んでくれないの。しばらく側にいてよ」

哀れを誘う口調に、儀琳は軟化した。

「いいわ。しばらくいてあげる。でも、つまらない冗談はよしてよ。私は出家者だから、お姉さんと呼ぶのも、具合がよくないわね」

曲非烟《きょくひえん》はニッコリ笑って、

「お姉さんがつまらないと思う話でも、私には面白いってことだってあるわ。ねえ、儀琳《ぎりん》姉さん、いっそのこと尼さんをやめたらどう？」

儀琳は愕然《がくぜん》として、一歩さがった。曲非烟も、ついでに手を放した。

「尼さんのどこがいいの？　お魚も鳥肉も、牛肉も、みんな食べられないじゃない。お姉さん、こんなにきれいなんだから、頭を剃《そ》ったら、かなり見劣りしちゃうけど、黒々とした髪を伸ばしたら、絶対きれいだわ」

その天真爛漫《てんしんらんまん》な言い方に、儀琳は微笑《ほほえ》んだ。

「仏門に帰依《きえ》している身が、見かけの美しさを気にするわけないでしょ」

曲非烟は小首を傾《かし》げて、儀琳の顔をまじまじと見た。雨足が衰えて、雲の切れ間から、かすかな月の光が射し込み、儀琳の顔にぼんやりと銀色の光が映えて、その清冽《せいれつ》な美しさをいっそう際立たせている。

「お姉さんって、本当に美しいわ。どうりでこんなに想われてるのね」

曲非烟が、ため息まじりにつぶやいた。儀琳の顔がポッと赤く染まった。

「何ですって？　ふざけるなら、もう行きますよ」

「もう言わないから。お姉さん、天香断続膠《てんこうだんぞくこう》をちょうだい。ある人を助けたいの」

「誰を助けに行くの？」

「とても大事な人なの。今は教えるわけにはいかない」

「人の命を救うなら、あげなきゃいけないところだけど、師父の厳命で、天香断続膠は調合するのが難しいから、けがをした人が悪人なら、助けるわけにはいかないの」

「お姉さん、もし無礼な人がいて、師太や恒山派《こうざん》をさんざんけなしたとしたら、その人は善人、それとも悪人？」

「師父や恒山派をけなす人は、悪人に決まってるわ。いい人のわけないじゃない」

「おかしいわね。口を開けば、尼に逢《あ》ったらツキが逃げるとか、賭事《かけごと》には必ず負けるとか言ってた人がいたけど。師太のこともお姉さんのことも、ひいては、恒山派全体をもけなした、そんな極悪人《ごくあくにん》がけがをしたとすれば……」

　話が終わらぬうちに、儀琳は顔色を一変させて、クルリときびすを返した。曲非烟が素早く前に立ちはだかり、笑顔で通せんぼしている。儀琳はハッと気づいた。

（昨日廻雁楼《かいがんろう》で、この娘はもう一人の男の人とずっと座っていた。令狐《れいこ》兄さんが死んでしまって、私が亡骸《なきがら》を抱えて楼を出るまで、そこにいたようだったわ。事の経過は、眼《ま》の当

たりにしていたから、盗み聞きする必要などなかったのね。もしかして、ずっと私の後をつけていたとか）

何か訊《たず》ねようとするが、顔が真っ赤になって、口に出せない。

「お姉さん、こう訊きたいんでしょ？『令狐《れいこ》兄さんの屍体《したい》はどこへ行ったのか？』って」

「ええ。教えてくれたら、ほ……本当にありがたいわ」

「私は知らないけど、ある人が知ってるわ。その人は深手《ふかで》を負っていて、とても危ないの。天香断続膠で命が助かれば、令狐兄さんの屍体の行方だって教えてもらえるわ」

「お嬢ちゃんは本当に知らないの？」

「この曲非烟《きょくひえん》が、令狐冲《れいこちゅう》の屍体の行方《ゆくえ》を知ってるなら、明日余滄海《よそうかい》の手にかかって、メッタ刺しにされるでしょう」

儀琳《ぎりん》は慌てて止めた。

「信じるから、誓いはいいわ。その人は誰なの？」

「その人ね、助けるかどうかはお姉さんの一存で決まるわ。私たちが行こうとしている場所は、いいところでもないし」

令狐冲の亡骸を捜すためであれば、針の山だろうが何だろうが、飛び込むしかない。場所柄など構っていられるものか。儀琳はうなずいた。

「すぐに行きましょう」

雨はまだ降り続いている。二人は、戸口の脇《わき》に置いてある雨傘を、それぞれ手に取ると、東北へと向かった。夜も更《ふ》けて、通りには人影もまばらである。二人の気配に、横町の向こうでは、さっそく犬が吠《ほ》えだした。ずんずん狭い通りに向かっていく曲非烟を、儀琳は気にも留めず、ひたすら令狐冲の遺体の所在が気がかりだった。

やがて、曲非烟はスルリと狭い横町に入った。左側には、赤提灯《あかちょうちん》を掲げている屋敷がある。曲非烟は戸を三回たたいた。中から、顔をのぞかせた者の耳元で、曲非烟は何やらヒソヒソと話し、さらにその手にある品物を握らせた。

「ええ、ええ、お嬢さん、どうぞ中へ」

曲非烟は振り向いて手招きをした。儀琳も後について門をくぐる。屋敷の者は、怪訝《けげん》そうな顔をしたものの、先頭に立って案内をつとめた。中庭を過ぎて、東側のとある部屋の簾《すだれ》をめくり、

「お嬢さん、尼さま、おかけくだせえ」

簾の向こうから、白粉《おしろい》の匂《にお》いが鼻を衝《つ》いた。

部屋には大きな寝台が置かれ、その上には、豪華な刺繍《ししゅう》入りの掛け布団と枕《まくら》が載ってい

る。天下に名を馳《は》せた湖南省《こなん》の刺繡、真っ赤な掛け布団に施された、水に戯れる鴛鴦《おしどり》の縫い取りは、色使いも鮮やかに、今にも抜け出てきそうである。幼いころより、白雲庵《はくうんあん》で暮らす儀琳《ぎりん》が掛けているのは、紺の粗末な布団。生まれてこの方、これほど豪華な布団は見たことがない。一眼見るなり、背を向けた。今度は、卓上の赤いろうそくが眼に入った。ろうそくの隣は鏡と化粧箱である。寝台の下には刺繡入りの上履き——男ものと女ものが仲良く並んでいる。ドキリとして、顔を上げた儀琳の眼《め》の前に、真っ赤に染まったかんばせが映った。恥ずかしさと、きまり悪さと、訝《いぶか》しさの混じり合っている、まさしく鏡に映ったおのれの顔であった。

背後から足音が聞こえてきた。端女《はしため》が入ってきて、笑顔で茶を差しだす。肌に貼《は》りつくような衣装を着て、悩ましげな色気たっぷりだ。儀琳はますます怯《おび》えて、こっそり曲非烟《きょくひえん》に訊いた。

「ここはどういうところなの?」

曲非烟はウフフと笑って、身をかがめて端女の耳元で何かささやいた。端女は、「はい」と返事すると、手で口を押さえて、クスッと笑い、身体《からだ》をくねらせながら出ていった。

(この女の人、わざとらしくて、いい人だとは思えないわ)

儀琳は、再度曲非烟に訊ねた。

「どうして私を連れてきたの？　ここはどんなところ？」

　曲非烟は微笑んで言った。

「ここは衡山城《こうざん》では、とても有名なところで、羣玉院《ぐんぎょくいん》ていうの」

「羣玉院って？」

「羣玉院は衡山城一の女郎屋よ」

　女郎屋と聞いて、儀琳は衝撃で、気が遠くなりかけた。部屋の調度や装飾から見て、何となく嫌な予感はしていたが、まさか女郎屋だとは。女郎屋とは、どのようなところか、十分理解しているわけではない。ただ、同門の在家の姉弟子から、女郎とは、男が金さえ出せば、誰でも好きにできる類《たぐい》の女だとは聞いていた。女郎屋に連れてきたからには、曲非烟は自分を女郎にするつもりなのでは？　焦りのあまり、泣き出しそうになった。

　その時、ふいに隣の部屋から、男の豪快な笑い声が聞こえてきた。聞き慣れた笑い声、「万里独行《ばんりどっこう》」田伯光《でんはくこう》だ。儀琳は両足が萎《な》えて、椅子《いす》にへたり込んだ。顔から血の気が引いている。

　曲非烟が驚いて、様子をうかがう。

「どうしたの？」

「あの田……田伯光だわ！」

曲非烟《きょくひえん》はクスッと笑った。

「そうね。私にも聞き覚えがある。お姉さんの可愛《かわい》い弟子の田伯光《でんはくこう》だ」

田伯光が隣の部屋から大声を張りあげた。

「誰だ、俺様の名前を口にしたのは？」

「おい、田伯光、あんたの師父がここにいるよ。早く挨拶《あいさつ》なさい！」

「師父だって？　でたらめ言うな。その口を引き裂いてやる」

「廻雁楼で、恒山派の儀琳《ぎりん》さんを師と仰いだでしょ。ここにいるから、早くいらっしゃい！」

「あいつがこんなところにいるものか。あれッ、な……何で知ってやがる？　誰だお前は？　殺してやる！」

動揺した様子が、口調にありありと現れている。

「師父に挨拶したら教えてあげる」

儀琳が慌てて止めた。

「いいえ、来させないで！」

田伯光の「あッ」という叫び声に続いて、カタンという音がした。寝台から飛び降りたらしい。

「旦那《だんな》、何やってんの？」

　女の声がした。曲非烟が声高に話しかける。

「田伯光、逃げるんじゃないよ！　あんたの師父が落とし前をつけたいって」

「何だその師父とか弟子とか。俺様は令狐沖《れいこちゅう》の小僧にはめられたんだ。尼っこが一歩でも近づいてみろ、その場で殺してやる」

　儀琳が声を震わせながら、

「ええ！　私も行かないし、そっちも来ないで」

「田伯光、あんただって江湖《こうこ》では一流の人物なんでしょ。言ったことを反故《ほご》にするなんて。師父ができたことを認めない気？　早くいらっしゃい、師父に挨拶するのよ」

　田伯光はフンと鼻を鳴らしたきり、返事をしない。

「私は挨拶もしてほしくないし、会いたくもない。あ……あの人は私の弟子なんかじゃない」

　儀琳が言うと、田伯光もすかさず言葉を添える。

「ああ。尼さまは、てんで俺に会う気がねえんだ」

「じゃ、そういう事にして。いいこと、さっき来たとき、ろくでなしが二人、コソコソと私たちの後をつけてきたけど、早く追い返しておしまい。私と師父はここで休んでるから、あんたは外で番をして、誰も入れるんじゃないわよ。ちゃんと働いてくれたら、恒山派の尼さまを師と仰いだことは、今後絶対に口にしない。じゃないと、天下にこの事をふれ回ってやる」

「クソ野郎、いい度胸してるぜ」

いきなり田伯光《でんはくこう》の怒声が上がった。格子戸《こうしど》がバタンと音を立てるや、屋根の上からガチャンガチャンという響き。武器がふた振り瓦《かわら》に落ちた模様だ。続いて、一人の「ギャーッ」という悲鳴と、もう一人のバタバタと逃げていく足音も聞こえた。

格子戸がまたバタンと音を立てた。田伯光が部屋に戻ったのだ。

「一人は殺した。青城《せいじょう》派の野郎だ。もう一人は取り逃がした」

「役立たずね。何で逃がしたの？」

「殺すわけにはいかなかった。こ……恒山派の尼だ」

「フフッ、あんたの師伯だったの。じゃ、殺せないわね」

一人儀琳《ぎりん》だけが仰天《ぎょうてん》して、小声でつぶやく。

「そんな、どうしましょう？」

「お嬢ちゃん、あんた誰なんだ？」

田伯光が訊ねた。

「訊くことないわ。おとなしく黙ってたら、あんたの師父は今後ずっと見逃してあげるから」

　田伯光は本当にそれきり黙り込んだ。

「曲《きょく》お嬢さん、帰りましょう！」

　儀琳が切りだした。

「あのけが人に、まだ会ってないのよ。彼に訊きたいことがあるんでしょ？　師父のおとがめが怖いんなら、すぐ帰ってもいいのよ」

　儀琳はためらいがちに、

「どのみち来てしまったんですもの、そ……その人に会ってみましょう」

　曲非烟《きょくひえん》はニッコリ笑うと、寝台の側に寄って、東側の壁を押した。軽々と戸が開いた。壁は隠し戸になっていたのだ。手招きをして、曲非烟が入っていく。

　儀琳には、この女郎屋がますます謎《なぞ》めいて見えた。さいわい西側の部屋にいる田伯光から遠ざかるのならと、勇気を奮い起こしてついていった。中も部屋になっているが、明かりはない。隠し戸から漏《も》れたろうそくの光を頼りに、部屋が小さいこと、やはり寝台があって、低く垂れ下がった帳《とばり》の向こうに、誰かが横になっているのが見てとれた。入り口で、儀琳の足がすくんだ。

「お姉さん、天香断続膠《てんこうだんぞくこう》で治してあげて！」

儀琳《ぎりん》は逡巡《しゅんじゅん》したものの、令狐冲《れいこちゅう》の遺体を探しだせるのなら、一縷《いちる》の望みしかなくても、それに賭《か》けてみなければと思った。

「いいわ。治しましょう」

儀琳は、外の部屋から燭台《しょくだい》を取ってくると、寝台の側に寄って、帳をめくり上げた。仰向《あおむ》けに寝ている者の顔には、緑色の手巾《しゅきん》が掛けられており、呼吸するたびに、手巾がかすかに上下した。顔が見えないことで、儀琳は多少ホッとした。振り向いて訊ねる。

「どこをけがしてるの？」

「胸よ。傷口は深くて、もう少しで心の臓に届くところだったわ」

儀琳は、薄い掛け布団をそっとめくった。けが人は、胸をはだけていた。胸には大きな傷口があり、血は止まっているものの、傷口は非常に深く、危険な状態だ。儀琳は気を落ち着かせた。

（とにかく、命を助けてあげなければ）

燭台を曲非烟《きょくひえん》に持たせると、懐から天香断続膠を入れた木箱を取りだし、ふたを開けて、寝台の側の卓に置いた。傷口の周りを軽く押してみる。曲非烟が声を低くして言った。

「止血のツボは、とうに衝いたわ。じゃなきゃ、今ごろまで生きていられなかったわよ」

儀琳はうなずいた。傷口の周りの四カ所のツボは、とっくに閉じられ、しかも、自分が遠く及ばないほど、巧妙な施し方である。そこで、おもむろに傷口を塞《ふさ》いだ綿を取り去った。とたんに、鮮血が溢《あふ》れでた。儀琳は一門で教わった通りに、左手で傷口を押さえ、右手で天香断続膠を傷口に塗り、さらに綿を詰めた。天香断続膠は恒山派の治傷の霊薬《れいやく》である。まもなく、血は止まった。けが人は呼吸が荒く、助かるのかどうかも分からない。儀琳は思わず声をかけた。

「あの、一つ教えていただきたいことが、どうかお願いします」

ふいに、曲非烟が身体をひねった。燭台が傾き、火がパッと消えた。

「あッ、ろうそくが消えてしまった」

曲非烟が悲鳴を上げた。五指も見えぬ闇《やみ》に、儀琳は恐ろしく慌てた。

(こんな不浄の場所は、出家の来るところではないわ。早く令狐兄さんの遺体の行方を聞きだして、すぐに立ち去らなければ)

「あの、少し痛みがとれまして？」

震える声で訊《たず》ねた。相手は一声呻《うめ》いただけで、返答をしない。曲非烟が言う。

「熱があるのよ。額《ひたい》に手を当ててみて、ひどい熱よ」

答えるより先に、儀琳は右手を曲非烟にひっつかまれ、けが人の額に押し当てられた。

顔にかけられた手巾は、すでに曲非烟《きょくひえん》に取り去られていた。手に燃えるような感触を覚え、儀琳《ぎりん》は思わず哀れをもよおした。

「私は、飲み薬も持ってるわ。飲ませてあげないと。ろうそくをお願いね」

「いいわ。待ってて。捜してくる」

曲非烟が離れると聞いて、儀琳は慌てて彼女の袖《そで》をつかんだ。

「だめ、行かないで。一人ぼっちになったら、どうしましょう?」

「飲み薬を探りだしたら?」

儀琳は懐《ふところ》から磁器の瓶《びん》を探りだし、栓を引き抜いて、丸薬《がんやく》を三つ手のひらに移した。

「取りだしたわ。飲ませてあげて」

「暗闇の中で落としちゃったら、人命に関《かか》わるじゃない。お姉さん、ここに残っていたくないなら、私がここにいるから、火を点《つ》けてきて」

一人で女郎屋をうろつかなければならないと思うと、儀琳はなおさら気が進まなかった。

「だめよ! 行かないわ」

「乗りかかった船でしょ。薬をその人の口に詰め込んで、お茶を少し飲ませたら済むことじゃない。暗闇の中だと、お姉さんの顔なんて見えやしないんだから、怖いことなんてないわ。さあ、これが湯呑《ゆの》みよ。気をつけて、ひっくり返さないようにね」

儀琳はそっと湯呑みを受け取り、恐る恐る、三粒の飲み薬「白雲熊胆丸《はくうんゆうたんがん》」を、けが人の口の中に放り込んだ。相手は口を開けて含み、儀琳が口元に当てた湯呑みから茶を飲んだのち、「かたじけない」とつぶやいたようだった。

「あの、深手の身で、安静にしていなければならないところですが、急ぎ訊ねたいことがあるのです。令狐冲《れいこちゆう》さまが殺されましたが、そのご遺体は……」

「い……遺体だと？」

相手は朦朧《もうろう》として答えた。

「ええ。令狐冲さまのご遺体がどこにあるのか、ご存じですか？」

けが人は何やらつぶやいたが、声が低く、まったく聞き取れない。儀琳が耳を相手の顔に近づけても、相手は呼吸が荒くて、言いたいことが声にならない。儀琳はふいに思い出した。

（うちの天香断続膠と白雲熊胆丸はよく効くから、劇薬だとも言えるわ。特に白雲熊胆丸を飲んだあとは、半日くらい昏睡《こんすい》することもあるし。傷を治す肝心なときに、こんな詰問《きつもん》をしてはいけないわ）

彼女はそっとため息をついた。帳から頭を出し、寝台の横にある椅子に座り込む。

「もう少しよくなってから訊くことにするわ」

「お姉さん、この人命に別状はないの？」

「そうだといいけど。でも、胸の傷口があまりにも深くて。この方は……誰なの？」

曲非烟《きょくひえん》は答えずに、しばらくしてから言った。

「うちのお爺ちゃんがね、お姉さんはちっとも達観していないから、尼さんには向かないって」

「お爺ちゃんは私を知っているの？　わ……私がちっとも達観していないって、どうして分かるの？」

「昨日廻雁楼で、お爺ちゃんは私を連れて、あなたたちと田伯光《でんはくこう》が闘っているのを見たわ」

「あッ！　あなたといっしょにいたのは、お爺ちゃんだったの？」

「そうよ。お宅の令狐《れいこ》兄さんは、本当に口が達者ね。座って闘えば天下第二だと言っていたけど、うちのお爺ちゃんは、少しは本気にしたんだから。本当に用を足すときに稽古《けいこ》した剣法があって、田伯光がかなわないのかと思ったんだから。クックッ」

暗闇の中ではあるが、曲非烟が満面に笑みを湛《たた》えていると、容易に想像がつく。曲非烟が愉快に笑えば笑うほど、儀琳《ぎりん》は胸が締めつけられた。

「後で田伯光が逃げだしてから、お爺ちゃんは、あいつは甲斐性《かいしょう》がないって言ってたわ。

お姉さんを師と仰ぐって承知した以上、叩頭《こうとう》せにゃ、ごまかすなんぞ許せんって」

「令狐兄さんは私を助けるために、妙案をひねり出しただけのことだから、本当に勝ったわけではないわ」

「お姉さん、やさしいのね。あんなにいじめられたのに、田伯光のやつをかばうなんて。令狐兄さんが刺し殺されたあと、お姉さん、その屍体を抱えてウロウロしてたでしょ。お爺ちゃんが、

『この尼っこは多情なんじゃな。正気を失《な》くさんといいんじゃが。後をつけてみよう』

と言うから、私たちは、お姉さんの後をつけたの。ずっと死人を抱えたまま、降ろそうとしないのを見ていたわ。お爺ちゃんは、

『非非《ひひ》、あの尼っこはなんて悲しみようだろうねえ。令狐冲《れいこちゆう》のやつが死なんだら、尼っこは還俗《げんぞく》して、やつの嫁にならんとのう』って」

儀琳は恥ずかしさで、顔から火が噴いた。耳たぶと首が、焼けつくのが分かった。

「お姉さん、お爺ちゃんの言ったこと、当たってる？」

「私があの方を死なせてしまったの。死んだのが私の方だったら、どんなによかったか。菩薩《ぼさつ》さまのご慈悲で、私を死なせて、令狐兄さんを生き返らせてくれたら、わ……私は地獄の底まで落ちて、それきり生まれ変わらなくても、本望《ほんもう》だわ」

真摯《しんし》さに満ちた口調であった。

その時、寝台の人が軽く呻いた。儀琳《ぎりん》は喜んだ。

「き……気がついたわ。ねえ、良くなったかどうか訊いてみて」

「どうして私が！　ご自分だって口がついてるでしょ！」

少しためらったのち、儀琳は寝台に歩み寄り、帳を隔てて訊ねた。

「あの、もしや……」

言い終わらぬうちに、相手はまたウンウン呻いた。

（今、苦しくてたまらないときなのに、邪魔をするなんて）

しばらくひっそり立っていたところ、相手の呼吸がだんだんと落ち着いた。薬が効いてきて、また眠りに落ちたようだ。

「お姉さん、どうして令狐冲《れいこちゅう》のために死ねるの？　本当にそんなに好きなの？」

「ち、違うわ！　私は出家人なのよ、如来《にょらい》さまを冒瀆《ぼうとく》するようなことは言わないで。令狐兄さんは、見ず知らずの私を助けるために亡くなったから。わ……私は、ただただ申し訳なくて」

「もし令狐兄さんが生き返れるのなら、何でもしてあげられる？」

「ええ、あの方のために、一千回死んだって文句はないわ」

曲非烟《きよくひえん》は、突然声を張りあげて笑った。

「令狐兄さん、聞こえてる？　儀琳姉さんが自分で言ったわよ……」

「いったい何の冗談なの？」

曲非烟は相変わらず大声で、

「あなたが生きてさえいれば、何でも承知してくれるんですって」

どうも冗談ではなさそうである。儀琳は、頭がクラッとして、胸が激しく高鳴った。

カチッカチッと音がして、目の前がパッと明るくなった。曲非烟がろうそくに火を点け、帳をめくり、ニコニコ顔で、儀琳に手招きをする。ゆっくり近づいた儀琳は、目の前を星が飛び交ったかと思うと、仰向けに卒倒しかけた。曲非烟が、くずおれないように、その背中を支える。

「びっくりすると思ったわ。ほら、誰でしょう？」

「こ……この方……」

声はか細く、息も継げないほどである。

寝台の主は、両眼をしっかり閉じてはいるが、面長《おもなが》の顔立ちに、凜々《りり》しい眉《まゆ》と薄い唇
——まさしく、令狐冲その人だ。儀琳はギュッと曲非烟の腕をつかみ、声を震わせた。

「し……死ななかったの？」

「今のところは死んでないけど、お姉さんの薬が効かなかったら、死ぬでしょうね」

「いいえ、絶対死にやしないわ。こ……この人、死ななかったのね！」

驚きと嬉《うれ》しさが入り交じって、突然泣きだす儀琳《ぎりん》に、曲非烟《きょくひえん》は不思議そうに、

「あれッ、死んでないのに、逆に泣くなんて」

両脚が萎《な》えた儀琳、いよいよこらえきれずに、寝台に突《つ》っ伏《ぷ》してむせび泣いた。

「嬉しい。本当にありがとう。あ……あなたが、令狐《れいこ》兄さんを助けてくれたのね」

「ご自分が治したんでしょ。私にはそんな力はないわ。天香断続膠だって持ってないし」

儀琳ははたと気づいた。ゆっくり立ち上がると、曲非烟の手を引いた。

「お爺ちゃんが助けたのね。お爺ちゃんなのね」

ふいに、外の高みから、

「儀琳、儀琳！」

と、叫ぶ声がした。定逸師太《ていいっしたい》の声だ。

動顛《どうてん》した儀琳は、返事をしかけた。曲非烟の方は、手中のろうそくを吹き消すや、左手で儀琳の口を押さえ、耳元でつぶやく。

「ここをどこだと思ってるの？　黙ってて」

一瞬のうちに、儀琳は我を失った。女郎屋にいるなど、ひどくばつが悪いが、師父の呼び声に返事をしないというのも、生まれてこの方、初めてのことである。

定逸がまた大声を張りあげた。

「田伯光《でんはくこう》、とっとと出い！　儀琳を放せ」

西側の部屋から、田伯光が、ゲラゲラと大笑いをしてから、ようやく言葉を発した。

「恒山派白雲庵の定逸師太ですな？　手前、出ていって拝謁《はいえつ》するところだが、周りに佳人が数人侍《はべ》っておるゆえ、無礼はお互い様としよう。ハハハハ！」

続いて、四、五人の娘が、いっしょにクスクス笑った。淫《みだ》らな声からして、女郎に間違いない。甘ったれた声を出して、

「ねえ、ほっときましょうよ。もう一度口づけしててぇ。フフフフ」

という者までいる始末。女郎たちの淫らな会話が、ますます喧《やかま》しく響いた。どうやら、定逸を追い返すために、田伯光が言いつけたらしい。定逸はカンカンだ。

「田伯光、出てこんのなら、八つ裂きにしてやる」

「へん、出て行こうが行くまいが、どっちみち、八つ裂きにするんだろう。やっぱり出ねえことにするぜ。定逸師太、こんな場所は、出家の来るところじゃないって。早くお帰りになることをお勧めするがね。ご高足《こうそく》はここにはいねえよ。戒律を死守する人なんだ。こ

んな場所に来るもんか。何でまたこんな場所まで弟子を捜しに来たんだろう？　おかしいなあ」

「火をつけてやる。この掃き溜《はだ》めを燃やしてしまえば、出てくるに決まっておる」

「定逸師太《ていいつしたい》、ここは衡山城でも名の知れた場所で、『羣玉院《ぐんぎょくいん》』ってんだ。焼いてもいいが、湖南省の女郎屋『羣玉院』は、恒山派白雲庵の定逸師太に火をつけられたと、世間の口がうるさいだろうねえ。で、絶対に聞くぜ、

『定逸師太は年輩の徳のあるお方なのに、何でそんな場所へ行ったのかね？』

ってね。

『弟子を捜しに行ったんだよ』

と誰かが答えりゃ、また聞くわけだ。

『恒山派の弟子が何で羣玉院へ？』

こうして噂《うわさ》が広がれば、恒山派の評判が落ちるぜ。いいかい、万里独行田伯光《ばんりどっこうでんはくこう》は、天地をも恐れぬが、ご高足だけは苦手でね。手出しなんかするもんか」

定逸は、もっともな話だと思った。だが、弟子の報告では、確かに儀琳《ぎりん》がこの建物に入ったと言っている。田伯光に手傷を負わされてもいる。頭から湯気を立てて、屋根瓦を粉々に踏みつけたものの、とっさになす術《すべ》が浮かばない。

ふいに、向かいの屋上から、冷ややかな声が伝わってきた。

「田伯光、わしの弟子の彭人騏《ほうじんき》は、貴様が殺したのか？」

青城派総師《そうすい》の到着である。

「失敬、失敬！　青城派の総師までお出でなすったとは。羣玉院は今後天下に名を轟《とどろ》かせ、商売繁盛で、客のもてなしにてんてこまいだろうねえ。小僧を一匹殺したが、剣術は凡庸で、青城派の技に似ていたような気もする。彭人騏という名かどうかは、訊くひまがなかった」

シュッという音とともに、余滄海《よそうかい》が部屋へと身を躍らせていた。続いて、カンカンと間断なく、剣戟《けんげき》の響きが起こった。余滄海と田伯光が手を交わし始めたのだ。

定逸師太は、武器がぶつかり合う響きを耳にしながら、ひそかに感心していた。

(田伯光のやつ、なかなかやるのう。迅速な刀さばきからして、青城派の総師といい勝負ではないか)

いきなりバーンという響きがして、剣戟の音が急に止《や》んだ。

儀琳は曲非烟《きょくひえん》の手を握りしめながら、手のひらに冷や汗をかいていた。田、余の二人の勝敗が気がかりでならない。道理からいうと、何度も侮辱を受けている田伯光が、敗れるのを願うところであるが、儀琳は逆に余滄海の敗北を望んだ。余滄海も師父も、早くこの場を離れて、令狐冲《れいこちゅう》に静養させてあげて欲しい。令狐冲は今、生死を分ける大事な瀬戸際だ。部屋に押し込んだ余滄海《よそうかい》を眼にしたおかげで、驚愕《きょうがく》のあまり、傷口がまた裂けてしまえば、死は免れまい。

田伯光《でんはくこう》の声が遠くから聞こえてきた。

「余観主《よかんしゅ》、狭い部屋じゃ、手足が思うように動かせねえ。広い場所でもう三、四百合闘って、決着をつけようぜ。そちらが勝てば、この色気たっぷりの玉宝児《ぎょくほうじ》は、お譲りいたそう。負けたら、玉宝児は俺の物だからな」

余滄海は腸《はらわた》が煮えくり返った。この色魔《しきま》の言いぐさだと、まるでこの闘いは、悋気《りんき》から始まったこと――「羣玉院」の女郎、玉宝児とやらを奪うためだと聞こえる。先ほど屋内での闘いでは、五十合あまり手合わせをしたが、田伯光の刀術は精妙で、攻守ともに理路整然としている。余滄海は、相手の腕が決しておのれに劣らぬと見た。もう三、四百合闘ったところで、必ず勝つという見通しはないのだ。

一瞬、辺りは静まり返った。儀琳《ぎりん》は、自分の鼓動の音まで聞こえた気がした。振り向いて、曲非烟《きょくひえん》の耳元でそっと訊ねる。

「あ……あの方たちは、入ってくるかしら？」

曲非烟はいくつも年少であったが、このせっぱ詰まった場面では、儀琳は何も考えられなくなっていた。曲非烟は答えず、儀琳の口を手で塞いだ。

ふいに、劉正風《りゆうせいふう》の声が聞こえた。

「余観主、悪の限りをつくした田伯光のことです、悲惨な末路《まつろ》をたどるのは必至。やつを片づけるのは、何も今でなくてもいいでしょう。このけがらわしい女郎屋は、とうに粉砕しようと思っておりましたゆえ、ここは一つお任せください。大年《だいねん》、為義《いぎ》、中を捜索しろ。一人たりとも逃がすんじゃないぞ」

劉の門下、向大年《こうだいねん》、米為義《べいいぎ》が一斉に返事をした。続いて、定逸師太《ていいつしたい》が急ぎ弟子たちに、建物を取り囲むよう命じた。

儀琳はますます気を揉《も》んだ。劉の門下が怒声を上げながら、一間ずつ捜索していた。劉正風と余滄海の監督のもとに、向大年と米為義らが、女郎屋のおかみや妓夫《ぎゆう》を殴って、けたたましい悲鳴が上がっている。青城派の弟子たちは、女郎屋の家具調度や食器を、片っ端から割って回った。

劉正風らがじきにやってくると思うと、儀琳はあせりで気が遠くなった。

（師父は私を救いに来てくださったのに、私は返事もせず、女郎屋で令狐兄さんと、深夜同室にいる。あの方は深手を負っているけれど、衡山派、青城派の男たちに踏み込まれたら、どうしたって言い逃れができない。それで、恒山派の名誉に傷をつけたら、どうやっ

て師父や姉弟子たちに申し訳がたとうか)

腰の剣を鞘抜《さやぬ》いて、首にあてがう。長剣を抜く音を聞けば、曲非烟《きよくひえん》には予想がつく。左手を返し、暗闇の中で儀琳《ぎりん》の腕をつかんで、一喝した。

「だめ！　いっしょに飛び出しましょう」

ふいに、ゴソゴソと、令狐冲《れいこちゆう》が寝台に起き座った。

「ろうそくを点けろ！」

低めた声で曲非烟に言う。

「どうするの？」

「点けろと言ったら点けろ！」

有無を言わせぬ声だ。曲非烟はそれ以上訊かず、火打ち石でろうそくに火を点けた。ろうそくの明かりで、令狐冲の死人のような顔色が浮かびあがり、儀琳はあッと息を呑んだ。

令狐冲は自分の上着を指さした。

「身体に……かけてくれ」

儀琳はブルブル震えながら、上着を取り寄せて、その身体にかけた。令狐冲は襟《えり》を合わせ、胸の血痕《けつこん》と傷口を隠した。

「二人とも、寝台に横になれ」

曲非烟はクスクス笑った。

「面白い、面白い！」

儀琳の手を引っぱり、ふとんにもぐり込む。

「あっちを探れ」

この部屋の明かりを見た者たちが叫びながら、ドッと押し寄せてきた。令狐冲は息を吸い込むと、急いで戸を閉め、かんぬきをかけた。寝台に戻ってから、帳をめくり上げる。

「もぐり込め！」

「う……動かないで。傷口にさわるわ」

儀琳が恐る恐る言った。

令狐冲は、左手で儀琳の頭をふとんの中に押し込め、右手で曲非烟の長髪を引きだし、まくら一面に広げた。今の動作で、傷口から鮮血が流れでたのが自分でも分かる。膝《ひざ》がガクンとなった彼は、寝台のへりに腰を下ろした。

この時、すでにうるさく戸をたたく者がいた。

「クソッたれ、開けろ！」

という叫び声に続き、バンという音とともに、戸が蹴《け》り開けられ、三、四人がなだれ込んだ。先頭は青城派の弟子、洪人雄《こうじんゆう》である。令狐冲《れいこちゅう》を見るなり、びっくり仰天した。

「令狐……令狐冲だ……」

つつと二歩後ずさった。令狐冲と面識のない向大年《こうだいねん》と米為義《べいいぎ》も、羅人傑《らじんけつ》に殺された令狐冲と聞いて、やはりハッとして、そろって後ずさりした。各人は瞠目《どうもく》し、令狐冲を睨《にら》んだ。

令狐冲はおもむろに立ち上がった。

「こ……こんなに大勢で……」

「れ……令狐冲、し……死んでなかったのか」

洪人雄が言った。

「そんなにたやすく死ぬもんか？」

令狐冲が冷ややかに言った。

「貴様が令狐冲か。そうか、そうか！」

衆人を押しのけて、前へ出た余滄海《よそうかい》が叫んだ。令狐冲は相手に一瞥《いちべつ》をくれただけで、黙り込んでいる。

「女郎屋で、何をしておる？」

令狐冲は大笑いした。

「分かりきったことを。女郎屋で何をしてるって？」

「華山《かざん》派の規律は厳しいと聞いておったが、貴様は一番弟子じゃろう。『君子剣』岳先生《がくせんせい》の継承者が、こっそり女遊びをしているとは、片腹《かたはら》痛いわ！」

「華山派の規律がどうかは、華山派のこと、他人が心配することではありません」

見聞の広い余滄海は、相手の血の気の失《う》せた顔色と、震える身体を見て、深手を負っていると気づいた。もしや裏があるのでは？　脳裏に閃《ひらめ》くものがあった。

（あの尼め、こやつが人傑に殺されたと言うておったが、死んでおらぬということは、嘘をついたのじゃな。そう言えば、令狐兄さんがどうのこうのと、情がたっぷりの言いぐさからして、二人はすでにできておるのやもしれぬ。尼がこの女郎屋に来たのを見た者がおるのに、影も形も見えぬということは、大方、こやつに匿《かくま》われておるんじゃろう。フン、五嶽剣派《ごがくけんは》は武林の名門を自負し、青城派を見下しておるが、わしが尼を引きずり出したら、華山、恒山の両派ばかりか、五嶽剣派全体が面子《メンツ》丸潰《まるつぶ》れだぞ。やつらに、今後、江湖《こうこ》でグウの音も出ぬようにしてやる――）

視線を部屋全体に移すと、部屋には他に誰もいない。

（尼は寝台に隠れておるんじゃな）

「人雄、帳を開けろ。寝台にはおもしろい見物がありそうじゃ」

「はい！」

洪人雄《こうじんゆう》は二歩進みでたものの、令狐冲《れいこちゅう》に痛い目に遭わせられた記憶から、とっさに出足が止まる。

「死に急ぎたいのか？」

令狐冲に言われて、洪人雄は一瞬ひるんだが、師父の後押しがあるので、たいして怖《お》じ気《け》づくこともなく、シャーッと長剣を抜いた。

令狐冲は余滄海《よそうかい》に向かって、

「何をするつもりです？」

「恒山派の弟子が一人行方知れずで、この女郎屋にいるのを見た者がおるのじゃ。それで捜しておる」

「五嶽剣派のことは、青城派の知ったことか？」

「今日のことは、是が非でもはっきりさせねばならぬ。人雄、やれ！」

「はい！」

長剣が帳をめくった。

儀琳《ぎりん》と曲非烟《きょくひえん》は、布団の中でひしっと抱き合いながら、今の会話を、一句漏らさず耳にしていた。弱り果てて、ガタガタ震えていたところへ、洪人雄が帳を開けたのが分かって、ますます生きた心地《ここち》がしない。

帳が開いて、一同の視線は、寝台へと注がれた。鴛鴦《おしどり》の刺繍が施された掛け布団には、人が入っており、まくらには、長い黒髪が舞っていた。布団が小刻みに震えていることから、中の人が怯《おび》えているのは明らかだ。

余滄海はまくらの髪を眼にしたとたん、ひどくがっかりした。中がツルツル頭の尼ではないことが、判然としたのだ。令狐冲のやつ、やはり女遊びをしていたとは。

「余観主、貴殿は出家でも、青城派の道士は婚姻も思いのままですから、さぞや手かけ妾《めかけ》を大勢囲っているでしょうねえ。それほど色事《いろごと》に達者なら、素っ裸の女を見るのに、なぜスッパリと布団をめくらないのです？　恒山派の弟子を捜すなどという、口実を設けることはないでしょう」

令狐冲が冷ややかに言った。

「ほざくな！」

余滄海の右掌がヒューッと振り落とされた。体《たい》をかわして、その掌風から逃れた令狐冲だが、重傷の身では、身体が思うように動かない。余滄海の一撃は凄《すさ》まじく、やはり掌風の余威を喰《く》らってしまい、寝台にドッと倒れ込んだ。何とか立ち上がったものの、口から鮮血が噴きだし、身体はふらついて、もう一度ガッと鮮血を吐いた。余滄海が追いうちをかけようとしたとき、ふいに窓の外から叫び声が聞こえた。

「目下《めした》をいたぶるか、恥知らず！」

「ず」が言い終わらぬうちに、余滄海《よそうかい》の右掌が方向転換され、窓格子に向けられた。身体も手の余勢を駆って、外に躍り出ている。佝僂が、角の方へ逃げ去ろうとする姿を、室内の明かりが映しだしていた。

「待て！」


佝僂は、林平之《りんへいし》に他ならなかった。劉正風《りゅうせいふう》の邸で余滄海と対峙《たいじ》したのち、曲非烟《きょくひえん》の出現で、余滄海が少女に気を取られた隙《すき》に、こっそり抜け出していたのだ。塀《へい》の角に隠れながら、途方に暮れ、どうすれば両親を助けられるのか、沈思黙考した。

（佝僂の扮装《ふんそう》は、広間の人々に見られてしまったし、今度青城派の者に出くわしたら、命はないだろう。本来の顔に戻すべきだろうか）

先ほど余滄海につかまれたとたん、全身の力が抜けたことが思い出された。世の中に、これほどの凄腕《すごうで》がいたとは。いろいろな考えが駆けめぐり、ただ茫然《ぼうぜん》となっていた。

どれほど経《た》ったのか、ふいに背中のこぶを軽くはたかれた。びっくりして、急ぎ振り向けば、眼の前を高く盛り上がったこぶが塞いだ。正真正銘の佝僂、「塞北明駝《さいほくめいだ》」木高峯《もくこうほう》である。笑って声をかけてきた。

「えせ佝僂め、佝僂のどこがよいのじゃ？ なぜわしの孫弟子なんぞを騙《かた》る？」

相手は凶暴な性格だ。武芸も立つ。答え方を間違えれば、命に関わるだろう。だが、さっき広間で叩頭もし、義侠《ぎきょう》心があるとも言ったし、何らぶしつけなことはしていない。その線でいけば、相手を怒らせることもないだろう、と、林平之は考えた。

「私は、大勢の方から、『塞北明駝』木大俠は英名の誉《ほま》れ高く、好んで弱きを助けるのだと聞いておりました。ずっとお慕い申しておりましたところ、いつの間にか、木さまの格好をまねてしまいました。どうかお許しください」

木高峯は呵々大笑《かかたいしょう》した。

「何が弱きを助けるじゃ。でたらめを言いおって」

林平之の嘘は百も承知であるが、こういった話はやはり耳に心地よい。

「名は何という？ どこの門下じゃ？」

「実は林と申します。うっかりご先輩の姓を騙ってしまいました」

「何がうっかりじゃ。お前は、この爺さまの名声を騙りたかっただけのことじゃ。余滄海は青城派の総帥、指一本でお前をあの世へ送るじゃろう。やつに楯《たて》つくとは、大した玉だ」

余滄海《よそうかい》の名を耳にしたとたん、林平之《りんへいし》の胸に、熱き血潮がこみ上げた。

「息のある限り、私は、あの悪党を手にかけてやります」

木高峯《もくこうほう》は興をそそられた。

「余滄海に、どんな恨みがあるのじゃ？」

林平之はややためらった。

（俺一人の力では、父母を救うのは至難だ。いっそ叩頭して、こやつの手を借りよう）

ストンと両膝を突き、叩頭した。

「私の父母は、あの悪党の手に落ちております。どうかお助けください」

木高峯は眉をひそめて、しきりに首を横に振った。

「為にならぬ事は、わしゃあ一切せんのじゃ。おやじは誰じゃ？　助けたら、どんな得がある？」

そこへ、ふいに、門の辺りでヒソヒソ声が聞こえた。せっぱ詰まった口調である。

「早く師父に知らせてくれ。羣玉院で、青城派の者がもう一人やられた。恒山派の者も手負うて帰ってきた」

「お前のことは後回しじゃ。面白い茶番が見られそうだぞ。見聞を広げたければ、ついて参れ」

木高峯が小声で言った。

(こやつの側にいれば、救いを求める機会があるだろう)

林平之は、即座に答えた。

「はい、はい。どちらへでもついて参ります」

「最初にきちんと話をつけよう。わしは何であろうと、おのれに得になることしか手を染めぬ。おだて上げるだけで、この爺さまに、面倒をしょい込ませるつもりなら、話は持ち出さぬ方がよいぞ」

林平之は曖昧《あいまい》に答えておいた。

「やつらは行ったぞ。ついて来い」

右腕をギュッと木高峯につかまれ、次の瞬間には身体が浮かびあがって、足が地につかない心地で衡山の街を疾走した。

羣玉院の外までやってくると、二人は樹の後ろに隠れて、建物の中の動静をうかがった。

余滄海と田伯光《でんはくこう》の一戦から、令狐冲《れいこちゅう》が身を乗りだしたことまで、二人は逐一《ちくいち》耳にしていた。

余滄海が再度令狐冲に襲いかかろうとしたとき、林平之は堪えきれずに、

「目下をいたぶるか、恥知らず!」

と叫んだのだ。

叫んでから、林平之《りんへいし》は軽率であったと気づき、身を翻《ひるがえ》して隠れようとした。ところが、余滄海《よそうかい》は恐ろしい迅《はや》さで間合いを詰めた。

「待て！」

声とともに、構えられた掌が、林平之の全身を覆った。余滄海は、いつでも相手の五臓を破裂させ、骨を粉々にする用意ができていたのだが、林平之の顔を見るなり、掌の力をためたまま冷笑した。

「貴様だったのか！」

視線は、林平之より一丈あまり後ろにいる、木高峯《もくこうほう》に向けられた。

「おい、再三小僧を使って、わしに難癖《なんくせ》をつけるとは、いったいどういうつもりだ？」

木高峯はヌハハと笑った。

「こやつが勝手に弟子と名乗っただけで、わしは認めてはおらん。名字とて、向こうは林で、わしは木じゃ。わしと何の関係がある？　余観主、おぬしが怖くて言うておるんじゃないぞ。敵をつくってまで、雑魚《ざこ》の盾にされる筋合いはないからのう。盾となったおかげで、どんどん金が転がり込んでくればよいが。今のところ、得にもならぬようじゃ。赤字を出すような商売は、わしは絶対にやらん」

余滄海は内心喜んだ。

「こやつが、ただの騙《かた》りなら、拙道《せつどう》は貴殿の面子《メンツ》を気にすることもなかろう」

掌にこもった力を、一気に放とうとした刹那《せつな》、窓の内側から声が聞こえてきた。

「目下をいたぶるか、恥知らず！」

返り見れば、窓にもたれて立っている人影は、令狐冲《れいこちゅう》に他ならない。

余滄海は怒り心頭に発した。だが、「目下をいたぶるか、恥知らず」という言いぐさは、図星だった。眼の前の二人は、武術はおのれよりはるかに劣っている。殺そうと思えば、手を挙げさえすればいいことだ。だが、「目下をいたぶる」という表現からは、どうしても逃れられない。というと、当然「恥知らず」ということになる。だが、簡単に二人を見逃すのも、どうにも気が治まらない。余滄海は冷笑してから、令狐冲に言った。

「貴様のことは、後で貴様の師父に片をつけてもらおう」

今度は林平之に向かって、

「小僧、いったいどこの門派じゃ？」

「畜生め、俺の家をメチャクチャにしておきながら、まだ訊いてくるとは！」

余滄海は不思議でならない。

（わしがいつ貴様のようなぶ男と知り合うた？　家をメチャクチャにしたとは、いったい何の話だか）

だが、大勢の前では、仔細《しさい》を訊きかねる。振り向いて洪人雄《こうじんゆう》に言った。

「人雄、まずこやつを片づけてから、令狐冲《れいこちゅう》を捕らえろ」

青城派の弟子が手を出せば、「目下をいたぶる」ということにはならない。

「はッ！」洪人雄は、剣を抜いて前に進みでた。

林平之《りんへいし》の手が、やっと佩剣《はいけん》にかかったとき、洪人雄の冷たく光る長剣は、すでに胸元に届こうとしていた。

「余滄海《よそうかい》、この林平之は……」

驚愕した余滄海、左掌を迅速に突きだした。烈風で、洪人雄の長剣がそれ、林平之の右腕を掠《かす》めた。

「何と言うた？」

「この林平之は、悪霊になってでも祟《たた》ってやる」

「お……お前、福威鏢《ふくいひょう》局《きょく》の林平之なのか？」

隠し通せぬなら、いっそ潔く死んでやろうと、林平之は、両手で顔の膏薬《こうやく》をはぎ取った。

「ああ、俺が福州福威鏢局の林平之だ。貴様の息子が良家の娘をなぶったから、俺が殺した。貴様は俺の家をズタズタに引き裂いた。父や母を、ど……どこに隠した？」

青城派が福威鏢局をひねり潰した一件は、江湖でもとうに持ちきりとなっていた。長《ちょう》青子《せいし》と林遠図《りんえんと》の経緯《いきさつ》は、武林では知られておらず、人々は口々に、青城派が林家の辟邪剣《へきじゃけん》譜《ぷ》を奪うためにやったと噂している。令狐冲も噂を耳にしていたからこそ、廻雁楼でこのことを餌《えさ》に羅人傑《らじんけつ》を近寄らせ、剣で刺し殺すことができたのだ。木高峯《もくこうほう》もしかり。眼の前のえせ佝僂が、「福威鏢局の林平之」だと名乗り、そして、それを聞いた余滄海の慌てぶりを見れば、どうやらこの若者から、辟邪剣譜を手に入れようとしているのは、確かなようだと察した。

その時、余滄海は林平之の手首をつかんでおり、今にもグイと引き寄せようとしていた。

「待て！」

木高峯が素早く飛びだし、林平之の左腕をつかんで後ろに引いた。

両腕を巨大な力に引っぱられ、全身の骨がガタガタ鳴る。林平之は、痛みで失神しかけた。

これ以上力を込めると、林平之を引き裂くことになると知り、余滄海は、木高峯に向かって剣を突きだした。

「木どの、放せ！」

カーン！　それを受けた木高峯の左手には、すでに青く光る彎刀《わんとう》が握られている。

余滄海は烈風を唸《うな》らせ、瞬《またた》く間に、木高峯へ八、九回刺突《しとつ》を送った。

い」

「木《もく》どの、わしらは恨みなどなかろう。この小僧のために、仲たがいをすることもあるま

そう言いつつも、左手は林平之《りんへいし》の右腕をつかんで放さない。

木高峯《もくこうほう》は、刺突を刀でことごとく払いのけた。

「先ほどこやつがわしに叩頭し、『お爺さま』と呼んだことは、衆人の耳目《じもく》の一致すると

ころじゃ。余観主《よかんしゅ》に恨みはさらさらないが、一旦《いったん》わしを爺さまと呼んだ者を殺そうとする

のは、あまりにもわしをないがしろにしておろう。爺さまが孫を守ってやらねば、今後誰

がわしを爺さまと呼んでくれる？」

両者は話をしながらも、剣戟の響きはカンカンと鳴りやまず、ますます早業が冴《さ》える。

「木どの、こやつはわしの実の息子を殺したのじゃ。子の仇は、討たぬわけには参らん」

と、余滄海《よそうかい》は怒声を上げるが、木高峯はカラカラと笑い飛ばした。

「ほう、余観主のご尊顔を立てて、仇討ちを助太刀《すけだち》いたそう。さあさあ、前に引いてくれ、

わしは後ろに引く。一、二、三と！　こやつを引き裂いてしまおう」

言い終わってから、もう一度「一、二、三！」と声をかける。「三」の字を口にするや、

手にグッと力を加えた。林平之の全身の骨は、いっそうガタガタと鳴り響いた。

余滄海は仰天《ぎょうてん》した。仇を取るのはいつでもできるが、剣譜を手に入れるまでは、林平

之を生かしておかねばならない。余滄海が手を放すと、林平之はたちまち木高峯に引っぱり寄せられた。

木高峯は上機嫌に笑った。

「かたじけない！ 余観主は友情に厚いお方じゃ。わしの面子を立てて、息子の仇さえもあきらめてくださった。江湖広しといえども、これほど律儀《りちぎ》な方はおられまい」

「分かればよい。この場はわしがお譲り申すが、今後はそういうわけには参らぬ」

余滄海が冷ややかに言った。一方、木高峯はニヤニヤしながら、

「そうとも限らん。余観主の胸襟《きょうきん》の広さで、今後も譲ってくれるかもしれぬのう」

余滄海は、「フン」と鼻を鳴らすと、左手をひと振りした。

「戻るぞ！」

一門の弟子を引き連れて、退散していった。

その時、定逸師太《ていいつしたい》は、とうに恒山派の尼僧たちとともに、西へと向けて、儀琳《ぎりん》の行方を探していた。劉正風《りゅうせいふう》は弟子たちを率いて、東南の方角へと向かった。青城派が立ち去ったあと、羣玉院の外には、木高峯と林平之の二人が残された。

「ヒッヒッ、お前は佝僂どころか、美しい小僧だったんじゃのう。もうわしを爺さまと呼ぶ必要はないぞ。お前が気に入った、弟子にしたいが、どうじゃ？」

今し方二人に、一流の内力《ないりょく》で引っぱられたのだ。林平之《りんへいし》は、全身痛くてかなわず、まだ喘《あえ》いでいた。木高峯《もくこうほう》の言葉を聞いて、

(この佝僂は父上よりはるかに腕が立つし、余滄海《よそうかい》もやつを警戒しているほどだ。仇を討つには、やつを師と仰げば、望みもあろう。だが、やつは、青城派の弟子が俺を殺そうとしたとき、はじめは黙殺していたが、俺の出身を聞いてから、一転して余滄海と争いをくり広げた。とうてい好意から、俺を弟子にしたいとは思えない)

林平之の顔に、逡巡《しゅんじゅん》の色が浮かんでいるのを見て、木高峯は、さらに畳《たた》みかけた。

「塞北明駝《さいほくめいだ》の腕は、お前も知っておろう。今まで、わしは弟子をとったことはなかった。お前が入門すれば、わしの武術をあますところなく授けるぞ。そうなれば、青城派の雑《ぞう》兵《ひょう》どもどころか、余滄海を打ち負かすこととて難しくはない。さっさと叩頭して師と仰がぬか」

その口調が熱心であればあるほど、林平之は疑惑がつのった。

(やつはさっき俺の手を、ためらいもせずに、力を込めて引っぱった。余滄海の悪党が、俺を死なせたくないのは、辟邪剣譜とやらのために決まっている。五嶽剣派には、まっとうな手練《てだ》れが大勢いるんだ、良師にめぐり逢いたければ、そういった先達《せんだち》を探すべきだ。この佝僂は腹黒く、いくら凄腕《すごうで》でも、師とは仰がんぞ)

なおも躊躇《ちゅうちょ》する相手に、木高峯は胸の内では、怒気をフツフツとたぎらせていた。だが、表情はにこやかなままだ。

「どうじゃ？　わしの腕が未熟で、お前の師父にはふさわしくないのかのう」

一瞬のうちに、暗雲が立ちこめた、恐ろしげな顔つきを見せるかと思えば、コロリと親しげな顔つきに変わる、そんな木高峯に、林平之は、おのれの危険な状況を察した。師と仰がねば、やつは怒りに任せて、すぐにおのれを殺すかもしれない。即座に口を開いた。

「私を弟子にしてくださるのは、願ってもないことです。ただ、私が習ってきたのは、家伝の武術で、もし他の師に就《つ》くのであれば、父の許しを得なければなりません。それが家訓でもありますし、武林の決まりでもあります」

木高峯はうなずいた。

「もっともじゃ。だが、お前の腕は、はなっから武術とは言えぬほどひどい。お父上の腕もたかが知れておるじゃろう。わしは今日、気まぐれからお前を弟子にしようと思うたまでで、今後はその気をなくすかもしれんぞ。機縁《きえん》とは、望んで到来するものではない。お前ははしこそうな子なのに、なぜそれが分からん？　こうしよう、まず叩頭して師と仰ぐ。それから、わしがお父上に言うても、よもや承知せぬことはあるまい」

「私の両親は、青城派の手に落ちて、生死不明です。どうか助け出してください。そうすれば、私は恩義に感じ、いかなる言いつけにも、喜んで従います」

「何じゃと？　わしと取り引きする気か？　お前に何の取り柄があって、弟子にしてやらねばならんのじゃ？　わしに脅しをかけるとは、何たることじゃ！」

カッとなって言ったあとで、木高峯《もくこうほう》はすぐに考え直した。余滄海《よそうかい》が衆目の中で譲歩し、息子の仇を引き裂かなかったのは、重大な企《たくら》みがあってのことだろう。余滄海ほどの者が、たやすく罠《わな》にかかるものか。恐らく江湖での噂は本物で、林《りん》家の辟邪剣譜は、大した物に違いない。この小僧を弟子にしさえすれば、その極意《ごくい》書は、遅かれ早かれ手に入るのだ。

「はやく叩頭しろ。三回叩頭したら、もうわしの弟子じゃ。弟子の両親は、師父たる者が気にかけぬはずがない。余滄海がわしの弟子の両親を捕まえた。だから、わしは引き取りに行く。大義名分がある以上、嫌だとは言わせん」

林平之《りんへいし》は、父母を救いたい気持ちでいっぱいだ。

(父上と母上は、毎日苛酷《かこく》な日々を送っておられる。どうしても早く救いださねば。いっとき我慢して、やつを師と仰ごう。やつが父母を助けだすのであれば、どんな困難でも引き受けられる)

すぐさま膝を屈し、叩頭しかけた。後悔されては困ると思い、木高峯は林平之の頭を、グッと押さえつけた。

ところが、これが林平之の反感を買った。彼は覚えず、首に力を込めて抵抗した。

「こら、叩頭せぬか」

手にいっそう力が加わった。林平之はもともと気位が高い。若旦那が板について、生まれてこの方、お世辞には慣れていても、屈辱を受けたことがない。両親を助けるため、叩頭する決意を固めていたのだが、木高峯のひと押しが、彼本来の依怙《いこじ》地な気性に火をつけてしまった。

「両親を助けることを承知してくれたら、弟子になりましょう。今私に叩頭させようとしても、絶対にできません」

「絶対にできないじゃと？　本当にできないか、試してみようじゃないか」

木高峯はさらに力を込めた。林平之は腰に力を込めて、立ち上がろうとしたが、頭上に千斤《きん》もの巨岩を載せられたようで、とても立てやしない。両手を突っぱらせて、懸命にもがくものの、木高峯がまた力を加える。林平之は、自分の首の骨がミシミシ鳴るのを耳にした。木高峯は呵々大笑した。

「叩頭せぬか？　あと少し力を加えたら、お前の首は折れてしまうぞ」

林平之の頭は一寸ずつ下がっていき、地面まであと半尺ほどとなった。

「叩頭しない。するもんか！」

「どうだかのう」

木高峯《もくこうほう》が手をグイと沈めると、林平之《りんぺいし》の額が、また少し垂れる。

と、その時、林平之は、背中にほのかな暖かみを感じた。柔らかな力が体内に伝わり、頭上の圧力が急に軽くなったので、両手で地面を突いてみたところ、パッと立ち上がれた。

林平之はもとより意外であったが、木高峯はそれ以上に度胆《どぎも》を抜かれた。今し方、おのれの手を跳ね返した内力は、武林で名高い華山派の「紫霞功《しかこう》」だと思えた。この内功は、始めは雲や霞《かすみ》のように実体がないが、蓄えられた強靭《きょうじん》な力が、後で天地を揺るがすほどの勢いとなって現れる、それが、「紫霞」と呼ばれるゆえんだと聞く。

驚いた木高峯は、間髪《かんはつ》をいれず、再度林平之の頭を押さえつけた。掌が林平之の頭上に触れたとたん、またしなやかな内力が跳ねあがってきた。この内力のぶつかり合いで、木高峯は腕に痺《しび》れを覚え、胸もかすかに痛んだ。彼は二歩後ずさって、カラカラと笑った。

「華山派の岳《がく》どのでござるか？　なにゆえ塀の陰から、こっそりこの佝僂に悪戯《いたずら》をなさる？」

塀の向こうに笑いがはじけ、青袍《せいほう》をまとった書生が姿を現した。ゆったりと扇を揺らし、いかにも屈託のない面もちで、笑みを湛《たた》えている。

「木どの、久方ぶりだが、お変わりもなく、大慶至極《たいけいしごく》」

果たして華山派の総帥、「君子剣」岳不羣《がくふぐん》であった。木高峯がかねてより一目置いている人物だ。武芸が凡庸な若輩を、威圧しているところを見られてしまい、しかも手助けをされたとあって、木高峯は、ばつが悪くなって、照れ笑いを浮かべた。

「岳どの、ますますお若くなったのう。おぬしに弟子入りして、『若返り』の術でも習いたいものじゃ」

「チッ、佝僂どのは、つまらぬことを言う。旧友との再会に、挨拶もせぬうちから戯《ざ》れ言《ごと》とは。そんな邪《よこしま》な術、誰が知るものか」

「知らぬと言うても、誰も信じやせんよ。もうじき六十になるというのに、おぬし突然若返って、わしの孫みたいに見えるじゃないか」

木高峯の手が離れたとたん、林平之は数歩飛び退《の》いていた。長い髭《ひげ》に整った顔立ち、正気のみなぎる書生を見て、彼はにわかに傾倒《けいとう》の念をつのらせた。先ほどは、この書生が手助けをしてくれたのだ。木高峯が「華山派の岳どの」と呼んでいるということは、

（もしやこの神仙《しんせん》のような人物が、華山派の総帥岳先生では？　ただ、見た目はせいぜい四十すぎだから、年齢と合わないなあ。労徳諾《ろうとくだく》がこの人の弟子なら、ずっと年とってるぞ）

が、木高峯の若返りの術の話を聞いて、はたと思い当たった。武林の名手が、内功を深《しん》

淵《えん》な域にまで高めたあかつきには、長寿を誇るばかりか若返りさえもできる、と母親から聞いたことがあった。この岳先生《がくせんせい》も、この術を持っているのだろう。いよいよ尊敬の念を深めた。

岳不羣《がくふぐん》は、わずかに口元を綻《ほころ》ばせた。

「顔を合わせるなり、悪たれ口か。ところで、この若者は孝行息子で、なかなか俠気《おとこぎ》も持っている。見込みのあるところを、木《もく》どのが気に入るのも無理はないが。実はこのところ、この若者に災いが重なったのは、因《もと》をただせば先日福州で、義俠心から娘の霊珊《れいさん》を助けたことによるゆえ、私は、どうしても手を拱《こまね》いていられなかったのだ。どうか、私のささやかな面子を立てて、手を引いてはもらえまいか」

木高峯《もくこうほう》は信じられぬといった顔をした。

「何じゃと？　この小僧の半端な腕で、霊珊を助けたと？　話が逆じゃないのかね。霊珊が二枚目に一眼惚《ひとめぼ》れをして……」

野卑《やひ》なこの佝僂のことだ。この先には上品な話は期待できそうにない。岳不羣はすかさず口を挟んだ。

「江湖では、同士に難あらば、誰でも加勢をするべきで、身を粉《こ》にしようが、一言口出しをしただけであろうが、加勢は加勢だ。腕の良し悪しは問題ではない。木どの、この若者を是が非でも弟子にしたければ、その両親に報告してから、門下に引き入れれば、丸く収まるのでは」

岳不羣が一枚かんできた以上、今日の事はもはやこれまでだ。木高峯は、首を振った。

「わしは気まぐれから、こやつを弟子にしようとしたまでで、今はまるきりその気が失せた。やつがわしに一万回叩頭してくれても、もう弟子にはせんよ」

言いざま、左足をひょいと上げて、林平之《りんへいし》を蹴飛ばした。もんどり打った林平之は、数丈先まで飛んだ。予想外の動きに、岳不羣は止める間もなかった。幸い、林平之はすぐに起き上がっており、けがはなさそうである。

「木どのも、子どものようなことをなさる。そちらこそ、若返ったのでは？」

「岳どの、安心召されよ。この佝僂がいくら大胆でも、この……おぬしのその……ハハ、何と言ってよいのか分からぬお方に、二度と無礼なまねはせんよ。さらばじゃ。赫々《かくかく》たる名声を持つ華山派でも、『辟邪剣譜』に血まなことはのう」

木高峯は言いつつ、拱手《きょうしゅ》して、立ち去ろうとした。

岳不羣が一歩飛び出して、大声を張りあげる。

「木どの、何をおっしゃる？」

にわかに、満面紫色に染まったが、一瞬後には、すぐにもとの色白の顔に戻っている。

その紫の気を見て、木高峯《もくこうほう》は、ギョッとした。

(やはり華山派の『紫霞功』であった！　岳不羣《がくふぐん》のやつ、剣の腕は立つし、こんな神妙な内功も会得《えとく》しておるからには、機嫌を損ねるわけにはいかんわ)

顔はニコリとして、

「わしも『辟邪剣譜』のことはよく知らぬ。ただ、青城派の余滄海《よそうかい》が、命懸けで奪おうとしておるのを見て、口から出任せに言うたまでじゃ。お気になさるな」

言い終わると、鷹揚《おうよう》に立ち去っていった。

暗闇に呑み込まれるその後ろ姿を見ながら、岳不羣は、ため息をついて独りごちた。

「武林でも、これほどの腕はなかなかおらぬというに、あくまでも品性……」

その先の、「下劣《げれつ》」という言葉を呑み込んで、首を数回振った。

ふいに、林平之《りんへいし》が駆け寄った。崩れるように膝を突いて、何度も叩頭する。

「どうか門下にお加えください。教えを遵守《じゅんしゅ》し、一門の規律にも従います。決してご命令に背くようなことは致しません」

岳不羣は微笑んだ。

「お前を弟子にすれば、佝僂に、弟子を横取りしたと、陰口をたたかれそうだ」

「師父を一眼お見かけしたときから、お慕い申す気持ちでいっぱいとなりました。私の誠心誠意のお願いです」

そう言いつつ、また幾度も頭を下げる。岳不羣は笑って、

「いいだろう。お前を弟子にするのは簡単だが、まだご両親に報告しておらぬ。お二方がお許しになるかどうか」

「弟子入りさせていただければ、両親も喜びこそすれ、許さないはずがありません。両親は青城派の悪党どもに捕らえられております。どうかお助けください」

岳不羣はうなずいた。

「立ちなさい！　では、お前の両親を探しにいくとしよう」

振り向いて叫ぶ。

「徳諾《とくだく》、阿発《あはつ》、珊児《さんじ》、みな出てこい！」

塀の向こうから、一団がゾロゾロ姿を現した。華山派の弟子たちである。一同は岳不羣の命令で、後ろに待機していた。大勢の面前で木高峯が面子を潰されぬよう、彼が立ち去ってから姿を現したのだ。労徳諾《ろうとくだく》らは、そろって快く祝いを述べた。岳不羣も眼を細めて言う。

「平之、兄弟子たちとは、茶店ですでに会うておるな。みなに挨拶せよ」

老人は二番弟子の労徳諾、体つきが立派な男は三番弟子の梁発《りようはつ》、人足の格好をしてい

るのは四番弟子の施戴子《したいし》、手から算盤《そろばん》を放さないのは五番弟子の高根明《こうこんめい》、さらに六番弟子六猿《ろくざる》こと陸大有《りくだいゆう》は、一眼見たら忘れられない人物だ。それ以外にも、七番弟子陶鈞《とうきん》、八番弟子英白羅《えいはくら》の、年若い両名がいる。林平之《りんぺいし》は一人ひとりに挨拶した。

ふいに、岳不羣《がくふぐん》の背後から、鈴のような嬌笑《きょうしょう》に続いて、澄んだ声が響いた。

「父さま、私は姉弟子なの、それとも妹弟子なの？」

林平之はポカンとなった。声の主が、先日の酒屋の少女であり、華山派の門弟から、「小師妹《シャオシメイ》」と呼ばれている者だと分かったが、なんと師父の娘だったのか。岳不羣の青袍の陰から、色白の顔が半分のぞき、つぶらな左眼がクルクルと動いて、林平之をチラッと観察してから、また岳不羣の後ろに隠れた。

（あの酒屋の娘は、たいそう不器量《ぶきりょう》で、顔中痘痕《あばた》だらけだったのに、なぜこうも違うのだ？）

娘はほんの一瞬で顔を引っ込めたし、おぼろ月夜では、そうはっきり見えるものではない。だが、少女の容貌《ようぼう》が美しいのは、疑いようがなかった。

（定逸師太《ていいつしたい》も、その恐ろしい顔は何だと言っていたな。とすると、あの醜い姿は、わざと扮装したものだったんだ）

「みんな入門がお前より遅かろうが、小師妹と呼んできたのだ。妹弟子が定席《じょうせき》だから、むろん小師妹となるだろう」

と、岳不羣は言うが——。

「だめよ。これからは姉弟子になるわ。父さま、この人には岳姉さんと呼ばせなきゃ。この先新弟子が百人、二百人と増えたって、みんな私を岳姉さんと呼ばなきゃいけないのよ」

岳霊珊《がくれいさん》は笑って話しながら、岳不羣の背後から出てきた。ぼんやりとした月明かりの下であったが、林平之の眼に、美しい瓜実顔《うりざね》と、おのれを見つめる、白黒のくっきりした双眸《そうぼう》が映った。

「岳姉さん、今日は恩師のご厚情にあずかり、門下に入れていただきました。むろん後に入門した私が弟弟子となります」

拱手して、深々と一礼する林平之に、岳霊珊は大喜びである。振り向いて父親に言う。

「父さま、この人が自分で岳姉さんって呼んだのよ。私、無理強いなんてしてませんからね」

「入門したばかりだというのに、もう『無理強い』という言葉を使うのかね。林どのは、わしの門下はみんなお前のように、威張り散らしていると思うて、震えあがってしまうではないか」

弟子たちはみんな笑いだした。

「父さま、令狐《れいこ》兄さんは、ここに隠れて傷の養生をしてて、余滄海《よそうかい》のやつの一撃を受けたから、危険な状態かもしれないわ。はやく見てこないと」

岳不羣《がくふぐん》はやや眉根を寄せて、首を振った。

「根明《こんめい》、戴子《たいし》、あやつを運びだしてくれ」

高根明《こうこんめい》と施戴子《したいし》は、一斉に応じると、窓から室内へと飛び降りた。だが、すぐに二人の声が聞こえた。

「師父、大兄貴はここにはおりません。部屋には誰もおりません」

続いて、窓から明かりが漏れた。二人がろうそくを点《とも》したのだ。岳不羣は、いよいよ眉をひそめた。女郎屋のような不浄の地には、足を踏み入れたくない。労徳諾《ろうとくだく》に向かって、

「入って見てこい」

「はッ!」

労徳諾は窓に向かった。

「私も見てみる」

と言う岳霊珊《がくれいさん》の腕を、岳不羣がつかんだ。

「馬鹿者! こんな場所に入るんじゃない」

岳霊珊は居ても立ってもいられず、泣きださんばかりだ。

「でも……でも、令狐兄さんは深手を負っていて、命が危ないのかも……」

「案ずるな。恒山派の『天香断続膠』をつけたんだ。死ぬことはない」

岳霊珊は驚くやら嬉しいやらで、

「父さま、ど……どうして知ってるの？」

「しッ！　しゃべるな！」


重傷の身で、余滄海の掌風に当てられた令狐冲《れいこちゅう》は、傷口がひどく痛み、吐血も数回あったものの、意識ははっきりしていた。木高峯《もくこうほう》と余滄海の争いも、人々が徐々に退散していったことも、師父がやってきたことも、逐一耳に入っていた。怖いもの知らずの令狐冲だが、師父だけは恐れている。師父と木高峯の会話を聞くなり、とことん悪さをした今回は、師父からどんな罰を与えられるだろうかと、一時《いっとき》痛みを忘れて、

「大変だ、師父が来た。はやく逃げよう」

と、寝台に向かってささやくや、すぐさま壁伝いに部屋から出ていった。

曲非烟《きょくひえん》は儀琳《ぎりん》の手を引いて、こっそりふとんから出て、後についていった。ふらつく令狐冲を見て、二人は慌てて駆け寄って支えた。令狐冲は歯を食いしばりつつ、廊下を一本

ぬけてから、耳ざとい師父のことだ、外に出たとたん、すぐに勘づかれてしまうに違いないと考えた。右手が大部屋だと見ると、即座に入っていった。

「戸……戸と窓を閉めてくれ」

曲非烟《きょくひえん》が言うとおりに戸と窓を閉めた。令狐冲《れいこちゅう》は堪えきれずに、寝台にゴロリと横になって、しきりに喘いだ。

三人は音一つ立てなかった。やがて、岳不羣《がくふぐん》が遠くの方から、

「もうここにはおらぬ。行こう！」

と言うのが聞こえた。令狐冲はホッと一息吐いた。

しばらくして、誰かが忍び足で庭を横切った。

「大兄貴、大兄貴」

と、声を低めて呼びかけている。陸大有《りくだいゆう》だ。

（やはり六猿《ろくざる》が俺と一番仲がいいな）

返事をしようとしたやさき、令狐冲は、寝台の帳が小刻みに震えているのに気づいた。儀琳《ぎりん》が、誰かが捜しに来たのが分かって、怯えているのだ。

（返事をしてしまうと、この娘の名声に傷をつけてしまうな）

そう考えて、黙ったままにした。「大兄貴、大兄貴」という叫び声が、だんだんと遠の

いていき、ついに何も聞こえなくなった。

「ねえ、令狐冲、あなた死んじゃうの？」

曲非烟がいきなり訊ねた。

「死ぬものか。死んだら、恒山派の名誉に傷がついて、申し訳が立たない」

「どうして？」

「恒山派の有名な傷薬を、付けてもらって、飲ませてもらったんだ。治らなかったら、大いに儀……儀琳さんに申し訳が立たないじゃないか」

「そうね。死んでしまったら、本当にこの方に申し訳が立たないわよね」

深手を負いながらも、冗談が口をついて出てくる令狐冲の豪胆さに、儀琳は半ば感嘆し、半ばホッとした。

「令狐兄さん、余観主《よかんしゅ》の一撃を受けたから、傷を見てみましょう」

令狐冲は何とか起き上がろうとした。

「遠慮しないで。寝てなさいよ」

曲非烟が言った。

実際起き上がるのは、無理であった。令狐冲は、しかたなくそのまま横になっていた。

曲非烟がろうそくを点けた。鮮血に染まった令狐冲の襟を見れば、男女の分別などに構ってはいられない。儀琳《ぎりん》は長袍をそっとはだけさせ、取ってきた手ぬぐいで、傷口の血を洗い落とし、懐に収めていた天香断続膠《てんこうだんぞくこう》を残らず塗った。

「こんな貴重な薬を、俺のために無駄使いするのは、つくづくもったいないなあ」

「私のために深手を負ったのですから、薬どころか……」

そこまで言うと、儀琳は言葉に詰まった。しばらく口ごもってから、

「師父だって、令狐《れいこ》兄さんは義侠心のある若き侠客だと言っていました。それがもとで、余観主《よかんしゅ》と口論を始めたくらいです」

「褒《ほ》めてもらわなくてもいいよ。師太が俺を悪く言わなければ、それで万々歳だ」

「師父が、ど……どうしてそんな？　令狐兄さん、まる一日静養して、傷口が開かなければ、もう大丈夫ですから」

さらに、白雲熊胆丸《はくうんゆうたんがん》も三粒取りだし、令狐冲《れいこちゆう》に飲ませた。

「お姉さん、悪人がまた襲ってこないように、ここで付き添っててね。お爺ちゃんが待ってるから、もう行くわ」

曲非烟《きよくひえん》がいきなり切りだす。

「だめよ！　行かないで。一人でここにいるなんて」

「令狐兄さんがちゃんといるじゃない。一人じゃないわ」

笑って言うなり、曲非烟は背を向けた。焦った儀琳、身を乗りだして、曲非烟の左腕をひっつかんだ。気が動顚《どうてん》して、思わず恒山派のつかみ技を使って、腕をギュッと握りしめている。

「行かないで！」

「あらッ、やる気ッ！」

からかわれた儀琳は、パッと顔を染めて、手を放した。

「お願い、側にいて」

「はい、はい！　側にいればいいんでしょ。令狐冲は悪人でもないのに、どうしてそんなに怖がるのかしら」

儀琳はやや落ち着きを取り戻した。

「ごめんなさい。痛かった？」

「私は大丈夫だけど、令狐冲の方は痛みが激しいみたいよ」

儀琳が驚いて帳をめくると、令狐冲は両眼をしっかり閉じて、ぐっすり眠り込んでいる。手で鼻息を探ったところ、呼吸も規則正しい。安堵《あんど》感に浸るのもつかの間、ふいに、クスッという笑い声と、カタッという音が聞こえた。儀琳は慌てて振り向いたが、曲非烟はすでに窓から飛び出していた。儀琳は色を失って、すっかり途方に暮れた。寝台に歩み寄っ

て、

「令狐《れいこ》兄さん、令狐兄さん、あ……あの娘が行ってしまいました」

と声をかけたが、令狐冲《れいこちゅう》は薬が効いてきた最中で、昏睡したまま何も答えない。儀琳《ぎりん》は身震いして、言い様のない不安に襲われた。しばらく経ってから、ようやく窓を閉めにいった。

（早く立ち去りましょう。令狐兄さんが気がついて、話しかけてきたらどうしましょう）

すぐに考え直した。

（こんなに傷がひどいのよ。今なら子どもにでもたやすく殺せるわ。看護もせずに行ってしまうなんてできない）

暗闇の中で、遠くの路地裏から、犬の遠吠えが聞こえてきた。辺りは静寂に包まれ、女郎屋の人々は、とうに逃げ出している。この世に、帳にいる令狐冲のほかは、誰も存在しないかのように思えた。

儀琳は椅子に座ったまま、じっと動かずにいた。そのうち、あちこちから鶏鳴《けいめい》が響いて、夜が明けようとしていた。儀琳はまたソワソワしだした。

（夜が明ければ、人が来るわ。どうしましょう？）

幼時に出家して以来、定逸師太《ていいつしたい》の庇護《ひご》のもとに、世渡りの経験がまったくない儀琳である。今は焦るばかりで、何も案が浮かばない。取り乱しているうちに、ふいに足音が聞こえた。三、四人が路地から向かってきていた。静けさの中で、足音はとりわけ響く。数人は、羣玉院の門前で立ちどまった。

「お前ら二人は東を捜せ、俺たち二人は西を捜す。令狐冲を見かけたら、生け捕りにしろ。やつは深手を負っているから、抵抗はできない」

一人が言った。

人の声に、儀琳は、最初こそ息の止まるような心持ちになったが、令狐冲を捕らえると聞いた刹那、心にある想いが掠めた。

(どうしても令狐兄さんをお護りするわ。絶対に悪人の手に落ちるようなことはさせない)

心が決まれば、狼狽《ろうばい》の色も消えて、俄然《がぜん》頭が冴えてくる。寝台に駆け寄り、敷布を引っぱりあげ、令狐冲の全身をくるんで抱えあげる、ろうそくの火を吹き消し、そっと戸を開けて抜けだす。

後は、方向など構わずに、人の声がしたのと反対方向に向かって、足早に歩いた。まもなく菜園を抜けて、裏門に着いた。戸が半開きになっている。羣玉院の人々が、慌てて逃げたときに、開けっぱなしにしておいたのだ。儀琳は裏門から出て、路地を駆け抜けていった。やがて、城壁にたどり着いた。

（街から出た方がいいわ。衡山城では、令狐《れいこ》兄さんの敵が多すぎる）

城壁に沿って疾駆《しっく》し、城門に着くや、脱兎《だっと》の如《ごと》く駆け抜けた。

七、八里ほど、一気に荒れ山を駆けめぐった。そのうち道が途絶えて、山間《やまあい》の窪地《くぼち》にさしかかった。一息ついて、俯《うつむ》いて見たところ、令狐冲《れいこちゅう》はすでに目覚めていて、笑みを浮かべながら、自分をジッと見つめている。
突然の令狐冲の笑顔に、儀琳《ぎりん》はうろたえた。両手が震えて、うっかり彼の身体を手放してしまう。「あッ」と叫びざま、儀琳はすかさず身をかがめ、伸ばした腕で、令狐冲をしっかと抱えた。「敬捧宝経《けいほうほうきょう》」の型である。素早い動きのおかげで、どうにか令狐冲は取り落とさずに済んだが、おのれは足元を崩して、たたらを踏んだ。

「済みません。傷は痛みますか？」

令狐冲はニッコリ微笑んだ。

「いや。少し休めよ！」

先ほどは、青城派の弟子たちの追撃から逃れるため、どうすれば令狐冲を護れるかとしか考えず、自分の疲れなど頭になかったが、今落ち着いてみると、手足がバラバラになったような心地がした。どうにか令狐冲をやさしく草地に置くも、それきり立っていられず、地面にへたり込んで、喘ぎが止まらない。

「走ることに気を取られて、気息を整えることを忘れていたんだね。それは、武芸者の禁《きん》忌《き》で、けが……けがをしやすいんだ」

儀琳はかすかに顔を染めた。

「助言をありがとうございます。師父からもそう教わりましたが、気が動転して、忘れてしまいました」

少し間をおいてから、

「傷口の痛みはいかがですか？」

「痛みは消えたが、ちょっとむず痒《がゆ》い感じがする」

儀琳の顔がパッと輝いた。

「よかった。むず痒くなるのは、治ってきたしるしだわ。こんなにはやく良くなるなんて」

小躍りして喜ぶさまに、令狐冲はいく分感動を覚えた。

「恒山派の霊薬のおかげだよ」

笑って言ったあと、ふいにため息をついて、憎らしげに、

「深手を負っていたせいで、あんな鼠輩《そはい》に舐《な》められたのは残念だ。さっき青城派の雑兵《ぞうひょう》どもの手に落ちていたら、死ぬのは構わないが、さんざんいたぶられただろうな」

「全部聞いていたのですか？」

自分は彼を抱えて、あんなに長く疾走していたのだ、いつから見つめられていたのかと思うと、儀琳《ぎりん》は顔に紅葉を散らした。令狐冲《れいこちゅう》は、儀琳がはにかんでいるとは知らず、長く駆けていたせいで、消耗《しょうもう》が激しいのかと思った。

「しばらく座禅を組むといい。恒山派の教えに沿って内息《ないそく》を整えれば、内傷を受けずに済む」

「はい」

儀琳はすぐに膝組《ひざぐみ》をして、内息をめぐらせた。ところが、どうにも心が騒いで、いつまで経っても気が静まらない。しばらくすると、チラリと令狐冲に眼をやり、傷に変化がないかどうか確かめたかと思うと、彼が自分を見てやしないかと、また眼を向けてしまう。四度目に見たとき、ちょうど令狐冲と眼が合った。びっくりして、慌てて眼を閉じたが、令狐冲に大笑いされてしまった。儀琳の両頬が真っ赤に染まった。

「ど……どうして笑うのですか？」

「いや。あんたは若くて、まだ修行が浅いだろ。すぐに平静を取り戻せないんなら、無理しなくていいよ。定逸師伯《ていいつしはく》はきっと、内功《ないこう》の鍛錬はむやみに打ち込んではよくないと、教えてくれたと思うよ。内息を整えるときには、特に心に波風が立たないようにしなきゃ」

少し休んでから、令狐冲はまた言葉をついだ。

「安心して、だんだん回復してきたから。青城派の雑兵どもが追いかけてきても、恐れるに足らんよ。やつらにもう一度、あの……あの尻から……尻から」

「あの青城派の、雁の如く吹っ飛ぶ技をね」

「そうだ。いいね。尻からというのは、品のない言い方だ。『青城派の雁の如く吹っ飛ぶ技』と……呼ぶことにしよう！」

言葉が終わらぬうちに、もはや息が上がっている。

「話をしないで、もうしばらく眠ってください」

「師父も衡山城に来たんだ。すぐにでも起き上がって、劉師叔《りゅうししゅく》のお邸へ見物に行きたいな」

令狐冲は唇も眼の縁も乾いている。失血が多く、たっぷり水分を取る必要があると、儀琳は気づいた。

「水を探してきます。口がカラカラでしょう？」

「途中で左手の畑に、たくさん西瓜《すいか》があるのが見えたんだ。いくつか取ってきてくれ」

「いいわ」

儀琳《ぎりん》は立ち上がって、身体をまさぐったが、あいにく一文も持ち合わせていない。

「令狐《れいこ》兄さん、お金を持ってますか？」

「何で？」

「西瓜を買うんですよ！」

「買うって？　もぎ取ったらいいんだよ。辺りには人家なんてないし、植えた人はきっと遠くに住んでるし、誰を相手に買うんだ？」

儀琳はもじもじと、

「お金を払わないで取ったら、それは盗む……盗むことになります。五戒のうちの第二戒に当たるから、それはいけません。お金がなければ、西瓜を一つお布施《ふせ》をしてもらうように頼めば、きっとくれるでしょう」

令狐冲《れいこちゅう》は少しイライラしてきた。

「このあ……」

「阿呆」と毒づきかけたが、今し方救ってもらったことを思い出して、「ほ」は呑み込んだ。

令狐冲の不機嫌な顔を見て、儀琳は何も言えずに、言われた通りに左手を探した。二里ほど歩くと、果たして数畝《ほ》にわたって畑が続き、西瓜がたくさん実っていた。樹からは蟬《せみ》の声が響き、辺りには人っ子一人いない。

（令狐兄さんが西瓜を食べたがっている。でも、人様の物を勝手に盗むなんて）

足早に一里ばかり歩き、高台に立って一望した。人影はなく、農家すら一軒も見あたらない。仕方なく畑に戻った。儀琳は、西瓜畑の真ん中に立ち、手を伸ばして、西瓜をもぎ取ろうとしては、また引っ込めた。師父が懇々《こんこん》と説いた、偸盗戒《ちゅうとうかい》を思い出しては、立ち去ろうとするのだが、そのたびに脳裏に、令狐冲の乾ききった面容《めんよう》がまた浮かぶのだった。彼女は歯を食いしばり、合掌して祈りを捧《ささ》げた。

（菩薩さま、どうかご了察ください。私は盗みを働くつもりはないのですが、令狐兄さん……令狐兄さんが、西瓜を食べたがっているのです）

ふと、「令狐兄さんが西瓜を食べたがっている」というのは、大した理由にはならないと気づいて、心が千々《ちぢ》に乱れ、涙がにじんで落ちた。それでも、儀琳は両手で西瓜を抱えた。思いきり引っぱり上げると、つるはあっけなく切れた。

（命を助けてくれたのよ。あの方のためなら、地獄に堕《お》ちたって何だっていうの？　責任はすべて自分で取ります。この儀琳が戒律を犯したのです。令狐兄さんとは関係がありません）

そうして、儀琳《ぎりん》は西瓜を抱えて、令狐冲《れいこちゅう》の側に戻った。

世俗の作法教義など、てんで眼中にない令狐冲である。西瓜をお布施してもらうだって？　若いから世間知らずなんだなあ、彼はその程度に思っていたのだ。儀琳が西瓜を一つ採るだけで、心にこれほど葛藤《かっとう》を抱え、これほどつらい想いをしたことなど、まるで思いもしなかった。西瓜を採って戻ってきたのを見るや、喜んで、

「いい娘だ、いい娘だ」

と褒《ほ》めた。そう呼ばれて、儀琳はドキンとした。危うく西瓜を取り落としそうになったのを、慌てて服のすそをたくし上げてくるむ。

「何をそんなに慌ててるんだい？　西瓜を盗んだから、誰かに追われてるのか？」

「いいえ、誰にも追われてはいません」

儀琳はまた顔を染め、ゆっくりと腰を下ろした。

晴れたばかりの空に、太陽が東から昇った。二人が座っていた山陰には、陽《ひ》が射さず、雨に洗われた木々が青々と広がり、山の清々《すがすが》しい空気が顔を衝いた。

気を取り直した儀琳が、腰の折れた剣を抜いたとき、切っ先の折れ口が眼についた。

(田伯光《でんはくこう》の悪党は凄腕だったわ。あの日、令狐兄さんが命懸けで助けてくれなかったら、私は今ごろ平穏無事に、ここに座っていられるはずがない)

チラッと見やると、令狐冲の両眼は落ち窪み、顔にはまったく血の気がない。

（この方のためなら、またどんな悪業《あくごう》を犯したって悔いはないわ。西瓜一つ盗むことが何だっていうの？）

そう思うと、戒律を破った不安は、たちまち消し飛んだ。襟で剣をきれいに拭《ふ》いて、西瓜を二つに割ると、甘い香りが漂った。令狐冲はクンクンと匂いを嗅《か》いだ。

「いい西瓜だ！」

と言ってから、さらに話を続けた。

「笑い話を一つ思い出したよ。今年の元宵節《げんしょうせつ》（陰暦一月十五日の伝統的な節句）に、兄弟子みんなで酒を呑んでたら、妹弟子の霊珊《れいさん》が謎々を出したんだ。『左に犬が一匹、右に傻瓜《ばか》が一人』、一字を当てろってね。その時、霊珊の左に座っていたのは、弟弟子の陸《りく》大有《だいゆう》で、昨日の晩、部屋に俺を探しにきてくれたやつだ。俺は右に座ってた」

「その謎々は、あなたと陸さんをからかったものですね」

「そうだ。答えは簡単、この令狐冲の『狐』という字だ。これは言い古された笑い話で、本から取ったものなんだ。ただ、ちょうど大有があの娘の左に座っていて、俺が右に座ってたのがミソだな。今もちょうど、俺の側には、こっちに子犬で、こっちには西瓜だ」

そう言いつつ、令狐冲は、西瓜と儀琳を交互に指さして、顔に笑みを浮かべている。

「まあ、遠回しに人のことを子犬だなんて」

儀琳《ぎりん》は西瓜を切り分け、種を取り除いてから、彼に一切れ手渡した。一口食べるなり、令狐冲《れいこちゅう》の口いっぱいに甘みが広がる。その一切れはたちまち腹に収まった。その気持ちのいい食べっぷりに、儀琳は胸がはずんだ。仰向《あおむ》けになっている令狐冲の襟が、果汁でビショビショになっているのを見ると、ふた切れめは小さく切って手渡した。一口に一かけらだと、果汁は服に流れたりしない。数切れ食べた時点で、手で受けることの繰り返しでは、令狐冲の傷口に障るのではと、一切れ一切れの西瓜を、口まで運んで食べさせた。西瓜を半分ほど食べたところで、令狐冲はようやく、儀琳がまだ一口も食べていないことに気づいた。

「少し食えよ」

「令狐兄さんが十分食べてから」

「俺はもう十分だ。食えよ！」

儀琳はとうに喉《のど》が渇いていた。令狐冲にもう数切れ食べさせてから、自分も小さなかけらを口に運んだ。まじまじと自分を見つめる令狐冲に、儀琳は面《おも》はゆくなって背中を見せた。

「あッ、きれいだな！」

令狐冲がふいにうっとりと声を上げた。儀琳は無性に恥ずかしくなった。

（どうして急に私のことをきれいだと褒めたのかしら？）

立ち上がって逃げ出したい衝動にかられたが、とっさに判断がつかない。全身がほてり、羞恥《しゅうち》の念に首まで真っ赤になった。

「ほら、何てきれいだろう！　見えたかい？」

儀琳は少し身をずらして、令狐冲の指さす西の方を見やった。すると、樹の陰から伸びるように、遥《はる》かかなたに虹がかかっていた。七色の変幻《へんげん》が見事なまでに艶《あで》やかである。ようやく「きれいだな」とは、虹を指してのことで、自分は思い違いをしたのだと気づいて、また恥ずかしさがこみ上げた。ただ、今度のは、やや失望の混じった羞恥であり、先ほどの、くすぐったいような気恥ずかしさとはかなり違った。

「ほら、耳を澄ませてごらん、聞こえた？」

儀琳が耳をそばだててみれば、虹の辺りから、かすかに流水の音が聞こえる。

「滝のようね」

「ああ。雨が数日続いたから、山の中は、滝だらけだろうな。見にいってこよう」

「や……やっぱり、静かに寝ていた方が」

「ここは岩だらけで、ちっともきれいじゃない。やっぱり滝を見にいこう」

令狐冲《れいこちゅう》の気持ちをむげにできず、儀琳《ぎりん》は彼を助け起こした。ふいに、また顔が赤み走った。

(今まで二度、この方を抱き抱えたけど、一度目は、死んだかと思って、二度目は命からがらに逃げたときだったわ。今、深手だとはいえ、意識がはっきりしてるのに、もう一度抱き抱えるなんてことは。そう言えば、どうしても滝の方へ行きたいのは、もしや……もしや私に……)

ためらっているうちに、令狐冲は折れた枝を拾って、杖《つえ》代わりにしながら、ゆっくりと歩いていくではないか。また誤解してしまったのだ。

儀琳は慌てて駆け寄って、令狐冲の腕を支えた。内心、自責の念にかられている。

(私、どうしたのかしら？ 令狐兄さんは聖人君子に決まってるのに、今日の私は、いけないことばかり考えて。男の人と二人きりになると、私は警戒ばかりしてしまうけど、本当は、令狐兄さんと田伯光《でんはくこう》では、同じ男の人だと言っても月とスッポンなのに)

ふらつきながらも、令狐冲は何とか自力で歩けた。まもなく、手ごろな岩が見えたので、儀琳は令狐冲を休ませた。

「ここでもいいでしょう。どうしても滝を見にいきたいのですか？」

「ここがいいというのなら、しばらくつき合うよ」

「いいわ。あっちのきれいな景色を見て、楽しい気分になれば、傷も治りが早いでしょう」

令狐冲は微笑んで、立ち上がった。

ゆるゆると窪地を曲がると、轟々《ごうごう》という水音が聞こえてきた。歩を進めるにつれて、水音は激しさを増し、松林を抜けたところで、ついに山肌にほとばしる、白い龍《りゅう》のような滝が姿を現した。令狐冲の顔が輝いた。

「華山の玉女峯《ぎょくじょほう》の横にも滝があってね。これよりも大きいけど、形は大体同じだ。霊珊《れいさん》は、よく俺と滝の側で剣の稽古をするんだ。小師妹が茶目っ気を出したときには、滝の中にもぐることだってある」

令狐冲が「霊珊小師妹」を話題にするのは、これが二度目だ。儀琳ははたと気づいた。

（重傷の身で、どうしても滝の側に来たかったのは、本当は景色を眺めるためではなくて、霊珊さんを想っていたからなのね）

どうしたわけか、儀琳は、したたかに一撃を喰らったかのように、胸が痛んだ。

「ある時、滝のそばで剣の稽古をしていたら、小師妹が足を滑らせて、危うく下の深淵《しんえん》に落ちそうになったんだ。俺がサッと手をつかんだから良かったけど、本当に危ないところだったよ」

「たくさん妹弟子がいらっしゃるの？」

儀琳《ぎりん》が淡々と訊ねた。

「華山派の女弟子は全部で七人だけど、霊珊《れいさん》は師父の娘で、俺たちはみんな小師妹って呼んでるんだ。その他の六人はみんな師娘《しじょう》の弟子だ」

「そうだったの。お……お嬢さんとは仲がいいんですか？」

令狐冲《れいこちゅう》はおもむろに腰を下ろした。

「俺はみなし子だったのを、十五年ほど前に、恩師と師娘が門下に加えてくださったんだ。その時、小師妹はまだ三つで、俺はずっと年上だから、よくあの娘を抱えて、野生の果物を採ったり、兎を捕まえたりしてたよ。俺たちはいっしょに育ったんだ。師父と師娘には息子がいなくて、俺を実の息子同然に扱ってくれたんで、小師妹は俺の妹のようなものなのさ」

儀琳は、「そう」と相槌《あいづち》を打ってから、しばらくして、

「私もみなし子でした。幼いころ恩師に引き取ってもらったあと、すぐに出家しました」

「残念だ、残念だな！」

儀琳は訝《いぶか》しげに令狐冲を見た。

「すでに定逸師伯《ていいつしはく》の門下でなければ、師娘に頼んで、弟子にしてもらえるのに。俺たち兄

弟子は、人数が二十数人もいるから、にぎやかなの何のって。稽古が終わると、気のあった同士で遊んで、師父師娘はあまり干渉しないんだ。あんたが小師妹に会ったら、きっとウマが合って、いい友だちになれると思うよ」

「羨《うらや》ましいわ。でも、白雲庵《はくうんあん》にいたって、師父や姉弟子たちがとても良くしてくれます。わ……私もとても幸せです」

「そうだよな。変なこと言っちまった。定逸師伯の剣術はすばらしいよ。師父と師娘だって、あんたの師父には随分と敬服しておられる。恒山派のどこが華山派に及ばないって言うんだ？」

「令狐兄さん、あの日、田伯光《でんはくこう》に、立って闘えば、田伯光は天下で十四番目で、岳師伯《がくしはく》が八番目だとおっしゃってましたが、うちの師父は天下で何番目ですか？」

令狐冲は噴きだした。

「あれは田伯光を担《かつ》いだんだ。腕の良し悪しは、日々変化するもので、上達した者もいれば、年取って衰えた者もいる。序列なんてつけられるか。田伯光のやつは使い手だが、天下で十四番目ってほどでもないだろう。俺はわざとやつを高く評価して、喜ばせてやったんだ」

「田伯光を騙《だま》したのですか――」

それから、儀琳《ぎりん》は、しばらく滝をぼんやりと眺めてから、

「令狐《れいこ》兄さんは、よく人を騙すのですか？」

令狐冲《れいこちゅう》はクックッと笑った。

「その時次第さ。『よく』ってことはないだろう。担いでいい人もいれば、いけない人もいる。師父師娘に訊かれたことは、もちろん正直に言うよ」

「ふうん。では、一門の兄弟弟子は？」

本当は、「小師妹も騙すの？」と訊きたかったのに、なぜかあからさまに訊けない。

「相手と事情によるな。俺たちは、しょっちゅうふざけ合ってるし、相手にいっぱい食わすような話でなきゃ、何が面白い？」

「小師妹でも騙すの？」

儀琳がついに訊ねた。

考えたこともない問いに、令狐冲は眉をしかめて、しばらく記憶をたどった。

「大事なことは、絶対に騙したりしないが、ふざけて冗談を言うくらいならもちろんあるさ」

白雲庵では、師父は軽々しく談笑をしない。戒律が厳しいため、姉弟子たちは誰もが冷ややかな表情をしている。互いに思い合ってはいるものの、冗談を言うのはまれであり、

ふざけ合うなどましてあり得ない。定静《ていせい》、定閒《ていかん》両師伯《しはく》の門下には、若く活発な在家の女弟子がかなりいるが、出家の同門と談笑をすることはめったにない。儀琳の毎日は、しめやかで寂しいうちに過ぎゆき、膝組や武術の稽古をする以外は、木魚を叩《たた》いたり、読経《どきょう》をしたりするだけである。令狐冲の話す、華山派の弟子たちのにぎやかなこと――。儀琳は思わず羨望《せんぼう》の念を覚えた。

（いっしょに華山に遊びにいけたら、面白いのに。でも、こんな災難に遭ったあとだから、帰ってからは、師父はもう二度と私を庵から出してはくださらないでしょう。華山に遊びにいくなんて、とんだ妄想《もうそう》だわ）

こうも考えた。

（華山に着いたって、令狐兄さんは、一日中小師妹の側を離れないんだし、一人も知り合いがいないのに、誰が遊び相手になってくれるというの？）

儀琳の心に、急に隙間《すきま》風が吹き込んだ。赤くなった眼からは、今にも涙が落ちてきそうだ。

令狐冲は無頓着《むとんちゃく》に、滝をながめながら声をかけてくる。

「俺と小師妹は、ある剣法の研鑽《けんさん》をしているんだ。滝の水の勢いを借りて、技を繰りだすんだけど、何のためだか分かるかい？」

儀琳《ぎりん》は首を振った。

「分かりません」

少し詰まった儀琳の声に、令狐冲《れいこちゅう》は依然として気づかない。

「闘う相手の内功がすぐれていれば、武器や空拳には、よく凄まじい内力が込められて、無形の力で、こっちの長剣をはねのけるだろ。滝の中での稽古は、水の勢いを敵の内力に見立ててやるんだ。敵の内力をはねのけるだけじゃないぞ。反発力を利用して、敵の内力を、相手自身に返すことも必要だ」

せっかく令狐冲が上機嫌で話しているのだ。儀琳は話を合わせた。

「それで完成しましたか?」

令狐冲は首を振った。

「いや、いや! そう簡単に剣法が編みだせるもんか。それに、俺たちは技なんか編みだせちゃいない。どうにか師父から教わった剣法を、滝の中で練習したかっただけだから。目新しいものがあったって、遊び半分のものだから、いざ敵を前にしたら、てんで役に立たないさ。でなかったら、田伯光《でんはくこう》のやつにこてんぱんにやられはしないだろ?」

令狐冲は口をつぐんで、手でゆっくりと、何やら構えをしてみせてから、喜び勇んで、

「また技を考えだしたぞ。傷が癒《い》えてから、帰って小師妹と試してみよう」

「その剣法は何ていう名前ですか？」

儀琳がそっと訊ねた。

「俺は名前なんてつけられないって言ったけど、小師妹がどうしてもつけるって聞かなくてね。『冲霊剣法《ちゅうれい》』って言うんだ。俺たち二人で編みだしたものだからね」

「冲霊剣法、冲霊剣法。そうね、その剣法の中には、両方の名前が入っているから、後世に伝われば、みんな、あなた方……あなた方二人の共作だと分かりますね」

「小師妹がやんちゃだから、そんなことを言うんだ。俺たち程度の腕で、剣法を編みだす資格などあるもんか。絶対に人に言わないでくれよ。もし他人に知れたら、噴飯《ふんぱん》ものじゃないか」

「はい、絶対に人には言いません」

儀琳は少し経ってから、微笑んで言った。

「令狐兄さんが剣法を編みだしたことは、とっくに知られています」

「へえ？　小師妹が漏らしたのかい？」

びっくりする令狐冲をよそに、儀琳はニッコリ笑って、

「ご自分で田伯光におっしゃったでしょ。座って蠅《はえ》を突き刺す剣法を編みだしたって」

令狐冲は腹を抱えて笑った。

「あんなでたらめを、みんな覚えているとはね」

思いきり笑ったのが傷口に障り、令狐冲《れいこちゅう》は眉をひそめた。

「まッ、みんな私のせいだわ。もう話をしないで、静かに眠ってください」

令狐冲が眼を閉じていたのは、わずかな間だけで、すぐにまた眼を開いた。

「ここは景色がいいかと思ってたけど、滝の側へ来たら、逆に虹が見えなくなっちまったな」

「滝には滝の美しさが、虹には虹の美しさがあります」

令狐冲はうなずいた。

「そうだね。世の中には完璧《かんぺき》なことなんてないから。さんざん苦労をして何か探し求めても、一旦手に入れれば、こんなものかと思う。もともと手中にあったものは、かえって投げ捨ててしまう」

「令狐兄さん、今の言葉には、仏法の暗示が込められていますね。修行の浅い私が、その理《ことわり》を理解できないのが残念です。師父が聞いたら、きっと解釈してくださるでしょう」

「はあ、何が仏法の暗示だよ。俺に何が分かるっていうんだ？　ああ、だるいなあ！」

令狐冲はゆっくりと眼を閉じ、やがて、こんこんと眠りについた。

儀琳《ぎりん》は、葉のついた枝を手折《たお》り、令狐冲のために蚊や蠅を逐《お》った。一刻あまりすると、自分も疲れを覚えて、うとうとと眠りかけたが、ふと、

（令狐兄さんが眼を覚ましたら、きっとお腹を空かせてるわ。ここには何も食べ物がないから、西瓜をもういくつか採ってくれば、喉の渇きも癒《いや》せるし、飢えの足しにもなるもの）

と思って、西瓜畑に向かって駆けだし、もう二つ西瓜を摘んで帰った。片時でも離れたら、令狐冲が悪人か獣に襲われる心配もあろうかと、慌てて戻り、安らかに眠っている令狐冲を見て、ようやく胸を撫《な》で下ろし、そっと側に座った。

令狐冲は、眼を開けて微笑んだ。

「帰ったのかと思ったよ」

「帰った？」

「あんたの師父や姉弟子たちが探してるだろ？　きっとひどく心配してるよ」

ずっと忘れていた事に気づいたとたん、儀琳は焦りだした。

（明日師父に会ったときに、おとがめを受けるかしら？）

「なあ、長いこと付き添ってくれてありがとう。おかげで命拾いしたから、あんたはやっぱり早く帰った方がいい」

「いいえ、お一人でこんな荒れ山にいて、誰もお世話する人がいないなんて」

「劉師叔《りゅうししゅく》のお邸《やしき》に着いてから、こっそり弟子たちに言ってくれれば、あいつらが世話をしにきてくれるよ」

儀琳《ぎりん》は首を振った。

儀琳は胸が締めつけられた。

（小師妹に付き添ってもらいたいから、私にできるだけ早く呼びにいって欲しかったのね）

堪えきれずに、涙がポトリポトリと滴《したた》り落ちる。

突然の涙に、令狐冲《れいこちゅう》は不思議でならない。

「な……何で泣いてるんだ？　帰ってから師父に叱られるのが怖いのかい？」

儀琳は首を振る。

「あッ、分かった。途中で、また田伯光《でんはくこう》に出くわすのが怖いんだろう。怖がらなくていいんだよ。やつは今後、あんたを見たとたん逃げだすさ。二度と現れないから」

儀琳はまた首を振った。涙はとめどなく落ちるばかりだ。

ますますひどく泣く儀琳に、令狐冲は、まるで訳が分からない。

「分かった、分かった。俺が悪かった、謝るよ。小師妹、怒るなよ」

やさしい言い方に、儀琳はやや慰められたが、思い返せば、

（こんな腰の低い物言いは、ふだん小師妹に謝り慣れたものなんだわ。それが今、口をついて出てきたのよ）

ということなのか。儀琳はいきなり「ワアーッ」と泣きだした。

「私、あなたの小師妹じゃないわ。あ……あなたの心には小師妹のことしかないのよ」

地団駄《じだんだ》を踏んでまくし立ててから、出家の身で言う言葉ではないと気づいて、儀琳は顔を真っ赤にして、慌てて向こうを向いた。

その涙に濡《ぬ》れた赤い顔は、まるで滝のわきで、水しぶきをいっぱいに浴びた小さな紅花のようだった。絵にできぬほどの艶《なま》めかしさに、令狐冲は茫然と見とれた。

（この娘もこんなにきれいだったんだ。小師妹に劣らないじゃないか）

それからやさしい口調で、

「あんたは俺よりずっと年下だし、五嶽剣派は一蓮托生《いちれんたくしょう》だから、みんな兄弟弟子なんだから、あんただって俺の小師妹だよ。俺のどこが気に障ったか、教えてくれないか」

「いいえ、何も。もう分かりましたから。私に早くここを離れてほしいのですね。ツキをなくしそうで、目障りなんでしょ。こうおっしゃってたもの、尼を見かけたら、験《げん》が……」

ここまで言うと、儀琳《ぎりん》はまたシクシク泣きだした。

令狐冲《れいこちゅう》は苦笑した。

（さては、廻雁楼での落とし前を付けたいんだな。そりゃ確かに謝っておかなきゃ）

「令狐冲の罰当《ばちあ》たりめが！　あの日、廻雁楼ででたらめを列《なら》べたことで、確かに恒山派全体に迷惑をかけた。罰としてこうだ！」

パチンパチンと、令狐冲はおのれの横面を二回張った。慌てて振り向く儀琳、

「や……やめてください。せ……責めているわけではないんです。た……ただご迷惑をおかけしたくなくて」

「お仕置きだ！」

令狐冲がまたパチンと頬《ほお》を張った。

「もう怒りませんから。どうか、や……やめてください」

「もう怒らないって？」

儀琳は首を振った。

「笑顔を見せないんだから、まだ怒ってるんじゃないのか？」

儀琳はむりにニコリとしたものの、ふいに、訳も分からずに悲しみがこみ上げてきて、涙が頬を伝って落ちた。慌ててまた向こうを向いた。泣きやまぬと見ると、令狐冲は、即

座に「はあ」と嘆息をもらした。儀琳は徐々に泣きやんで、か細い声で言った。

「な……なぜため息をつくのですか？」

（やはり娘っこだな。はまったぞ）

令狐冲は内心ほくそ笑んだ。幼なじみの岳霊珊《がくれいさん》が、ときどき拗《す》ねて、どう機嫌を取っても埒《らち》が明かないとき、令狐冲はよくひと芝居打って、岳霊珊の気を引き、向こうから訊ねてくるようにさせていた。これまで誰かを相手に拗ねたことのない儀琳である。一遍で令狐冲の罠《わな》に引っかかった。令狐冲はまた長々とため息をついて、そっぽを向く。

「令狐兄さん、怒ったのですか？　さっきは悪いことをしました。ど……どうか気にしないでください」

「いや、あんたは何も悪くないよ」

令狐冲が浮かない顔をしながら、実は腹の中で大笑いしていることを、儀琳は知らずに、焦りをつのらせた。

「私のせいで、ご自分をぶつなんて。そ……その分、ぶってお返しします」

言いざま、儀琳はピシリとおのれの右頰を張った。もう一度張りかけたのへ、令狐冲が急いで身を起こして、その腕をつかんだ。だが、動いたせいで傷口に激痛が走り、思わずウンと唸《うな》る。

「まあ！　は……はやく横になって。傷口に障らないように」

令狐冲《れいこちゅう》を支えて、ゆっくり寝かせながら、儀琳《ぎりん》はおのれをなじった。

「ああ、私って馬鹿だわ。何をやってもだめで。令狐兄さん、ひ……ひどく痛みますか」

傷は確かにひどく痛むが、ふだんならやせ我慢するところを、この時は一計を案じた。

（こうすれば、泣いたカラスを笑わせてやれるぞ）

令狐冲は眉をしかめて、派手に呻《うめ》き声を上げる。儀琳はすっかりうろたえて、

「血が……血がまた出なければいいんですけど」

令狐冲の額に手を触れたところ、幸い熱は出ていない。やや間をおいてから、そっと訊ねた。

「痛みは少し退《ひ》きましたか？」

「まだ相当痛む」

儀琳は心配顔で、東西を失っている。

「うッ、痛い！　陸《りく》……陸大有《りくだいゆう》がここにいればいいのに」

「どうしてですか？　陸さんは痛み止めを持っているのですか？」

「ああ、あいつの口が痛み止めなんだ。以前俺がけがをしたときも、痛みがひどかったが、大有は笑い話の名人で、俺は面白がって聞いてるうちに、傷の痛みを忘れてしまったんだ。

あいつがここにいればなあ。ううッ……何で、こんなに痛むんだ。こんなに……、ううッ！」

儀琳は困り果てた。定逸師太《ていいつしたい》の門下では、誰もがまじめくさった顔で経を読み、座禅を組んだり、剣の稽古をしたりする。白雲庵では、下手をすると、ひと月もの間、笑い声をまったく聞かぬことすらあるのだ。儀琳に笑い話をしろなどというのは、無理な相談であった。

（陸大有さんはここにいないし、私が令狐兄さんに聞かせてあげるしかない。でも……でも……笑い話なんて一つも知らないわ）

ふと閃いて、ある事を思い出した。

「令狐兄さん、笑い話はできませんが、いつか読んだ仏典に、天竺《てんじく》のある高僧が編んだ、『百喩経《ひゃくゆきょう》』というのがあります。中には面白い物語がたくさんあるんですよ」

「いいね。面白い物語を聞くのは大好きなんだ。いくつか聞かせてくれ」

儀琳はニッコリ微笑んだ。「百喩経」の中の数々の物語が、脳裏を一つ一つ駆けめぐっている。

「いいわ。『鍬《くわ》で頭をたたき割る』というお話をしましょう。昔、生まれつきの禿頭がいました。この禿頭とある農夫が、どういう訳か喧嘩《けんか》を始めました。農夫は田圃《たんぼ》を耕す鍬を持って、禿頭に打ちかかったので、禿頭の頭のてっぺんは血だらけになりました。でも、禿頭はそのまま我慢しているだけで、避けるどころか、ヘラヘラ笑っているのです。不思議に思った周りの人が、どうして避けずに、笑っているのかと訊くと、禿頭は笑って言いました。『この農夫は馬鹿じゃ。おらの頭に毛がねえのを見て、石かと思って、鍬で石を突こうとしとる。おらが逃げたら、やつを利口にさせちまうわ』」

ここまで話すと、令狐冲《れいこちゅう》は大笑いしだした。

「いい話だ！　その禿頭は利口だな。殴り殺されようと、逃げるわけにはいかないよな」

令狐冲が愉快そうに笑うさまを見て、儀琳《ぎりん》は気持ちがはずんだ。

「もう一つ、『王女を大人にさせる薬』というお話をしましょう。昔、ある国王にお姫さまが生まれました。国王はとてもせっかちで、赤ん坊が小さいのを見て、早く大きくなって欲しいと願いました。さっそく御典医《ごてんい》を呼びつけ、お姫さまに、すぐに大きくなる霊薬を飲ませなさいと、言いつけました。医者は申しあげました。

『霊薬はありますが、各種薬材を取り揃《そろ》え、さらに調合しなければなりませんので、たいへん手間暇がかかります。姫君を家にお迎えし、同時に急いで薬を作りますので、どうかおせき立てなさいませぬよう、お願い申しあげます』

国王は承知しました。医者はお姫さまを抱えて家に戻り、毎日国王に、霊薬はただ今採集し調合しているところです、と報告しました。十二年経って、医者は報告をしました。

『霊薬の調合が終わり、姫君に飲んでいただきました』

そこで、国王の面前にお姫さまを連れてきました。国王は、当時小さな赤ん坊だったのが、すらりとした少女に育ったのを見て、大喜びしました。優れた医術だ、霊薬は本当に娘の成長を早くしてくれたと褒め称《たた》え、配下に褒美として、無数の金銀財宝を取らせるよう命じました」

令狐冲はまた大笑いした。

「この国王は、ちっともせっかちじゃないよ。十二年も待ったじゃないか。俺がその医者だったら、一日で、その赤ん坊のお姫さまを十七、八のすらりとした少女に変えてみせるな」

儀琳は眼を大きく見開いた。

「どんな方法でですか？」

「天香断続膠を塗り、白雲熊胆丸を飲むのさ」

「それは傷を治す薬で、成長を早めることはできませんよ」

「傷のことはどうでもいいんだ。あんたさえ手伝ってくれたら、それでいいんだから」

「私がお手伝いを？」

「ああ、俺は赤ん坊を抱えて家に帰ったあと、四人の仕立屋に来てもらって……」

「四人の仕立屋に来てもらって、どうなさるのですか？」

「急いで新しい衣装を作ってもらうんだよ。あんたの身体の寸法を測ってもらい、夜通しでお姫さまの衣装を作ってもらうのさ。翌日の朝、あんたがそれを着る。頭には鳳《おおとり》の冠《かんむり》、身体には錦《にしき》の衣、足には金襴緞子《きんらんどんす》の履き物だ。この艶姿《あですがた》で御殿に上がり、陛下万歳を三回唱えてから深々と礼をする。そして、

『父上、私は令狐冲《れいこちゅう》先生の霊薬を飲んで、一夜でこんなに大きくなりました』

と言うんだ。こんな美しくて愛らしいお姫さまを見たら、国王は狂喜乱舞して、本物かどうかなんて問題にしないよ。この御典医令狐冲先生は、ご褒美をたっぷりもらえるというわけだ」

儀琳《ぎりん》は途中から、クスクスと笑いが止まらなかったが、話し終えたころには、腹を抱えて笑っていた。しばらくしてから、ようやく、

「令狐兄さんは、やっぱりお話の中の御典医よりずっと頭がいいですね。でも、わ……私がこんなに醜くて、ちっともお姫さまらしくないのが残念だわ」

「あんたが醜いなら、この世には美人などいないよ。古今東西、お姫さまは数あれど、あんたほどきれいなのはいなかったね」

手放しで自分を称賛する令狐冲に、儀琳の乙女《おとめ》心がはずむ。

「数多いお姫さまに、全部お会いしたのですか？」

「ああ、そうだよ。夢の中で一人ひとりに会った」

「令狐兄さんって、決まってお姫さまの夢を見るのですか？」

令狐冲はクックッと笑い、

「日々想い焦《こ》がれていると……」

と言ってから、ハッと気づいた。

（天真爛漫《てんしんらんまん》な妙齢の尼が、俺と冗談を言うことすら、一門の戒律を犯すことになるのに、これ以上戯《ざ》れ言《ごと》を続けるわけにはいかない）

令狐冲は、即座に表情を引きしめ、わざとあくびをした。

「あッ、お疲れになったのね。眼をつむってしばらくお休みください」

「うん。あんたの笑い話はよく効くね。本当に傷口が痛まなくなったよ」

笑い話をしてもらったのは、もとはと言えば、破顔一笑してもらいたかったからだ。和《なご》やかに談笑する儀琳に、令狐冲は満足し、静かに眼を閉じた。

儀琳はまたそっと枝を揺らしつつ、虫を追い払ってやった。遠くの渓流から伝わる蛙《かえる》の鳴き声が、子守歌さながらに聞こえてくる。儀琳は、さすがに疲れきっていた。重いまぶたがくっついて、ついにうとうとと眠りに落ちた。

夢の中で、自分が姫君の華やかな衣装を身につけ、きらびやかな宮殿に入っていく。横には男ぶりのいい青年が自分の手を携えている。どうやら令狐冲《れいこちゅう》のようだ。続いて、足下から雲が湧《わ》きだし、二人はフワリと宙に浮く。とろけるほど甘い想いだ。そこへ、いきなり老尼が怒気満面で、剣を手に追いかけてきた。師父だ。儀琳《ぎりん》はあッと息を呑んだ。

『この野良猫！　戒律を守らんで、大胆不敵にも姫君になりすまし、しかもこの与太者《よたもの》といちゃついておるとは』

一喝するなり、師父は儀琳の腕をムズとつかむと、力任せに引っぱった。瞬く間に、眼の前が真っ暗になった。令狐冲が消え、師父も消えた。儀琳は暗黒の雲の中を、下へ下へと墜ちてゆく。

「令狐兄さん、令狐兄さん！」

怖くて叫んだ。全身から力が抜け、もがこうにも、手足がまったく動かない。数回叫んだところで、パッと眼が覚めた。夢だったのだ。令狐冲が瞠目《どうもく》して、自分を見つめている。儀琳は両頬を赤らめてはにかんだ。

「わ……私……」

「夢を見たのかい？」

「夢だかどうだか」
と答えてから、ふと令狐冲が、痛みを我慢しているような、奇妙な表情をしていること
に気づいた。慌てて声をかける。
「き……傷がひどく痛みますか？」
「何とか！」
だが、令狐冲の声は震えていた。まもなく、額《ひたい》から大粒の汗が滴り落ちてきた。激痛を
覚えていることは、訊かずとも分かる。すっかりうろたえた儀琳は、ひたすら、
「どうしましょう？　どうしましょう？」
と言いつつ、懐から手巾《しゅきん》を取りだし、令狐冲の額の汗を拭《ぬぐ》った。小指が額に触れたとき、
火のように熱くなっているのが分かった。師父から、刀剣の傷を受けたあと、熱が出たら、
非常に危険な状況だと聞いている。せっぱ詰まった儀琳は、無意識のうちに経を唱え始め
ていた。
「百千万億の衆生《しゅじょう》が、苦悩を受けることあらば、観世音菩薩《かんぜおんぼさつ》の名を一心に唱えよ。菩薩
さまがその声を聞き届けてくださり、みな解脱《げだつ》を得る。菩薩さまの名を唱えし者は、大火
にも焼かれぬ。ひとえに菩薩さまの神通力《じんつうりき》のおかげでありまする……」
始めは声が震えていたが、しばらく唱えているうちに、だんだんと気持ちが落ち着いた。

儀琳《ぎりん》の澄んだ声が、穏《おだ》やかになっていくのを聞いて、令狐冲《れいこちゆう》は、彼女が経文《きようもん》に絶対的な信頼を寄せていると知った。

「危害を加えられんとする者、観世音菩薩のお名を唱えれば、相手の武器が折れ、解脱を得る。罪ある者も無き者も、鎖に繋《つな》がれしとき、菩薩さまのお名を唱えれば、ただちに鎖は断たれ……」

令狐冲は聞けば聞くほどおかしくなって、ついに「クッ」と笑いだした。

「な……何がおかしいのですか?」

「そうと知ってりゃ、何で武芸なんか習うんだ? 悪人や敵《かたき》が俺を殺そうとしても、か……観世音菩薩のお名を唱えさえすれば、悪人の武器が勝手に折れてくれるんだからな。そりゃめでたい……おめでたいよ」

「令狐兄さん、菩薩さまを冒瀆《ぼうとく》しないでください。誠心誠意でなければ、読経《どきよう》しても役には立ちません」

儀琳が真顔で言った。そして、つぶやくように唱え続けた。

その全身全霊を傾けて、菩薩に懇願する姿は、令狐冲にはまるで、

(観世音菩薩さま、お願いですから、令狐兄さんの痛みをみんな私の身にお移しください。私が畜生になっても、地獄に堕ちても構いません。どうか令狐兄さんの災厄をお解きくだ

さい……）

と言っているように思えた。読経が終わりに近づいたとき、令狐冲には、もはや経文の意味など頭に入らなかった。ただ、祈りの声の一言一言が、真摯《しんし》な暖かさに満ちているのが感じられた。知らず知らずのうちに、令狐冲の眼に涙がいっぱい溜まった。師父夫妻は、孤児だった彼を大事にしてくれたものの、彼があまりにも腕白であったため、叱責《しっせき》や仕置きの方が慈愛を寄せることより多かった。兄弟弟子の間では、誰もが彼を兄弟子として尊敬し、逆らえない立場にある。岳霊珊《がくれいさん》とは仲が良いといっても、彼さえ安楽であれば、この世の一切の苦難を、自分が背負ってもよいというほどの、心遣いを見せてくれたことはないのだ。

令狐冲の眼には、この尼僧が、全身から清らかな後光を放っているように映った。

読経の声がやさしくなるにつれ、儀琳の面前には、まるで本当に手に柳の枝を持ち、甘《かん》露《ろ》を撒《ま》いて、苦難を救う白衣の観音が立っており、彼女が「南無観世音菩薩」と唱えるたびに、それは令狐冲のために、菩薩さまに祈りを捧げているように思えた。

令狐冲の胸は、感激と慰めでいっぱいとなり、やさしく真摯な祈りの声の中で、夢の中へと誘《いざな》われた。

第六章　引退の儀

林平之《りんへいし》を門下に入れてから、岳不羣《がくふぐん》は弟子たちを率いて劉府《りゅうふ》を訪れた。知らせを聞いた劉正風《りゅうせいふう》は驚喜した。何しろ、武林《ぶりん》にその名を轟《とどろ》かす「君子剣」華山《かざん》派総帥《そうすい》、じきじきのご来訪だ。劉正風は慌てて出迎え、繰り返し礼を述べた。岳不羣は、満面の笑みで祝意を表し、劉正風と手を携えて大門をくぐった。天門道人《てんもんどうじん》、定逸師太《ていいつしたい》、余滄海《よそうかい》ら顔役も、きざはしを降りて出迎えている。

余滄海は胸に一物《いちもつ》を抱えていた。

(あの劉正風が、そんなに顔が利くとは思えぬ。華山派総帥みずからのお出ましは、きっとわしが目当てじゃ。五嶽剣派《ごがくけんは》も多勢ではあるが、こちら青城《せいじょう》派とてやわではない。岳不羣が不遜《ふそん》な言葉を吐くようであれば、まず、令狐冲《れいこちゅう》の女郎屋での行跡《ぎょうせき》を問いただしてやる。向こうが血相を変えようが、こちらも手を出すまでじゃ)

ところが、岳不羣は余滄海にも、一様に深々と礼をした。

「余観主《よかんしゅ》、久方ぶりだが、ますますご健勝なことで」

余滄海も一礼を返し、

「岳先生、ご機嫌うるわしゅう」

各人が挨拶《あいさつ》を交わしたあと、劉府には各地からの賓客《ひんきゃく》が続々と到着した。この日は「引退の儀」の当日で、巳《み》の刻（午前十時ごろ）になると、劉正風は奥に引きこもり、弟子たちに客のもてなしを任せた。

昼近くになると、五、六百人の遠客が押し寄せてきた。丐幇《かいほう》副幇主張金鰲《ちょうきんごう》、鄭州六合《ていしゅうろくごう》門《もん》夏《か》老人《ろうじん》とその三人の婿、川鄂三峡神女峯《せんがくさんきょうしんじょほう》の鉄婆《てつばあ》さん、東海海砂幇の総帥潘吼《はんこう》、曲江二《きょくこうに》友《ゆう》こと、神刀白克《しんとうはくこく》に神筆《しんぴつ》盧西《ろせい》などが相次いでやってきた。客らは、互いに面識のある者もいれば、かねがね盛名だけを耳にしていた者もおり、広間での紹介や引き合わせには、大いに喚声《かんせい》が上がった。

天門道人と定逸師太は、群雄に挨拶に行かず、個室で休みながら、同じことを考えていた。

（今日の来客のうち、江湖《こうこ》で確固たる名声や地位を固めている者もおれば、ろくでもない連中もおる。劉正風は衡山《こうざん》派の名手じゃが、自重もせず、つき合う相手を選ばぬようでは、五嶽剣派の名が汚れるではないか）

岳不羣《がくふぐん》は、その「不羣（群れない）」という名前に反して、すこぶる交際好きである。来賓の中で、無名の輩や名声の良からぬ輩とて、声をかけてくれれば、岳不羣は気さくに談笑した。華山派の総帥、名手として、傲慢《ごうまん》な態度は微塵《みじん》も見せていない。

劉府の弟子たちが、料理人や雑役《ぞうやく》を指揮して、広間の内外に、あわせて二百あまりの宴席を設けた。劉正風《りゅうせいふう》の親戚《しんせき》、門客、帳場の者、及び劉門の弟子向大年《こうだいねん》、米為義《べいいぎ》などが、粛々と賓客を席に案内した。武林の地位や声望により、本来なら泰山《たいざん》派の総帥、天門道人《てんもんどうじん》が首席に座るべきであるが、五嶽剣派の盟約により、天門道人や岳不羣、定逸師太《ていいつしたい》らは、半ば主人のようなもので、上座に座るのははばかられた。他の長老格が一様に譲り合い、誰《だれ》もが首席を遠慮した。

ふいに、門外から二発銃声がした。続いて、楽隊や銅鑼《どら》の音、先触《さきぶ》れのかけ声も聞かれ、どこぞやの官吏《かんり》のご到着に間違いなさそうだ。群雄がポカンとしている間に、真新しい繻《しゅ》子《す》の長袍《ちょうほう》をまとった劉正風が、そそくさと奥から駆けだしてきた。劉正風は、群雄の歓声祝賀に、おざなりに拱手《きょうしゅ》をしただけで、表に出ていった。ややあって、劉正風が恭《うやうや》しく、官服を着た役人に付き添って入ってきた。群雄の誰もが眼を丸くした。

（この役人も武林の名手か？）

役人は衣装こそ豪華だが、よどんだ両眼と、酒気を帯びた顔からは、とても武芸者には見えない。岳不羣らは今度はこう考えた。

（劉正風は衡山城の豪族だ。ふだんからお上とつき合いがあるのもやむを得ん。今日のようなめでたい日は、地方の官吏がちょいと顔を出したって、さほど珍しいことではなかろう）

意気揚々と入ってきた官吏は、真ん中ではたと立ちどまった。背後の小役人が右膝《ひざ》を立て、黄色い緞子《どんす》で覆われた盆を高々と捧《ささ》げる。盆に載っているのは巻物だ。官吏は身をかがめて巻物を受け取ると、高らかに宣言した。

「聖旨《せいし》である。劉正風とくと聞け」

群雄はギクリとした。

（劉正風が武林から引退し、剣を捨てるのは、江湖での出来事だ。それが朝廷とどんな関係がある？　何で皇帝が聖旨などを下す？　劉正風が大逆《たいぎゃく》を犯し、朝廷にばれたというのなら、一族皆殺しの大罪ということになるなあ）

各人、期せずして同じことを考えて、一斉に立ち上がる。気の早い者は、身辺の武器をひっつかんだ。官吏がお沙汰《さた》を伝えに来たのなら、劉府の周りはすでに官兵に取り囲まれており、一大合戦《かっせん》が行われるのは免れまい。劉正風と交流をもった以上、おのれも手を束《つか》ねているわけにはいかない。しかも、劉府に来た以上、おのれも逆賊の一味だと見なされているはずだ。関《かか》わり合いたくなくとも、詮方《せんかた》ないではないか。劉正風《りゅうせいふう》が色をなして痛罵《つうば》を始めれば、一同は一斉に白刃《はくじん》を振り下ろし、見る間にその官吏をメッタ斬《ぎ》りにする気構えであった。

ところが、劉正風は落ち着き払ったもので、両膝をカクンと折り跪《ひざまず》くと、官吏に三回続けざまに叩頭《こうとう》し、朗々《ろうろう》と言い放った。

「劉正風、お沙汰を聞きまする。陛下万歳、万々歳」

群雄は一様に愕然《がくぜん》とした。

官吏が巻物を広げて読みあげる。

「陛下の詔《みことのり》に曰《いわ》く――湖南《こなん》省長官より上奏があり、衡山県庶民劉正風、正義を尊び、郷里に功績あり。弓馬をよくし、才は大いに用うるに堪える。よって、参将の職を授け、今後朝廷のために働き、朕《ちん》の意にそぐわぬことなきように――以上」

劉正風がまた叩頭した。

「劉正風、陛下のご恩に感謝いたします。陛下万歳、万々歳」

さらに、立ち上がって、官吏に向かって腰を折る。

「お引き立てにあずかり、ありがとう存じまする」

官吏は、髭《ひげ》をひねりながら眼を細めた。

「めでたいのう。劉将軍、今後おぬしは、わしと同じお上に仕える身、遠慮には及ばぬ」

「一介の匹夫《ひっぷ》であった手前が、今日、朝廷から官位を授かりましたのは、もとより陛下の御恩典によりますが、当地の長官や張大人《ちょうたいじん》のお引き立ても抜きには語れません」

「いやいや、とんでもない」

官吏が笑って言う。

劉正風は、弟子の一人を返り見た。

「張大人に差しあげる礼物《れいもつ》は？」

「とうにこちらに」

弟子は後ろの丸い盆を取った。盆の上は錦の風呂敷《ふろしき》包みだ。

劉正風は両手で受け取ると、笑みを湛《たた》えながら、

「ほんの粗品で、とても敬意を表せませんが、どうかご笑納ください」

張も口元を綻《ほころ》ばせている。

「身内だというに、こんな余計なお気遣いを」

目配せをすると、傍らの小役人が下げていった。盆を受け取ったとき、小役人の両腕が下にグッと沈んでいる。中味の重たさからして、白銀でなければ、黄金といったところか。

張は笑いが止まらぬ様子である。

「わしは公務があるゆえ、久しく留《とど》まるわけにはゆかぬ。さあさあ、酒を三杯お注《つ》ぎ中そう。劉《りゅう》将軍が今日官位を授かったこと、まもなく出世されること、そして陛下の恩恵をみなみと蒙《こうむ》られることを、お祝い申そうではないか」

いち早く配下の者が酒杯を手渡す。張《ちょう》は立て続けに三杯干し、拱手をすると、きびすを返した。劉正風《りゅうせいふう》は満面に笑みを浮かべ、大門の外まで送っていった。銅鑼やかけ声が響くや、劉府がまた銃声を放って送った。

群雄にとっては予想外の一幕であった。誰もが顔と顔を合わせ、声も上げられぬ始末。各人、ばつの悪いような、訝《いぶか》しいような顔をしている。

劉府を訪れていた賓客たちは、盗賊でもなければ、謀反《むほん》を起こすような者たちでもない。だが、武林ではおのおの声望のある、自負のある人物ばかりで、これまでお上を眼中に入れてこなかったのだ。それを今、劉正風が権勢におもねり、皇帝にたかが「参将」という、取るに足らない武官の職をもらっただけで、感涙にむせび、胸くそが悪くなるような態度を取っている。しかも、公然と賄賂《わいろ》まで贈っている。誰もが内心劉正風を軽蔑《けいべつ》した。露骨にさげすみの色を浮かべる者もいた。いくらか年輩の来客はこう思った。

（この様子では、この官職は金で買ったものだな。どれくらい出して、長官の推薦を買ったのだろうか。今まで実直に生きてきたが劉正風が、なぜこの年になって官位に色気を出し、買ってまで官職に就こうとするのだ？）

劉正風は群雄の前に立ち、満面の笑みで各人に座を勧めた。首席に座ろうとする者はおらず、中央の肘《ひじ》掛《か》け椅子《いす》は、空いたままとなった。左手には、最年長の六合門夏老人《かろうじん》が座り、右手には、丐幇副幇主張金鰲《ちょうきんごう》が座った。張金鰲本人は際立った凄腕《すごうで》ではないが、丐幇は江湖でも最大規模の秘密結社で、丐幇幇主解風《かいふう》の腕と声望には、誰もが一目置いているからだ。

群雄は次々と座につき、雑役が料理や酒の給仕をした。向大年《こうだいねん》が緞子をかぶせた卓を運びだした。向大年は続いて、両手に眼に眩《まぶ》しいほどの、直径一尺半の金杯を捧げ持って、卓に置いた。金杯の中には水が張ってある。門外から銃声が三発響き、パチパチと、爆竹の音も八回鳴らされた。奥の間に座っていた目下の者たちは、みな見物しに広間に押し寄せた。

劉正風がにこやかに広間の真ん中に来て、拳を握り合わせて一礼し、群雄も立ち上がって返礼する。

「皆さま方に、遠路お越しいただいたおかげで、手前の面目も立ち、まことに有り難く存じます。手前が江湖より引退する理由を、皆さま方は、定めしお知りになりたいことでしょう。手前は、すでに朝廷の恩恵にあずかり、ささやかな官職を得ております。君《くん》の禄《ろく》を食《は》めば、君の事《じ》に忠すると申します。江湖では義気を重んじますが、国家ではお上の法を守り、主君の恩に報いなければなりません。両者が衝突いたしますと、この劉正風《りゅうせいふう》が難儀致します。これより先、手前の門弟たちが、他の門派に入門し直したいのなら、止めは致しません。皆さまをお招きしたのは、証人になっていただきたいゆえ。今後、皆さまが衡山城にお越しになれば、劉正風の友人であることに変わりはありませんが、武林の恩《おん》讐《しゅう》については、手前の与《あずか》り知るものではありません」

劉正風は、声高らかに言うと、再び一礼した。

予想された口上に、人々の反応はさまざまだ。

（一心に役人になりたければ、蓼《たで》食う虫も好き好きで、無理にどうこうできるものではない。どのみち俺に迷惑をかけたわけでもなし、今後武林からこの人物が消えたと思えばよい）

（今度のことは、衡山派の声望を貶《おとし》めるものだ。衡山派総帥莫大先生《ばくだいせんせい》は、さぞやお怒りに違いない。だから来なかったのだ）

（五嶽剣派が俠客《きょうかく》ぞろいの門派だと？　官位俸禄《ほうろく》を眼《め》の前にすれば、ペコペコと官吏に叩頭するじゃねえか。まったく何が『俠客』だ）

広間は一瞬水を打ったように静かになった。本来なら、「めでたい」だの、「潮時を心得ていらっしゃる」だのと、次々と劉正風に祝いの詞《ことば》を述べるべき状況である。だが、千人あまりが一堂に会しながら、一人として口を開かない。

劉正風は外に向かって、

「この劉正風、恩師に門下に入れていただき、武芸を授かりながら、衡山派の拡大を図れなかったことは、慚愧《ざんき》にたえません。幸い、一門は兄弟子が束《たば》ねており、劉正風のような凡庸《ぼんよう》の徒は、いようがいまいが何ら支障はありません。今後手前は足を洗い、公務に励みます。しかし、師より授かった武術を用いて、昇進を求めるようなことは絶対に致しませんし、江湖の恩讐、門派間の争いについては、なおさら関知致しません。この言葉を違《たが》えば、この剣の如《ごと》し」

と高らかに宣言するや、サッと右手を返して長剣を抜き、両手で剣をパチンと二つに折った。しかも、長剣を折った勢いのまま下に落とし、折れた剣は、ブスブスッと、両方とも黒レンガに突き刺さった。

群雄の誰もが驚愕《きょうがく》した。折れた剣がレンガに突き刺さる音からして、剣は金玉をも断つ利器に違いない。涼しい顔をして、軽々と宝剣を折るとは、まさに一流の名手の造詣《ぞうけい》と言える。

「惜しい！　惜しい！」

聞先生《ぶんせんせい》がため息をついた。宝剣が惜しいのか、劉正風《りゅうせいふう》のような手練《てだ》れが、お上に跪くことが惜しいのかは、定かではない。

劉正風は顔にうっすら笑みを浮かべた。袖《そで》をたくし上げ、引退のあかしとして、両手を金杯の水でそそごうとした刹那《せつな》、ふいに、大門の外から大喝一声、

「待った！」

劉正風はあッと息を呑《の》んだ。顔を上げると、入り口から、黄色い服を着た男が四人入ってきた。四人は入ってくるなり、両側に分かれて立った。後から、長身の黄色い服の男が、堂々と四人の間を通った。男の手には、五色の錦の旗が高々と掲げられている。旗には宝石がちりばめられており、揺れるたびに、キラキラと光を放っていた。この旗を知っている者たちは、一様にハッとした。

（五嶽剣派の盟主《めいしゅ》の御旗《みはた》だ！）

男は劉正風の前に来ると、旗を掲げて言った。

「劉師叔《ししゅく》、五嶽剣派左盟主《さめいしゅ》の命により、引退の儀式は、しばしお待ちいただきたい」

「盟主のご命令には、どのようなお考えが？」

劉正風が頭を下げて言った。

「手前はご命令に従っているまでで、盟主のお考えは分かりません。どうかご容赦くださ い」

「何の。おぬしは千丈松《せんじょうまつ》の史《し》どのであろう？」

笑顔を見せているものの、語気がわずかに震えている。突然降りかかってきた出来事に、劉正風のような百戦錬磨の人物でも、動揺を隠せないらしい。

男はまさしく嵩山《すうざん》派の門弟、千丈松史登達《しとうたつ》である。劉正風がおのれの名前とあだ名を知っているとあって、史登達は思わず得意になった。やや身をかがめて、

「史登達、劉師叔にお目通りいたします」

と言ってから、さらに数歩進みでて、天門道人《てんもんどうじん》、岳不羣《がくふぐん》、定逸師太《ていいつしたい》らに礼をした。

「嵩山の門弟、師伯、師叔の各位にご挨拶申しあげます」

他の四名の黄色い服の男たちも、同時に頭を下げた。

定逸師太はご満悦である。礼を返しながら、一方で賛同を示した。

「おぬしの師父が留め立てをするなら、こんないいことはない。わしら武芸者は、義侠心が大事じゃ。江湖で自由自適でいればよいものを、役人なんぞになってどうする？　ただ、一切の段取りを済ませた以上、劉どのには、この老尼の話など聞いてはもらえぬ、言うだけ無駄じゃと思うておった」

「五嶽剣派が連盟を結んだおり、攻守ともに助け合い、武林の正義を守ること、五派と関わりのある事は、みなが盟主の号令に従わなければならぬと、取り決めをした。この五色の旗は、五派が共同で作ったもの、御旗は盟主の如し、という言葉に偽りはない。しかし、今日の引退の儀は私事であり、武林の道義や決まりには反しておらぬ。五嶽剣派とも関わりのないことゆえ、御旗の拘束は受けぬ。ご命令に従いかねるが、どうかお許しをと、左《さ》盟主《めいしゅ》にお伝えしてくれ」

劉正風《りゆうせいふう》は厳粛な面もちでそう言うと、金杯に向かった。

史登達《しとうたつ》が飛ぶように金杯の前に立ちはだかり、右手で錦の旗を高く掲げた。

「劉師叔、何とぞ、師叔に儀式を延ばしていただきたいと、師父が申しておりました。師父は、五嶽剣派は一蓮托生《いちれんたくしよう》、みな兄弟のようなものだと。師父がこの命令を下したのは、五嶽剣派の情誼《じようぎ》を考えてのこと。また、武林の正義を守るため、ひいては師叔ご自身のためでもあります」

「それは解《げ》しかねるな。手前の引退の儀は、とうに鄭重《ていちよう》に嵩山にお知らせし、左盟主にも書状で詳しくご報告したはずだ。左盟主に、まことにそのような好意あらば、なぜ事前に止めてくださらなかった？　今ごろ御旗を立てて留め立てをするのは、手前に、天下の英雄の前で前言を撤回《てつかい》させ、物笑いの種にするおつもりか」

「師父は私に、劉師叔は、衡山派の気骨のある好漢だと申しておりました。武林の仲間だけでなく、師父もことのほか敬服しており、私に失礼なふるまいあらば、厳罰に処すると言いつけてあります。劉師叔のご盛名は江湖に轟いておりますから、そのようなご心配は無用です」

劉正風の口元がやや緩んだ。

「左盟主の買いかぶりだ。手前にはとてもそのような声望は」

二人の譲らぬやり取りに、定逸師太《ていいつしたい》が痺《しび》れを切らして、また口を挟んだ。

「劉どの、この件は、しばし後回しにしてもよいではないか。今日ここに集まったのは、みな良き友人たちじゃ。誰もおぬしのことを笑い者にはせぬ。口さがない輩の一人や二人がとやかく言うたとて、おぬしが相手にせずとも、この老尼が許しはせぬ」

言いざま、眼光が一同の顔を薙《な》いだ。五嶽剣派の仲間に、喧嘩《けんか》を売るような大胆な輩は誰か、牽制《けんせい》しておこうというのだ。

「定逸師太もそうおっしゃるのなら、引退の儀は、明日の午後に延期いたしましょう。どなた様もどうか、もう一日衡山にお留まりください。手前は、嵩山派のご高足《こうそく》によくお話を承りますゆえ」

その時、奥から若い娘の声がした。

「ちょっと、何するの？　私が誰といっしょに遊ぼうと、知ったことじゃないでしょ？」

群雄はハッとした。その声は、先日余滄海《よそうかい》とひと悶着《もんちゃく》を起こした少女、曲非烟《きょくひえん》だ。

「おとなしく座ってろ。勝手なまねをするな。しばらくしたら、自由にしてやる」

男の声もした。

「あらッ、変ね。ここはあなたの家なの？　劉《りゅう》家のお姉さんと裏庭で蝶々を捕まえたいのに、どうして邪魔するの？」

「いいだろう！　行きたきゃ一人でいけ。劉のお嬢さんにはここにしばらくいてもらう」

「お姉さんはあんたを見たら虫ずが走るの。はやく消えてちょうだい。お姉さんはあんたなんか知らないし、まとわりつかないでよ」

「行きましょ。ほっとけばいいわ」

もう一人娘の声がした。

「お嬢さん、ここにしばらくいてください」

劉正風《りゅうせいふう》は聞けば聞くほど腹が立った。

（家で狼藉《ろうぜき》を働くとは、太いごろつきめ。わしの菁児《せいじ》に無礼なふるまいをしおって）

劉門の二番弟子米為義《べいいぎ》が、声を聞きつけて奥へ駆けつけた。見ると、妹弟子と曲非烟が手をつないで中庭に立ち、黄色い服を着た青年が、両手を広げて、二人の行く手をさえぎっている。服装から、嵩山派の弟子であることは一目瞭然《いちもくりょうぜん》だ。思わず腹が立った米為義は、エヘンと咳払《せきばら》いをして、大声で言った。

「こちらは嵩山派の門弟とお見受けしましたが、広間にお出でになったらいかがです?」

「それには及ばぬ。劉家の家族を一人でも取り逃がしてはならぬという、盟主のご命令だ」

さほど響く声ではないが、おごり高ぶった口調は尋常ではない。広間の群雄は、一様に顔色を変えた。

「一体どういうわけだ?」

怒り心頭に発した劉正風が、史登達《しとうたつ》に詰め寄った。

「万弟《ばんてい》、出てこい。言葉には気をつけろ。劉師叔は、儀式を取りやめると言っている」

史登達が言うと、

「はッ!　それは良うございました」

奥の男は返事をして、姿を現した。

「嵩山門弟万大平《ばんたいへい》、劉師叔にお目通りいたします」

「嵩山派の門弟はいくたりお見えだ、一斉に姿を見せられい!」

劉正風は、怒りで身体をワナワナ震わせながら、声を荒げた。

その言葉が終わらぬうちに、屋根から、大門の外から、広間の隅から、裏庭から、数十人が一斉に応答した。

「はッ、嵩山派の門弟、劉師叔《りゅうししゅく》にお目通りいたします」

何しろよせ集まった声である。実によく響いたのと、虚を衝《つ》かれたことも相まって、群雄は度肝《どぎも》を抜かれた。屋根の上に立っているのは十余人、身なりはすべて黄色ずくめ。広間にいる者たちには、さまざまな装束が見られ、早くから紛れ込んで、劉正風《りゅうせいふう》をひそかに監視していたのは明白だ。千人あまりの中で、誰一人気づかなかった。

「こ……これは何のまねじゃ？　人をこけにして！」

最も気の短い定逸師太《ていいっしたい》が、真っ先にどなり立てた。

「師伯、どうかお許しを。何としても、劉師叔に引退の儀を敢行させてはならぬとの、師父の厳命にございます。劉師叔が異を唱える懸念がありましたゆえ、ご無礼つかまつった次第です」

史登達《しとうたつ》が弁明した。

その時、奥からさらに十数人が出てきた。なんと劉正風の夫人、二人の幼い息子、及び劉門の七名の弟子だ。各人の背後にはそれぞれ嵩山派の門弟がついており、手にしたあいくちを、劉夫人《りゅうふじん》らの背中に突き立てている。

「皆さま方、片意地を張るわけではないが、左《さ》どののこのような脅しに屈せば、この劉正風、どの面《つら》下げて生きていかれよう？　左どのが引退を許さぬのなら、フフッ、この首が断たれようと、志は曲げぬ」

高らかに言い放ったのち、劉正風は前に一歩進みでて、両手を金杯に突っ込もうとした。

「待たれよ！」

史登達が御旗を広げて、劉正風の前に立ちはだかった。劉正風の左指二本が、すばやく相手の眼を突く。史登達が両腕を挙げて受け流すと、劉正風は左手を引っ込め、今度は右指二本が相手の双眸《そうぼう》を狙《ねら》う。受けきれずに、やむなく後退する史登達。再び金杯に手を伸ばしかけた劉正風の背後から、ヒュッという音とともに、二人が躍りかかった。劉正風は振り向きもせず、左足でいきなり回し蹴《げ》り。ドスッ！　嵩山派門弟の一人を遠くへ飛ばし、さらに繰りだした右手で、もう一人の嵩山派門弟の胸ぐらをつかみ、グッと持ちあげて、史登達に向かって投げつけた。この左足の回し蹴りと右手の投げは、背中に眼がついているかの如く、精確で迅《はや》い。まさに名手にふさわしい手並みだ。

嵩山派の弟子たちは、呆気《あっけ》にとられて、それきり誰も手を出さない。

「劉師叔、手を止めぬなら、令息を殺す！」

叫んだのは、劉正風の息子の背後に立っている、嵩山派の門弟である。振り向いた劉正風、息子に一瞥《いちべつ》をくれてから、冷ややかな口調で言った。

「天下の英雄がここに集まっておられるのだ。息子にちょっとでも触れてみろ、数十名の嵩山派の門弟を、ことごとくメッタ斬りにしてくれよう」

単なる脅しの言葉ではなかった。嵩山派の門弟が本当に幼子《おさなご》を手にかけたら、たちまち義憤《ぎふん》を呼び起こす。一斉に攻撃されれば、嵩山派の門弟たちは、正義の裁きからは逃れがたい。劉正風《りゅうせいふう》は身を翻《ひるがえ》して、また金杯に手を伸ばした。

もはや誰も阻止できないと思われた刹那、ふいに白光がきらめき、極小《きょくしょう》の飛び道具が空を切り裂いた。劉正風は二歩後ずさった。カチッと音を立てて、飛び道具は金杯の縁に当たった。傾いた金杯は、ガシャンと地面に落ち、中の水がそっくりこぼれた。

同時に黄色い影が掠《かす》め、屋根から一人が飛び降りた。右足をスッと上げて、金杯の底を踏みつけるや、金杯はたちまちひしゃげた。そいつの歳《とし》は四十すぎ、中背で異常に痩《や》せており、口ひげを生やしている。

「劉どの、盟主のご命令により、引退は許されぬ」

拱手して言った。

劉正風には見覚えのある顔、嵩山派総帥左冷禅《されいぜん》の四番目の弟弟子、費彬《ひひん》である。その大《だい》嵩陽手《すうようしゅ》の技は、武林で盛名を博している。どうやら、嵩山派が送り込んだのは、第二世代いた。


の門弟だけではないようだ。金杯が踏みつぶされた以上、引退の儀式はもはやかなわない。

この状況では、死力を尽くして闘うべきか、しばし堪え忍ぶべきか――。劉正風はふと閃《ひらめ》いた。

(嵩山派は五嶽剣派の御旗を掲げているが、これほど居丈高《いたけだか》に無理強いするものを、ここにいる千人あまりの好漢が、一人も身を挺《てい》して、筋を通す者はおらぬというのか?)

劉正風は、即座に拱手して返礼した。

「費《ひ》どのがお越しなら、なにゆえ粗酒《そしゅ》も召し上がらず、屋根になど隠れて、日晒《ひざら》しに遭っておられました? 嵩山派は、他にも名手がお出でになっているご様子。一人残らず姿をお見せいただこう。手前一人が相手なら、費どの一人だけでも十分すぎましょうが、ここにいらっしゃる英雄好漢を相手にするには、嵩山派では手が足りますまい」

「劉どの、仲間割れをそそのかすような言葉は、ご無用であろう。劉どのお一人を敵に回すだけでも、私にはとても太刀《たち》打ちできぬ。嵩山派は、衡山派に難癖《なんくせ》をつけるつもりは毛頭ないし、ここにいる英雄の、どなたの機嫌を損じるつもりもない。劉どのにとて、失礼なまねをしたくはない。しかし、武林の何千何万という仲間衆の存亡にかかわるため、劉どのに引退をしてはならぬと、お願いに参ったのだ」

群雄は愕然となった。

（劉正風《りゅうせいふう》が引退をしようがすまいが、なぜ武林の仲間の存亡と関わりがあるのだ？）

案《あん》の定《じょう》劉正風が言葉をついだ。

「それはずいぶん手前を買いかぶっておられますな。手前は衡山派では凡庸な腕。子どもはまだ幼く、門下も、八、九名の物にならない弟子がいるだけで、実際取るに足らない存在です。手前の一挙一動が、何ゆえ武林の仲間たちの存亡にかかわると？」

「そうじゃ。劉どのがつまらん役人になるのは、実を言うと、わしとて大いに異存がある。じゃが、人にはそれぞれ志《こころざし》があろう。民百姓に危害を加えず、武林仲間の義気を損なわぬ上で、劉どのが出世と金儲《かねもう》けを目指したくば、他人がむりやり留め立てすることはできぬ。大勢の武林の仲間に危害を加えるほど、劉どのに力があるとは思えぬが」

定逸師太《ていいつしたい》がまた口を挟んだ。

「定逸師太は仏門の徳のあるお方だ。狡猾《こうかつ》な手くだをご存じない。この陰謀が通れば、武林の大勢の仲間を死に至らしめるばかりか、天下の善良なる庶民にも害を及ぼすことになる。皆の衆、どうか考えていただきたい。衡山派の劉どのは、江湖でも名を轟かせている豪傑だ。なぜおのれの方から、薄汚い官吏にごまをするのだ？　しかも財産はたんとある。今さら出世と金儲けに、心引かれようか。そこには、おのずと人に言えない訳があるからだ」

費彬《ひひん》の言に、一同は首肯《しゅこう》したものである。

（費彬の言うとおりだ。俺だって臭いと睨《にら》んでたんだ。劉正風のような人が、あんなちっぽけな武官におさまるとは、まったく様にならん）

劉正風は、怒るどころか笑った。

「費どの、人を陥れるなら、もっとそれらしい話をこしらえることだな。嵩山派の他の方々、姿をお見せくだされい」

すると、屋根の東と西から、同時に一人ずつ返答があった。

「されば！」

黄色い影がちらつくやいなや、はや男が二人、広間の入り口に立っている。この軽身功《けいしんこう》は、先ほど費彬が飛び降りたときと、まるきり同じ格好だ。東側に立つのが、いかつい体《たい》軀《く》の巨漢、嵩山派総帥の二番目の弟弟子、托塔手丁勉《たくとうしゅていべん》。西側に立つのは、痩身《そうしん》で背が高い、嵩山派の三番手、仙鶴手陸柏《せんかくしゅりくはく》。定逸師太らとは顔馴染《なじ》みである。二人は同時に拱手した。

「劉どの、皆の衆、ごきげんよろしゅう」

丁勉、陸柏の二人は、武林に威名が聞こえている。群雄は立ち上がって返礼した。嵩山派の手練れが続々と到着している今、人々はおぼろげながら察した。これはただ事ではない、劉正風はひどい目に遭わずには済むまい、と。

「劉《りゅう》どの、ご懸念には及ばぬ。天下は万事、『理』という言葉を無視できぬもの。相手が多勢とて、われら泰山《たいざん》派、華山《かざん》派、恒山《こうざん》派が、みな見て見ぬふりする連中とでも言うてかえ？」

いきり立つ定逸師太《ていいつしたい》に、劉正風《りゅうせいふう》は苦笑を浮かべた。

「定逸師太、まったくお恥ずかしい。もとはと言えば、わが衡山派の内輪のことというに、皆さまにご心配をおかけして。今、事の次第が呑み込めてきました。きっと、兄弟子の莫《ばく》が嵩山派の左盟主《さめいしゅ》に訴えて、手前の非を並べ立てたゆえ、嵩山派の方々がお咎《とが》めに参ったものと見える。よく分かりました。礼を欠いたことは、手前から莫兄貴に謝罪しておきますゆえ」

費彬《ひひん》の視線が、広間を一回りした。眼を糸のように細めているが、キラッと光った瞳《ひとみ》から、内功の修行の深さがうかがわれる。

「この事と莫大先生《ばくだいせんせい》と、何の関わりがある？　莫大先生、姿をお見せになり、みなに訳をお聞かせいただきたい」

静まり返った広間から、「瀟湘夜雨《しょうしょうやう》」莫大先生の姿はついぞ見られない。劉正風は苦笑した。

「われわれの不仲は、武林に周知のこと。隠しても詮方《せんかた》ない。手前は先祖のおかげで、家が豊かだが、莫兄貴は、勝手もとが寂しい。友人にも金の融通は致すゆえ、兄弟弟子の仲ならなおさらのこと。しかし、莫兄貴はそれを嫌われて、絶対にこの家の門をくぐりません。すでに数年間行き来がないのですから、莫兄貴は今日お見えになってはおりますまい。手前が承服しかねるのは、左盟主が莫兄貴の言葉しか聞かず、これほど大勢の方を遣わして、手前を断罪しようとしていることです。老妻や子どもまで人質にするとは、あ……あまりにも大げさではないか」

「御旗を掲げろ」

費彬が命じるや、史登達《しとうたつ》は「はッ！」と応じ、高々と旗を掲げて、費彬のかたわらに立った。費彬は陰鬱《いんうつ》な口調で、

「劉どの、今日の事は、衡山派総帥莫大先生とは何の関わりもない。あの方を巻き添えにせずともよい。左盟主のお言いつけとは、劉どのに問いただすようにとのこと——すなわち、魔教《まきょう》教主東方不敗《きょうしゅとうほうふはい》と、どのような密約を交わしたのか、わが五嶽剣派及び武林中の正派に対し、何を企《たくら》んでおるのか、ということだ」

この言葉に、群雄は震撼《しんかん》した。頓狂《とんきょう》な声を出した者も少なくない。魔教と正派の双方が仇同士となってより、すでに百余年、諍《いさか》いは綿々とやまず、勝ち負けの応酬が続いている。広間にいる千人あまりのうちだけでも、少なくとも半数は、魔教から何らかの危害を

受けているのだ。ある者は父兄を殺され、ある者は師匠を殺され、魔教と聞くや、誰もが切歯扼腕《せっしやくわん》する。五嶽剣派が同盟を結んだ最大の理由とて、魔教に敵対するためだ。魔教は多士済々《たしせいせい》で、腕も立ち、正派もめいめいが絶技を持つが、かなわぬことも多かった。魔教教主東方不敗《とうほうふはい》は、「当世随一の名手」という呼び声高く、「不敗」という名前も伊達《だて》ではなく、実際武芸が物になってからは、一度も敗れたことがないという凄さ。劉正風《りゅうせいふう》が魔教と結託《けったく》をしているのであれば、確かに群雄めいめいの命や身辺に関わる。劉正風に寄せられていた同情は、瞬時に消し飛んだ。

「生まれてこの方、魔教教主東方不敗に会うたこともない手前に、密約だの企みだのとは、一体どういうことだ？」

費彬《ひひん》は首を傾げて、三兄貴の陸柏《りくはく》を見ながら、その言葉を待った。

「その言葉、少し違っておりゃせんか。魔教には曲洋《きよくよう》という長老がいるが、ご存じかな？」

陸柏がか細い声で言った。

今まで落ち着き払っていた劉正風が、「曲洋」の名を耳にしたとたん、顔色を一変させた。唇をかみしめて、おし黙っている。

広間に入ってから、一言も発しなかった巨軀の丁勉《ていべん》が、急に激しい口調で問うた。

「曲洋を知っているのか？」

響きわたった声が、一同の耳の中でガンガン鳴った。そこにじっと立っているだけでも、十分偉丈夫といえる丁勉だが、今、人々の眼には、彼がにわかに一尺以上も高くなり、すこぶる勇猛に映った。

数千の眼が、沈黙を通す劉正風の顔に注がれた。劉正風が答えようが答えまいが、一同には同じに思えた。答えられなければ、黙認したことになる。やがて、劉正風はうなずいた。

「いかにも！　曲洋どのは、顔見知りどころではない。わが生涯唯一の知己《ちき》だ」

予想外の言葉に、広間はたちまち騒然となった。群雄は、劉正風が言い逃れをしないまでも、曲洋とは知り合い程度だと、認めるにとどまると思っていたのだ。魔教の長老を知己と言うとは、まったく意想外である。

費彬の顔にうっすら笑みが浮かんだ。

「われから認めるなら、それに越したことはない。男ならおのれの始末はおのれでつけるべきだ。劉正風、左盟主《さめいしゅ》は二通りの道をお示しになった。好きな方を選ぶがよい」

劉正風は、費彬の話が耳に入らぬかのように、茫然《ぼうぜん》としている。おもむろに腰を下ろすと、手酌で酒を一杯ついで、ゆっくりと酒をのどに流し込む。だらんと垂れた繻子の袍の袖は、微塵たりとも震えていない。瀬戸際に立たされながら、一向に動じる様子が見られないのは、彼の精神力の強さの表れと言える。胆力と武術、双方ともに一流でなければ成し得ないことなのだ。どちらかが欠けてもいけない。群雄の誰もが心ひそかに感服した。

「左盟主《さめいしゅ》はこう言われた。――劉正風《りゅうせいふう》は衡山派のかけがえのない人材である。一時道を誤り、匪賊《ひぞく》とつき合うても、悔悟《かいご》の意あらば、われわれは義侠道を行く仲間として、更生の道を与えようではないか。劉正風が更生したくば、ひと月以内に、魔教の長老曲洋《きょくよう》を殺し、左盟主のもとへ首を持参すること。さすれば、過去のことは一切水に流し、またもとの仲間でいられると」

(正邪はしょせん両立できぬもの。魔教の妖人《ようじん》と正派の侠客では、顔を合わせたら最後、生きるか死ぬかの激闘だ。左盟主が劉正風に、曲洋を殺して身の潔白を証明させるのは、あながち過分な要求でもない)

と、群雄は考えた。

劉正風の顔に、もの寂しい笑みがチラリと浮かんだ。

「曲どのと手前は、初めて逢《あ》ったときから親交を続けて参りました。手前どもは、十数回床を並べて語り明かしてきましたが、たまたま話が門派の違いに及ぶと、曲どのはいつも深々とため息をもらします。双方がいがみ合いを続けても、意味がないと考えていたのです。二人のつき合いは、もっぱら音楽の研鑽《けんさん》に限ったもの。曲どのは七絃琴《しちげんきん》の名手で、手前は簫《しょう》を愛好しております。二人が逢っているときには、いつも琴と簫を合奏することが多く、武術については、これまで語ったことはありません」

ここで、劉正風は軽く微笑《ほほえ》んでから、さらに続けた。

「皆さまには信じられないのかもしれません。しかし、劉正風は、当世では琴を奏《かな》でることにかけては、曲どのの右に出る者はなく、簫を吹くことにかけては、自分をおいて他には考えられないと思っております。曲どのは魔教の人間ですが、その琴の音には、あの方の高潔な人格が見て取れます。劉正風はあの方を敬服しているばかりか、慕《した》ってもいます。手前は一介の野人ですが、この立派な方には絶対に危害を加えたくありません」

つくづく不思議な話だと、群雄は思った。劉正風と曲洋のつき合いが、音楽を介したものだったとは――。信じがたい一方で、劉正風の誠実な話しぶりからして、まるきり嘘《うそ》を言っているとも見えぬ。江湖では奇人変人は甚《はなは》だ多く、音楽も色事も、元来人を惑わせるものである。劉正風が音楽に耽《ふけ》るのは、さして変わったことでもない。衡山派の子細を知る人は、こう思った。

（衡山派の歴代の名手は音楽を嗜《たしな》んでいたし、現総帥莫大先生《ばくだいせんせい》も、あだ名を「瀟湘夜雨《しょうしょうやう》」といって、胡弓《こきゅう》をいつも持ち歩いているしな。「琴中に剣を蔵《かく》し、剣は琴音を発す」とい

り得ることだ）

う言われ方もされている。劉正風《りゅうせいふう》が簫から曲洋《きょくよう》とつき合うようになったのも、大いにあ

「おぬしと曲洋が、音楽で結びついていることは、左盟主《さめいしゅ》の方でもとうに調べがついておる。左盟主はこう言われた。魔教は腹黒いゆえ、近年、隆盛を極めたわが五嶽剣派に、抗《あらが》いがたいと知ってからは、あの手この手で内紛を画策しておる。離間《りかん》のためなら手段も選ばぬ。あるいは金銭でつり、あるいは美色で惑わせようとする。劉どのは身持ちが固いゆえ、魔教は曲洋を遣わし、音楽を介して取り入ろうとしたのだと。劉どの、頭をはっきりさせてもらわねば困る。魔教が過去にどれくらい仲間を殺してきたか。おぬし、陰険な手段に惑わされて、まったく眼が覚めぬというのか」

と、費彬《ひひん》が言えば、定逸師太《ていいつしたい》も言葉を添える。

「費どのの言う通りじゃ。魔教の恐ろしさは、武術が悪辣《あくらつ》なことではなく、思いもかけぬような、様々な陰謀を用いるところじゃ。劉どの、おぬしは聖人君子じゃ。小人《しょうにん》の罠にかかってても構わぬではないか。はやく曲洋の畜生めを殺してしまえば、きれいさっぱりする。われら五嶽剣派は一蓮托生じゃ。くれぐれも魔教の悪人にそそのかされて、仲間の義気を損のうてはならぬ」

天門道人《てんもんどうじん》もうなずきつつ、畳みかけて言う。

「劉どの、君子の過ちなぞよくあることじゃ。過ちを改められれば、それでよい。あの曲洋の畜生を殺しさえすれば、義侠の徒の誰もが親指を立てて、『衡山派の劉正風は、やはり善悪の区別がつく好漢だ』と言うじゃろう。わしら友人としても、面子《メンツ》が立つというものじゃ」

劉正風は返答をする代わりに、視線を岳不羣《がくふぐん》に向けた。

「岳どの、あなたは事の是非が分かるお人です。ここの大勢の武林の名手が、手前に友人を裏切れと迫っておりますが、あなたのご意見は？」

「劉どの、もし真の友人のためであれば、私ら武芸者は、身体を刀で突き抜かれようと、眉《まゆ》一つ動かさぬ。しかし、魔教の曲洋は、明らかに笑顔の裏に凶悪な顔を隠して、おぬしを籠絡《ろうらく》しようとする、最も陰険な敵だ。やつの狙《ねら》いは、劉どのの名誉を地に落とし、一家を離散させることにある。その腹黒さたるや言い尽くせぬほどだ。このような者まで友人に加えたら、『友人』という言葉が汚れてしまう。大義親を滅ぼすというが、親族でさえ滅ぼせるのなら、友人とも言えぬような大悪党は、なおさらのこと」

岳不羣の悠然たる語り口に、群雄はワァーッと喝采《かっさい》を上げ、口々に賛同を示す。

「岳どののお話は、実に明快だ。友人が相手であれば、義気を重んじなければならぬが、敵なら皆殺しにするべきだ。義気など語ってどうする？」

劉正風《りゅうせいふう》はため息をついた。やがて、ざわめきが少し収まってから、ゆるゆると語りだした。

「曲《きょく》どのとつき合いだした当初から、このような日が来ると分かっておりました。もし五嶽剣派と魔教の間に大激闘が起これば、かたや同盟の仲間、かたや親友ですから、手前はどちら側にもつくことができません。それで引退の儀を行うという、下策《げさく》に出ることにしたのです。天下の仲間に、手前は今後武林を引退し、江湖の恩讐からは一切身を引くと、広く知らしめようとしたのです。大枚をはたいて、ちっぽけな武官の職を得たのも、隠れ蓑《みの》にするための偽装でした。ところが、左盟主《さめいしゅ》は何もかもお見通しで、やはりごまかしが利きませんでした」

(劉正風の引退には、こんな深意が隠されていたのか。俺も思ったんだ。こんな衡山派の名手が、本気でクソ役人なんかやらないって)

劉正風の説明で、群雄は、自分にはやはり先見の明があったのだと気づいた。

費彬《ひひん》と丁勉《ていべん》、陸柏《りくはく》の三人は、チラッと顔を見合わせて、得意になっている。

(左兄貴が貴様の奸計《かんけい》を見破り、時機よろしく留め立てせなんだら、貴様の思い通りになっておったわ)

「魔教とわれわれ正派は、百年あまりの間、殺し合いを演じてきました。事の是非は、とても語り尽くせないでしょう。手前は、この血腥《ちなまぐさ》い争いから身を引き、隠居したのちは、日々簫をたしなみ、堅気《かたぎ》の良民として暮らしていきたいと願っております。この願いは、衡山派の門規にも、五嶽剣派の盟約にも違《たが》わないと思いますが」

劉正風が言葉をついだ。それを、費彬がせせら笑う。

「誰でもおぬしのように、大難《たいなん》を前に尻尾《しっぽ》を巻いて逃げだせば、魔教のしたい放題になるではないか。身を引くというが、曲洋《きょくよう》のやつも、なぜ身を引かぬ?」

「曲どのはとうに手前の前で、魔教の開祖に誓いを立てました。今後は魔教と正派の間にいかなる争いがあろうと、決して参入しないと。侵されずんば侵さず、ということです」

「『侵されずんば侵さず』とはよく言ったもんだ! 正派の方から侵せばどうなる?」

「曲どのは、極力譲歩して、決して手は出さない、しかも双方の誤解や怨恨を取り繕《つくろ》うことに力を尽くす、と言っておりました。今朝も曲どのからの言づけがあり、華山派の弟子令狐冲《れいこちゅう》が手傷を負い、危篤状態にあったのを、曲どのが生き返らせたとのことです」

この言葉に、群雄はどよめいた。とりわけ華山派、恒山派、及び青城《せいじょう》派の面々は、ヒソヒソと耳打ちをし合っている。

「劉師叔《ししゅく》、令狐兄さんはどこにいますか? 本当に、あの曲という人が命を救ったのですか?」

華山派の岳霊珊《がくれいさん》がたまらず訊《き》いた。

「曲《きょく》どのがそう言うのなら、本当のことでしょうな。後で令狐《れいこ》どのに会うたときに、直接確かめたらいいでしょう」

「別段不思議でもなかろう。魔教が人を丸め込むのに、手段を選ぶと思うか。おぬしを丸め込めたくらいだ、華山派の門弟にも触手を伸ばすだろう。感激した令狐冲《れいこちゅう》が、命を救ってもらった恩に報いようとするやもしれぬし、そうなれば、この五嶽剣派から、また一人裏切り者が増える」

費彬《ひひん》は冷ややかに笑うと、岳不羣《がくふぐん》を振り返った。

「岳どの、例えばの話だ。どうかお気に障らず」

「なんの」

岳不羣が微笑《ほほえ》み返す。劉正風《りゅうせいふう》は眉をつり上げて、キッとなった。

「費どの、また一人裏切り者が増えるの、『また』とはどういう意味だ?」

「言わずとも分かっているはずだ」

「フン、あからさまに裏切り者呼ばわりするのだな。手前の交友は私事だ。他人が口を挟むことではない。劉正風は先師にも、衡山派にも叛《そむ》いておらぬ。『裏切り者』という言葉は、そっくりお返ししよう」

その丁寧な物腰から、本来劉正風には、郷紳《きょうしん》に似た金持ち臭さと田舎臭さが感じられた。ところが、この時ばかりは、にわかに英気をみなぎらせて、先ほどとはまるで様相が違う。不利な状況に追い込まれながらも、費彬と堂々と渡り合い、一歩も譲らぬその豪胆さに、群雄の誰もが舌を巻いた。

「では、劉どのは、最初に示された道を取らぬ、邪悪を討ち、あの魔物曲洋《きょくよう》を殺さぬと？」

「左盟主《さめいしゅ》の号令あらば、今すぐ手前の一家を皆殺しにすればよかろう！」

「天下の英雄好漢が客となっておるゆえ、五嶽剣派がはばかって粛清できぬと思うて、涼しい顔をするな」

費彬は史登達《しとうたつ》に手招きをした。

「参れ！」

「はッ！」史登達は三歩進みでた。費彬は五色の旗を受け取って、高々と掲げた。

「劉正風よ、聞け――左盟主より命令だ。ひと月以内に曲洋を殺さぬなら、五嶽剣派は後患《こうかん》を根こそぎ絶つため、即刻粛清するまでだ。決して容赦はせん。もっとよく考えることだな」

劉正風の顔が苦笑でゆがんだ。

「保身のために、友人を殺せるか。左盟主《さめいしゅ》が許さぬなら、孤立無援の劉正風《りゅうせいふう》が、張り合えるものではない。嵩山派はとうに手はずを整えているだろう。ひょっとして、手前の棺《かん》桶《おけ》も買ってあるかな。さあ、来るならさっさと来い」

費彬《ひひん》は御旗をピンと広げて、朗々と宣告した。

「泰山派の天門《てんもん》どの、華山派の岳《がく》どの、恒山派の定逸師太《ていいつしたい》、衡山派の門弟の方々、左盟主からのお言いつけです。――正邪は両立せぬもの。魔教はわが五嶽剣派の、不倶戴天《ふぐたいてん》の敵《かたき》である。劉正風は匪賊《ひぞく》と交友を結び、仇敵《きゅうてき》に帰属した。五嶽剣派の同門であれば、共に討ち果たそう、と。命令に従う者は、左側にお立ちください」

立ちあがった天門道人、劉正風には眼もくれずに、大股《おおまた》で左手に向かった。天門道人の師父は、かつて魔教の女長老の手にかかって落命したので、彼は魔教を骨の髄《ずい》まで憎んでいるのだ。天門道人が左手に向かうや、門下の弟子たちも後ろに従った。

岳不羣《がくふぐん》も立ち上がり、

「劉どの、おぬしがちょっと首を縦に振れば、この岳不羣がおぬしに代わって曲洋《きょくよう》を料理するが、どうだ？　男は友人を裏切れぬと言うのなら、この世では、曲洋一人がおぬしの友人なのかね。わが五嶽剣派と、ここにいる大勢の英雄好漢は、おぬしの友人ではないというのか。ここにいる武林の仲間たちは、おぬしが引退すると聞いて、はるばる駆けつけてきて、心よりお祝いをしてくれている。友だちがいがあると言えるのではないかね？　一家の命も、五嶽剣派の恩義も、ここにいる大勢の仲間の友情も、全部合わせても曲洋一人に及ばぬというのか」

　劉正風はゆっくりかぶりを振った。

「岳どの、読書人であるあなたなら、男には、やってはならぬことがあるのをご存じでしょう。ご忠告は大変ありがたいが、手前に曲洋を殺すよう迫るのは、無駄というものです。もし誰かに、岳どの、あるいは、ここにいる友人のどなたかを殺すよう迫られても、手前は一家が犠牲になろうとも、決してうなずきは致しません。曲どのは紛れもなく手前の親友です。しかし、岳どのも手前の友人なのです。曲どのが一言でも、五嶽剣派のどなたかを暗殺しようと持ちかければ、手前は曲どのの人となりを蔑《さげす》み、二度と友とは見なしません」

　誠意にあふれた言葉に、群雄は思わず胸を打たれた。義気を重んずる武林のことだ。曲洋との友情を取る劉正風に、好漢たちは釈然《しゃくぜん》としなかったが、ひそかに賛嘆《さんたん》せずにはいられなかった。

　首を横に振る岳不羣、

「劉どの、それは違う。それでは正邪の区別もないし、事の是非も考えていない。魔教は悪の限りを尽くし、江湖の聖人君子や無辜《むこ》の民を惨殺してきたのだ。劉《りゅう》どのが一時の琴と簫の縁で、一家の命をそやつに捧げるのは、『義気』という言葉をはき違えておろう」

「岳《がく》どの、あなたは音律《おんりつ》を好まぬゆえ、手前の気持ちがお分かりにならぬ。言語文字では嘘はつけても、琴や簫の音は心の声で、絶対に偽《いつわ》れるものではありません。手前と曲《きょく》どのの交わりは、琴と簫の合奏によって、心を通い合わせているのです。手前は一家の命をかけて受け合います。曲どのは魔教の者ですが、魔教の邪気は微塵も感じられません」

岳不羣《がくふぐん》は長嘆して、天門道人《てんもんどうじん》の傍らに立った。労徳諾《ろうとくだく》、岳霊珊《がくれいさん》、陸大有《りくだいゆう》らも後に続く。

定逸師太《ていいつしたい》も劉正風《りゅうせいふう》を見向いた。

「今後私は、おぬしを劉賢弟《どの》と呼ぶべきか、劉正風と呼ぶべきか」

問われて、劉正風は苦笑した。

「劉正風の命は、風前の灯火《ともしび》のようなもの。師太が今後手前を呼ぶことはもうないでしょう」

「南無阿弥陀仏《なむあみだぶつ》！」

合掌して言うと、定逸師太はゆるゆると歩きだした。岳不羣の横にたどり着くや、

「魔物の業《ごう》とは深きものよ。ああ、恐ろしや」

と、独りごちた。恒山派の弟子たちもゾロゾロと移動する。

「これは劉正風一人のこと、他人とは関わりがない。衡山派の弟子でも、反逆に従うつもりがなければ、全員左手に立て」

費彬《ひひん》が言うと、広間にしばらく静寂が広がった。やがて――。

「劉師伯、私どもは失礼つかまつります」

一人の若い男が言うと、三十余名の衡山派の弟子が続いて、恒山派の尼たちの方へと向かった。全員劉正風の甥《おい》弟子にあたる者たちで、劉正風の同輩は一人もこの場にはいない。

「劉門の直《じき》弟子も左手に立て」

費彬がまた声をかけた。

「師より受けた大恩には、報いないわけには参りません。劉門の弟子は、恩師と生死をともに致します」

向大年《こうだいねん》が声高に言い切った。

「よい、よい！　大年、その言葉だけで、この師には十分だ。お前たち、みんな向こうへ行け。わしがおのれで交友を結んだのだ。お前たちには関係のないことだ」

劉正風の眼から熱い涙があふれた。米為義《べいいぎ》がシャッと長剣を抜く。

「劉門だけでは、むろん五嶽剣派の敵ではないでしょう。今日は死あるのみ。恩師に危害を加えようとする者は、先にこの俺を殺せ」

言いつつ、劉正風《りゅうせいふう》の前に立ちはだかった。

刹那、丁勉《ていべん》の左手が挙がり、かすかに風を切って、一筋の白光が走った。驚いた劉正風は、米為義《べいいぎ》の右腕を一押しした。内力《ないりょく》のおかげで、米為義は左に吹っ飛び、白光は劉正風の胸元に向かっていた。師を思う心がはやる向大年《こうだいねん》が、身を躍らせた。凄《すさ》まじい悲鳴を上げて、向大年は即死した。銀針《ぎんしん》が心の臓に突き刺さったのだ。

劉正風は左手でその屍《しかばね》を抱き起こし、息を確かめてから、丁勉を返り見た。

「丁よ、嵩山派が先に私の弟子を殺した！」

「ああ、こっちが先に手を出した。それがどうした？」

丁勉が冷たく言った。

劉正風は向大年の屍体を持ちあげた。いかにも内力を込めて、丁勉に投げつけるような構えである。衡山派の内功には独特のところがあり、劉正風は衡山派の一流の使い手だ。この一投は、さぞや凄い勢いだろうと、丁勉は予測した。丁勉は、即座に内力をめぐらせ、屍体を受けたら、逆に相手に投げ返す準備を整えた。ところが、次の瞬間、劉正風の身体が斜めに飛んだ。両手がわずかに挙がるや、向大年の屍体を費彬《ひひん》の胸元に押しつける。この動作の迅いこと、虚を衝かれた費彬が両掌を盾《たて》にして、屍体を押し止めたときには、両脇《わき》にしびれを覚えていた。劉正風に穴道《けつどう》を突かれたのだ。

一手で成功をおさめた劉正風は、左手で費彬の手中の旗を奪い取り、右手で剣を抜いてその喉《のど》に当て、左肘でその背中の穴道三カ所を突いて、そして向大年の屍体は地面に落ちるのに任せた。まさに電光石火というべき動き、費彬が自由を奪われ、旗が奪われた段になって、一同はようやく劉正風が使ったのが、衡山派の絶技「百変千幻衡山雲霧十三式《ひゃっぺんせんげんこうざんうんむじゅうさんしき》」だと気づいた。名を聞いて久しいが、今回は大いに眼福《がんぷく》となったわけだ。

岳不羣《がくふぐん》はその昔、この「百変千幻衡山雲霧十三式」は、衡山派の先代のある名手が創《つく》ったものだと、師より聞いている。その名手は、江湖で幻術《げんじゅつ》を披露するのが生業《なりわい》の大道芸人であった。幻術とは、お囃子《はやし》に紛れて、虚実を織りまぜながら、見物人の耳目をたぶらかすことに頼るものだ。晩年になると、かの名手の武芸はますます磨きがかかり、幻術の腕も日増しに上がった。やがて、内功を幻術に取り入れて、街頭の見物人の喝采を浴びるようになったが、のちにそれに飽きたらず、逆に幻術の技を武芸に浸透させた。あとは変幻自在となったわけである。生来諧謔《かいぎゃく》を好んだかの名手は、この技を編みだして独り悦《えっ》に入っていたが、意外にもそれが後世に伝わり、衡山派の三大絶技に数えられるに至った。ただ、この技は奇抜な変化をするものの、敵の前では、大して役に立つものでもない。名手同士が手合わせをするときには、厳重に警戒し、全身の隙《すき》をくまなく守るもので、このような眼眩《めくら》ましの技はたいていい使えない。それゆえ、衡山派もこの技を重視していたわけではなく、軽佻《けいちょう》な弟子には、幻術にうつつをぬかし、基本の確かな技がおろそかにならぬよう、伝授をしてこなかった。

劉正風《りゅうせいふう》は、慎重かつ寡黙な人間である。師よりこの技を習ってから、今まで使ったことがなかった。それが今、とっさに使ったのが一撃で功を奏し、この嵩山派に名高く、腕も決しておのれに引けを取らない、「大嵩陽手《だいすうようしゅ》」費彬《ひひん》を押さえ込んだのである。劉正風は右手に五嶽剣派の旗を掲げ、左手の長剣を費彬の喉にかけながら、押し殺した声で言った。

「丁《てい》どの、陸《りく》どの、手前は恐れ多くも五嶽剣派の御旗を奪ったが、お二方に脅しをかけるつもりはない。ただ、頼みがある」

丁勉《ていべん》と陸柏《りくはく》は、チラッと眼を見合わせた。

(費どのが不意打ちに遭ったのだ。言う通りにするしかあるまい)

「頼みとは」

丁勉が言った。

「お二方に左盟主《さめいしゅ》に言づけをお願いしたい。手前が一家を挙げて隠遁《いんとん》し、今後武林のいかなる事にも関わらぬことをお許しいただきたい。手前は曲《きょく》どのとも今後二度と会わぬし、皆さま方とも、こ……これより袂《たもと》を分かつ。手前は、家族や弟子とともに海外にて隠居し、生ある限り、国内には一歩も足を踏み入れますまい」

丁勉はやや躊躇《ちゅうちょ》してから、

「この件は、わしと陸どのでは決められぬ。左どのに報告し、ご指示を仰がぬことには」

「ここには泰山、華山両派の総師がおる。恒山派の定逸師太《ていいっしたい》も総師の代わりとなれるはず。他にも、英雄好漢の方々が証人になってくださろう」

一同をサッと見回してから、劉正風はまた重々しい口調で言った。

「皆さまにお願いします。手前に友人への義理を果たさせ、家族と弟子の命をも護《まも》らせてください」

内柔外剛《ないじゅうがいごう》の定逸師太は、その癇癪《かんしゃく》持ちの性格とは裏腹に、慈愛に溢《あふ》れた心の持ち主である。

「そうするのがよい。みなの和を壊すことにもならぬ。丁どの、陸どの、承知しようではないか。劉どのが魔教の人間とは手を切り、遠くへ行くということは、この世にこの人物が消えたも同然、これ以上殺生《せっしょう》を重ねる必要はなかろう」

と、真っ先に取りなした。天門道人《てんもんどうじん》もうなずいて、岳不羣《がくふぐん》にふる。

「それもよかろう。岳どの、どう思うのかね」

「劉どののお言葉なら、信用するに足りる。さあさあ、雨降って地固まるとしよう。劉どの、費どのを放して、みなで仲直りの酒といこう。明日の朝早く、家族と弟子を連れて、衡山城を発《た》つがよい」

だが、陸柏《りくはく》は承知しない。フンと鼻を鳴らして、

「狄修《てきしゅう》、準備しろ」

「はッ！」

嵩山派の門下、狄修の手中の短剣がそっと送りだされ、劉正風《りゅうせいふう》の長子の背中に肉薄した。

「劉正風、頼み事なら、わしらと嵩山に上がって、左盟主《さめいしゅ》に会って直接言ってくれ。わしらは命を受けたにすぎぬゆえ、何も決められぬ。すぐに御旗を返し、費《ひ》どのを放せ」

陸柏が言った。劉正風は苦しげに笑ってから、息子に問いかけた。

「おい、死ぬのが怖いか？」

「父上の言う通りに致します。怖くありません！」

「いい子だ！」

「殺せ！」

陸柏が一喝した。狄修の短剣が、劉公子《りゅうこうし》の背中から胸まで刺し込まれ、そして引き抜かれる。バタッと倒れた劉公子の背中から、鮮血がドッと溢れだした。

鋭い悲鳴を上げて、息子の屍に追いすがろうとする劉夫人《りゅうふじん》。

「殺せ！」

陸柏の一喝がまた下った。狄修の短剣が、さらに劉夫人の背中を貫く。

「けだもの！」

激怒した定逸師太《ていいつしたい》の掌撃が、唸《うな》りを生じて狄修を襲った。丁勉《ていべん》が駆け寄って、これも掌打を送る。掌が打ち合い、定逸師太は三歩後ずさった。胸への衝撃で、鮮血が口までせり上がってきたが、負けん気の強い定逸は、それを無理やり呑み込んだ。丁勉がニヤリとして言う。

「ご免！」

もともと掌打を得意としない定逸師太である。しかも先ほどの一撃は、若輩者《じゃくはいもの》の狄修に向けられたもので、全力を出しておらず、一撃で狄修の命を奪うつもりも毛頭ない。そこへふいに、力を十分に凝縮した丁勉が、手を出してきた。定逸が再度内力を込めようにも間に合わず、怒濤《どとう》の如く押し寄せる丁勉の掌力を受けて、吐血することとなったのだ。カッとなって、第二掌を繰りだそうと、力をめぐらせたところ、丹田《たんでん》がキリキリと痛んだ。傷が浅手ではなく、今は対抗しきれないと知った定逸は、手をひと振りして、声を荒げた。

「引き上げじゃ！」

大股で表に向かう定逸のあとを、門下の尼たちがつき従った。

「もっと殺《や》れ！」

陸柏《りくはく》の一喝を受けて、嵩山派の弟子二人が、また劉門の弟子を二人殺した。

「劉門の弟子たちよ、聞け。命が惜しくば、今跪いて許しを請い、劉正風《りゅうせいふう》の非を質《ただ》せ。そうすれば、死なずに済むぞ」

「人でなし、嵩山派は魔教よりずっとずっと凶悪よ」

劉正風の娘、劉菁《りゅうせい》が怒りに駆られて言った。

「殺せ！」

万大平《ばんたいへい》が長剣を振り下ろし、劉菁を右肩から腰まで斬り下げた。史登達《しとうたつ》ら嵩山派の弟子は、あらかじめ穴道を衝いて、動けなくしていた劉門の直弟子を、次々と殺していった。

広間にいた群雄は、平生は刀剣で鳴らした強者《つわもの》ぞろいであるが、このような惨状に、思わず戦慄《せんりつ》を覚えた。長老格が何人か留め立てをしようにも、嵩山派の動きがあまりに迅く、わずかに躊躇していた間に、広間には屍が累々《るいるい》と横たわった。

（もともと正邪は両立せぬもの。嵩山派の今度のふるまいは、決して劉正風に対する私怨《しえん》からではなく、魔教に対抗するためにやったことだ。手口が残忍であっても、敢《あ》えて非難はできない。しかも、嵩山派はすでに大局をつかんでいる。恒山派の定逸師太《ていいつしたい》でさえ傷を負って去ったのだ。天門道人《てんもんどうじん》や岳不羣《がくふぐん》のような名手とて黙っているし、五嶽剣派の事に、

部外者がむりに顔をつっこめば、命を落としかねない。ここは一つ、明哲保身《めいてつほしん》を決め込むに限る）

とは、一同の胸算用。

今や劉門の門弟や子女は、劉正風がもっとも可愛《かわい》がっている、十五歳の幼い劉芹《りゅうきん》を残すのみとなった。

「その小僧に、命請いをするかどうか聞け。命請いをしないのなら、まず鼻を削《そ》いでしまえ。それから耳を切り落とし、次に眼玉をくりぬいて、一寸刻みに痛めつけてやれ」

陸柏が史登達に命じた。

「はッ！　坊主、命請いをするか」

劉芹は顔面蒼白《そうはく》となって、ブルブルと全身を震わせた。劉正風が声をかける。

「いい子だから、兄さんや姉さんの気骨を見習え。死ぬだけのことだ、何を怖がっておる」

「でも……父上、やつらは……鼻を削いで、眼……眼をくり抜くって……」

劉正風は一笑に付《ふ》した。

「こんな時に、やつらがわしらを見逃すと思うか」

「父上、曲《きょく》……曲おじさんを殺すのを、し……承知してください」

「たわけ！　何を言うか」

劉正風《りゆうせいふう》が青筋を立てて一喝した。

一方、史登達《しとうたつ》は長剣の切っ先を、劉芹《りゆうきん》の鼻の前にちらつかせている。

「坊主、跪いて命請いをしなければ、一気に削ぐぞ。一……二……」

「三」の声がかからぬうちに、劉芹は、震えながらバタッと地べたにはいつくばった。

「こ……殺さないで」

「よし、命を助けるのは易《やす》い。だが、お前は天下の英雄に向かって、劉正風の非を質さねばならぬぞ」

と陸柏《りくはく》が笑う。劉芹の双眸が父親に向けられた。哀願の意をいっぱいに湛えた眼つきだ。

妻子が眼の前で殺されようが、眉一つ動かさなかった劉正風が、この時ばかりは、憤怒《ふんぬ》をほとばしらせた。

「ばか者め、母上に顔向けできるのか！」

母も兄も姉も、血の海に横たわっており、おまけに、史登達の剣が絶えず眼の前をちらついているとあって、劉芹は、とうに肝をつぶしていた。

「お願い、殺さないで。父上も、み……見逃して」

「お前の父は、魔教の悪人と結託したのだ。正しいと思うか？」

陸柏が詰め寄った。

「た……正しくない！」

「こんなやつは、殺すべきかね？」

劉芹は頭を垂れて、とても答えられない。

「坊主が、黙ったぞ。一突きで殺してしまえ」

「はッ！」

陸柏の言葉が脅しだと、史登達の方も心得たもので、剣をかざして、振り下ろすまねをする。

「こ……殺すべきです」

劉芹が慌てて言った。

「よし、今後は、お前はもう衡山派の人間ではないし、劉正風の息子でもない。命は助けてやろう」

劉芹は跪いたまま、恐怖のあまり、足が萎《な》えて立ち上がれなくなっていた。

群雄は、その姿に情けない想いがした。中には、顔をそむけて、眼を逸《そ》らす者すらいる。

劉正風は長々と嘆息をもらした。

「陸さん、そちらの勝ちだ！」

右手は、五嶽剣派の旗を陸柏《りくはく》に投げつけ、左足で、費彬《ひひん》を蹴り離す。

「決着はおのれでつける。これ以上人命を殺《あや》める必要はない」

劉正風《りゅうせいふう》は朗々と言うと、左手の長剣をおのれの首にあてがった。

刹那！　軒先より、黒い人影が風のように飛び降り、劉正風の左腕をひっつかんだ。

「仇を討つのに、十年かかっても遅くはない。さあ！」

一喝するや、劉正風を引っぱって、外へと直行した。

「曲《きょく》どの……」

この黒衣の主が、魔教の長老曲洋《きょくよう》だと知った群雄は、ギクリとした。

「しゃべるな！」

叫びつつ、曲洋は足を迅めた。三歩踏みだしただけで、丁勉《ていべん》と陸柏の四本の手が一斉に突き出され、二人の背中をそれぞれ襲った。

「はやく行け！」

劉正風の背中を一押ししながら、曲洋は背中に内力を集中させて、丁、陸、という、二大名手の合わせ放つ一撃を待ち受けた。バーンという響きとともに、曲洋の身体が表に吹っ飛んだ。続いて、口からも鮮血が噴きだし、その手が返しざま、数回振られたかと思うと、黒い針が雨のように散り飛んだ。

「黒血神針《こっけつしんしん》だ、避けろ！」

叫ぶと同時に、丁勉は脇へと飛び退《の》いていた。何しろかの有名な魔教の黒血神針だ。群雄はおびただしい黒い針を見るや、ことごとく取り乱し、下がるや避けろで、蜂《はち》の巣をついた状態となった。「あっつう！」、「やられた！」といった声があちこちから聞かれ、十数人が一斉に悲鳴を上げた。広間が込み合っていたのに加え、黒血神針の数の多さと迅さでは、やはり中《あた》った者が少なからずいた。

混乱に乗じて、曲洋と劉正風は遠くへ逃げ去っていた。

（第二巻に続く）

訳者あとがき

金庸の作品の中で、最も気に入っている作品は？　と聞かれれば、筆者は迷わず『笑《しよう》傲江湖《ごうこうこ》』を挙げる。何と言っても、主人公の令狐冲《れいこちゆう》が魅力的である。胆力で言えば、『三国志』の関羽《かんう》や張飛《ちようひ》・趙雲《ちよううん》に負けない。ユーモアのセンスは、『西遊記』の孫悟空《そんごくう》・猪八《ちよはつ》戒《かい》以上。義気と反骨精神にかけては、『水滸伝《すいこでん》』の好漢に劣らない。フェミニストとしては、『紅楼夢《こうろうむ》』の賈宝玉《かほうぎよく》よりも男らしいやさしさを見せる。おまけに第四巻以降からは、『碧血剣《へきけつけん》』の袁承志《えんしようし》も真っ青の、超人的な武芸をも身につけてしまう。完璧《かんぺき》すぎてつまらないですと？　それが、ちゃんと大酒呑《の》みという欠点もあるのだ。これぞ理想の中華男児！

英雄がいれば、当然美女も不可欠である。令狐冲を取りまく三人の美少女（岳霊珊《がくれいさん》、儀《ぎ》琳《りん》、任盈盈《にんえいえい》）も、なかなか眼の放せないキャラクターだ。ともに女の子らしい性格と言えるが、その個性はあくまでも三者三様。岳霊珊は、拗《す》ねたり泣いたりもする、純真で明るい娘。物静かな儀琳は、どこまでも心根がやさしく、健気《けなげ》である。第三巻以降に登場する才女任盈盈は、令狐冲を愛するにつれ、もともとの悪辣《あくらつ》さが影をひそめ、次第に思いやり深い女性に成長していく。美少女たちが揃《そろ》いもそろって、恋愛に対しては、タイプの異なる情熱家だという点も、注目に値する。もう一人、忘れてはならない女性が、令狐冲の母親代わりを務めた岳夫人《がくふじん》。その美しくも潔い生き方と慈愛に満ちた母性は、陰謀渦巻くストーリーの中にあって、一服の清涼剤となっている。

さて、『笑傲江湖』では、正義面をした悪人の描き方が突出しているが、その他にも、剣術の秘伝書や武林《ぶりん》の覇権に執着する人物の愚かしさが巧みに描かれている。どのように愚かしいかと言うと、これらの人物は、ただ普通の（？）陰険な悪人にとどまるのならまだしも、第六巻以降では、妖剣辟邪《ようけんへきじゃ》剣法を習得した、魑魅魍魎《ちみもうりょう》のような人間に成り下がってしまうのだ。この連中に比べれば、現代でいう暴行魔の田伯光《でんはくこう》ですら、健全な善人に思えてくるのだから、そのおぞましさたるや、読んでいて胸くそが悪くなること受け合いだ。とはいえ、最後は正義が勝つので、ご安心を！　読後の後味は決して悪くありません。

読み進めていくにつれ、香港映画の『スウォーズ・マン』シリーズとの違いに、とまどう読者も或《あ》るいはいるかもしれない。だが、筆者が想像するに、映画が原作を越えたとするネイティブの読者は、ほとんどいないのではないか。むしろ、スケールの大きい原作を、二時間前後の実写で見せるのは、しょせん限界があるから、映画はなかなか頑張ったという意見が大勢を占めると考えられる。
全七巻と長丁場であるが、この先も令狐冲が、波乱の末に幸せをつかんでいく過程を、最後まで楽しんでいただけたら幸いである。

一九九八年三月

(付)『笑傲江湖《しょうごうこうこ》』基本用語解説

〈社会用語〉

●**江湖《こうこ》** 本来は「官」に対する「野」つまり民間の象徴。武俠小説《ぶきょう》では、おもに俠客や武芸者、盗賊などの世界をいう。

●**武林《ぶりん》** 武術界。多岐にわたる武術門派《もんは》より構成される。

●**門派《もんは》** 武林の構成単位。宗教団体や武術道場が主な母体で、厳格な師弟関係によって構成され、上下の別を重視する。

●**鏢局《ひょうきょく》** 民間で隆盛した警備業と保険業と運送業の合体した商売。鏢師《ひょうし》、鏢客《ひょうかく》と呼ばれる用心棒を派遣し、金品・旅客の護送を請け負い、貨物が紛失、強奪された際には、委託主への賠償責任を持つ。一般には、沿道の顔役にみかじめ料を払って、道中の安全を図った。

●**鏢頭《ひょうとう》** 貨物の護送にあたる用心棒の中で、リーダー格の者を指す。

●**幇会《ほうかい》** 江湖の構成単位。同郷・同業者の互助組織や、政治や宗教の結社に起源を発する。

〈武術用語〉

●**内功**《ないこう》　いわゆる気功。意念や呼吸・血流など、身体の内部機能を鍛錬し、体内の「気」が生み出す内力を自在に操る技。攻撃・防御・治療など様々に用いられる。すべての武術の基本であり、徒手・器械を問わず、各種技術の裏打ちとなる存在。一般に「××功」と称されるものは、この内功の鍛錬法である。

●**内力**《ないりよく》　体内の経絡を流通する「気」、すなわち**内息**《ないそく》が生み出す力。**内勁**《ないけい》ともいう。内力の修練が深まれば、自然に防御力が備わるほか、掌や武器などを通じて放出することで、敵にダメージを与えたり、治療したりもできる。また、五感も常人より鋭くなる。

●**外功**《がいこう》　いわゆる武術。皮膚や筋肉を鍛えあげるほか、型や技法の修練もこれに属する。

●**軽功**《けいこう》　身ごなしを軽くする技。**軽身功**《けいしんこう》ともいう。武侠小説では、軽功を得意とする武芸者は、常人の何倍もの迅《はや》さで疾駆したり、身軽に宙を跳んだりする。

●**掌法**《しょうほう》　手技の一種。こぶしを用いる拳法に対し、手のひらや手刀を用いる。内功の素養が重視され、掌から発する内功（**掌力**《しょうりよく》）が主な威力となる。

●**点穴**《てんけつ》　特定の**経穴**《けいけつ》（ツボ、**穴道**《けつどう》）を衝いて内息の循環を遮断する技。経穴の位置によって、動きや各種の身体機能が封じられ、死に至ることもある。止血や、毒が回るのを防ぐ作用もあるため、治療にも用いられる。機能を回復させる場合は、ふたたび経穴を衝くか、みずから内息をめぐらせて、徐々に解除することもできる。

●内傷《ないしょう》　身体表面の「外傷」に対していう。身体内部の内臓や筋骨、経絡などが、主に内力によって損傷を受けること。

この作品は1998年4月徳間書店より刊行されました。

徳間文庫をお楽しみいただけましたでしょうか。どうぞご意見・ご感想をお寄せ下さい。
宛先は、〒105－8055　東京都港区芝大門2－2－1　㈱徳間書店「文庫読者係」です。

徳間文庫

秘《ひ》曲《きょく》 笑《しょう》傲《ごう》江《こう》湖《こ》㈠

殺戮の序曲

2007年6月15日 初刷

著者 金《きん》庸《よう》
監修者 岡《おか》崎《ざき》由《ゆ》美《み》
訳者 小《こ》島《じま》瑞《みず》紀《き》
発行者 松《まつ》下《した》武《たけ》義《よし》
東京都港区芝大門二—二—二〒105—8055
発行所 株式会社徳間書店
電話 編集〇三(五四〇三)四三五〇
販売〇四八(四五一)五九六〇
振替 〇〇一四〇—〇—四四三九二
印刷 株式会社廣済堂
製本 ナショナル製本協同組合

〈編集担当 丹羽圭子〉

ISBN978-4-19-892611-3 (乱丁、落丁本はお取りかえいたします)

書剣恩仇録 一　金庸　岡崎由美(訳)
書剣恩仇録 二　金庸　岡崎由美(訳)
書剣恩仇録 三　金庸　岡崎由美(訳)
書剣恩仇録 四　金庸　岡崎由美(訳)
碧血剣 一　金庸　小島早依(訳)
碧血剣 二　金庸　小島早依(訳)
碧血剣 三　金庸　小島早依(訳)
俠客行 一　金庸　土屋文子(訳)
俠客行 二　金庸　土屋文子(訳)
俠客行 三　金庸　土屋文子(訳)
射鵰英雄伝 一　金庸　金海南(訳)
射鵰英雄伝 二　金庸　金海南(訳)
射鵰英雄伝 三　金庸　金海南(訳)
射鵰英雄伝 四　金庸　金海南(訳)
射鵰英雄伝 五　金庸　金海南(訳)
神鵰剣俠 一　金庸　岡崎・松田(訳)
神鵰剣俠 二　金庸　岡崎・松田(訳)
神鵰剣俠 三　金庸　岡崎・松田(訳)
神鵰剣俠 四　金庸　岡崎・松田(訳)

神鵰剣俠 五　金庸　岡崎・松田(訳)
連城訣 上　金庸　阿部敦子(訳)
連城訣 下　金庸　阿部敦子(訳)
秘曲笑傲江湖 一　金庸　小島瑞紀(訳)
迷宮への招待 世界史15の謎　桐生操
共犯マジック　北森鴻
贋作天保六花撰　北原亞以子
菅原幻斎怪異事件控　喜安幸夫
死への霊薬　喜安幸夫
花嫁新仏　喜安幸夫
中国五千年性の文化史　邱海濤　納村公子(訳)
アブラムスの夜　北林優
ぎゃんぶる考現学　黒川博行
韓国は変わったか?　黒田勝弘
日・中・韓 新三国志　黒田勝弘　古森義久
プノンペン どくだみ荘物語　クーロン黒沢　浜口乃理子(マンガ)
CURE〔キュア〕　黒沢清
黄昏の名探偵　栗本薫
死神幻十郎　黒崎裕一郎

魔炎　黒崎裕一郎
邪淫　黒崎裕一郎
密殺　黒崎裕一郎
はぐれ柳生殺人剣　黒崎裕一郎
はぐれ柳生斬人剣　黒崎裕一郎
はぐれ柳生無情剣　黒崎裕一郎
怨讐　黒崎裕一郎
兇弾　黒崎裕一郎
江戸城御金蔵破り　黒崎裕一郎
蘭と狗 長英破牢　黒崎裕一郎
逆賊　黒崎裕一郎
闇の華　黒崎裕一郎
讐鬼の剣　黒崎裕一郎
街道の牙　黒崎裕一郎
警視庁心理捜査官 上　黒崎視音
警視庁心理捜査官 下　黒崎視音
六機の特殊　黒崎視音
月子の指　草凪優
発情期　草凪優